聚精会神

足 迹
考 古 随 感 录

◎ 严文明 著

文物出版社

责任编辑：杨新改

装帧设计：李　红

责任印制：陈　杰

图书在版编目（CIP）数据

足迹：考古随感录 / 严文明著. —北京：文物出版社，2011.8

ISBN 978-7-5010-3226-6

Ⅰ.①足… Ⅱ.①严… Ⅲ.①随笔–作品集–中国–当代
②游记–作品集–中国–当代 Ⅳ.①I267

中国版本图书馆CIP数据核字（2011）第147341号

足迹：考古随感录

著　　者　严文明

出版发行　文物出版社

地　　址　北京东直门内北小街2号楼

邮　　编　100007

网　　址　www.wenwu.com

邮　　箱　web@wenwu.com

经　　销　新华书店

印　　刷　北京君升印刷有限公司印刷

版　　次　2011年8月第1版

印　　次　2011年8月第1次印刷

开　　本　787×1092　1/16

印　　张　21.75

书　　号　ISBN 978-7-5010-3226-6

定　　价　98.00元

与夫人在台湾大学的住所

在"中研院"史语所拜见石璋如先生

在台湾大学的日子

参观阿里山忠烈祠（即吴凤庙）

在阳明山辛亥光复楼前（右为台大阮芝生教授）

云南丽江的纳西古乐宫

在玉龙雪山下（右为刘旭）

滇西掠影

在中缅边界畹町桥旁

参观西双版纳热带植物园

在林肯纪念堂前（左起：李学勤、严文明、石兴邦、张忠培、童恩正、郑光、樊利谟）

在华盛顿爱因斯坦像前（左为童恩正）

在艾尔莱会议桌的一角

与张光直在哈佛大学皮巴德博物馆前合影

在美因兹市罗马—日耳曼中心博物馆门前

在美因兹西南的白洞铜矿遗址前（左二起：俞伟超、安志敏、魏莎彬、乌恩、严文明）

在诺威特旧石器时代遗址的一个剖面前，上面有很厚的火山灰（右为俞伟超）

在特里尔市古罗马建筑前

在朝鲜李朝故宫大门前与圆光大学的全荣来教授合影

在庆州王陵公园参观天马冢

在东北亚古代文化讨论会上发言

参观忠北大学旧石器时代考古研究室（拿石器者为李隆助教授）

在国际日本文化研究所

与梅原猛先生在一起

在能登半岛加贺屋温泉品尝日本传统料理（左起：量博满、严文明、王秀莲、赵辉）

主持"稻作、陶器和都市的起源"国际会议

在琉球首里城正殿前

在琉球村前

阿伊努老妇的民族商店

水质最清的高山摩周湖（左为大贯静夫）

纪念滑铁卢战役的小山丘

在安特卫普的火车站前（左为严松）

欧游散记

凡尔塞宫的后花园

夫人王秀莲在卢浮宫前

目录

弁言

我多年来除了写些学术论文和相关著作，有时也写一些散文、游记或随笔之类的文章。这类文章不是单纯记事，而往往是有些感想，是随感而发。毕竟我的大半生都是在考古圈子里打拼，许多事情都与考古有关。所以当我把这些零散的文字结集成书之时，就给了一个总名：《足迹：考古随感录》。

这个集子分为四个部分。第一部分从著名考古学家裴文中先生带我步入考古门槛写起，直到四访港台。主要谈在全国各地进行考古调查、发掘、考察、访问的经历、收获与感想，共9篇。实际上以前发表在《农业发生与文明起源》一书的第五部分《考古随笔》中收入的10篇文章也属于这一类，除了一篇重复，余下9篇的目录如下：

片断的回忆

谱写北方考古的新篇章

蓬莱仙岛上的史前村落

胶东考古记

石家河考古记

岱海考古的启示

良渚随笔

珠海考古散记

香港考古印象

因此这部分的文章应该是18篇。此外我还写过一篇纪念尹达先生的文章——《尹达对新石器时代考古的贡献》，收录在拙著《史前考古论集》中。

第二部分是在国外的参观、访问、考察和短期工作的经历与观感，包括亚欧美的一些国家。遗憾的是没有去过非洲，那里的古埃及文明是我特别感兴趣的，不知道以后还有没有机会。

第三部分是对几位已故师友的纪念性文章。夏鼐先生、苏秉琦先生既是中国当代考古学界的泰斗，又是引领我从事考古学研究的导师，我从心里表示崇敬和感激。师兄俞伟超同样对我有过许多帮助，许多往事难以忘怀。老同学童恩正虽然共事的机会不多，但相互之间的感情一直是相通的。此外还有许多师友也都对我有很多帮助，同样在心里表示感激，只是没有写成文章罢了。

第四部分中与庄丽娜的谈话《不懈的探索》大致反映我在考古学领域几十年不懈追求的精神。这次在本篇题目前加"足迹"二字，是为了表示我在考古学领域长年跋涉的艰难历程。《潜哲诗稿》收录了22首诗词，也都是随感而发。孔夫子讲"诗言志"，这些诗词约略反映了我的志趣和对某些事物的看法，抒发自己的感情。

壹／考古散记

裴老带我们实习

　　1956 年 7 月初至 8 月中旬，北京大学历史系考古专业组织 53 级的学生进行考古教学实习。全班 15 人分为两组，一组赴内蒙古赤峰、林西一带进行田野考古实习，一组去中国科学院考古研究所洛阳工作站整理汉河南县城的发掘资料。我参加了第一组的实习，指导老师是中国科学院古脊椎动物研究所的裴文中教授和北大历史系考古教研室的吕遵谔先生。同组的同学还有纪仲庆、李炎贤、戴尔俭、白瑢基、杨式挺和徐秉铎。北大地质系测绘教研室的毛赞猷、范心圻和中国科学院考古研究所的刘振伟、王树林参加测绘工作，内蒙古自治区博物馆的汪宇平先生也一同参加考古调查和发掘。因为他对当地情况十分熟悉，给了我们实习队许多方便。裴先生当时不过五十出头，已经是世界知名的大学者，号称中国旧石器时代考古之父，我们都尊称他为裴老。他是中国科学院生物地学部的学部委员（也就是院士），文化部社会文化事业管理局博物馆处的处长，同时是北京大学考古专业的兼职教授，全国政协委员等等，但是他特别平易近人。有人说他跟农民在一起像老农，跟工人在一起像工人，跟知识分子在一起是学者，跟官员在一起是大专家，确实很形象地表述了他的性格和为人，对此我们在跟随裴老实习的日子里深有体会。

路过锦州

　　我们从北京坐火车到达锦州时已是下午，要等第二天才能搭乘去赤峰的火车。等着没事，就一起在市内散步。看到一位挑担走街的理发师傅，裴老把他叫住，吩咐我们说："哥儿们去溜跶，我就在这里理个发"。我想怎么在这里理发？又不好意思说，就跟大家一起去逛街。首先去看辽代兴建的广济寺塔，塔身高大约有五六十米，十分雄伟。我们绕塔转了转，看到周围雕刻的佛像和飞天等，不时赞叹雕工的精致：那可是经历了千年风雨的古塔啊！离开古塔随便走了两条街。我们知道 1948 年初冬辽沈战役曾经在锦州打了一大仗，解放军是林彪亲自指挥的，几乎全部歼灭了国民党精锐部队十几万人，还俘虏了东北"剿总"副总司令范汉杰将军。战争那么惨烈，应该还留下一些痕迹，可能因为时间太短，都没有找到。我们走了半个多小时，回到裴老身边。他原来只是要求随便剃个光头，竟然还没有完。看见我们来了，就跟理发师傅说"可以了吧？"师傅说"可以了。""多少钱？""八毛。"裴老随即照付了八毛。当时剃一个头一般只要一两毛，那师傅可能注意到我们左一个裴老右一个裴老，估计是个大人物。所以使出了全身的解数，又是刮脸又是推拿，简直没完没了。我们问裴老为什么剃了那么长时间，他说"还不是想多要几个钱嘛，手艺人不容易！不过刮刮揉揉也挺舒服的"。他这种对待手艺人的态度令我们非常感动。

前往赤峰

第二天乘火车去赤峰。到车站一看，哎呀，哪是什么火车，是拉货的闷罐子车！一共只有六节，车厢很短，里面只有条木板凳坐。车速极慢，你如果在车下走绝对不会落在后面。天又热，车上不提供任何食品，连杯开水都没有。我们年轻人好说，裴老怎么也坐这样的车？可是他挺乐观，不时说些笑话。好不容易到了叶柏寿（现在叫北票），我问是什么地方？裴老说"夜难受到了！"我说怎么是夜难受？他说"你体会体会就知道了！"原来因为这段路晚上不能开车，只好停下来过夜，那夜晚还能好受吗？

第三天到了赤峰，受到极为隆重的接待，那场面真叫人难以忘怀。赤峰是昭乌达盟的首府，盟领导特地准备了几辆马车迎接我们。那种带斗篷的双轮马车我过去只是在电影里看过。马身上挂着铃铛，碎步跑起来当当响，真是气派。我们住在盟政府招待所，裴老住的是头等房间，那里有唯一的席梦思床。可是裴老放着那样舒服的床不睡，一定要睡在自带的行军床和睡袋里，他说是习惯了。晚上盟领导设宴招待，一桌有 30 个菜，盘子摞盘子，好不丰盛！裴老知道蒙古人特别好客，席间一定会敬酒，就事先给我们几个没见过大场面的孩子打招呼。说"人家劝酒，你就说不会喝。实在拗不过你就喝，喝了用手帕擦擦嘴或者装着咳嗽不就可以吐出来了吗？再不行就装着要出去方便一下也可以，千万不要弄得醉醺醺一个个东倒西歪！"我们都听裴老的话，只有一个同学稍微喝多了一点。桌上那么多菜，主人还谦虚说："我们赤峰小地方没有什么好吃的，也不知裴老和各位客人觉得合口味不？"裴老说："这么多好吃的菜，真是太丰盛了，我看都是一个味，好吃！"这么爽直的话说得主人有点下不来台。饭后我问裴老："您怎么说都是一个味呢？"他说："怎么不是？都是民脂民膏嘛，又不是他们自己掏的钱！"我再一次体会到了裴先生为人的风格。

在红山实习

我们到赤峰的目的是要考察红山遗址。红山在赤峰市东北约6公里，是一座花岗岩的小山。远远望去，从平地突起的一排红颜色的山岩，高有二百多米。蒙古语叫乌兰哈达，意思是红色的山。我们每天坐着马拉的大板车，顺便带些发掘工具。路很不平，板车一颠一簸，有时简直要翻车。裴老跟我们同坐在板车上，先到红山西边的龙王庙，下车后再向东到红山前的山坡上。裴老先捡了几块小石片，告诉我们这就是细石器，为什么说这就是细石器，细石器有什么特点，让我们仔细辨认。然后要我们各人在山坡上转，看谁捡得多。一面捡一面注意地面的情况，看有没有灰烬或灰色土，特别要注意冲沟形成的断面，看看有没有文化层。裴老一面爬坡一面说，不一会儿捡了十几片细石器制品。我们几个学生瞪着大眼睛寻找，有的找到了一两片，有的一片也没有发现，都佩服先生的好眼力。最后看到有的冲沟侧面有几块带灰烬的地方，就选了三个地点试掘。我负责挖的是5602：Ⅱ地点，其中出土了一件有使用痕迹的细长石片和几片细石屑、一枝鹿角、一件有刻纹的蚌片和几块陶片，陶片上多有连续折弧形或之字形的划纹和箆点纹，这些跟《赤峰红山后》上发表的赤峰第一期文化的遗物基本上是一致的，尤其是其中一件饰箆纹的泥质红陶片，无论是陶质陶色和纹饰都跟该书上发表的小口高领红陶罐别无二致。在附近采集的细石器和陶片大多与5602：Ⅱ地点所出基本相同，并且有少量的彩陶片。另外两个地点出土的遗物都比较晚，应属于青铜时代乃至更晚。

红山前发掘结束后，我们全部人员转到了红山后。那里有几条很大的冲沟，叫做北大沟和吊死鬼沟。在沟边可以清楚地看到暴露的灰坑和墓葬。我们先后挖了几个灰坑和6座墓葬，我自己则挖了一个灰坑，又和别人一起清理了一座墓葬。挖灰坑主要是学习找边，挖墓葬主要是学习剔人骨架。这些灰坑和墓葬属于所谓赤峰第二期文化，现在看来应当是属于夏家店上层文化的。吕遵谔先生把红山考古工作的收获写了报告在《考古学报》上发表[1]。

裴老只带我们到红山后去了一趟，没有参加发掘。盟政府邀请他作学术报告，到会的大约有一百多人，多是中小学老师和基层干部，没有人懂得什么考古。裴老首先说我们为什么要到赤峰红山来考古，因为这里是北方细石器文化和南方彩陶文化的交汇点。生物杂种有优势，文化也是这样，所以赤峰历来在我国北方文化的发展上具有重要的地位。接着他讲什么是细石器和细石器文化，这个文化怎么从黑龙江往南经林西传到赤峰，又怎么同南来的彩陶文化相遇，形成一种既有细石器又有彩陶的混合文化。他说："诸位如果不相信，可以问严文明，他挖的一个地点正好是两种文化因素混合在一起"。经他这么一说，我才悟到自己挖的那个5602∶Ⅱ地点有那么重要。不过那是不是应该叫混合文化，我心里还是有疑问。裴老讲话特别生动又诙谐，深入浅出，把深奥的学术问题讲得浅显易懂又头头是道，听讲的人津津有味，我们做学生的也深受教育。

从赤峰到林西

赤峰实习结束后即动身到林西去找单纯的细石器文化遗址。经过整天的颠簸好不容易到了翁牛特旗的首府乌丹，住在一个大车店里。听说那里臭虫很多，我们都有些发毛。裴老说哪个大车店没有臭虫？没有臭虫就不叫大车店。晚上下面是一队一队的坦克，上面是一串串的炸弹，

---

[1] 吕遵谔：《内蒙赤峰红山考古调查报告》，《考古学报》1958年3期。

哥儿们好生欣赏，热闹极了。吕老师说裴老的生活经验特别丰富，遇到什么情况都能对付，确实如此。

过了乌丹全体人员分成了两队，我们一队在前面走了，李炎贤和几位负责测量的先生花八块钱买了一头毛驴，让它驮测量仪器。人家驮得辛苦，可是到目的地后就把它杀了吃了，真是没有良心！从乌丹到林西要经过一片草地，因为刚下过雨，地面一汪汪的水，没有像样的路。汽车怕陷入泥泞就走之字路，在草地上左右摆动。好不容易到了林西，由县教育科安排住宿，同时在教育科搭伙。

第二天由汪宇平先生带领到林西西门外的山坡上调查，发现有大型打制石器、细石器和少量陶片，还捡到了几个石犁的残块。陶片多泥质红陶，总的情况跟赤峰红山的所谓赤峰第一期文化基本相同。

体验沙漠考古

我们在林西的主要目的地在县城西南的沙窝子。从县城往南约两公里过木石匣（音 ha）河，再往西南走约三公里便是一片延绵数公里的沙漠。沙漠西部有两个淡水小湖当地人称为水泡子或泡子。接近水泡子的地方有许多因为定向的西北风刮走沙子而形成的椭圆形沙窝，沙窝底部有许多细石器、大型打制石器、石磨盘和石磨棒，还有少量灰褐色陶片，那里显然是一个细石器文化遗址。从沙窝边缘的剖面上可以看出上部是流动的黄沙，中间是相对固定的黑色沙土层，下部应该是属于更新世的黄白色沙层。这种情况跟梁思永先生描述的黑龙江昂昂溪遗址十分相似。

我们选择了三个地点进行发掘，每个地点仅仅挖两平方米的小坑。我选在泡子近旁的地点进行发掘。因为发掘得很仔细，所以进度很慢。挖下去的地层关系跟在沙窝边缘的剖面上看到的完全一样。第一层是黄沙，很松软。因为大风的吹刮，很不稳定，其中没有发现文化遗物。第二层是黑色沙土层，半沙半土，含少量腐殖质，比较坚硬，当是在气候温暖湿润时期形成的堆积。在这一层中发现了少量的细石器和陶片，跟在沙窝底部捡到的遗物基本相同。下面便是很纯的黄白色沙层，没有发现任何遗物。因此只有黑色沙层才可能是文化层，只是没有发现任何灰烬或其他能够进一步证明是文化层的迹象。这次发掘无非是验证了在沙窝边剖面上观察到的现象，没有什么重要的发现[1]。但对什么是细石器文化遗址有了一点感性的认识，也算是一个收获。

第一次到沙漠里很不适应。一是口渴得特别快，比平常要多喝很多水。二是太阳特别毒，皮肤晒得生疼，火辣辣的，接着就起泡、退皮。三是沙地特烫，穿着鞋还是热得难受。好在挖的面积小，时间不长，挺过来了。这么热的沙地，裴老竟然可以躺下来睡觉。说声"哥儿们慢慢挖，我躺着休息一下"。我想躺在热沙地上也许可以起到理疗的作用吧。裴老爱钓鱼，也爱打猎。正好我们旁边的泡子里有鱼，又有水鸟。所以他每次都要拿钓鱼竿，还叫别人"把我的臘枪也拿上！"因为那时还用繁体字，獵和臘很接近，他是故意把獵枪念成臘枪。我们休息时偶尔也钓鱼和打鸟，但成绩不佳。沙窝子旁边有座小山，常见有羊倌在山坡上放羊。吕老师想弄一副羊骨架，顺便让大家来一次野餐，就请裴老掏腰包。大家挑了一只最肥的羊，羊倌只要了五块钱，真是便宜极了。县文教科的干部早有准备，预先带了一口大锅和一些佐料，用附近捡拾的干柴烧了一大锅开水，把宰杀的羊整只放在锅里煮。煮到半熟就用刀子割了吃。我们虽然很不习惯，也还是吃得津津有味。

实习结束后，我们就跟吕老师一起回学校，裴老又风尘仆仆到吉林榆树去调查旧石器时代遗址去了。回想跟裴老实习的情况，不但能够学到业务知识，还可以学到不少社会知识和为人处世的道理。不论遇到什么情况，裴老总是处之若素，没有一点大专家学者的架子。他那乐观的精神和诙谐的谈吐，让我们大家一路都很快乐，累了也一点都不觉得疲劳。多少年后还能清晰地记得那时的情景，裴老高大的形象时时萦回在脑际，让人难以忘怀。

2004 年 1 月写于裴文中先生诞辰 100 周年之际

---

[1] 吕遵谔：《内蒙林西考古调查》，《考古学报》1960 年 1 期。

难忘的青岗岔

青岗岔是甘肃省兰州市附近的一个小村子。29 年前，我曾在那里进行过一次不寻常的考古发掘工作，留下了不可磨灭的印象！

第一次甘肃之行

对于一个考古学者来说，甘肃是特别吸引人的，因为那里是中西交通的孔道，古代文化非常发达，文化面貌相当复杂，而各文化之间的关系诸家说法不一，谁都想去探一个究竟。我当然也不例外，因此很早就想到甘肃去走走，这个愿望到 1963 年终于实现了。那年下学期，北京大学历史系考古专业要组织学生进行毕业实习，我提出带一个小组到甘肃去，一则协助省博物馆整理一些过去发掘的资料，二则在兰州附近进行一些调查和小型发掘，以便大致理清甘肃新石器时代乃至铜石并用时代诸文化类型的基本特征和相互关系，或至少在这方面有个比较明显的进展。这个意见被采纳了。当时决定甘肃实习队有 5 名同学，分两个小组：新石器时代有张万仓、张锡瑛和姚义田 3 人，由我带领；秦汉组有杜在忠、杨来福 2 人，由俞伟超带领。

我们一行 7 人于 9 月 16 日出发，18 日抵兰州。我们先后拜见了乔国庆馆长和省文化局文物科吴怡如科长，商谈了实习工作的具体安排，确定了整理资料的几个遗址。新石器组在整理告一段落后还要对兰州附近一些遗址进行调查和发掘，最后都要写出实习报告。

新石器组整理的是兰州雁儿湾、西坡峁、白道沟坪和武威皇娘娘台四个遗址的材料，前两处属马家窑期，后两处分别属马厂期和齐家文化。这几处遗址的发掘资料当时都发表过简报，但资料报道不详细，分析也欠深入。整理的结果不但对各期文化面貌有了比较深刻的认识，而且第一次将马家窑期分成了不同的组，将马厂墓葬分为几期；第一次认识到齐家文化居址与墓葬的文化特征的差异，居址陶器所受客省庄二期文化的影响较之墓葬中随葬品所受影响更为明显。这些知识都是单从已发表的报告和文章中难以得到的，使我们深深地感到甘肃史前文化是多么丰富而复杂，要想把甘肃史前考古推进一步，没有扎扎实实的田野工作和室内整理研究工作是很难实行的。

整理工作将告一段落时，张学正同志带我看了省博物馆的全部新石器时代的藏品以及 1962 年他和谢端琚在渭水上游调查的一批资料。我发现渭水上游有大量仰韶文化庙底沟期的遗存，也有少数半坡期和马家窑期的遗存。我过去在翻阅安特生的《中国史前史研究》的第 11 章时便已注意到这一点了，这次对实物的浏览又大大加深了印象。我把每个遗址所属的文化期逐一在地图上标示出来，并且把同一时期遗址的分布范围用铅笔圈起来。结果发现了一个非常有趣的现象，就是最早的遗存仅见于陇东，年代越晚则分布范围越往西边扩展！40 年前，安特生到甘肃进行了一次大规模的考古调查，提出了一个"仰韶文化西来说"，遭到了中国学者的批评。说他的立论缺乏根据，犯了传播论的错误。但正确的发展路线究竟应该是怎样的，却谁也说不清楚。我现在的这张文化分期和分布图，应该说是以事实为根据的，却恰好把安特生的说法倒转过来，西来说变成了东来说或西去说！这在理论上说得通吗？我想了许多，后来在《甘肃彩陶的源流》[1]一文中试图作了一个自圆其说的阐明。这可算是甘肃之行的第一大收获。

目标青岗岔

在我排比的系统中比较薄弱的是半山期的资料。省馆没有挖过半山期的遗址，馆藏半山式彩陶器虽然很多，但多系收集而来，没有确切的出土地点，更谈不上共存单位。凭这些资料进行整理，我想不会超过巴尔海姆格伦《半山马厂随葬陶器》的水平。而当时关于半山式遗存的看法颇为混乱，有的沿袭安特生旧说，以为它是马家窑期居民的随葬陶器；

---

[1] 严文明：《甘肃彩陶的源流》，《文物》1978 年 10 期。

有的认为半山—马厂是并行发展的两支考古学文化，有的则认为半山是继马家窑之后的一个文化期。我个人倾向于后一种说法，但现有的资料不足以完全证明这一点，只好再做些调查发掘工作。因此我们就把下一阶段野外工作的重点放在半山期遗存上。

在出发调查之前，我仔细地翻阅了省博物馆文物队的调查记录，得知兰州附近有三处可能属半山期的遗址，即青岗岔、庄儿地和安乐村。前两处相距很近，都属西果园公社；后一处在黄河北岸盐场区，已经破坏殆尽。我们初步把青岗岔作为发掘的首选遗址，但为了慎重起见，预先对周围一些遗址进行了调查。

我们调查的地点有桃园公社陆家沟附近的西坡岇、双可岔、小坪子和西果园公社青岗岔附近的岗家山、庄儿地、曹家嘴等处。西坡岇遗址的资料是我们整理过的，是一处很大的马家窑期的遗址，曹家嘴也是遗物很丰富的马家窑期遗址。双可岔在西坡岇北一里许，是马厂期遗址和齐家文化的墓地。小坪子是一处介于马家窑期和半山期之间的墓地。

我们到小坪子去过两次。那是一块面积不足一亩的农田，位于陆家沟村北约 800 米，面临一条名叫下沟的大冲沟。1957 年改水浇地时曾经挖出许多墓葬，从农民那里收集到的陶器来看应是介于马家窑期和半山期之间的东西。如果能再挖出些墓葬，不但对于研究马家窑期和半山期之间的关系十分重要，而且也在一定程度上证明马家窑期墓葬的存在。因为当时仍有些人认为马家窑式陶器只出于居址，是专为活人用的东西。我们看到地面上暴露的碎陶片的确是介于马家窑与半山之间的，它们应该是被打碎的随葬陶器。地面人骨也随处可见，看来破坏惨重，可能剩不了几座墓了。我们怀着十分惋惜的心情离开了那里，最后把目标紧紧地对准青岗岔。

这个遗址过去曾经调查过多次。1945 年 3 月 19 日，夏鼐和凌洪龄首先发现了这一遗址，认为根据采集的遗物来看，"似乎是马厂期的葬地"。但从发表的图版中看到有些带锯齿纹的彩陶片，似乎也有半山期的遗存[1]。

1947 年 9、10 月间，裴文中等复调查青岗岔遗址，认为是"仰韶时

---

[1] 夏鼐、吴良才：《兰州附近的史前遗址》，《中国考古学报》第 5 册，1951 年。

期之葬地"，这里所谓仰韶乃是对半山期遗存的称谓。但他指出在第一台地的灰层中，采得红色绳纹和篮纹陶而无彩陶，也许还有齐家文化的遗存[1]。

1958 年 8 月 18 日，省博物馆赵之祥前往调查，因地在青岗岔村西之岗家山，故定名为岗家山遗址，编号为 58LA17。他根据采得的陶片及暴露的灰层断定那是一处半山期的遗址，而遗址北头的黑毛嘴当为半山期的墓地。这是第一次确定存在半山期的遗址，并且同墓地连在一起。可惜资料没有发表。

1959 年 5 月 2 日，上海博物馆马承源等又去调查，结果证实了赵之祥的观察[2]。

根据历次调查的资料来看，这个遗址的文化面貌可能比较复杂，而主要的文化遗存当属半山期者，这正是我们的目标之所在。

青岗岔村位于孙罗沟上源的庙儿沟西侧，海拔约 1900 余米，较兰州黄河河面高出 400 多米。村后西侧紧靠岗家山，山高约 100 余米，山顶海拔 2000 余米。往南地势急剧上升，至马衔山最高峰海拔达 2670 米。我们从村西往青岗岔山上爬不过二三十米便见到灰层，从采集的陶片来看是属于齐家文化的，这大概就是裴文中调查的第一台地的灰层之所在。然后一直顺路往上爬，差不多到了山顶，那里已开辟成了梯田。我们顺着梯田的断崖仔细观察，几乎到处都是文化层，但灰分甚少，看不到什么陶片，地面上也几乎不见陶片。这情况和庄儿地完全一样，也许这正是半山遗址难于寻找的原因之一吧！我们跑了一遍又一遍，仍然见不到几块陶片。只好在灰分稍多的地方用小铲拨弄，终于在几个地点找到了一些彩陶片和有细堆纹的夹砂陶片，全部属于半山期，看来这确是一处半山遗址。

我站在山顶观看地形，并且对遗址范围进行步测。这时我才知道整个岗家山呈舌形，南北走向，舌根连着南边的高山，舌尖对着庙儿沟和弯沟交会处的沙滩磨。东边隔庙儿沟与庄儿地半山期遗址对峙，西北隔

[1] 裴文中：《甘肃史前考古报告》，《裴文中史前考古学论文集》，文物出版社，1987 年。
[2] 马承源：《甘肃灰地儿及青岗岔新石器时代遗址的调查》，《考古》1961 年 7 期。

弯沟与曹家嘴遗址相望，三个遗址的相对高程也差不多，只是曹家嘴可能要低二三十米。遗址的范围遍布整个舌面，包括六垧地、七垧地、八垧地、九垧地、坟湾子、达连地和方地等，南北长 400 余米，东西也有 200 余米，就兰州附近来说应是一个比较大的遗址。遗址北头适当舌尖东侧的山坡上，因挖水平沟植树而发现了一些半山式彩陶罐，当是墓地所在。但那里坡度甚陡（约 60°），不知道为什么要把墓葬埋在那里。

遗址的范围和文化性质虽然确定了，但因暴露的迹象太少，对遗址的内涵捉摸不透。加上人手少，经费紧，时间又短，只能挖很小的面积，究竟能得到什么样的结果，实在没有把握，只是抱着试一试的心情把发掘计划定了下来。10 月 24 日，全队人马进驻青岗岔，开始对岗家山遗址进行发掘。

第一座半山房子的发现

10 月 25 日，全实习队五人——蒲朝绂、张万仓、张锡瑛、姚义田和我再次踏查岗家山遗址。在遗址东南部的八垧地东断崖上发现一段灰层，在其中发现一些半山式彩陶片和一个差可复原的饰细条堆纹的夹砂罐。在它的南边几米远处又见到一些灰烬和红烧土块，这是我们第一次看到的遗迹现象，但一下子还无法判断是窑呢还是窖穴，或者是房子的一角。我们决定在这里开一条探沟，编号为 63LQT1。

在方地东断崖上也找到一些灰层，出齐家式和半山式陶片，决定在那里开 T2。

26 日正式开工，由张锡瑛和张万仓分别挖 T1 和 T2，我和姚义田着手草测整个遗址的地形图。我们用的仪器仅仅是小型绘图板、三角板、皮卷尺和袖珍经纬仪，加上两根标杆。一天多下来竟把整个遗址的一张五千分之一的地形草测图拿下来了。后来拿经纬仪校对，还基本上相符合。用最简单的办法和最短的时间草测一个遗址的地形图可以做到相当的准确性——从那以后我曾多次把这个经验介绍给学生和其他年轻的考古学者们。

发掘工作一直在不停地进行，不到一个星期便获得了令人振奋的结果。我在 11 月 1 日的日记上写道："今天是一个不寻常的日子，我们终

青岗岔半山期 1 号房基素描（徐祖藩 画，1963 年 12 月 12 日）

于找到了半山的房子！"这天张锡瑛身体不适，我和老蒲亲自负责 T1 的发掘工作。这探沟的第一层是现代耕土，第二层是修梯田时垫起来的扰土，除有少量半山陶片外还有几块小瓷片。第三层为灰白色软土，第四层是灰黄软土，都出半山式陶片，应为半山期地层。揭去第四层，发现有大量红烧土块，上面印有木椽的痕迹，同时还有大量已被烧成木炭的柱子和椽子等。在这些堆积物之间或之下有许多被砸碎的半山式陶器。个别地方露出了硬面，是被烧成青灰色的又平又硬的地面。这一切说明我们所挖的乃是一座被火烧毁的半山期的房子。只是因为这条探沟正好打在房子中间，一下子还不了解它的形状和大小。

也是在这一天，张万仓在 T2 清理出了一座齐家文化的双间房子，形状与西安客省庄的双间房十分相似，只是面积稍微小一点罢了。姚义田则在九坰地西边老乡烧土豆的炕边发现了三座窑址。这真是一个丰收的日子！三座窑中一座只剩窑室后壁，未作清理。另两座分别开 T3 和 T4，T3 的窑属马厂期，T4 的窑属半山期。窑室均为方形，《考古》1972 年

3 期上发的简报说是椭圆形不确。西坡呱发现的马家窑期的陶窑和白道沟坪发现的马厂期的陶窑也都是方形窑室。看来方形窑室应是兰州地区马家窑文化陶窑的一个共同的特点。马厂期的遗存除窑址外，还在达连地东北断崖找到一段灰层，夏鼐先生调查时可能就是在这里采集的陶片。

确定发现了半山房子后，随即暂停往下清理。因为工地没有人打过探铲，我只好自己动手，花了一整天终于把房屋范围找准了，并且知道了是一个半地穴式建筑。11 月 3 日开始扩方。11 月 8 日晚上下了一场小雪，但基本上没有耽误工作。11 月 10 日开始清理居住面上房屋倒塌的堆积及下压的器物。为了把工作做得细一些，只用了一个民工，全部由我们自己动手。

我们先剔除松软的土，所有红烧土、石块、木炭、陶片及其他迹象都暂保留不动并给予编号，以便观察它们的联系和照相、绘图，弄明白后再逐一起取。

我们首先注意到地面上大量的木炭。每个柱洞里差不多都有一截木炭，高出地面 10 ~ 25 厘米不等，地下部分因未被烧着而已腐朽成泥。靠近这些柱根倒下的木炭，有的长一米以上，很明显是柱子被烧后留下的遗迹。但是还有更多的木炭不知归属。我们很想从它们的粗细和方向上找些联系，但难以作出明确的判断。估计除柱子外还应有梁架和檩条之类。由于火毁时是逐渐坍塌的，所以方向比较乱。我们将大木炭采集了一些标本请学林业的段馆长鉴定，知道是青枫木。据说过去青岗岔附近就生长着许多青枫木，村子因此而得名。将较碎的木炭采了十几斤，以便进行碳 –14 测定。估计全部木炭有一百多斤，说明房子中的梁柱檩条之类有相当一部分燃烧不充分，或是在半封闭的情况下燃烧的，这可以证明房顶是抹了很厚一层泥的，否则不会出现这样的情况。有些木炭旁边的泥土已烧成砖红色，背面有檩条痕迹；而房内堆积的第四层灰黄软土大概也是房顶的泥土。

房子依山而建，坐西朝东，即朝向坡下。进深 7.4 米，面阔 6.5 米。进门有个圆形火塘，略高出地面，周围筑一泥圈。火塘的前面正中有一块立石，当为挡风的设施。火塘已被烧成青灰色，非常坚硬，在泥圈里面和前方直到立石处都堆满灰烬、炭屑和红色烧土块。

因为房屋是火毁的，室内器物来不及搬走，至少大件的陶器是没有搬走的。生产工具和装饰品等可能随身带走了一些，也还有一些留在室内，并且都被房顶塌下的泥土所覆盖。据此不但可以大致了解当时房子内生活用具等配套的情况，还可以根据这些器物的分布大致了解室内布置和空间利用的情况。

生产工具主要放在靠近西壁即后壁的地方，计有石制斧、锛、凿、纺轮、刮削器、敲砸器和砺石各1件，残骨锥1件，陶刀（收割用具）2件。装饰品仅见半截石璜，在房子的东南角。陶器能复原的有12件。有3件彩陶瓮，1件在西北角，2件在西壁下稍偏东处。其中1件的底部发现有黍子的皮壳和炭化颗粒，可见是储藏谷物用的。有5件夹粗砂陶瓮，有3件靠南壁，2件在中间稍偏东处。有2件夹砂白陶瓮，肩部饰数组弧形细堆纹，表面被熏成烟黑色，1件在火塘南边，1件在西壁下正中的位置。有2件带嘴砂锅，外表满是烟炱，当为炊器，但都放置在西南角。也许用的时候才搬到火塘上，不用时即撤走。那件带烟熏痕迹的夹砂白陶瓮既在火塘旁边，说不定也可当炊器用，可能是炊煮的东西有所不同。此外在房子的东南离火塘不远的地方有个残破的彩陶碗，还有2件残彩陶罐和1件彩陶盆。这些就构成了房屋主人的基本生活用具。房子北边没有器物，地面特别光平，那大概是休息睡觉的地方。这块空地宽仅1.8米左右，如果睡一排只能容纳两三个人，如果睡两排最多也只能有四五个人，这大概就是一个家庭的规模——虽然我们还难以推测这是一个什么性质的家庭。

在我们这次发掘之后，省博物馆文物队又在1976年的6～7月间，在同一块地的同一断崖边上发掘了两座半山房子。其中F4在我们所挖房子（F1）的北面8米，F5又在F4的北面3.4米。F4很小，差不多只有16平方米，也是被火烧毁的。这屋子里的器物很少，说明住在里面的人可能不是一个独立的生活单位，而与紧靠在旁边的F5的居民结成一种特殊紧密的关系。F5有45平方米，我们挖的F1有48平方米，两者面积差等，功能也可能差不多，各自代表一个独立的家庭。如果再多挖一些房子，对于探讨当时的家庭和社会组织是会有很大意义的。只是这个工作长期没有进展。直到现在，我们所知道的半山房子仍然只有这么3座。

不管怎样，半山期房子的发现毕竟是一件可喜的事。何况我们同时发现了半山窑址，勘定了一个半山期遗址的范围，甚至初步了解了半山居址和墓地的关系。于今再也不能说半山式陶器只是专给死人随葬的了。半山式陶器和相关的遗迹遗物应该代表着一个单独的文化实体，人们有时称之为半山类型，有时称之为半山期。鉴于它同马家窑期和马厂期的遗存在分布上有大面积的重合，而文化内涵上又有诸多联系，因此我倾向于把它们看做是同一文化的不同发展阶段。而要解决马家窑期同半山期的关系，小坪子一类的遗存是一个关键。我期待着这类遗存的新发现。

一次花钱最少的考古工作

1963 年对全国来说是刚刚经历了三年最困难时期之后的一个年头，而甘肃的困难时期还没有完全过去。青岗岔这个地方由于严重缺水，土地瘠薄，居民生活显得更困难一些。

初到青岗岔，当地生产队长安排我们住在卫生院旁的一位老乡家里。房东待我们非常热情，给我们烧洗脚水。我们洗完脚后想去挑水，可是找不到水桶。问小朋友，答说没有桶。我们不信，他才告诉我们水是用

青岗岔发现半山期房屋后与省文物队队长张学正在兰州黄河铁桥旁合影

毛驴在十几里路以外驮来的，不是挑的。从此我们就不好意思洗脚了。早上打一小盆水几个人共用，洗完脸后留下来到晚上擦脚。

因为缺水，山上没有一棵树，也很少长草。地里很难长庄稼，只能种土豆，产量很低。为了省钱，也为了尽可能与老乡打成一片，我们没有单独开伙，而是在老乡家里吃派饭。每日三餐都吃土豆，不是烧土豆就是煮土豆。由于我们是吃公家粮的，上面拨了一些面粉下来，所以中午一顿的煮土豆中能有几根面条。没有任何菜，吃饭时桌上放一碟生盐，各人可以蘸点盐吃。饭碗也不用洗，用舌头舔舔就行了。这种伙食我们不过吃了 20 多天，老乡们却是成年过着这样的生活。想到这里就更加深了我们勤俭节约的自觉性。

为了节省经费，我们从兰州到青岗岔三十几里的上坡路，好多行李和发掘用品都是借板车自己拉的。工作结束后返程虽然是下坡路，但是除行李外又增加了许多考古标本，还是借板车自己拉的。我们 5 个人从 10 月 24 日住进青岗岔到 11 月 15 日离开，20 多天中只花了 1 元多钱买了两斤点灯的煤油和一张窗户纸，连同伙食费在内的生活开支总共才花 30 多元。发掘的时候也是尽量少雇民工，大部分由自己挖。特别是到最后清理房子里面的遗迹遗物时几乎全部由自己动手，以至整个发掘的费用包括民工工钱和赔产费还不到 300 元。的确是一次花钱最少而收获相当丰富的考古工作！

几十年来我东奔西走，足迹几乎踏遍了神州大地，参加过好多次考古工作，青岗岔的发掘是最难忘怀的一次。我常常想到那里孕育了发达史前文化的非常特殊的黄土地地貌，想到青岗岔遗址的方方面面，想到在那里度过的日日夜夜，想到第一次发现保存完好的半山房址的喜悦，想到一同生活了 20 多天的勤劳质朴而又热情好客的老乡们，特别是同我们一起工作的许成义、崔志清两位生产队长，他们的音容笑貌至今还清晰地萦回在我的脑海里。整整 29 年过去了，这期间我们的国家发生了天翻地覆的变化，青岗岔的面貌也一定变得好得多了。多么想再去看看啊！我不禁默默地祝福：青岗岔，你好！

（原载《文物天地》1993 年 1、2 期）

周原考古忆往

1976 年是我们国家很不平常的一年。国家主要领导人相继过世，4月 5 日清明节，老百姓借祭奠总理给"四人帮"投掷了无数锋利的匕首，却被毫无道理地打成反革命事件。7 月唐山大地震死伤数十万人，人祸天灾接踵而至。直到 10 月粉碎"四人帮"，被"文化大革命"折腾得死去活来的亿万民众终于熬过了劫难。这一年我在陕西周原。

到周原去

在学校，我们是在工宣队和军宣队的领导下进行所谓斗、批、改，根本谈不上有什么真正的教学和科学研究。为了摆脱那种无穷无尽的批判斗争，北京大学考古专业的教师们借着批判修正主义教育路线、实行开门办学的旗号，走出校门，把大部分时间都花在带领学生进行田野考古实习上。我那时身体很不好，也宁愿坚持到野外去。1974 年带学生到湖北宜都红花套发掘大溪—屈家岭文化的遗址，收获颇丰。1975 年再到湖北主持发掘楚国纪南城 30 号台基，接着又发掘毛家山遗址，还整理了松滋桂花树大溪文化墓葬的材料。1976 年差不多整年在陕西周原。

之所以选择周原，是因为那里是传说中周人先祖建立基业的地方，多年来许多西周时期的重要铜器都出在那里，其中包括铭文最长或内容最有价值的天亡簋、毛公鼎、小盂鼎等。过去中国科学院考古研究所和陕西省考古研究所等虽然也做过一些工作，但对遗址的全貌仍然缺乏基本的了解。如果能够联合各方面的力量进行大规模的勘探发掘，不但对探索周人国家的起源和早期发展会有重要的作用，就是对遗址本身价值的认识和加强保护的措施也会起到积极的作用。这事首先是俞伟超提出来的。他同我商量是不是一同去做一番工作。因为我的业务主攻方向在新石器时代考古，怕我不愿意花大力气去做周代考古。其实我 1957 年发掘河北邯郸龟台寺，1962 年发掘河南安阳殷墟大司空村，1975 年发掘湖北楚纪南城，都是属于商周时期或以商周时期为主的遗址。能够发掘周原这样头等重要的遗址，对我来说是求之不得的。何况在当时那种令人窒息的政治环境下，离开学校去做一些实际工作当然是再好不过的。

俞伟超为了准备周原的考古工作，早就跟国家文物局文物处陈滋德处长谈了，得到了陈的全力支持，并且以国家文物局的名义要求陕西省有关方面努力合作。于是伟超又到陕西找省文化局、省博物馆、文管会、西北大学历史系和宝鸡市有关负责人商谈，决定成立由省文化局领导、各有关单位参加的陕西周原文物保护与考古发掘领导小组，对周原地区的文物保护与考古发掘工作实行长期的领导与管理。北京大学参加领导小组的有历史系分总支书记李志义和工宣队代表王长久。1976 年 3 月 5 日，我和北京大学考古专业 74 级全班同学和老师从北京出发，先到西安参观学习，然后直到周原工地。17 日，领导小组在宝鸡市召开了第一次会议。决定在周原开展大规模的考古勘探与发掘工作，同时举办亦工亦农考古短训班。参加这次考古工作的有北京大学考古专业 74 级学生和三名教师、西北大学考古专业的师生、省博物馆、文管会和宝鸡市博物馆的业务干部以及亦工亦农学员 116 人。师生人人动手，不再雇用民工。为了顺利地开展工作，在领导小组下设立了办公室，由宝鸡市文化局的容铎任主任，下设业务组、政宣组与后勤组，组长分别由北京大学的俞伟超、权奎山和宝鸡市博物馆的李和亚担任。

这次大规模发掘的地点，早在 2 月份就有所酝酿。为了最后敲定，业务组人员在正式发掘之前详细研究了一份 1/2000 的地形图，然后共同对遗址进行全面踏看。我发现岐山、扶风两县之间的冲沟应该是早先就有的，在周代也许没有现在那么宽和深，但在当时应该是存在的。所以整个遗址应该是分成东西两半，只是东边的一半较大。我们在对整个遗址进行踏看时，最被看好的是扶风的召陈和岐山的凤雏，其次是扶风的云塘和岐山的贺家，于是便决定首先发掘这四个地点。

周原的考古因为有北京大学和西北大学两个考古专业的学生和大批亦工亦农的学员参加，就不是单纯的考古发掘，而是把田野考古工作和考古教学紧密结合在一起的。我们规定十天为一周，其中七天发掘，两天上课，一天休息。除了上一般考古课，我和俞伟超着重讲授田野考古方法。俞讲考古调查和墓葬发掘，我讲遗址发掘和室内整理，准备在适当时候把讲稿整理出来，出一本田野考古学的小册子。后来我讲的部分分别发表了，俞讲的部分没有整理出来，就不能出书了。他对类型学也有极大的兴趣，回校后作了几次讲演，并整理成文发表了。这是后话。

为了配合周原考古发掘和教学工作，俞伟超和卢连成还编印了一本《陕西周原资料》，其中包括古文献中有关周原的历史记载，周原所在的岐山、扶风历来出土铜器略目和岐山、扶风考古文献略目等。为了及时地报道周原考古的情况，办公室决定出版不定期的《周原考古简讯》。周原考古就这样轰轰烈烈地开展起来了。

3月19日考古短训班在周原所在的庄白村举行开学典礼。3月20日各路人马即进入工地正式动土发掘。初步的分工是，俞伟超和卢连成负责召陈遗址，权奎山和西北大学的刘士莪负责云塘制骨作坊遗址，这两个遗址在沟东，属扶风县的法门公社。我和省文管会的徐锡台、陈传芳在沟西贺家村，负责发掘贺家和凤雏。这两个遗址属岐山县的京当公社。徐不直接负责工地。我在一开始是负责贺家的发掘，挖了几天，便交给陈传芳负责，我则转移到比较复杂的凤雏工地主持那里的发掘去了。

在周原贺家遗址指导学生挖西周墓（右为作者）

之所以选贺家是因为以前在那里出土过先周的遗物。周原不是周文王的爷爷古公亶父也就是周太王首先在此建立基业的吗？从太王、王季到文王都是在这里建都，应该留下那个时期的遗迹和遗物。贺家是当时所知明确出有先周遗物的地点，当然不能放过。可是在正式发掘之前，省文管会让民工先挖掉了半米深，然后由探工打探眼找墓。找出的墓用白灰一一标出，考古人员只需按照白灰画出的墓框往下挖就是了。这样做据说是为了节约业务人员的时间和精力，结果是有些文化层被挖掉了。有些白灰框内以为是一座墓，挖下去成了两座或三座。墓葬之间还有没有别的遗迹也无法弄清楚了。这样不画探方的发掘方法实在不足为法。挖了半天，全部是西周时期的墓葬。原来打算寻找先周遗存的希望落空了。

发掘凤雏遗址

我在去凤雏工地之前，省文管会已经让民工先开了四个 10 米×10 米的探方，也是挖了约半米深，又都没有编号。我在动工之前仔细考察了遗址的状况。首先看北边，那里有一个较陡的坡，坡上没有发现任何陶

在周原凤雏考古发掘时的几位负责人
前排右起：于得涛（岐山县文教局副局长）、严文明、祁建业（岐山县文物科长）　后排正中：王长久（北京大学历史系工宣队员）

片或其他文化迹象，那陡坡应该是遗址的边界。从北坡往南略有倾斜，大约 60 米开外倾斜度明显增加，大概也离边缘不远了。遗址东边的界线也很明确，那里有一条从贺家通往凤雏的小路，路面略低于遗址。从断面上可以看到不厚的文化层和路土。小路的东边有一个陡坡，上面可以看到一些陶片和红烧土，那应该是另外一个遗址。遗址的西边没有明确的边界，但七八十米以外已看不到文化遗物。这样我就以遗址的东北角为基点布置探方，还按照 10 米×10 米的大小依顺序排号。从北往南是 T1 ~ T10，从东往西是 T11 ~ T91，总共 100 个探方。事后证明，这个探方网基本上覆盖了整个遗址。

我们首先在已开挖的四个探方的基础上扩大为九个探方。经过约 20 天的发掘，初步探知有一座成组的建筑，包括前殿、后室、西厢和两个小庭院，那应该是一个大型建筑的西北部分。考虑到这组建筑的西边和东边高地上还可能有其他建筑，所以将其命名为岐山凤雏第一号西周房基，编号为 QFF1。下面的任务就是向东和南面扩方，以便了解这座建筑的全貌。这个发现使整个周原考古队兴奋不已，于是在 1976 年 4 月 17 日出版的《周原考古简讯》第二期上发表了重要消息：《周原考古的重要收获——岐山凤雏村发现西周宫殿或宗庙遗迹》，并发表了遗迹图和出土原始瓷豆的线图。

在周原凤雏遗址解释 1 号房屋基址可能的布局

在周原凤雏工地严文明（戴草帽者）在讲解西周建筑基址的情况

　　我注意到后室和西厢有一部分被红烧土覆盖，庭院里也有大量红烧土。土里面有许多草筋，样子很像是麦秸。可以肯定这房子是被火烧毁的，那些红烧土应该是房顶塌落下来的碎块。如果揭开这些碎块，将有可能了解房顶的结构，还可能发现原本放在房子里面的器物，进而了解房屋的用途。这工作必须非常慎重，应该在整个建筑的轮廓弄清楚以后再来考虑。

　　由于南部的地面已被后期破坏，难以根据已知的迹象去追索，我就决定首先向东扩方，寻找东部的边界。揭去后期的地层，很快就发现了东部的边界。由此知道后室是三间房，唯中间是明间，没有前墙，只在相当于前墙的中间部位设一约60厘米见方的土台。可见这房间不是居室，可能是设置祖先牌位的地方。东厢与西厢完全对称，二者与后室之间均为一空间，前面通回廊，后边开门通向室外。后室、东西厢与庭院之间有2米宽的回廊，两个庭院之间有3米宽的过廊。从过廊通后室的明间是整个建筑的中轴线，东西两边严格对称，一丝不苟。

　　在北部的布局基本弄清楚之后便向南扩方。可是南部的地面已被早年破坏，找不到墙体。这里是不是还有房子，如果有的话，是个什么样的开间和布局都不清楚。好在殿堂前面有一个大庭院，先找出庭院的边界，再依据东西厢外侧檐阶的边缘往南追，或许可以找出整个建筑的轮廓。由于檐阶的地面和外壁都抹了约1厘米厚的三合土，如果檐阶往南延伸，即使没有了地面，那外壁的三合土应该还可能找得到。事实上在平面上一刮，立刻就露出1厘米宽的沙线，正好连着北部檐阶的外壁，那就是三合土墙皮的痕迹。对比沙线里外的土质土色，也可以看出一些差别。依据这个线索一直往南追，直到约45米处（从北部檐阶边缘起算）成直角向内拐，这里已是门房所在。继续做下去，在两个门房之间发现了直通庭院的门道。更有意思的是在门道前面还发现一道短墙，端端正正地遮住了门道。那不是影壁吗？没有想到中国的影壁可以追溯到西周时期，真是太有意思了！考古工作至此，整个建筑的大致轮廓就已经完全清楚了。

热闹的现场会

凤雏西周建筑基址的发现是周原考古最重大的成果。同时在沟东召陈也发现了几组西周晚期的建筑基址，其中最引人注目的是3号房基。它也是建筑在一个夯土台基上，东西长24米，南北宽15米。中间有隔墙将其分为三大间。东西两间各有两排共12个柱础。中间的大厅接近正方形，面积超过200平方米。其中有三排共15个柱础。柱础石虽然都已不存，但下面的礤礅却很清楚。那是用拳头大的河卵石加土夯筑而成的，直径都在一米以上。在它的旁边还发现了许多板瓦和筒瓦，有的筒瓦上还有半瓦当，可见这座建筑的规格之高。它虽然是一座单体建筑，但显然不是孤立的，应该是与其他建筑构成一个有机的整体，其规模应该远远超过凤雏1号建筑基址。在云塘的制骨作坊旁边的一条深沟里发现了大量的下脚料，主要是牛骨，数量之多当以吨计，上面有明显的锯割痕迹，同时出土的还有一些残断的铜锯条。周原考古可谓旗开得胜，在短期内就取得了如此丰硕的成果，实为难得。考虑到这一期的考古工作已经告一段落，国家文物局于是决定在岐山召开周原考古和亦工亦农短训班现场经验交流会，同时举行短训班的结业仪式。

会议于6月7日至12日举行。到会的有中国科学院考古研究所和河北、河南、山东、山西、辽宁、吉林、甘肃、青海、湖北、湖南、江苏、浙江、四川、贵州、广东、陕西等省的文物考古部门和北京大学、西北大学、山东大学、吉林大学、南京大学、中山大学、四川大学、武汉大学、郑州大学等校的考古专业的代表。国家文物局副局长沈竹和文物处长陈滋德、陕西省革命委员会副主任章泽等都参加了会议。会议主要是总结和交流各有关单位精诚合作开展周原考古并取得重大成绩和举办亦工亦农短训班的经验。在当时的政治环境下，把举办亦工亦农考古短训班说成是缩小三大差别、限制资产阶级法权的创举。实际上这些学员从生产队来，学了田野考古知识和基本技术还回生产队去，将会成为保护古代遗址的一支重要力量，少数优秀学员还被选拔到大学考古专业接受正规的专业训练，后来都已成长为考古工作的骨干力量。

会议期间代表们集体到凤雏和召陈等工地参观考察与交流。记得为了迎接代表们，当地政府连夜组织人力修整道路，沿路扎了十几道彩门。代表们来的时候，大批中小学生穿着花衣，手举花环，高喊"欢迎欢迎，热烈欢迎！"陈滋德悄声跟我说："这不像是欢迎外国元首吗？"凤雏工地首先由我介绍情况。这时走来一个人跟我握手，问"你还认得我吗？"我一怔："哎呀！你不是童恩正吗，怎么干起考古来了？""你怎么也干起考古来了？"两人热烈拥抱。原来我们两人在湖南省一中是同班同学，在宿舍睡同一张床的上下铺。两人兴趣都很广泛，都特别喜欢数理化，就是对历史没有兴趣。可是在1951年他和他的父亲（当时为湖南大学教授）以"莫须有"的罪名被捕，从此就没有音讯。想不到我们竟是在这种场合重逢，真是高兴！后来我们的交往就比较多了，直到他不幸去世。

现场会结束后，我写了一个简讯，发表在6月15日出版的《周原考古简讯》第6期上，主要报道了现场会的消息和凤雏考古取得的成果，第一次发表了凤雏西周建筑基址完整的平面图。

新的收获

1976年9月，新的学期开始。北京大学考古专业招收了一个考古进修班，学员31人，多是在大学考古专业毕业，并在文物考古单位或大学考古专业任职者。学制一年，半年实习，半年授课。目的在于进一步提

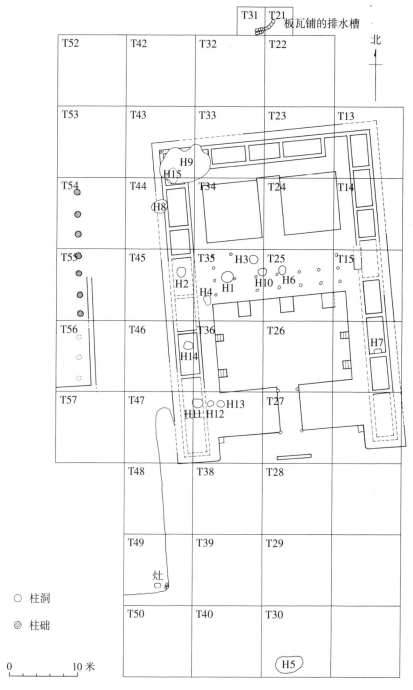

周原凤雏遗址 1976 年发掘总平面图（1976 年 12 月 4 日严文明测绘）

高田野考古学和考古学研究的水平。所有教学工作都由我和俞伟超负责。我们决定带领全班到周原进行田野考古实习，以便在周原这种大型遗址的考古发掘中经受锻炼，以提高学员的田野考古学水平。

我还是继续主持凤雏遗址的发掘，目标是弄清楚第一号建筑基址的内部结构。参加者除了进修班的部分学员，还有西北大学考古专业的部分学生，技术工人是李滌陈。由于整个建筑的南部和主殿的地面都已毁坏无存，要进一步了解其具体结构一时找不到头绪。于是我便从打破西厢第二间（从北数）西墙的灰坑H8做起。那灰坑中堆满着红烧土，说明挖这个灰坑时周围的房屋倒塌堆积并没有清除干净，只是在灰坑废弃后某个时期，为了清除周围的红烧土才把它填埋到灰坑中去。我亲自动手来做，发掘过程中在坑壁上清楚地看到被打破的房屋墙壁的基槽。这基槽宽58厘米，跟墙壁一样厚，深60厘米，再挖北边的H9，得到了同样的结果。这个信息十分重要——只要南部房基破坏的深度不超过60厘米，墙壁的基槽就有希望找出来，整个房基的细部结构也就可能弄清楚了！于是我让认土能力比较强的技工李滌陈跟我一起来做。我告诉他可能的走向，他一面铲，我们一面辨认。终于在不太长的时间内把整个东厢和西厢的分间情况弄清楚了！

接着做两个门房，但除了柱坑，一点墙基的痕迹都找不到了。我注意到这两个门房的台基高出地面还有60厘米，如果加上应该有的墙壁基槽的深度，原来的台基至少有1.2米高。而整个台基的北部仅比地面高10厘米左右。因为原来的地面北高南低呈缓坡状，为了使房基大体保持水平，所以筑成了这个样子。

由于门房和主殿的墙基都已不复存在，只好靠寻找柱洞来进行复原。主殿的柱洞南北有七排，每排四个，非常整齐。假如周围的立柱都是夹壁柱，整个主殿建筑就是东西约18米，南北6米，占地约105平方米。主殿的柱洞较大，也应该较深。推测主殿的地面应该比整个台基的地面高约50厘米，是在大台基上又筑一个小台基。主殿通向后室的过廊原有的地面也已不存，现存地面仍略高出后室地面，显然原来的地面还要高一些。这样整个房屋建筑就可以比较准确地复原了。我在11月24日画完了岐山凤雏第一号西周房基平面图，此图后来先后为北京大学考古教研室商周组编写的《商周考古》和夏鼐先生所著《中国文明的起源》二书所采用。同时我还画了一些局部结构图和复原图，都存放在周原考古队办公室的资料室。

沟东区继续在召陈发掘，又发现了几处建筑基址，只是保存都远不如凤雏第 1 号建筑基址那么好。到了 12 月 15 日和 25 日，沟东庄白村农民在平整土地时发现了两个铜器窖藏，西北大学的刘士莪老师等随即前往清理。仅 1 号窖藏就发现铜器 103 件，包括鼎、鬲、壶、簋、尊、觚、爵、盘、豆和编钟等 21 种器物，总重 1450 斤。其中有铭文的就有 74 件，年代涵盖整个西周时期。铭文最长的史墙盘有 280 字，用韵文讲述微氏家族如何从周文王起历代为西周王朝效劳的历史，确实是一次重大的发现。

没有完成的工作

1976 年下半年的周原考古没有上半年开始时的那种气势，又因为唐山大地震的余波和政治上的巨大震荡而不能不受到相当的影响。考古队经常听到传闻说某某时候会有地震，于是我们晚上就不敢在屋里睡觉，大部分人就睡到田野用玉米秸搭起的棚子里，还派人到羊圈值班观察羊的反应。10 月 6 日粉碎了祸国殃民的"四人帮"，但报纸和电台一时还没有公开发布消息。我妻子的医院住了不少高级官员，他们消息灵通。妻子知道后赶紧把消息告诉我，我随即在傍晚下工后亲自到沟东告诉俞伟超。两人兴奋得不得了，因为还没有正式报道，又不好过分声张。俞拿了一壶酒，弄了一些小菜，一面喝酒一面历数"四人帮"的恶行。很晚了，还兴犹未尽，我也不便回去了，两人就同睡在一铺炕上，兴奋得总有说不完的话，几乎是彻夜未眠。精神上沉重的枷锁一旦解除，真是有说不出的痛快！不久省里也得到了消息，跟着就改变了对我们的态度。不说是处处作梗，至少是少了相互配合的热情。因为北京大学是"四人帮"重点控制的所谓"六厂二校"之一，似乎我们也是执行极"左"路线的小人物。不知道我和俞都曾经是"四人帮"大批右倾翻案风时重点挨整的对象。所有这些事情对我们的思想和情绪造成很大的冲击，难以专心于考古业务。因此这半年尽管有不少新的收获，而整个考古工作的进度明显的慢了下来。

拿凤雏考古来说，本来想在下半年把第一号建筑基址的发掘工作彻底结束，但事实上做不到。快到学期末了的时候，还是有几件事情没有做完：一是打破建筑基址的14个灰坑只做完了10个，位于西厢从南数第二间的H11，以及紧靠其东边打破走廊的H12和H13，还有位于其北面第三间房的H14就没有来得及做。记得我把那些灰坑的边找出来以后，准备第二天来做，结果当晚下了一场大雪，没有法子接着做了。正好也到了学期末了，队里决定就此收工，只好留到来年去做了。二是北部有几间房子的地面上有大量红烧土，那是房屋的倒塌堆积，我是想留到后来仔细清理，看看室内有什么器物或摆设，也没有来得及做。三是后庭的排水沟通向台基的东边，那东边一定会有顺着地势向南流的排水沟。要找这条沟就必须扩方，同样需要时日。四是在一号基址的西边发现了另一个房屋基址，其柱础比第一号基址的要大，估计整个建筑也会比一号基址大。因为没有发现火烧的迹象，推测是在一号基址被火烧毁后重新建起来的。因为只看到东边的一隅，不好做肯定的结论。而要把这座建筑弄清楚，没有一两个季度的发掘是做不到的。我当时以为第二年还会继续去发掘，没有想到我在周原的考古工作就此画了一个句号，后来的许多情况我就不大清楚了。

我走了以后，大概在凤雏又进行了两次发掘。1977年秋的某个时候，徐锡台到北京来，告诉我凤雏发现了甲骨文，我大为惊喜。问他具体情况，他说是在西厢一间房子的窖穴里发现的。那窖穴里有许多红烧土和几块陶片，还有许多甲骨片。当时只捡了少量较大的甲骨，其余大量的都随土倒掉了。过了好多日子，民工在清洗甲骨和陶片时，发现有的甲骨上面有字，于是赶紧把原来倒掉的渣土重新挖出来过筛，才又捡出一万几千片甲骨，其中有200多片刻字。根据他说的情况，知道那个出甲骨的窖穴就是我发现的H11，只是因为一场大雪和学期结束而没有来得及清理。这一发现引发了学术界的热烈讨论。徐锡台和陈传芳都以为西厢那个房子乃是专门储藏甲骨文的地方。有的学者更以此判断凤雏一号房屋基址为宗庙建筑，甚至以出土甲骨文的最后年代来判断一号房屋基址的年代。这些说法都是以那个窖穴是在房屋使用的时候专门为储藏甲骨而挖建和使用的。这个判断显然是不正确的，因为H11打破了所在房间的墙壁。如果是室内专门储藏甲骨的窖穴，为什么要挖坏墙壁呢？再说那些甲骨很碎，有刻字的不到总数的百分之二，明显是一堆废品，并且是作为垃圾倒入已经废弃的窖穴，哪里是作为神圣物品珍藏的状态？其实凤雏一号房屋基址上的十几个灰坑或窖穴都不是房屋内的设施，而是在房屋毁弃以后才挖出来的。例如 H11 东边的两个窖穴，一个挖在走廊上，一个打破门房的墙壁；主殿西南角的 H4 也在走廊上。主殿范围内的几个窖穴分布毫无规律，有的贴近柱洞，因为是口小底大，下面已经挖到柱子的下面了，无论如何是不好解释的。何况像 H8 是打在西厢从北数第二间房的外墙上，把外墙全部打掉，而这个窖穴的情况跟 H11 并没有太大的区别。至于 H9 更是把西厢最北一间及其东边一大片都打掉了。所有这些灰坑或窖穴基本上都堆积了或多或少的红烧土，似乎是房屋烧毁时房顶或墙壁倒塌的堆积。但那些红烧土都比较碎，又掺了一些杂土，大部分应该是二次堆积，是灰坑废弃后形成的堆积。

陈传芳写了一本《周原与周文化》，把周原考古的大部分资料都发表了。因为不是他亲手所作，有些地方写得不很准确。上述甲骨坑是一例。书中发表的《岐山凤雏村西周甲、乙建筑基址平面图》上，从西小院经过过廊、东小院、东厢出基址的排水管道，最后应该有顺地势南流的渠道，但在图上看却是一些不规则形状的灰坑等遗迹。它们是与一号基址同时还是不同时的，是什么关系不清楚。又如一号基址西边的所谓乙组基址，只是一个东西较宽的单体建筑，跟我在 1976 年 12 月 4 日工地即将结束时画的平面图明显不同。我当时只找出了该建筑东边的一排柱洞和一个边线，都没有到头。与书中的图相比照，往北至少还有两个柱洞，可能还没有到头。往南的边线应该再延伸三个柱洞的距离才向西拐。而且所有柱洞都比一号基址的大，所以我推测这个房屋基址应该比一号基址大。但书中的乙组基址比一号小得多，而且只是一个单体建筑。到底是我做错了呢，还是后来发掘的人只看到了局部而没有注意整体的结构？这至少是一个疑问，只有等以后的高人再到凤雏考古的时候去验证了。

周原考古的启示

1976 年的周原考古时间不长，而收获颇丰，其中一项重要的启示就是如何把握学术前沿和寻找突破口的问题。相对商代考古而言，当时西周和先周考古的成果显然差得很多。作为西周都城的丰镐遗址的考古工作做了许多年，没有取得重大的突破。根据文献记载，周人自从在古公亶父率领下来到岐山之阳的周原，经济社会迅速发展，经过三代人的努力，到文王迁都沣京，便基本奠定了灭商的实力。而周原历年出土了大量西周青铜重器，也发现过一些先周遗物，说明不仅是先周时期，即使在整个西周一代，周原还一直是周人的核心腹地和力量的源泉。因此要研究周人之所以在短期内勃兴的深层原因，首先就要对周原进行大规模的考古工作。这本身是一种战略性的决策。

既然决定在周原进行大规模的考古发掘，而周原遗址那么大，首先应该从哪里动手呢？当时有两种主张。一种是传统的看法，认为应当从遗址边缘文化堆积比较厚的地方入手，那样可以多挖些陶片等遗物，可以比较快地了解遗址的文化性质和不同时期的文化特征，也不容易挖坏重要的遗迹。我和俞伟超则力主从最能代表遗址性质和发展水平的地方入手，也就是捡最重要的地方挖。在实地勘察时，有人看到召陈和凤雏文化层很薄，虽有不甚明确的建筑遗迹暴露，但所见陶片极少，不主张挖这两个地方。我说陶片少正好说明那里有重要的建筑遗迹，哪有垃圾堆到重要建筑区的？地层薄说明遗存单纯，没有或很少有不同时期遗迹的相互打破关系，重要遗迹才可能保存好，极力主张首先挖这两个地方。后来的发掘完全证实了这一判断。

为什么要选择最能代表遗址性质和发展水平的地方入手，也就是选最重要的地方开挖呢？道理很简单，因为要做好任何事情都要抓关键，牵牛要牵牛鼻子。如果只是在遗址边缘敲敲打打，即使挖了一大批灰坑和陶片，只能知道那是个西周遗址，那是不挖就已经知道了的，至于周原到底是个什么性质的遗址完全摸不着边。热闹了一场，不但学术上得不到多大成果，原来打算推进西周考古的愿望落空，也难于引起地方当局和社会人士的重视，遗址的保护和进一步的考古工作就成了问题。当然要做到这一点，主持发掘的人必须有丰富的田野考古经验和把握全局的能力，否则就会造成破坏。周原考古的这个启示，应该引起考古界同行们的关注。

从湖南到安徽

意外的序曲

湖南省文物考古研究所和日本的国际日本文化研究中心合作在湖南澧县城头山遗址进行环境考古研究，今年的工作已经基本上告一段落。经过商量，日文研的河合隼雄所长和我准备一起到工地看看，了解一下合作的情况。1998 年 12 月 4 日，我和高崇文乘南方航空公司的 3142 航班到长沙，因为飞机晚点，下午 7 点才下飞机。袁家荣到机场迎接，先到通程国际大酒店，河合所长和管理部长早已在那里等候，还有日方工地负责人安田喜宪和翻译黄晓芬。湖南省方面有文化厅副厅长金则恭、文物局谢局长、文物考古研究所张书记和袁家荣与裴安平两位副所长等也都在场，省方设宴款待。因为我们来晚了，让他们等了很久，实在不好意思。席间气氛非常热烈融洽，我感到很高兴。可是在谈吐中了解到日方突然改变了计划，据说是因为河合所长感冒下不了工地，他们打算明天一早全体陪所长到昆明去，不去澧县了。我感到这样做非常不妥，饭后立即到河合房间，指出我这次来是日方邀请的，目的是与河合所长等同赴现场了解今年双方合作的情况，交流看法，并且就今后的工作做一些安排。为此何介钧所长不等在香港中文大学的学术会议开完就提前赶回来做准备，现在正在工地等我们去，怎么可以把他撇下来调头就走呢？这显然是对我方的不尊重，这样下去还怎么能继续合作呢？听我这么一讲，日方立刻赔不是，决定还照原计划到工地去。我说河合所长既然有病，最好就留在长沙，其余的人明天一起到澧县去。大家觉得这样安排挺好。我说既然大家同意就这么决定了，还要派人照料河合所长，我们才好放心下去。一下来就将了日方一军，这是我事先万万没有想到的。

再访城头山

12 月 5 日一早，我们乘省政府的三辆小车直奔澧县。车牌号码是湘O 打头，通过任何收费站时不但不交费，收费站的人员还要敬举手礼，神气十足，这实在是中国特色，不足发扬的。大约 11 : 30 到常德，在一个个体饭店用过午餐，随即上路，直奔澧县城头山工地。何介钧在工地迎接。我们看到原来为保护遗迹搭建的一些简易棚子都被拆除，新搭了一些较好的棚子，为的是进行航空摄影。我们先看城西南部切开的一个断面，那里清楚地显示几个时期的城墙依次叠压和逐步扩大的情形。接着看南城门附近的遗迹，那里地层关系比较复杂。在大溪文化时期似乎有一条深沟，中间被填出一条路（城门路）；或者是有两个深坑，里面积满了黑色淤泥。沟或坑壁有木桩和编织物护坡。淤泥里面发现有大量的有机物，包括船桨、稻谷、葫芦、豆子和各种植物种子。是继河姆渡之后在新石器时代遗址中发现有机物遗存最多的一次。在屈家岭文化时期一部分沟被填实，而且砸得很紧，向城外伸出像个舌形半岛，两边的沟也依半岛向外弯曲。确实的情况虽然还没有完全弄清楚，但已经初步看出来城门及其附近还有比较复杂的结构，是很有意思的。

最后到东门附近参观，那里正在进行相当规模的发掘。最下面是水田遗迹，田埂长度已经延伸到 19 米，但是找不到拐弯的地方，不知道到底有多大，是个什么形状。大溪文化的城门处有一排柱洞，洞径约 20 厘米，间距约 30 厘米，向北一直延伸到城墙上，应当是栅栏和栅栏门。到屈家岭文化时期，城门口铺满卵石，一直延伸到城外。城门口内有一个直径约 40 米的土台，边缘地方堆满红烧土，上面是一层黑灰，有的地方铺满陶片。现在有些地方还没有发掘完毕，何介钧估计是一个祭坛。不论怎样，它应当是一处特殊建筑或者是某种特殊建造的基址。与它相对的城墙脚下有一排长方形坑，其中有的埋几件陶器，有的有石头和陶器，有的只有几块红烧土。这些坑都打破城墙脚，可能与那个土台或祭坛有些关系。在土台的南边正在发掘的一个探方内发现有一座窑址，窑箅呈川字形。周围有一些红烧土坑等。安田的几个助手正在那里采取土样标本以便寻找昆虫和寄生虫等。

晚上住到澧县兰帽宾馆，平常日本队员就住在这里，他们和老板已经混得很熟了。澧县的文物干部曹拿了城头山遗址博物馆的规划方案给我看，要我提些意见。因为国家计委已经一次性拨下 500 万元作为博物馆的建设费用，但现在的规划方案至少要 2000 万元。怎样建还真是一个问题。

一次成功的会议

12 月 6 日一早，我们从澧县出发乘车到长沙，住到通程国际大酒店。这是一家五星级的宾馆，在长沙三家五星级的宾馆中是最豪华的一家。但是生意并不很好，据说每天要亏 80 万元左右。因为到宾馆时已经很晚了，下午三点钟才吃完午饭。稍事休息，便召开中日双方负责人的会议，到会的有中方队长、湖南省文物考古研究所所长何介钧，中方顾问严文明和关心这项工作的高崇文；日方队长、国际日本文化研究所所长河合隼雄和管理部长，以及日方工地负责人安田喜宪，黄晓芬当翻译。日方顾问梅原猛本来是要来参加的，因为健康原因没有到中国来。

我和河合首先说明开会的旨意，就是双方总结一下今年的工作，看看有什么成绩和不足之处，双方配合得怎么样，有没有要改进的地方，明年的工作如何开展也可以初步交换一下意见。接着何介钧全面地介绍了一下今年工作的进展情况，充分肯定了成绩，也提出了一些要改进的地方。他认为尽管中国方面也做过一些环境考古方面的工作，但是比较零散，不配套，设备也比较落后。日方正好发挥这方面的优势，把澧阳平原的环境考古搞上去。但是日方人员不懂考古，对于如何取得标本和在哪些地方采集标本不大理解。所以希望明年开工时双方对工作的性质和意义都作些介绍，尽量避免工作中的盲目性和可能发生的误解。日本方面对这些意见完全接受。安田认为今年的工作进行得很顺利，生活上的安排也非常好，对中方在各方面的配合与照顾表示感谢。我问他河北、四川、云南等地与湖南澧县的伙食比较起来哪个地方的最合胃口，他说澧县的伙食最好，农家的饭比宾馆的更好吃，他们已经养成吃辣椒的习惯。管理部长提到虽然今年的工作很不错，但是明年怎么作，是不是能够有新的重大的发现，心里没有底。但是如果没有重要发现，日方在申请经费时可能会遇到一些困难，这一点希望中方能够理解。我说城头山遗址是国家级文物保护单位，在那里发现的水稻田是世界最早的水稻田，那里第一期的城是中国最早的城，而且从大溪文化到屈家岭文化连续有四次筑城活动，这样重要的遗址能够让日方参加工作是很不容易的，把这些道理同日本文部省或财团讲清楚，相信他们是会支持的。再说考古工作往往需要持续多年的努力，不能期望每年都有重大发现。不过只要规划得好，阶段性成果总是会取得的，这点可以请日方放心。日方对这个解释非常满意。我还特别强调我们的队伍虽然是由中日双方组成的，但它是一个整体，一切工作都应该通过队长，当然队长要多和大家商量，使我们的工作做得更好。大家觉得这个会议开得很好，充分交换了意见，又统一了思想和认识，明年的工作一定会做得更好。

从湖南到安徽

12 月 7 日上午我和高崇文同日方人员一起乘飞机到北京。日方人员打算稍事休息，第二天拜访国家文物局负责人员，然后回国。我和高崇文直接回到学校，到家时已经下午 3 点钟了。

还在去湖南之前，安徽省文物考古研究所的张敬国来看我，说在含山凌家滩又进行了较大规模的发掘，出土了许多玉器，其中不少是以前没有见过的。更重要的是在墓地发现了祭坛遗迹，要我和张忠培一定去看看。我只好马不停蹄，约了高崇文、李水城和张忠培一起，于 12 月 8 日乘火车到安徽去。

考察凌家滩遗址

我们一行四人于 12 月 9 日早晨 7 点半到合肥，张敬国和杨立新所长在车站迎候。吃过早点，就乘北京吉普车直奔含山凌家滩。含山县在合肥市东约 100 公里，凌家滩则在含山县南约 50 公里的裕溪河北岸，原来属于长岗乡。到遗址前，含山主管文物的女县长等好几位干部已经在路上等着我们。我们决定先到墓地看看。那是一个岗地，1987 年首次在那里发现玉人和刻划着复杂图形的玉板时曾经引起学术界的极大关注，1988 年我到这个墓地看过，因为发掘面积很小，一下子看不出个眉目。

这次挖了一千多平方米，连同 1987 年发掘的，总面积已达 1775 平方米，大部分已经揭露完毕，只有少部分现代坟所在的地方还没有挖，东部边缘也没有做到尽头。墓地北边约 5 公里是太湖山，有国家森林公园和梅花鹿饲养场。山麓有一条低岗伸向凌家滩，名曰长岗，墓地就在长岗的南端。据说这片墓地的北边不远处还可能有一片墓地，只是还没有发掘。

张敬国告诉我们在墓地发现了一个祭坛。我们根据他的指点看到几乎在整个墓地上都有用人工筑成的地基，其中包含有石块、小石子和黏土等物，厚约 20 ~ 50 厘米，极其坚硬。大致是中间厚，周围比较薄，因而中间显得比原来的地形更高一些。因为早期发掘时没有认识，加上后期的破坏，整个形状已经不大清楚了。在它的上面有几个圆形和长方形坑，其中有一个长方形坑中有几件陶器，张敬国说是祭祀坑。由于迹象太简单，又受到比较严重的破坏，很难肯定这就是祭坛的遗迹。

在这里前后发掘了 44 座墓葬，其中有个别的被所谓祭坛的地基压着，有不少打破了地基，还有一些关系不明。南边的几座墓葬较大，以前发掘的 4 号墓就在南边的正中，其中出土有三个站立的玉人和玉龟夹玉板等特殊器物，是这个墓地中最大的一座墓葬。这次在西南角发掘的 29 号墓可能是第二号大墓，其中也出土三个玉人，只是腿部特别短，可能是表现正面的坐姿。同墓中还出土玉鹰、两把玉戈和很多玉钺等。玉鹰的两翅张开，末端均作成猪头形，体部则在一个圆圈中刻划八角星纹，很是奇特。东南角也有一座较大的墓葬。西边的墓葬数量最多，有 21 座，其中有中等墓也有小墓。20 号墓出土有 111 个管钻下来的玉芯和许多制造玉器时留下来的边角料，墓主人可能是一位玉匠。北面只有少量小墓。

墓地的南面不远就是凌家滩村，也就是凌家滩遗址分布的地方，只是遗址的面积比现代村落的面积还要大些，匡算起来大约有 100 万平方米。在村子里还可以看到大面积的红烧土堆积，可见那里有重要的建筑遗迹。遗址中靠近河边的地方发现过彩陶，也许遗址的年代跨度比墓地要大些。无论如何，从凌家滩遗址和墓地所见的情况来看，已经够得上一个中心聚落的规模了。

看完遗址后便到太湖山下的昭关宾馆用午餐，然后到伍子胥经过的吴楚边界昭关凭吊。那里的古迹已经荡然无存，现在看到的昭关乃是前几年造出来的假古董。

在安徽省文物考古研究所

我们在安徽转了一整天，到晚上才回到合肥安顿下来。下榻的地方是安徽省文化厅招待所，省文物考古研究所成立40周年和省考古学会第九届年会就在这里召开。12月10日上午举行开幕式，我和张忠培都讲了话，李水城代表北京大学考古学系宣读了贺词。我谈到上次参加省文物考古研究所成立30周年时，所里的气氛是生机勃勃，真有点像一个人到了而立之年的味道。现在40周年应该进入不惑的境界了，但是不像。前几年有的同志经受不住市场经济大潮的冲击，所里的工作没有抓得上去，大家有些意见。现在加强了领导班子，希望今后的工作能够有一个新的局面，这也就是我的祝贺。下午由我和张忠培作学术报告，我们都没有准备，我只好讲了一下近年来关于文明起源的新探索；张讲了半个世纪以来的新石器时代考古研究。效果究竟如何，实在不敢自信。

晚上省考古所的主要业务人员约我和张忠培开了一个座谈会，就安徽考古所今后的工作交换了一些看法，大家情绪还比较高，我说这就是希望所在。

12月11日上午，我们到省考古所看标本，主要是看凌家滩出土的玉器。其中璜、环等的玉质最好，钺、戈等武器次之，玉人、玉鹰等都因受沁发白，硬度也较低。这次最大的收获是看到了29号墓出土的两件玉戈。开始张敬国告诉我说是玉矛，如果是矛那当然也很重要，因为新石器时代遗存中很少见到石矛，玉矛则还没有听说过。这两把玉戈初看起来的确像矛，但不大对称，尖端与柄的中点也不在一条直线上，如果把柄部理解为戈的内就很合适了。所以我说应该称为玉戈，大家都觉得有道理。这是迄今所发现的年代最早的戈，从而为戈的起源找到了一个重要的证据。但张敬国关心的是不是够得上评为今年的十大发现之一，张忠培满口说没有问题！

初登九华山

11日下午，张敬国和吴卫红等陪同我们到九华山。下午两点钟从合肥发车南下，估计五点以前能够到达目的地。一路经过巢湖，到长江过铜陵大桥，直奔青阳。九华山原来属于青阳县，现在已经独立为一个县级单位。在青阳时就看到了一座去九华山的石牌坊，但是过了石牌坊到九华山还有相当长一段距离。天色已经黑下来了，我们摸着黑沿着曲曲弯弯的山路慢慢地向上爬着，到目的地时早已过六点钟了。原来打算吃过晚饭后去看看和尚们做法事，因为时间太晚无法安排了。

12 日一早便登九华山。我们先乘车到缆车站，坐上缆车向上攀，只见山势陡峭，满山青松翠柏，十分壮丽。到站后便开始徒步登山，虽然修了石阶，但因坡度甚陡，又结了冰，走起来还是非常困难。不管怎样，我们还是登上了最高峰天台，极目远望，群山竞秀，翠绿中点缀着各色古刹，煞是好看。下山途中我们参观了几座庙宇，可惜都是近现代重建的，只有一座是明代的。九华山本是佛教的四大名山之一，据说原来有上千座寺庙，大部分被相信拜上帝会的太平天国起义军烧掉了。虽然后来略有恢复，又遭到了"文化大革命"的破坏，现在已经不到一百座了。近年来旅游相当兴旺，不少华侨回来捐资修庙，九华山又热闹起来了。不过现在的和尚似乎不如从前的那么虔诚，许多人住在山下，对于世俗的酒色财气也不能以一切皆空的理念来对待了。

我们中午下山，到青阳稍事停留，参观了县博物馆。该馆是从皖南民居中选了一座徐姓祠堂搬迁而来的，从买房、拆卸、搬运到重建总共只花了 80 万元。我们看到祠堂旁边还搬迁来了几家民居，据说还要多搬一些，组成一个民居公园，虽然失去了原来的环境，但在当前农村民居大量破坏的情况下，这样做对于建筑本身还不失为一种保护办法。

参观省博物馆和包公祠

12 月 13 日上午参观省博物馆，杨立新陪同给我们做解说。据说这次花了 100 万元，包括房屋的整修和重新布置陈列。东西比过去多得多了，但是因为经费太少，陈列的布置做得十分简单，管理也很差，一些观众随便用手抚摸汉画像石等展品，看守的人却在那里漫不经心地打毛衣。这次展出的新石器时代的东西不少，我特别感兴趣的是双墩出土的一大批陶器上的刻划符号。这些符号一般刻在矮圈足碗底部，只有把碗倒扣起来才能看到，这跟杨家湾和柳林溪的大溪文化陶碗上的刻划符号的部位一样，只是符号的风格大不一样。大溪文化的基本上是一些比较简单的抽象符号，而双墩与侯家寨的则多半是比较复杂的具象符号，诸如鱼啊鸟啊等等。青铜器中最重要的当然是楚器和蔡器，但蔡侯墓的青铜器大多有粉状锈，它是青铜器的癌症，一些器物已经锈得不像样子，实在可惜。最后一部分是皖南民居的资料，很丰富也很有特色。我们参观足有一个上午，馆里没有暖气，虽然穿了很多衣服，还是觉得很冷。看过后我跟杨立新他们说，这个博物馆实在该改建一下了，问他们有没有建设新馆的计划。他们说有此一议，但是又有人说这个老馆是毛主席参观过的，不好拆，又没有别的地方好盖新馆，就这样拖下来了。

下午稍事休息后去参观包公墓和包公祠。包公墓完全是新造的假古董，不过环境清幽，是一个休闲游玩的好去处。包公祠可能是明代建的，里面还有不少香火。两个地方都在护城河旁边，我们从包公墓沿着河岸一直走到包公祠，风景极好。我虽然来合肥不止一次，但真正看街道和风景这还是第一次。合肥的街道也比较整齐，卫生比北京好得多，只是交通秩序不甚理想。

忙碌了一天，晚上乘火车北上，12月14日上午回到北京。这次安徽之行虽然画了一个句号，但是安徽的考古工作今后究竟会怎么样发展，仍然不时地萦回在脑海之中。

九九广东行

冬日广州满城春

1999 年 1 月 21 日，应广东省文物考古研究所的邀请，我偕夫人和赵辉一道乘南方航空公司 3102 航班于下午 3 点多钟飞抵广州白云机场。古运泉和李岩到机场迎接。现在是九九隆冬，北方是一片灰黄，过长江才看到一些绿色，可是广州的机场外栽满了各色鲜花，十分艳丽。我们先到东北郊天河体育场附近的省文物考古研究所，沿路都是绿色的树木，也有一些鲜花，市面五光十色，人群熙熙攘攘，真可谓是满城春色，同北京有鲜明的对比。我们在所里稍事休息，顺便参观了各个部门和研究室。自从省文物考古研究所从省博物馆院内搬迁到这里来，我还是第一次参观这个新的建筑。然后到考古所西北边的豪景酒店办理住宿。这个酒店是国家安全部办的，设备和服务都不错。少顷省博物馆的邓炳权馆长和杨式挺来看望我，我和杨式挺是老同学，已经好几年没有见面了，自然有许多话要谈。接着由考古所和博物馆共同设宴招待，气氛甚为热烈。

重返石峡

1 月 22 日上午从广州出发，由古运泉和李子文两人轮流开车到广东北部的曲江石峡。因为朱非素、杨式挺、李子文和赵善德等去年 3 月起一直在那里整理 70 年代发掘的资料，现在整理告一段落，希望我去看看。我们沿新改造的一级公路前行，看到一路有不少地方塌坏了，还有几起车祸。大约 12 点多钟到翁源一家饭馆用过午餐，便继续向曲江石峡开去，下午 3 点左右到达，朱非素等出来相迎。杨式挺、赵善德和香港的孙德荣、马文光也已经先期到达，大家见面非常高兴。我第一次到石峡是在 1985 年，那

在曲江石峡遗址上（左：杨式挺　右：朱非素）

时朱非素等陪我考察了石峡和粤北的许多新石器时代遗址，这次算是我重返石峡了。

我们稍事休息，即先由李子文介绍他1985年发掘的资料，那时发掘了十几个探方，地层搞得比较清楚。接着由杨式挺介绍70年代发掘的遗址部分，才知道石峡文化至少有两座分间式长屋和许多柱子洞，但发掘时全然不知道，竟然把栽柱子的墙基槽当作灰沟。幸好在遗迹平面图上还可以明确地判断为房子。杨式挺把遗址的资料分为四期：第一期大约相当于汤家岗一期；第二期即石峡文化；第三期是所谓石峡中层，年代可能定在夏商；第四期约当西周晚期到春秋时期。这个判断大体上是正确的。我们一直看到吃晚饭的时候。曲江县主管文教的曾副县长设晚宴招待大家，席间谈到县里现在正在抓五个一工程，就是一条路，要乡乡通水泥路；一套房，每家要有一套合适的住房；一棵菜，说是要种反季蔬菜，以便卖到好价钱；一粒米，过去这里出产马坝油粘，是一种贡米，很好吃，但产量不高。现在这种米很行销，价格比普通米高许多，所以大力推广，去年种 10 万亩，今年要种 25 万亩。还有一头牛，就是养荷兰进口的肉牛来代替本地的黄牛。黄牛的出肉率只有 35% 左右，荷兰牛的出肉率则可达 65% ~ 70%，而且个体也要大一倍左右。如果这五个一工程能够实现，本县的经济和群众生活水平将会提高一大步。曾说现在当干部不容易，很辛苦。我想对于大多数干部来说可能是实际情况。不过我不明白当干部的为什么要管那么多事，为什么不可以把主要精力放在行政管理、社会治安和公共设施的建设等方面，而要花那么多精力去抓本来可以由企业或个人做的事情。如果政府的职能有一个根本的转变，我想廉政问题、扰民问题等等都会比较好地解决，老百姓的日子也会好过得多。

原来曲江县政府设在韶关市，现在迁到了马坝镇，而且建设得很不错，我们晚上就住在马坝的曲江迎宾馆。23 日一天主要看石峡的墓葬资料，由朱非素介绍。她排得很认真，把全部墓葬划分为五期。我看早晚差别并不很大，也许分三期就可以了。下午四点左右到石峡遗址看了看，又与发掘区的平面图对照考虑，似乎明白了一些。遗址有三万多平方米，考古发掘只有四千多平方米，仅仅是八分之一，主要在东部，整个聚落

研究石峡陶器

遗址的情况还难以作出明确的判断。

然后由古运泉开车到韶关市，市文化局的黄局长到半道迎接，并且陪我们游览了韶关的主要街道。最美丽的地方在两江汇合为北江的三岔口处，那里盖了一座非常漂亮的韶关海关大楼，据说许多新婚的男女都要在这里照相纪念。晚上市文化局设宴招待，到 21 点才回到宾馆。

24 日上午开了个关于石峡整理和如何编写发掘报告的座谈会。先由杨式挺和朱非素谈了资料整理的情况和存在的问题，然后由我谈了谈对整理情况的看法和编写报告的设想。我认为石峡遗址的文化遗存可以分为四大期，分别代表四个考古学文化。第一期文化大致相当于汤家岗；第二期文化即石峡文化；第三期文化大约相当于夏商时期，但不是夏商文化；第四期文化则相当于西周晚期到春秋时期。而重点在石峡文化。这个文化有一个比较完整的墓地，它的北部有一座东西长 45 米以上、南北宽约 9 米的分间式长屋；西边有一座方形或长方形的房屋，南边也明显有长方形房屋，自成单元，这是很难得的。墓葬中有的随葬几十件陶器和数件石钺，如墓 47 是；有的随葬石钺、琮和一百多件石镞，如墓 104 和墓 105 是。可见当时已经明显地出现了贫富分化。考虑到遗址的绝大部分还没有发掘，也许可以认为在石峡文化时期，这里已经是一处超出其他遗址的中心遗址。关于发掘报告的编写体例，我建议按照四期文化的顺序写，二、三期文化的遗址和墓地要分开写，有关遗物的名称要统一，型式不一定统一，这样写起来会比较容易一些。我希望尽快把考古报告写出来，因为这是全国考古界都非常关心的一件事情。

访问英德

1 月 24 日下午，古运泉提议我和秀莲到英德去看看，由他开车，同行有李子文、金志伟、孙德荣和马文光。现在英德已经建市，又是省级历史文化名城。我们到达后安排在市府招待所。主人非常热情地接待了我们。稍事休息，便去参观市博物馆。沿路看到正在修筑的沿江大堤，全是用钢筋水泥筑成，堤上是高等级公路，堤内是商业长廊，堤外是旅游景区，十分壮观。现在投资已经达到两亿元，据说完成要花六亿多元。过了大堤便到了博物馆，据说原来这里是比较高的地方，但是现在在大

考察英德牛栏洞遗址

堤内显得很低，市政府已经决定投资三千万元在另外一个比较高的地方盖新博物馆，原来的这个博物馆就基本停止开放了，今天是专门为我们安排的。

博物馆的展品虽然不多，但还是比较精练。我主要看了一些新石器时代的东西，其中有青塘圩洞穴遗址群的石器等。然后到库房看了云岭牛栏洞的标本。这里由中山大学的张镇洪和金志伟等于1996年和1998年两次共发掘了十多个小探方，第一次发掘的结果见《英德云岭牛栏洞遗址试掘简报》，发表于《江汉考古》1998年1期。洞内出土石器主要是所谓陡刃石器，就是把砾石打断，稍稍加工，使刃部的夹角达到70°～80°。发掘者把它分为五期，时间跨度被定为从旧石器时代末期经中石器时代到新石器时代早期，但这种陡刃石器从早到晚并没有什么变化，只是在第六层出一件两面对钻未透的所谓重石，第四层出土粗绳纹小陶片，第一层出土一件通体磨制的小石斧和几片指甲盖大小、绳纹较细的陶片，要明确断代是很困难的。与简报同一期发表的张镇洪等所写《广东英德牛栏洞动物群的研究》便说："整个堆积层的岩性变化不大，从第一层到第六层都有螺壳和蚌壳出现，所以可以把它当成一个单元来看"（21～

22 页）。并且说由于动物群绝大部分是现生种，又多喜凉动物，与黄岩洞、独石仔、白莲洞、鲤鱼嘴、甑皮岩和庙岩的动物都差不多，因而"生成的年代很可能在 2 ~ 4 万年之间"（28 页）。两者的结论是非常矛盾的。

1 月 25 日上午，我们先到云岭牛栏洞参观。那里有一座孤立的石灰岩小山名曰狮石山，原来在山脚下有一个很大的劳改营。农民曾经在山洞中圈牛，所以叫做牛栏洞。洞口的堆积比较厚，集中开了几个小探方，并且分了几个地点，但地层的衔接有些问题。比如第一地点分了六层，原来说是全部压着第二地点，现在又说是第二地点与第一地点的第二层相衔接。分期也有很大的随意性，特别是没有注意每层的活动面，没有考虑人类在洞中不同区域的活动的特点。听说市里原来计划在这里建一座大型水泥厂，我们看到地基都已经打好，但市政府考虑到遗址的重要性，决定停办水泥厂，改建遗址博物馆，这是很有魄力也很有远见的。可惜遗址虽然不错，发掘却不尽如人意，今后应当加以改进。

接着市里的同志陪我们游览宝晶宫，是一个石灰岩山洞，洞内千回百转，琳琅满目，并且有三层，每层温度不同。洞外风景也十分美丽，是省级旅游胜地。大家玩得很痛快。

在省文物考古所

1 月 25 日傍晚回到广州，一路上说说笑笑。古运泉的俏皮话特别多，什么"男人发财就变坏，女人变坏就发财"之类，都是些当代的民间谚语。我们开玩笑说他的水平可以与陕西的魏京武比肩，要是举行南北对抗赛，没准古所长会取得胜利。晚上古运泉邀请我们到广州东郊棠下渔港的东江海鲜楼用餐。那是一个很大的地方，外面停了几百辆车，都是去吃海鲜的。几十桌一间的大餐厅有好几个，楼下有个海鲜大排档，池子里和笼子里养着各色各样的海鲜。我们先定一个餐桌，领了一份菜卡，然后到大排档那里点菜。每个排档有各自的业主，他按照客人的要求称足某种货物的分量并且装进塑料袋，写好菜卡，一份系在塑料袋上，一份送往餐馆。专门有人把塑料袋集中送往加工车间，加工好了送厨房。货主、运输人员、加工车间和餐馆分属于不同的主人，但是运作起来有条不紊，效率极高。从点菜到烹调好端上桌子不到 20 分钟。我跟大家说，这种管理方式真好，可不可以把它运用到考古发掘工作中的遗物和资料管理方面去呢？动动脑子，也许会大大改进我们的工作。

26 日上午到省文物考古所参观最近在各地发掘所得的石器和陶器等标本。标本室设在办公室的上面即第十层，标本架是用不锈钢做的，有导轨，可以很方便地推动。古运泉说他在美国参观时看到了这种标本架，觉得很方便，回来就定做了一套，在国内还算是比较先进的。只是标本并不太多，摆放得也不大规范。我主要看了珠海平沙棠下环和宝镜湾、东莞园洲和村头、博罗银岗和梅花墩的东西。冯孟钦又把我拉到他的房间看他最近发掘出土的标本。晚上曾琪来访，甚是亲热，我约他给考古学的世纪回顾写篇稿子。约九点半古运泉邀请我们上白云山观看广州夜景，我们一直爬到海拔 382 米的摩星岭，看到周围万家灯火，十分壮丽。下山吃过夜宵，回宿舍时已经是下半夜一点了。

再访珠海

在广东省除广州外，我去过的次数最多自然也是最熟悉的地方就要数珠海了。记得 1985 年春我第一次访问珠海时，同朱非素、李子文和赵善德等重点调查了淇澳岛的几处遗址，后来写了一篇《珠海考古散记》，发表在珠海市博物馆等编的《珠海考古发现与研究》（广东人民出版社，1991 年）上。以后或专程或路过，又到珠海去过几次，每次都要了解珠海考古进展的情况。听说最近那里又有比较重要的发现，我们决定去看一看。

1 月 27 日上午由邱立诚开车直奔珠海市平沙管理区，同行的有赵辉和朱非素，区委副书记梁兰等热情接待了我们。午餐后由北大毕业的王世林带我们到棠下环遗址考察，沿路看到一望无际的甘蔗林，知道那里是一处重要的蔗糖基地。我们一直走到海边，在一个海湾的岸边即是遗址所在，只是没有看到沙滩。1998 年省考古所在这里发掘了 1500 平方米左右，文化面貌初看起来与东莞村头相近。在第一发掘区第 8 探方第四层中曾经出土过一件铸造青铜斧子的石范（李岩：《广东青铜时代早期遗存诸问题浅析 —— 从珠海堂下环出土石范谈起》，《东南亚考古论文集》，香港大学博物馆，1995 年）。同时也出了几片彩陶，地层不明，可能有较早的遗存。

从堂下环出来走不多远，接着通过一道约六公里长的海堤，便到达高栏岛。再往前走几公里，便到了岛西南的宝镜湾遗址。1998 年在这里发掘了 500 多平方米，出土了大量的遗物。我们参观时看到有许多柱洞，只有少数成排，多数不大规则，可能有干栏式建筑。从遗址向上爬约二三十米，便是著名的宝镜湾岩画所在。不过宝镜湾岩画不止一处，山坡下沙滩边有天才石岩画和宝镜石岩画，我们看到的岩画称为藏宝洞岩画，是最重要的一处。它的南边还有大坪石岩画。藏宝洞由两块巨大的石头东西相向而立，上面原来盖着三块大石，后来地震时塌下来了。南边顶着山崖，只有西北边有豁口可以进去。据说前清时期有个海盗叫张宝仔的曾经在这里藏宝，东西两块巨石上的岩画即是他的藏宝图。岩画非常复杂，与香港的某些岩画风格相似，只是后者更为抽象。徐恒彬对于它的内容和年代曾经有过非常精辟的分析，写了《高栏岛宝镜湾石刻岩画与古遗址的发现和研究》，发表在《珠海考古发现与研究》281 ~ 294 页。他认为藏宝洞的岩画应该属于青铜时代，至少不晚于春秋。我们站在藏宝洞外向下面的宝镜湾和海面瞭望，夕阳照得海水金光闪闪，映衬着漫天霞光，真可说是气象万千！下到遗址处向上望藏宝洞，突然想到那不是所谓巨石文化的多尔门或石棚吗？据说里面发现过灰烬和夹砂陶片，会不会有墓葬呢？只见那石棚巍然耸立，显得既庄严又十分神秘，真有宗教圣地之感。莫非这遗址和石棚上的岩画有什么内在联系么？我脑子里总是萦回着这个奇怪的想法。

1 月 28 日上午我们从平沙来到珠海。先到珠海市博物馆，受到馆长李荆林和副馆长陈小鸿、李世源以及肖一亭和卜工等热情的接待。馆里将一间很大的展览厅作为整理室，满屋子铺的是宝镜湾遗址的器物，他们说是特地为我准备的。这个遗址的遗物非常丰富，初步看来至少可以分为两期。早期的遗存保存较好，数量也最多。陶器中有圈足盘、器盖、釜、大型夹砂罐和支脚等；刻划纹特别发达，也有少量绳纹、贝印纹和贝划纹；总体特征与后沙湾二期相当，但内容要丰富得多。玉器中有与石峡完全一样的斜刃钺，有些豆和个别罐也与石峡文化相似，年代可能与石峡文化相当而文化面貌有较大的区别。晚期则可能与石峡三期或鲇鱼岗相当。

特别值得注意的是在早期的刻划纹中有一部分绹索纹和水波纹等似乎与藏宝洞岩画中几艘船上的花纹相似，二者很可能有某种关系。如果真是这样，那就太重要也太有意思了。

傍晚由陈小鸿陪我和秀莲游新圆明园，因为设计得比真圆明园更加集中，服务设施也好得多，所以非常好玩。晚上在那里看了一场歌舞剧叫珠海之光，气势恢弘，情节奇特，跟梅原猛写的新歌舞伎不相上下。

1月29日上午在珠海市博物馆开了个座谈会，就宝镜湾遗址资料的整理、研究等问题交换了意见。大家都认为这个遗址十分重要，一定要好好研究和保护，还要开展必要的调查和补充发掘，有些测试也要作出适当的安排。

又过深圳

1月29日下午到深圳市博物馆，第一副馆长王璧等出来迎接。深圳正要盖一个规模宏大的市政府大院，旁边要盖新的博物馆。但王璧等人不大想换地方，说搬到那里就没有现在这样自由了，可见自由是很重要的。我们先上库房看咸头岭、大黄沙和向南村等遗址的标本，咸头岭发掘的面积有1000多平方米，没有发现一片彩陶。过去所得彩陶是采集的或者是出自扰乱层的，与饰于圈足盘等上面的早期彩陶纹饰明显不同。这里最富于特征的标本是绳纹釜、灰白陶圈足盘、饰贝印纹的罐等，也有支脚，过去总以为它和汤家岗乃至石门皂市接近。大黄沙则以红彩加刻划纹的圈足盘和厚唇绳纹罐为特征，据文本亨介绍遗址可分上下两层，下层的罐为凹缘，上层的罐为平缘，咸头岭的则为卷缘，似乎咸头岭比大黄沙上层还要晚些，很觉奇怪。后来杨耀林和叶扬专门为了这件事来找我，说大黄沙只有一个文化层，所谓上层是挖咸鱼窖时扰上去的，不可靠。他们仍然倾向于咸头岭比大黄沙早些。而向南村遗址则与东莞村头的面貌接近。

1月30日，赵辉和朱非素等留在博物馆继续看考古标本，我和秀莲由黄崇岳的夫人小潘和暨远志陪同到沙头角中英街和国贸大厦等地浏览。深圳这几年又盖了许多高楼，商品也十分丰富。中英街现在已经改名为中兴街，但与香港的界限仍然分得很清楚，限制也很严格，和香港回归以前没有什么变化。晚上住寰宇大酒店，与博物馆之间隔着荔枝公园，园中有一个小湖，风景甚好。

初访东莞

东莞万福庵和村头遗址是很有名的，发掘资料也都看过，但是到东莞这还是头一次，因而特别值得珍惜。我们于1月31日上午从深圳出发，先到东莞虎门旁边的村头遗址考察。这个遗址面积大约有4万多平方米，在珠江三角洲算是比较大的。省考古所几次发掘的总面积有三千多平方米，文化面貌比鱿鱼岗等要晚一些，应该属于青铜时代早期。我们在遗址的南坡和北坡都看到了成层的贝壳，也能捡到一些陶片。村民对保护遗址很有积极性，希望政府在这里建一座遗址博物馆，他们准备无偿地提供土地。村边有许多土地庙，还有许多二次葬的瓮棺，一排排地摆得很整齐，据说是客家人的埋葬习俗，现在还在实行。

接着到东莞市博物馆参观，沿途高楼林立，一派兴旺景象。博物馆与科学馆和图书馆连在一起，有五层楼，库房设在四层，展厅设在五层。有三个展室，新石器时代部分主要陈列村头遗址的出土物品，也有几片万福庵的彩陶片，其余便是历史时期的物品。

从博物馆出来，主人邀请我们到附近的可园参观，园子很小，占地只有三亩三分，但是很有名气，是珠江三角洲的四大名园之一。我们看了里面的景物和陈列，岭南画派创始人居廉等在这里住了十年，创作了大量的国画，其中有些就陈列在可园内。整个园子的建筑错落有致，小巧玲珑。我们一一参观，深觉受了一次高雅文化的熏陶，最后上琴楼欣赏了古琴的弹奏，大家玩得很痛快。晚上又回到了广州。

粤东第一站

在广州休整一天，同时到省文物考古所看看后沙湾、草堂湾、园洲、村头和牛栏洞等地的标本，便于2月2日赴粤东参观考察。第一站是博罗，由古运泉开车，同行的有秀莲、赵辉、朱非素、李子文和赵善德。路上赵善德晕车，吐得一塌糊涂。我们先到博罗银岗的七星伴月遗址。这里正当罗浮山的南边，一望无际的香蕉园。在银岗镇东边有一个大水塘，再往东有七个土岗，上面栽满荔枝树。中间的五个土岗上都有大量夔纹陶片，有的有米字纹陶片，有的土岗脚下发现有烧陶器的窑。银岗南边有一条流入东江的小河，河岸旁有大量夔纹陶片。把这些情况联系起来，便可知道在这里有一个生产夔纹陶的中心，产品由小河经过东江运往各地。省考古所在这里进行了一些发掘，今年打算继续做些工作。接着参观博罗园洲的梅花墩，那里是一马平川，种植香蕉和水稻，稍微高一些的地方栽了许多荔枝树。原来在稻田里有四个小土墩，老乡称之为梅花墩。现在只剩下一个残土墩，上面发现有一个烧夔纹陶的龙窑。窑壁还可以看得相当清楚，大约有 15 米长，这是在我国发现的最早的龙窑。

傍晚经过博罗县城到惠州市，市文化局长热情接待了我们。晚上住金华宾馆。惠州是个地级市，常住人口只有 38 万，流动人口却有 20 多万，支柱产业有电话、电脑和电视机等。市区北临东江，西连西湖，风景十分美丽。惠州市政府大楼盖得有点像法国卢浮宫，前面也有一个仿金字塔的玻璃罩。建筑师也许因为北面有罗浮山，地方政府又是一方之主，像个土皇帝，所以有此杰作。

晚上到西湖边散步，欣赏惠州夜景。

东行到普宁

2 月 3 日从惠州出发，经过惠东、海丰、陆丰到达普宁。普宁原名流沙，八一南昌起义后，部队曾经退驻粤东，主要领导人员在流沙开过一次重要的会议。我们到会议旧址参观了展品，接着看了历年调查发掘的一些考古标本。文化局副局长兼博物馆馆长吴雪彬原是中山大学考古专业毕业的，与张昌倬是同班同学。他给我们详细地介绍了几个遗址的资料。一个是虎头浦，1982 年曾经发掘了 15 座陶窑，其中除横穴窑外，还有 6 座单坑窑。后者仅有一个方形、长方形或圆形的坑穴，烧窑时陶器和燃料都放在坑穴中，仅仅比露天烧进步一点点。出土陶器有高领篮纹或长方格纹矮圈足罐、釜和矮圈足杯等，腹部常有类似凸弦纹的附加堆纹，也有少量似云雷纹和似曲折纹的纹饰，文化面貌略像石峡文化晚期。广东省博物馆等曾经发表《广东普宁虎头埔发掘简报》（《文物》1984年 12 期）。一个是后山，似有两套资料，一套是树皮布打棒或有平行刻

在普宁渔港

槽的石拍，应当是与彩陶共存的，但这里没有发现彩陶和同时期的陶片；另一套有鸡形壶、凹底直领罐和凹底盆等，都饰小方格或菱格纹，年代显然比虎头浦晚，比东莞村头也要晚些，是青铜时代的遗存。龟山主要出浮滨类型的陶器，也有少量与后山一样的陶片。因此普宁从新石器时代到青铜时代就可以清楚地分为四期，在粤东应该是有代表性的。

普宁市大约有30万人，环境优美，有不少特产。我们住宿在侨联温泉宾馆，设备和服务都还不错。

汕头风情

2月4日从普宁出发，经过潮安到达汕头，沿途房屋一栋连着一栋，车辆川流不息，我们的车只能减速开行，将近11点钟才远远望到那石笋一样高耸的楼群，不用问就知道那是汕头特区。这是我第二次访问这个美丽的城市了。记得1978年庐山会议后，我曾经同李仰松等连续访问了福州、厦门、汕头和广州等地。当时的沿海公路虽然号称国防公路，但是路面并不很宽，连二级公路的标准也够不上。我们乘坐的长途公共汽车又很旧，开起来全车哗哗作响。早晨5点从厦门出发，颠颠簸簸到下午6点才到达汕头。我们抓紧时间到市内各条街上走走，那时的印象是街道曲曲弯弯，也不很宽，但同当时国内一些城市比较起来还是相当繁荣的。一别20多年过去了，汕头已经由一个只有一二十万人口的中等城市一跃而为一百几十万人口的、相当现代化的大型城市。车开到韩江口时登上渡轮，旁边是一座高耸的斜拉大桥，据说是亚洲第一，2月9日就要正式通车了。进入市区，走在宽阔的滨海大道上，两边是整齐的椰树林，一边是高楼耸立，一边是大海和无数停泊的船只，完全是一座海边大城市的气派。据说这里有很大一部分是填海筑起来的，那工程就更大了。

我们先到市文化局，副局长兼博物馆馆长张无碍等热情地接待了我们，给我们介绍了汕头市建设的情况和博物馆的情况。用过午餐，便去参观博物馆。这是一所仿古建筑，因为是1956年盖的，比较简陋。馆藏文物有一万多件，主要有贴金木雕、陶瓷和书画等几大类。限于时间，我们只参观了贴金木雕和书法两个馆。张馆长告诉我们，由于博物馆建筑太旧也太小，现在已经盖了一座新馆，邀请我们去看看。新馆就在旧馆西边不远，都靠近中山公园，有八层，立面设计非常漂亮，据说花了一亿多元。现在内部装修还没有完成，市里决定要在今年10月1日开馆展览，时间是很紧的。

张无碍副局长等又邀请我们到市东南的新开发区看看，这里有很大一部分是填海造起来的陆地，新建的居民楼十分漂亮。我们沿着滨海大道前行，经过一座雄伟的悬臂式大铁桥，名为海峡大桥。过桥后到一座海滨花园，内设宾馆，建筑十分豪华，有总统套间，但利用率不高。

汕头市现在有铁路通广州，有高速公路通广州和深圳，有很大的国际机场，海路更是四通八达，交通运输十分便利。市里有五六所五星级的大宾馆，街上跑的多是奔驰、宝马等高级轿车，市党委大楼、市政府大楼等都极尽豪华奢侈。你可以看到一旦放开政策，将会释放出多么伟大的创造力，建设出多少人间奇迹！不过汕头市的建设也有一些值得注意的问题。有些工程不一定是当前所必需的，有些工程是寅吃卯粮，据说各方面的欠债已经达到800亿元之巨。如果不及早调整，后果恐怕是很令人担忧的。

在汕头市的建设中华侨和港澳同胞功不可没。李嘉诚给汕头大学的投资就有十几亿港币，还建设了许多高级的住宅，专门分给比较穷苦的人居住。有人写对联：翻身不忘共产党，幸福全靠李嘉诚。这话虽然不很确切，但广大华侨和港澳同胞的支持的确是一股巨大的力量，他们的爱国热情也的确是令人钦佩的。

潮州览胜

2月5日从汕头出发，先到饶平，下午到达潮州市。到饶平后本来要看看浮滨遗址，一来路比较远，二来听说遗址基本上被破坏了，只好不去，看看博物馆的标本。所谓博物馆就设在一个祠堂里，东西不少，就是无人管理，器物上积满灰尘。主要看了浮滨的东西，有尊、豆、钵、罐、壶等，纹饰多是竖篮纹。这些东西在广东找不到源头，也没有发现明确的后继者，分布面除粤东外还可以到达粤北和珠江三角洲，这是一个很奇怪的现象。石器多戈和锛，锛的刃部拱曲，当是为挖独木舟一类东西而特制的。看完东西便到柘林海边去吃海鲜。那里围了一大片海湾，原来已经开辟为稻田，但经济效益不高，现在又放水实行网箱养鱼，网箱旁边盖一座水上小房子，数量极多，一望无际，蔚为壮观。下午到潮州市，它是这次粤东行重点考察的地点之一。

潮州是国家历史文化名城之一，隋文帝开皇十一年即公元591年始设潮州，后来名称几经变化，到唐肃宗乾元元年即公元758年复名潮州，此后历宋、元、明、清各代，潮州相沿为郡、州、路、府的治所，成为粤东地区的政治、经济、文化的中心，历史上曾经被喻为海边邹鲁和岭海名邦。潮州戏、潮州音乐、潮州功夫茶和潮州菜等，都是极富特色，享誉中外的。潮州方言跟广州白话也有很大差别，跟闽南方言倒有某些近似之处。我们从潮州东南过韩江，往北望见古老的湘子桥即广济桥，这桥初建于宋乾道七年（1171年），被称为世界上最早的启闭式桥梁。过桥沿江往北，见到与湘子桥相对的东城门，巍然耸立，尽显古城风貌。进城就住在古城宾馆，原来是地区招待所，又名潮州迎宾馆。现在包给私人经营，房屋上改建为城墙的样子，服务人员全部着清代服装，颇能吸引顾客。

我们稍事安顿，便去参观博物馆。主要看了几个遗址的出土文物。这里最早的新石器时代遗址当推陈桥村贝丘遗址，那里出土彩陶、绳纹陶和打制石器，应该与珠江三角洲的彩陶遗址群属于同一时期。其次是池湖凤地，出土有刻划纹和绳纹陶片，应该与宝镜湾属于同一时期。梅林湖遗址则是浮滨文化的东西。其实这里还有许多遗址，只是考古工作比较薄弱而已。

为了对潮州的文物古迹有一个大致的印象，2 月 6 日上午由市博物馆的工作人员带领我们先后参观了己略黄公祠、韩文公祠和开元祠等。己略黄公祠建于光绪年间，是一座私人祠堂。其中雕梁画栋极为精致。韩文公祠建在城东的笔架山麓，是为纪念大文学家韩愈而建的。韩愈曾经被贬到潮州八个月，在这里兴学堂，为民除害，写下了有名的祭鳄鱼文。祠中有韩愈手迹的碑刻，更有历代名人的许多题刻。此祠在"文化大革命"时期破坏严重，现在已拨款正在修复中。开元寺始建于唐开元二十六年（738 年），规模宏大，内部陈设在"文化大革命"中多被捣毁，现在又重新修复，交由宗教部门管理，香火不断。潮州文物古迹极多，尽管只看了一小部分，还是对这座古城留下了深刻的印象。它的古香古色极富韵味，与汕头的现代气派形成鲜明的对比。

揭阳考古

我们于 2 月 6 日下午到揭阳，它也是一座古城，秦代就曾经在粤东一带设立揭阳戍守区，属南海郡。后来辖区几经变迁，今治所是宋绍兴年间始建的，现在已经是拥有 30 万人口的地级市了。揭阳位于榕江流域，古代遗址极多，仅属于先秦时期的就有 100 多处（邱立诚等：《广东揭阳先秦遗存考古调查》，《南方文物》1998 年 1 期）。这些遗址的发现虽然有各方面人士的努力，而大部分则得力于揭阳市里一位已经过世的文物干部。人们谈到他时都不禁流露出崇敬和感激之情。

我们住在揭阳宾馆，稍事安顿，便去市博物馆参观。博物馆设在学宫即孔庙的西厢房，前半部是文物展览，后半部是办公室和库房。另外一座库房设在孔庙最后一座建筑崇圣祠的楼上。文物标本之丰富是粤东地区所少见的。我们从 6 日下午到 7 日上午看各个遗址出土的标本。

有两件打制石器，分别出于新亨老鼠山和埔田车田，为燧石制，两面加工，其中一件有点像舍利期手斧，应该属于旧石器时代，可惜没有对遗址进行过详细调查。新石器时代遗存中最早的可能是玉湖湖岗出土的夹砂陶片，饰绳纹，个别有红衣，器形可辨的仅有圜底釜和罐，年代应近于陈桥村。其次是出土篮纹加薄附加堆纹的矮圈足罐等的一批遗址，以埔田世德堂水库为主，文化面貌大致与普宁虎头埔相当；但有不少遗址出鼎足，有些石器如锛和箭头等也和石峡文化的相似，可能受到了石峡文化的影响。属于青铜时代的有两类遗存，一类大体与普宁后山相当，主要是小方格纹，遗址甚多，有埔田新岭后、东山龙石、霖盘南塘山、白塔宝联面前山、地都铁场、仙桥戏院后和中夏等处；另一类为年代较晚的浮滨文化，有新亨落水金狮、地都油甘山、白塔大盘岭、白塔宝联面前山、新亨戏院东等处。此后可能是以地都华美沙丘为代表的一类遗存，出土有弧刃青铜斧、梯格纹釜、刻划纹尊、双鼻鬶形器等，全部是红陶，也许是西周的。最后一类当为以地都油柑山的夔纹壶为代表的遗存，该壶肩部有双鼻，饰小方格纹，下腹和圜底部分也饰小方格纹，只有中腹饰夔纹，可能是春秋的。但地都华美沙丘还有另外一类遗存，有圜底釜、圜底罐、豆等器形，个别为凹底，主要饰横篮纹，个别罐肩部饰竖篮纹，腹部饰斜横篮纹，都是灰陶，似乎比浮滨文化还要早些，可能是浮滨文化的前驱。限于时间，我们只能粗粗地看看标本，无法去考察遗址，多少有点遗憾。

北上梅州

2月7日上午10点从揭阳出发北上梅州市，过丰顺后便进入山区，公路曲曲弯弯一直往上爬，然后蜿蜒下山，到原先是畲族聚居区后来被客家占据的梅县畲江镇近旁的新化村，省考古所李子文等在附近进行考古发掘时，曾经住在一位姓刘的家里，关系很好，所以特别安排在他家吃午饭。饭后稍事休息，看了村里一座无人住的客家围屋。房子还比较讲究，只是有些旧了。但人们喜欢住洋房，围屋将会被逐渐淘汰。我照了几张相，便爬上后面的小山龙岗顶上，这山相对高程大约有200米，山势较陡，山坡上不可能有任何建筑；山顶不到一千平方米，却发现有许多陶片，其特征与普宁虎头埔的陶器基本相同，大致相当于石峡文化晚期的 45 号墓。梅县是客家最集中的地方，我们在去梅州市的路上看到不少客家的墓葬。客家人死后先实行土葬，大约三年后的初春时节，尸体已经完全腐化分解，气候又比较干燥，于是将尸骨收集起来放在瓮棺里，再把瓮棺放进土龛，一个土龛里放两三个瓮棺，是二次葬的临时置放处。过一定时间要换瓮棺，所以旁边往往有破碎的旧瓮棺。如果有能力便要埋在像坐椅似的永久性墓穴里，我们看到漫山遍野都是这样的墓葬。我在台湾看到的也是这样的墓葬，可能也是实行同样的葬俗。我照了几张照片，便直往梅州而去。

梅州人因为多是客家，文化素质较高。他们说潮州人讲赚钱，梅州人讲读书，所以历史上出了许多名人。梅州市坐落在梅江之滨，近年在梅江下游筑了水坝，使市区附近的水面大大加宽，形成非常美丽的风景区。市区规划得也非常好，既有古城的韵味，又有现代化的气派。这里有一个华侨博物馆，是仿照客家围屋造的，很快就要交工；还有一个客家博物馆，据说收集了许多客家的文物。叶剑英是梅州人，为了纪念他在市郊建设了一座很大的剑英公园。可惜都没有时间参观了。这里是古运泉和李子文的家乡，有许多亲戚和朋友，副市长也出面接待，显得特别亲热。安排我们住在梅州迎宾馆，晚上一起唱卡拉 OK，大家玩得很高兴。

8 日上午抓紧时间到市文化局文物科和梅州县博物馆观看考古标本。较早的遗址有山子下，李子文发掘过，出土遗物相当于普宁虎头埔，但有子母口豆和包边鼎足，明显受到石峡文化的影响。较晚的相当于普宁后山，有围岗上和梅西雷打石等处，蕉岭县的牛角岌也有同样的遗存。李子文挖的畲江桥头凹峰里既有后山的东西，也有浮滨的东西。我们大体上都看了一过。

在梅州市虽然是匆匆一瞥，却留下了非常美好的印象。

河源恐龙多

已经临近春节了，我们只好加快步伐，立即从梅州往回返。8 日下午5 点赶到了河源市，这里的恐龙蛋化石数量之多仅次于河南西峡，主要分布在市区和南郊，常常一窝一窝地出土，已经收集的就有九百多个。这里又有全国最集中的菊石化石，最大的菊石化石也出在这里。所以河源市博物馆就很有特色，集中陈列了许多恐龙蛋化石和菊石化石，大多是博物馆馆长自己收集起来的。他还收集了一些客家文物，只是考古文物不太多，但有一批唐代越窑瓷器却是不可多得的珍品。

河源市人口也有 30 万，其中客家人占 98%，因为接近广州，语言和文化所受的影响较大，文化人又不如梅州那么多，所以对客家文化的研究反而不如梅州做得好。河源市有一个非常美丽的风景区，就是 1958 年修建的新丰江水库，能够蓄水 139 亿立方米。水质极好，除发电外，主要为深圳和香港提供生活用水。现在叫做万绿湖，已经辟为重要的旅游胜地。市政府的负责同志邀请我们去玩玩，9 日上午乘船游了月亮湾等几个景点，据说还不到全部风景区的百分之一，可惜没有那么多时间玩了。

节前回广州

2 月 9 日下午 5 点半左右回到广州，离春节很近了。我们看到街上一串串的红灯笼、各色各样的对联、年画，一盆盆的金橘，到处年货堆积如山，人们熙熙攘攘争购货物，节日的气氛已经很浓了。我们住宿的豪景酒店也挂满了红灯笼，摆上了一大盆金橘。广东的金橘是很有特色的，一盆金橘树多数高 1 ~ 1.5 米，大的超过 2 米，均呈塔形，外面布满直径约 3~5 厘米的金橘。这种金橘也可以吃，只是味道不太好，主要是作装饰用，我看比圣诞树好多了。现在广东人过春节都要买一盆金橘，上面挂一些写满吉祥话语的小条。这种习俗说不定以后会推广到全国的。

10 日上午广州市文物考古研究所邀请我去参观位于中山四路的南越王宫遗址，我们先看了录像和出土遗物，然后看发掘工地。在四千多平方米的范围内，发现有曲曲弯弯的石砌水渠、水池和水井。水池中发现有大量龟鳖的甲壳，估计是养龟鳖的地方。水渠所在可能是御花园的一部分。后来在唐宋各代都有一些遗迹，只是水井就有好几十眼。这里本来是广州市的中心区，是开发建设的重点，旧房的拆迁就花了两亿多元。现在划的保护面积有四万多平方米，包括儿童公园在内，如果全部拆迁还不知要花多少钱。广州市政府的决定确实是有很大的魄力，也是很有远见的。

11 日上午省考古所邀请我座谈，希望我对所的建设和今后的发展提些建设性的意见。鉴于广东近年来发掘了许多遗址，其中有些相当重要，所以我建议他们在田野工作中应该有目的地选择一些遗址进行规模不大的发掘，尽快把文化发展的谱系建立起来；同时要尽快把资料整理出来加以发表，有的可以出专刊。为了有一个发表资料和研究成果的园地，我建议他们与广西、海南和广州市联合起来办一个不定期刊物，可以取名为《华南考古》，等条件成熟后再考虑转为定期刊物。下午由省考古所和省博物馆联合举行报告会，邀请我作学术报告。参加的人除来自广州市有关各单位，还有来自深圳、珠海和三水等地的同志。我就新石器时代早期文化的探索、关于考古学文化区系类型的研究问题和对广东考古的初步印象三个方面谈了一些自己的看法，算是这二十多天在广东各地参观学习的一点心得和体会。

晚上省考古所全所职工和家属在豪景酒店举行迎春节聚餐会，邀请我们参加。所里还给每位职工家属发压岁钱。大家一面吃饭饮酒，一面表演节目，气氛十分热烈。我也借此机会给大家拜个早年，对于大家的关照和款待表示衷心的感谢。

2月12日，离春节只有三天了。赵辉、秀莲和我乘南方航空公司的波音747大型飞机回到北京，乘客大概只有50多人，空空荡荡，与火车上十分拥挤的情况形成鲜明的对照。

广东考古的初步印象

这次到广东转了一圈，只差粤西没有去了。古运泉说不能一次都让你看完了，留个悬念，下次才有兴趣来。我想即使粤西也看过了，下次还是有兴趣来的。

从考古的角度来看，广东确实有非常鲜明的特点。这里依山面海，平地不多。山脚下有许多洞穴遗址，而海边和珠江三角洲则有许多贝丘遗址和沙岗遗址，还有不少遗址在河边或小山坡上。这种考古遗址多样性的情况是与广东自然环境的多样性紧密相连的。近年广州市内又有南越王墓和其他重要遗迹的发现，城市考古已经提到了突出的位置。由于海外交通发达，近海沉船等遗迹遗物每有发现，水下考古也大有可为。这样复杂的情况在各个省区中可说是首屈一指。因此在田野考古方法上也会面临许多新的问题，应该有不少值得深入研究和探索的地方，在工作中应该特别注意环境考古和现代科学技术的应用。

广东位于南岭以南，接近热带，几乎是长夏无冬，食物等自然资源十分丰富。在史前时期，采集—狩猎经济一直持续到很晚的时期。由于纬度低，大冰河期的气候并不很冷，从冰河期向冰后期转变也没有像其他地方表现得那么剧烈。表现在考古学文化上就是连续性比较强，从旧石器时代向新石器时代过渡的界限也没有其他地方那么分明。从地理区位来看，广东北连长江流域，南接东南亚，是中国内地与海外交通的重要通道，这在考古学文化上也表现得非常清楚。

广东地方不算太大，也不算太小。我们外地人总以为广东话就是一种话，都那么难懂；以为广东菜就是一种风味的菜，都那么好吃。这次到广东一转，才知道广州白话和潮州话大不相同，和客家话更加不一样。广州菜和潮州菜的风味也差得很远。考古学文化也是一个道理。粤东和粤北就很不一样，珠江三角洲又是一样，我想粤西也还会不一样，至少是分成四块。四块之间有同又有不同，按照区系类型的方法进行研究就行了。

这些年广东的考古工作做得不少，但是资料没有整理出来，有不少旧账要加紧还。好多简报和论文又发表得很零散，有些发表在外省的刊物上，很不起眼。我在省考古所的座谈会上郑重建议出一份《华南考古》的刊物，力量不够可以联合广西和海南乃至香港和澳门一起办，先出不定期的，以后有条件再改为定期刊物。把它办成促进华南考古、发表华南考古重要资料和研究成果的重要阵地。大家觉得这个主意好，能不能实现就看他们的努力了。

山东史前城址考察记

2001 年 10 月 15 日 北京大学中国考古学研究中心的"聚落演变与早期文明"课题组和有关人员，为着了解山东地区史前城址的情况，决定进行实地考察。我们一行 7 人：郭大顺、张江凯、赵辉、张弛、韩建业、秦岭和我，乘 T35 次旅游特快列车于 13：30 从北京出发，18：10 到达济南，受到省文化厅谢厅长、文物处尤少平处长、文物考古研究所李传荣所长和佟佩华副所长等热情的接待。晚宴后住山东民政大厦，初步商量了考察的日程和具体安排。山东大学的栾丰实也是考察队成员，现正在两城镇考古工地，一时离不开，只好中途参加。课题组的另外两位成员，内蒙古的田广金有病，吉林大学的杨建华在香港，这次考察就不能参加了。

10 月 16 日 上午由佟佩华陪同去章丘考察城子崖城址，中途经过西河遗址，大家下车看了看地望。这是后李文化中最大和保存最好的一处遗址，大约有 10 万平方米，已经公布为第五批国家保护单位。佟佩华介绍说整个遗址略呈椭圆形，只是西北部向西突出一块。1998 年挖的 19 座房子大致在遗址的中部偏北，属地穴式，差不多每座房子都有许多器物。发掘以后的房屋遗迹现在已经完全被压在公路下面了，真是可惜。据说遗址东南部也发现过房屋遗迹，但是没有正式发掘。

接着到城子崖遗址。那里建了一个遗址博物馆，陈列了不少西河遗址和城子崖遗址的器物。章丘市文化局李局长和博物馆杨馆长热情地迎接我们，并且一直陪同我们参观。我们首先参观了博物馆的陈列室，接着到北边西段看发掘过的城墙遗迹。由于受风化影响，表面有些粉化，基本上还可以看得清楚。大家的感觉是岳石文化的城墙夯筑的痕迹非常清楚，建筑技术很高；而龙山文化的所谓城墙完全看不清楚。所指城墙只是一般堆土，好像没有夯过，而且坡度平缓，不像是城墙的样子。我们又从西城墙脚下走到南墙西段的一个发掘点考察，那里把1931年发掘的探沟也重新挖开了，但是坑壁大部分崩塌了，恐怕还是再回填为好。旁边新挖了一条大探沟，同样看到岳石文化的城墙非常清楚，而所谓龙山文化的城墙也不怎么像。看来城子崖是否有龙山文化的城还是一个疑问。

从城子崖驱车到章丘市府所在的明水镇，参观了市博物馆的库房。其中有许多焦家大汶口文化遗址的出土物品，还有一件从西河遗址采集的陶塑人面，是一件难得的艺术珍品。

在章丘用过午餐即返回济南。下午参观省文物考古研究所的标本陈列室，从新石器时代的后李文化起按照时代顺序同时又按照遗址摆放，同一单位的尽可能放在一起，看起来非常方便。大家看得比较仔细。赵辉向佟佩华建议挑选一批精品到北京大学考古博物馆展览，佟认为是个好主意。

晚饭后本来想看看趵突泉，可是太晚关门了。于是就到新开的泉城广场散步，广场极大，人很多，熙熙攘攘，一片升平景象。

10月17日 今天省文物考古研究所派了一辆伊维可面包车，并且由王守功陪同考察。我们的队伍里又多了一位山东大学的徐基，他是江凯的同班同学。我们先到桓台县博物馆，副馆长许志光和淄博市文物局的张光明热情地接待我们。这个博物馆是1998年建立的，有8个陈列室，包括陶器馆、青铜器馆、瓷器馆、古泉馆、书画馆、蝴蝶馆等，藏品十分丰富，品位也很高，在县级博物馆中可能无出其右者。我们重点看了陶器馆，那里重点陈列了李寨遗址的器物。据说博物馆花了1000多万元盖起来以后，县里又给了100万元进行考古发掘，于是在这个遗址开了许多探方，发现有龙山文化的房屋遗迹、9口井和许多陶窑。据说窑和井集中在一起，可能井也是为烧窑用的。出土了许多龙山文化的陶器，其中有不少鬲式或鼎式甗而基本没有鬲，城子崖则有大量素面鬲，区别非常明显。龙山文化层下面有300多座大汶口文化的墓葬，都比较小，随葬陶器个体也比较小，其中一部分是明器。在大汶口文化的陶器中有相当多彩陶，花纹变化甚为复杂，是一批珍贵的资料。岳石文化部分主要陈列史家那座祭祀坑的器物。看完陶器馆后其余各馆也都浏览了一下，其中尤其是书画馆和蝴蝶馆的陈列最为珍贵。

午饭后我们驱车到桐林遗址考察。这个遗址我看过几次，发现有大汶口文化、龙山文化和岳石文化的陶片，但主要是龙山文化的遗物。原来说这里有一座 20 万平方米的龙山文化城，赵辉此前带了几名学生进行了初步勘探，只在断崖上发现有灰沟的迹象。我们沿遗址中间的十字形路沟察看两边的断面，看到有许多灰坑和房屋遗迹，也有局部的夯土，像是与房屋有关，没有看到城墙的痕迹。所谓灰沟也只是一种分析和判断，需要通过发掘来验证。看完桐林遗址后便去省文物考古研究所的临淄工作站，罗勋章出来迎接。大家稍事休息，看了一些标本。晚上住临淄宾馆。

10 月 18 日 上午乘车到临淄中国古车博物馆参观。这个博物馆建在高速公路下面，有 14 辆车，有二辆是驷马车，其余是二马车，发掘工作做得很好，车轮和车厢都做得很清楚。王守功参加过发掘，给我们做了详细的讲解。接着到临朐县博物馆，参观了山旺化石展览。文物都装箱锁在库房里，没有法子看了。博物馆的书记把我们带到离县城很远的老龙湾一家农民饭馆吃虹鳟鱼，浪费了许多时间。午后考察西朱封遗址，我过去曾经调查过，只知道是个比较大的龙山文化遗址。后来李学训和韩榕先后挖了 3 座大墓，出土了一批精美玉器，才引起大家特别的注意。遗址北部被现代村落所压，但大部分在村南，据说以前一直分布到弥河岸边，后来因为取土修筑河堤挖去了不少。三座大墓本来是在遗址南边人工挖出的断崖边，现在又向北挖去了约 80 米，这片墓地可能所剩无几了。不过村东还有一片墓地，除龙山文化的以外还有大汶口文化的。遗址其余部分保存尚好，上面又没有多少后期的堆积，发掘起来比桐林要方便得多。陈星灿等曾经带人来钻探过，发现有一条灰沟，没有发现任何城墙的迹象。

看完西朱封开车约 2 小时到诸城市博物馆，扈馆长、韩刚副馆长等非常热情地接待我们。先让我们看了石河头和杨家庄的东西，两地相距约 10 公里。石河头我过去调查过，发现有龙山文化的石棺墓。韩刚等发现北面有居址，有房屋和水井等；南面是墓地，挖了 13 座，其中 11 座是石棺墓，2 座是土坑墓。从出土陶器看大部分属于大汶口文化晚期，个别属于龙山文化早期。杨家庄是一个石器作坊，采集了大量石锤、半成品和废料。其中有些与石河头出土的完全一致，可能就是石河头居民的作坊遗址。

晚餐博物馆隆重设宴，饭后住中粮宾馆。

10 月 19 日 上午参观诸城市博物馆，史前部分主要陈列前寨大汶口文化和呈子龙山文化的遗物，既没有按照时代摆，也没有按照遗址摆。陈列的器物也不够丰富。按照博物馆的条件本来是可以陈列得好一些的。

接着到莒县博物馆，文化局张局长和博物馆张馆长热情迎接。现在莒县和五莲县一起被划归日照市。五莲县是解放初期建立的，而莒县有十分悠久的历史。周代莒为东夷建立的国家。博物馆陈列品相当丰富，其中属于大汶口文化的，重点陈列了陵阳河、大朱家村和杭头的物品，以陵阳河的器物最多最精又最有气派。陵阳河出土了不少玉器，其中有方形璧和薄边璧可能受到了红山文化的影响，而阶梯形长方小玉块与浙江遂昌好川所出几乎别无二致。许多有刻划符号的尊形器也从省文物考古研究所返回到县博物馆。午餐是县委书记设宴，饭后由博物馆馆长陪同考察大朱家村和陵阳河遗址。

大朱家村遗址位于县城以东8公里一条小河的北岸，1979年秋王树明等曾经发掘大汶口文化墓葬31座，其中有部分大墓，出土遗物丰富。据说后来县博物馆又挖过，张馆长说在遗址东部保护标志旁还有一座大墓没有挖。遗址面积约6万平方米，墓地在南边近河岸处，居址在北边没有发掘。

陵阳河在大朱家村南约6公里的陵阳河南岸，王思礼、王树明等在1979年进行过比较大规模的发掘，发现墓葬45座。可分两片，大墓在西边，小墓在东边，均靠近河岸，有的大墓几乎在河床边。6号大墓就是苏兆庆和赖修田在河边洗手时发现的，据赖修田说某天陵阳河赶集，王树明等去调查莒县古城只剩苏兆庆和赖修田二人在遗址发掘，一上午没有结果。12点收工二人在河边洗手，苏知道陵阳河发大水时往往冲出些陶器，所以洗手的时候比较留意。忽然在水下发现一个口部有破损的大口尊，二人十分兴奋，用手刨了一个多小时把大口尊刨出来了，经过发掘才知道是一个大墓。开始我们不知道遗址的具体位置，听张馆长说张学海前所长不久前来勘探过，在河北岸发现了一道城墙，我们就找城墙，一无所获。后来遇到一位参加陵阳河发掘的技工，非常热情地指点当时发掘的地点和发掘时的情况，心里才明白一些。这个遗址很大又非常重要，可是没有保护好，前二年有一个大寺村整个迁建在遗址上，没有人去制止，真是哭笑不得。

张馆长说县城东约25公里的段家河有一个80万平方米的龙山文化

遗址，前不久张学海来说发现了城墙，建议我们去看看。我们绕遗址半周，很少发现龙山文化的陶片，可能没有找到主要的地方。后来到城子头看城墙，老乡告诉我们是平地时剩下的土埂，我们铲平剖面一看全是生土，根本不是什么城墙。

看完遗址后驱车到日照。先经过旧市区街道比较狭窄，相当繁华。接着到东边新市区，占地面积非常大，市府大楼十分气派，周围盖了一些高楼，投资可能不少，不知道经济效益究竟如何。博物馆在市府旁边，我们住在离博物馆不远的日照迎宾馆。栾丰实从两城镇工地赶来与我们会合。晚餐由市文化局赵斌局长设宴款待。

10月20日 上午由日照市博物馆杨馆长陪同去五莲东南角的丹土村遗址考察。去年省考古所曾经作过勘探和试掘，发现有三道环壕城圈。最里边的是大汶口文化晚期的，中间是龙山文化中期的，外面是龙山文化晚期的，大约有20多万平方米。我们看到遗址北半部已经被现代村落所压，南半部也建了许多塑料大棚，每个大棚都要落下几十厘米，挖出许多石器和陶片。一些文物贩子收购文物，一把石斧10元，一个陶罐也10元。过去地面常常能捡到器物，现在就很难捡到了。遗址东面临近潮河支流两城河，流到两城镇后才入潮河。当时这两个遗址可能是有联系的。

看完丹土村遗址后就到五莲县博物馆参观。这个博物馆是新建的，里面陈列几件最早的陶器是五莲县城北不远的留村出上的。留村遗址很小，是属于大汶口文化花厅期的，也是山东东南部最早的一个遗址。其余的陈列几乎全部是丹土村出土的，从陶器看大部分是大汶口文化晚期的，一部分是龙山文化早期和中期的。有几件玉器特别引人注目，一件双孔大刀长约45厘米，宽头约18厘米，窄头约12厘米，很薄，通体灰白色，前所未见。一件玉钺长约30厘米，刃宽约18厘米，很薄，通体圣白色，中间镶嵌灰绿色圆石片，也是极少见的精品。此外还有五角和六角环、三出璇玑形璧、二节玉琮和普通玉钺等。据说中国历史博物馆和故宫博物院都收藏有丹土村的玉钺等，台湾《故宫文物月刊》曾经发表过一些资料。

午后由栾丰实陪同到两城镇考察，见了美国的文德安和杰夫，非常高兴。我们首先看了遗址西北部的发掘工地，有两座方形房子，前年在北边挖的地方除方形房子外还有圆形房子。圆形房子用土坯砌墙，现在残剩的土坯有 7 层高，宽约 26 厘米，长度不一，最长近 50 厘米。房子有早晚，最后有墓葬打破，其中有一座墓有棺椁，左手臂部分有大量绿松石珠，应当是镶嵌或穿缀在某种东西上的。发掘区西北有座大岗堆，是座汉墓，1936 年在附近挖过探沟。我们在上面可以看到整个遗址。1936 年还在相当于遗址中南部的瓦屋村挖过 50 多座墓葬，现在那里盖了房子。根据山东大学的勘察，遗址外围有一条灰沟，沟内面积有 80 多万平方米。解剖的探沟里出土极多陶片，仅复原的就有五六百件。中间的围沟内面积约 30 多万平方米，里面的围沟内面积约 25 万平方米，解剖的探沟内出土了一排与灰沟平行的圆木，可能是桥。栾丰实带我们绕遗址走了一圈，多少留下了一点实际的印象。现在遗址南部为两城镇所压，北部还有一多半保存尚好，现在只是省级保护单位，应该升级为国家保护单位。

栾丰实向我们介绍了与美方合作进行考古调查和发掘的情况。杰夫用筛子选出了许多制造石器时留下的碎渣，他还仿制了一件石锛，做了十分详细的记录。他现在耶鲁大学上学，打算写一篇龙山文化石器的博士论文，很有意思。晚上把文德安和杰夫接到我们住的宾馆，文德安给我们看了电脑记录的一些遗迹照片。看来他们的合作是有成绩的。

10 月 21 日　今天上午在日照市博物馆看两城镇出土的陶器。这个博物馆花了 1500 万元盖起来了，比较新颖、现代化，因为经费紧缺内装修没有完工，所以没有陈列。两城镇的陶器极多，其中比较值得注意的是有一件灰色素面鬲，与茌平尚庄完全相同；一件黑陶甗，上部方格纹，下部篮纹，下部形态像岳石文化的甗，只是没有附加堆纹。

接着考察东海峪遗址，以前发掘的部分已经被取土降低了一米半左右，上面栽了许多树。遗址总面积约 6 万平方米，只有大约 2/3 保存尚好。以前郑晓梅和张江凯挖过，发现许多房子和 30 多座石棺墓。后来征集了 56 亩地加以保护，现在是省级保护单位。发掘的资料经过几次搬家，据说现在放在曲阜颜庙，口袋和标签损坏了不少，一直没有正式整理。

下一个重点是考察尧王城。遗址在日照市区以南，有 56 万平方米。韩榕等在这里挖过几个地点，发现有龙山文化的大房子和墓葬，一个坑中有许多炼铜渣，还发现有稻米和小米等。资料也没有整理，仅在《史前研究》上发表过一篇简报。遗址虽然经过一些破坏，但大部分保存尚好，明显高出周围地面，到处都可以捡到陶片。西北部还发现有夯土遗迹，可能是出城墙的拐角。这个遗址应该升级为国家级保护单位。

中午回到日照吃饭后，与栾丰实等告别，驱车上高速路，将近下午6点到济南。省文物考古研究所安排我们住齐鲁宾馆，并且隆重举行晚宴招待，刘谷、王思礼、郑晓梅夫妇和张学海等出席，大家都很开心。

10月22日 上午参观山东大学博物馆，该馆新近迁到了原山东医学院一座大楼内，于海广兼任馆长。其中主要陈列尹家城、丁公和两城镇的陶器以及长清仙人台的铜器。大部分器物并没有摆出来。

下午应省考古所邀请做学术报告，我讲了"科学与考古"，郭大顺讲了大汶口文化的有关问题，然后进行了热烈的讨论。

晚上考古所在金三杯酒家设宴送行，气氛热烈。

10月23日 早晨7∶30乘36次特快旅游列车回京，到家时已经是将近下午一点。郭大顺稍事休息将于晚上乘车回沈阳。

这次考察受到山东省文物考古研究所和各地行政文物部门非常热情的接待，收获颇丰。陵阳河、两城镇和尧王城等重要遗址我过去也没有看过，这次考察都有了比较深刻的印象。

这次知道，后李文化的遗址都比较大，其中小荆山最大，大约有10多万平方米。房子也比较大，器物种类比较多，以圜底器和矮圈足器为多，同北辛文化似乎衔接不上。大汶口文化明显有地方差别，鲁中南、鲁东南、鲁北和胶东都可以划分为地方类型。大汶口遗址规格最高，但似乎不能控制整个文化。陵阳河其次，明显只能控制鲁东南。鲁北和胶东的中心还不明确。鲁东南在大汶口文化中期只有莒县有个别小遗址，到大汶口文化晚期和龙山文化早中期发展到高峰，龙山文化晚期明显衰退，到岳石文化就只剩下很稀少的几个小遗址。这个变化可能有自然的原因，更可能是社会的原因。

关于史前城址，只有尧王城、丁公和景阳冈有比较明确的线索，其他所谓城有些可以否定，有些毫无线索，完全不像宣传的那样热闹。但是桐林、两城镇等许多遗址有壕沟。边线王也可能是壕沟。看来龙山文化还处在从环壕聚落向城址转变的时期。

三访港台

途经香港

应台湾"中研院"历史语言研究所的邀请，我和北大中文系的裘锡圭教授决定去台北参加该所的 70 周年所庆，顺便到香港停留几天。这是我第三次访问港台了。

1998 年 10 月 21 日一早起来去首都机场，乘国航班机 CA101 航班于 7 点 50 分起飞，10 点 50 分到达香港新修的赤腊角机场。香港古物古迹办事处的孙德荣在机场迎候。我们出场后随即驱车到香港中环力宝大厦的中华旅行社换取进入台湾的旅行证，手续办得很顺利。大约 12 点半到香港政府大楼第 40 层的古物古迹办事处稍事停留，见了总馆长招绍瓒和馆长邹兴华、萧丽娟等。他们的职务名称听起来不大习惯，实际上相当于办事处的主任和副主任。他们非常热情地招待我们吃过午餐，又到九龙尖沙咀他们原来的办公地点看了马湾岛东湾仔北遗址发掘物品的陈列。东西虽然不大丰富，但在香港还是很难得的，被评为 1997 年全国十大考古发现之一。陈列室旁边是韩康信和左崇新的工作室，在那里复原了两个东湾仔北遗址的人头骨，都是长头型，低眼眶、短面、阔鼻，比较接近于河宕人或华南人种，并且有拔除中门齿的习惯，平均身高约 1.63 米。左崇新曾经做了许多新石器时代人头的复原工作，包括大汶口人、河姆渡人、柳湾人、火烧沟人和大甸子人等。他答应送一张河姆渡少女的复原像给我。

下午 4 点多钟，孙德荣开车把我们送到机场。这回留意看了一下沿路的景色，经过跨海的青马大桥，沿着大屿岛的北岸急行，约半小时就到了赤腊角机场。据说机场是填海造起来的，造陆面积相当于一个九龙半岛。从修路、填海到建成机场，一共花了一千多亿港元，投资可谓十分巨大。这个机场从外表看起来并不十分宏伟，但内部的空间相当大。大概是因为亚洲金融危机的影响，过客并不很多，因而显得特别空旷。一些标志性设备相对较小，商店虽然很多，门面也都很小。从总体来看还不如日本大阪的关西空港那样气派，服务也比那里差得多，这是我事先没有想到的。

一点小麻烦

这次到台湾的飞机是国泰 CX402 航班，本应 18 点 55 分起飞，因为有一名旅客没有上，所以等了半个多小时。到桃园中正机场时已经是 21 点多了。下飞机后提取行李，左等右等都找不到。到柜台上去问，说到另外的提行李处看看。又等了好一会儿，裘锡圭的行李找到了，我的行李就是找不到，只好到柜台上登记。一看登记的人很多，都是没有取到行李的。在香港时听说新机场 7 月 1 日启用时并没有完全准备好，后来很乱了一阵子，很多货物运不出去。没有想到现在还是不断出问题，那些行李多半是在香港搞错了的。我没有法子，只好走出机场。一看没有人前来迎接，我们就来回找，总也找不到人，心里很不是滋味。于是叫了一辆计程车，司机是桃园县的，不知道"中研院"在哪里。天下着雨，车开到台北后问路，好不容易总算到了"中研院"的学术活动中心，江美英和李宗琨在门口等我们，安顿好住宿，已经是半夜 12 点多了。我们觉得很不妥当，跟李宗琨讲明天尽快给我们换票提前回去，李感到很为难。司机来电话说他到机场找不到我们，不知道我们已经到了院里。接着杜正胜所长给我来电话表示道歉，说是派了人去机场迎接，不知道怎么搞错了，他要查一下云云。这是我出外旅行从来没有遇到过的事情。

学术研讨会

10 月 22 ~ 24 日，为了配合历史语言研究所 70 周年所庆，召开了一个名为"迈向新学术之路：学术史与方法学的省思"的学术研讨会。参加者除了"中研院"和在台湾其他单位的学者以外，还有内地方面和在美国的中国学者，其中有余英时、宋文薰、李亦园、梅祖麟、陶晋生、许倬云等，他们都是"中研院"院士。张光直现在美国，本来是要参加会议的，因为健康原因医生不允许他来。会议一开始，首先由李远哲院长致辞，接着杜正胜作主题报告："史语所的过去、现在与未来"。稍事休息，历史学组讨论，余英时主讲，题目是"学术思想史的创建和流变——从胡适与傅斯年说起"。讲得很生动，也还比较实事求是。

第二天上午是考古学组讨论，宋文薰主持。本来是张光直主讲的，因为他来不了，只好由臧振华主讲。他现在伦敦大学研修，为期一年，是临时赶回来的。下面发言的有颜娟英、陈芳妹、刘益昌和李匡悌等，由我作评论。下午语言学组的会我没有参加。

我因为没有取到行李，心里很着急，所里一直在帮我联系查找，国泰航空公司也寄来信件，保证尽力寻找。他们起用接拨全球各航空公司的电脑行李搜寻系统，今天下午总算有了下落，傍晚由机场派人把行李送来了，一块石头落下了地。看来台湾航空部门的服务还是很好的。晚上所长设宴招待从内地和美国来的客人，大家玩得很开心。

10月24日，会议进行到最后一天。上午是人类学组讨论，由余英时主持，李亦园作评论。到会的人很多，讨论也很热烈。主要是涉及历史学和人类学的关系。李亦园列了一个表，从内容、方法和时空架构等方面说明二者的确有密切的关系。它们可以互补、互动、相互渗透，同时又有明显的区别。我想人类学和考古学的关系也可以这样看。下午是古文字学组的讨论和综合讨论，我参加了一半，听了裘锡圭等人的发言。后来吴棠海来接我到他的办公室去玩，看了许多玉器标本。晚上他和夫人一起在一个相当讲究的湖南餐馆湘园招待我，很晚才送我回家。

参观博物院

10月25日。今天下了一整天雨，台北东部的汐止等处又发大水。吴棠海夫妇来接我参观故宫博物院。参观的人非常多，其中有不少日本人。我们主要看了玉器馆、青铜器特展馆、宣德瓷器特展馆和张大千绘画特展馆。对于玉器和瓷器，吴棠海几乎每一件都给我做了详细的讲解。他对制作工艺有特别的兴趣和相当深入的研究，我希望他继续到北大去讲课。张大千的绘画除了本院的藏品外，还从世界各地调集了许多作品，实在难得。同时还有一个毕加索的绘画展览，我实在不会欣赏，没有看。

从博物院出来，吴棠海又把我送到松山机场，赵永红在那里等我。赵娶了一位台湾的妻子，但不能定居台湾，只能每年有半年的探亲。他陪我乘 6 点 05 分的飞机到嘉义，大约 40 分钟就到了。江美英和北大俄语系的李明滨教授在机场迎接。李是台湾淡水人，现在江美英所在的佛光大学华南管理学院讲学，听说我要来非常高兴，一定要来接我。我们乘车走了一个多钟头，就看到了中正大学的校舍。华南管理学院在中正大学的东边，我们在那里住了一宿。

访台南艺术学院

10 月 26 日，早晨驱车约一个半小时到台南艺术学院。这学院是四年前才开始兴建的，现在已经初具规模。此前马世长曾经来这里讲课，接着李崇峰也来讲课，他已经来了 20 多天，到明年 1 月份才回去。我就住在他们住的房子里。院里为教师盖了 7 栋楼，每栋有四套房间，每套两层或三层不等。有一间大客厅，四间卧室，还有餐厅、厨房、两个卫生间等，相当宽敞。这些房子都建在小河岸边，风景非常优美。黄翠梅是 8 月份才调来的，现在担任图书馆馆长。她带领我们参观了图书馆、音像馆、

在台南艺术学院讲中国史前彩陶的谱系

与台南艺术学院黄翠梅女士和俄罗斯冬官博物馆 Lubo 博士合影

餐厅等建筑。图书馆前有一个铜镜广场，是用不同颜色的石子铺成四叶镜的形象，十分别致。所有建筑都很讲究，造价甚高。现在这个学校只有二百多名学生和四十多位教师，日子过得很舒服。

下午由黄翠梅开车到南科看一个考古遗址，可是到了那里只见一片大平原，到处是建筑工地。台湾新竹有一个高科技园区，这里打算开辟一个更大的台南高科技园区，简称南科。可是我们进了园区就找不到方向，来回不知转了多少圈，大家开玩笑说该不是南柯（南科）一梦吧。左打听右打听，到傍晚终于找到了遗址，开了几十个探方，取了十几个人骨架，据说与十三行遗址是同一时代的。晚上回来汉保德校长设宴招待，席间有俄罗斯圣彼得堡艾尔米塔什博物馆的音乐家列斯尼琴科在座，他是来教俄罗斯音乐的。

10月27日，上午我作了一次学术讲演，题目是"中国彩陶的谱系"，同时放了一些幻灯片，大家颇有兴趣。

访问南华管理学院

10月27日下午，由黄翠梅开车把我们送到佛光大学南华管理学院。

佛光大学是由星云大师创办的综合大学，以恢复中国古代书院传统，重建人文精神，树立 21 世纪新型大学的形象为目标。现在设有两个校址，一在宜兰的佛光山，正在建设中；一为嘉义的南华管理学院。其所以名南华，是因为佛教最初传入中国时，多借庄子的义理加以解说，称为格义。庄子又称南华真人，《庄子》一书又称《南华真经》；同时南华又指禅宗，乃佛光山之法脉。学校楼房的命名也很有讲究。主楼名为成均馆，因为周代称大学为成均。《周礼·春官·大司乐》："掌成均之法，以治建国之学政，而合国之子弟焉"。图书馆称为无尽藏，学人招待所名藐姑射，也采自《庄子》。教学大楼名为学海堂，学生宿舍称文会楼，取《论语》："君子以文会友，以友辅仁"之意。我们一到学校，校长龚鹏程就非常热情地接待了我们。这学校虽然是佛家创办，却十分尊崇孔学。学生进校先要祭拜孔夫子，老师授予学生简册，教他好好读书；学生呈送老师戒尺，请他严加管教。每个学生必须学一门艺术课，美术、音乐或戏剧都可以，只是一定要画、要弹奏或演出。音乐室里放满了中国民族乐器，诸如埙、笙、排箫、二胡、琵琶、三弦等，做工都很精致。图书馆很大，很多书是个人捐献的，或者从私人手里购买的。王云伍的书也由这里托管，可以出借和使用，但要保证安全。图书馆有翻拍机和复印机等，使用起来非常方便。还附设音像室和茶座，为师生考虑得十分周到。会议厅设备也很好，可以用六种语言同声翻译。学校强调人性化管理，处处尊重人，体贴人，而且不收学费，这在台湾是独一无二的。校园的环境也很优美，在这里学习实在是一种享受。这里很重视引进人才，怕江美英毕业后到别的学校去任职，所以提前聘任了。

晚饭后校方一定要我作了一个学术报告，我只好应允，讲的题目是近年来先秦考古的重要发现和研究成果。

游阿里山

10 月 28 日，天气晴好，我们决定游阿里山。阿里山是玉山山脉的一部分。玉山山脉的最高峰海拔 3950 米，是亚洲东部的最高山峰。在日本统治时期，因为它比富士山还高一百多米，曾将其改为新高山。1945 年台湾光复后才恢复原有的名称。我们由学校乘车约一个小时就到了阿里

在阿里山的古木前

山脚下，上山的路曲曲弯弯，来回盘绕，江美英有些晕车，我和赵永红倒没有什么关系。最后到旅客服务中心，把车停下，改由步道行走。一路古木参天，多属红桧、扁柏、铁杉之类。林下有玉山箭竹、杜鹃等灌木和阿里山一带特产的台湾一叶兰，与山下的植物有明显的不同。因为时间关系，我们沿着最短的路线游览。先经过阿里山火车站，是专门为游客设置的小型火车，今天因为游人太少，又刚刚撤除台风警报，所以没有启动。以下经过梅园、阿里山工作站、沼平公园、阿里山阁到姊妹潭。这是两个小潭，妹潭只有一亩大小，姊潭周围有二百多米，有许多古树兜，是早年被砍伐的，每个直径有一二米。水上建有九曲桥和凉亭，景致甚好。下面经木兰园、受镇宫和香林国小，再经过一座吊桥，就到了阿里山神木群。这里有二十多棵巨大的红桧，树龄都在千年以上，最老的有两千多年。苍劲挺拔，生机盎然。最后去看阿里山神木，它可以称为古木之王，树龄有三千多年，可惜前不久被雷击倒，现在已经枯朽横卧在那里。阿里山还有更多古老的树兜，有各种形状，被命名为象鼻木、三代木等。看完神木后经慈云寺、高山博物馆和香林国中，就慢慢往回走，回到旅客服务中心时已经是下午三点多钟了。

在山上时晴空万里，天空碧蓝，一点尘埃都没有。从山上下来，云雾忽然一阵阵袭来，而且越来越浓，五十米以外就看不到人。到了山脚下有一个中华民俗村，可惜已经关门，只好到旁边的吴凤庙参观。吴是清康熙时人，年轻时曾随其父到诸罗县番民中做些小生意和治病，深得番民爱戴。二十多岁被任命为诸罗县通事，专管该县四十八番社事务。番民本有猎取人头的风俗，常常猎取汉人头以求禳灾祈福。吴劝导番民改除恶习，48 年中竟无一次猎头事件发生。到了乾隆某年，番社流行传染病，死了许多人。一些年青的番民声称要猎头祭社，吴凤力劝不止。于是他约定番民在某时某地见一穿红衣带红帽的骑马人即可猎杀。番民如约果猎一骑马人，一看是吴凤本人，全族大为震惊悲痛，从此不再猎头。人嘉其义，立庙奉祀至今。庙中有黄少谷、陈立夫、孙运璇、谢东闵和李登辉等人送的匾额。但最近有人考证说吴凤的母亲是曹族人，父亲是汉人，他会说两边的话，做两边的生意，赚了很多钱，一些汉人嫉恨他，设计把他杀死。那些美丽的花环是后人有意加上去的。现在台湾有一股翻案风，吴凤究竟是一个什么样的人，恐怕还需要认真研究。

从吴凤庙到嘉义市，南华管理学院的校长龚鹏程设宴招待。席后乘飞机到台北，回到"中研院"时已经是晚上 11 点钟了。

参观历史博物馆

10 月 29 日上午由江美英陪同参观历史博物馆，黄光男馆长和黄永川副馆长等热情地接待了我们。最近博物馆改进陈列，新增加了中国通史、历代陶俑和一位与毕加索齐名的法国画家让·杜布菲（Jean Dubuffet）的作品展览等，一共有 12 个展览厅，规模还是比较大的。据说旁边的艺术中心和科学馆要搬走，两处建筑将合并到历史博物馆，场地就会更加宽敞了。

我们上午主要看了通史展览和法国画家的展览。下午作了一个关于彩陶的学术报告，又继续参观了其他陈列馆。通史陈列中有不少彩陶，包括半坡、庙底沟、马家窑、半山、马厂和辛店各期的。还有几件十分精美的蛋壳黑陶高柄杯，是七八年前从香港古董市场上买来的。据说那时在香港一下子出现了二三十件蛋壳黑陶，台中的自然科学博物馆、历史博物馆和吴棠海都买了一些。其精美完好的程度远远超过以前的发掘品。假如是真的，那个墓地一定有很高的规格，但不知究竟在什么地方。这里的青铜馆中陈列了 30 年代中央研究院在河南新郑和辉县发掘的春秋、战国的青铜器，有鼎、罍、大方壶、鉴等许多重器，造型和花纹都十分精美，可说是镇馆之宝。不少北魏的石刻也很珍贵。唐三彩更是引人注目，展品又多又大，在大陆也是很少见到的。我们一直看到 18 点钟闭馆为止，仍然觉得太匆忙，只能走马观花，以后有机会还应该再来看看。

访问台湾大学

10 月 30 日下午，应台湾大学人类学系谢继昌主任的邀请，对该系师生就陶器、农业和文明的起源问题作了一个学术报告。台大人类学系我过去访问过两次，宋文薰和连照美教授等非常热情地接待了我。那里有很丰富的藏书，还有一个很好的考古标本陈列室和民族学标本陈列室，这次都没有时间去看了。宋、连二位都因为身体不适没有见面，尹建中教授不幸在前几天过世，老熟人只有黄士强教授一人。于是邀请中文系的吴教授作陪共进晚餐，吴本是清华的，老事记得很多，又很健谈，所以过得很愉快。谢曾邀请我下学期到台大来讲课，但他申请的经费不够，只好重新办理，时间也要往后延了。这个系的考古学教师已经面临青黄不接的局面，过去曾经推荐过刘莉、冷箭和江美英都没有办成。这次联系吕烈丹，我极力作了推荐，希望能够成功。

参观原住民博物馆

10 月 31 日上午，和江美英一起到台北故宫博物院附近的顺益台湾原住民博物馆参观。这个博物馆规模不大，是林清富先生创办的，1994 年 6 月开馆。林先生的创办宗旨是，通过对原住民文物的收集、研究与展示，期望能够促进各族之间的了解，相互尊重，共同创造和谐、温情的社会，为中华多元文化贡献一份心力。

台湾的原住民过去曾分为高山族和平埔族，高山族有阿美族、泰雅族、赛夏族、布农族、邹族、排湾族、鲁凯族、卑南族、雅美族共九族；平埔族有噶玛兰族、巴赛族、凯达格兰族、龟仑族、道卡斯族、巴则海族、拍瀑拉族、巴布萨族、邵族、洪雅族、西拉雅族共十一族。80 年代台湾原住民人权促进会发起正名运动，要求取消"山胞"和"高山族"等称谓而改称原住民。现在平埔族已经汉化，仅仅保存在记忆中了。

博物馆的展览共分四层。一楼是综合展示厅，说明台湾的自然环境、原住民与南岛语族的关系，原住民在岛内分布的情况等。二楼着重在原住民的生产与生活，包括狩猎、农耕、纺织、制陶、住房、男子会所等。三楼展示男女服饰、装饰品、刺绣和文身等。地下一楼主要展示宗教信仰等方面的东西，还有影像视听室和影像图书馆。地下二楼是行政办公的地方。展品虽然不太丰富，而且比较新，一些服饰上的珠子多用现代纽扣代替，远不如台湾大学人类学系陈列室的标本丰富和有价值，但在陈列方式的现代化方面花了许多工夫，给人以一个比较完整而且比较明确的概念，是值得一看的。

下午回来不久，吴棠海来电话要请我们聚一聚以表示送别，并且约了邓淑苹一起去。六点多钟的时候邓淑苹开车来接我和江美英一道去，本来还想约赵永红夫妇，但没有联系上。饭后到吴棠海的工作室，他给我们看了许多古代玉器和玻璃器，再一次大开眼界。回来时已是深夜了。

重返香港

11 月 1 日星期日，这次访问台湾的日程已告结束，准备起程返回香港。李宗琨全家和江美英来送行，史语所派林师傅开车把我送到桃园中正机场，乘国泰 CX565 航班于 13 点 20 分起飞，约一个半小时到达香港新机场。招绍瓒、邹兴华和孙德荣在机场迎接，安排我住在九龙尖沙咀的龙堡国际宾馆。稍事休息，就到楼下用餐，顺便谈了一下这几天的安排。招绍瓒希望明年 6 ～ 8 月我能组织人员来港进行考古发掘，顺便办个考古培训班。同时他也想出一份刊物，要我帮他出点主意，我看他的态度是很诚恳的，是真心想把工作做好的。

参观考古遗址

11 月 2 日上午由邹兴华带领，连同韩康信、左崇新等去参观考古遗址。

汽车先开到赤腊角机场加油，然后到香港郊野公园。这个公园面积很大，据说占了大屿山的一半还多，风景非常美丽。小车进入单行道，左右盘绕，便到了宝莲寺和天坛大佛的所在地。铜佛坐在小山头上，比日本的镰仓大佛更为宏伟。善男信女络绎不绝，香火颇盛。

时近中午，我们到一家据说是香港最有名的裕记烧鹅店用餐后，便去看扫管笏遗址。这是一个沙堤遗址，堤后有两条小溪从左右流出海湾，现在污染十分严重。遗址上堆满了集装箱，有的地方盖了房子。右边修了一条柏油路，孙德荣曾经在路旁边挖到石锛等器物，估计是属于新石器时代晚期的。新鸿基房地产公司要在这里开发，明年6～8月要先期进行考古发掘，所以招绍瓚希望我带领北大师生来这里工作。但遗址上尽是现代建筑，下面的情况怎么样也看不清楚，发掘起来难度极大，使人难以下定决心。接着又去看李浪林正在发掘的龙鼓滩遗址，也是一个沙堤，过去曾经发掘过，属于新石器时代晚期和青铜时代。这次在番鬼荔枝（台湾叫释加）园里开了两个探方，仅见一个小灰坑，出了一件小罐的破片，实在太贫乏了，大家开玩笑说挖了两个卫生方。

傍晚6点钟应邀参加了香港艺术博物馆举办的大英博物馆所藏古代埃及文物展览的开幕仪式。因为大英博物馆最近要修理内部而暂时闭馆撤陈，借这个机会运到香港展览。到会的客人很多，讲话都是用英语和广东话，没有一句普通话，令人有一种陌生感。看完展览后刘茂把我接到她的家里，一路讲了许多关于她自己和她的工作方面的事情，很感亲切。到家见了王文建和他们的女儿王玥，王文建刚刚从湖南回来，到家才三小时，已经准备了许多菜肴。他们住的地方条件很不错，四居室一套，紧临海滨，环境十分优美。晚上王文建把我送回宾馆，又聊了一会儿，他离开时已是半夜12点了。

紧张的一天

11月3日一早，邹兴华就陪我参观位于新界大埔碗窑乡的明清瓷窑遗址。这遗址非常大，现存有挖瓷土的矿坑、捣碎瓷土的水碓、石碾子、备料池和好几座龙窑，遍地都是青瓷片、匣钵和窑砖等废料堆积。当局有意保护并且打算建一个遗址博物馆，据说要花两三亿港元。紧接着回来到油麻地古物古迹办事处的库房看过去发掘出土的标本，主要有涌浪、沙罗湾、龙鼓洲等处的陶器和石器。

中午霍丽娜在香港中环一家潮州餐馆设宴，杨建芳兄也来聚会，相见甚欢。霍点了一些我没有吃过的菜，其中有炸霍花雀，那是一种从西伯利亚飞来的候鸟，比麻雀还小得多。还有炒鸵鸟肉、柚皮海参等。下午两点半霍把我送到香港政府大楼，由招绍瓒陪同与古物古迹办事处的顶头上司香港政府总部民政事务局副局长伍锡汉和首席助理局长肖伟全会面，他们询问我对香港文物考古工作的印象和今后如何开展工作的看法，谈得还比较融洽。接着又到香港会展中心与霍丽娜会面，喝过咖啡，她陪我们到会展中心里外参观，这里是举行香港回归仪式的地方。香港号称东方明珠，这座建筑就设计成一个蚌壳含珠的样子，建筑材料都是高档的，显得富丽堂皇，现在已经成为香港的中心了。

下午 6 点钟到古物古迹办事处设在尖沙咀的文物资源中心作学术报告，已经很累了。讲的是长江流域在中国文明起源中的地位和作用，我想尽量讲得明白一些，但有些资料一下子想不起来，实际上没有讲清楚。晚上又开宴会，回来一点精神都没有了，头脑发木，胡乱洗了个澡，倒在床上就睡着了。

参观古代科技展

11 月 4 日早晨招绍瓒陪我到新建的香港历史博物馆参观。这个博物馆的常设展览是香港历史，因为一下子还没有准备好，要到明年才能展出。现在的第一个展览是从北京中国历史博物馆原封不动地搬来的"天工开物 —— 中国古代科技文物展"。馆长丁新豹是丁汝昌的后代，因为是老相识，所以一见如故，非常热情地接待了我们。中国历史博物馆专程陪展的王冠倬全程陪同参观讲解。整个展览分为天文、造纸、印刷术、指南针、火药、农业、纺织、陶瓷、铜铁冶铸和机械十个部分，还专门从苏州请来技术工人用古代织机作织造云锦的表演，令观众大开眼界。

中午又到会展中心，由新鸿基集团的经理陈国钜先生设宴饯行，韩康信和左崇新等也参加了。我和陈先生是第一次见面，他告诉我他是香港的北大之友的召集人，他的任务主要是为北京大学筹集资金，还要为资金来源把好关。他问我如果有什么需要尽可以告诉他,他一定会支持的。我对他的热情豪爽表示感谢。他对韩康信的史前人骨研究颇有兴趣,我建议他帮助韩建立一个体质人类学保存与研究中心。他还为文物考古事业的发展提出了一些很好的建议,我答应把这些建议提请有关部门研究。

　　下午就要起程回北京了。在香港访问期间,招绍瓒曾经多次跟我谈到与北大合作进行考古发掘和举办考古训练班的事,他的态度是很真诚的,我想我们一定要认真研究和推动这项工作。

在台湾大学的日子

在台大任教

台湾大学过去叫做台湾帝国大学，是日本占领时期开办的。自从
1945 年收复台湾，特别是傅斯年执掌台大后，一切按北京大学的模式办，
有些原北大的教授也来到台大任教，因而在相当长的一段时间里，这两
个学校虽然在名义上没有什么联系，而实质上却有不少相似的地方。过
去我曾多次访问台大，对台大人类学系的情况比较了解。这个系原来叫
考古人类学系，是李济先生主持创设的。大约在三年多以前，该系就有
意邀请我作客座教授。此事在操办过程中几经周折，现在终于得以成行。
我和内人多少作了一些准备，并且在我的博士生、台湾南华大学教师江
美英的陪同下，于 2000 年 2 月 19 日从北京飞抵香港，受到香港古物古
迹办事处负责人招绍瓒等的热烈欢迎。在香港停留两天，于 21 日乘国泰
466 航班约 19：00 抵达台北。台大人类学系教师陈有贝、原来在台大人
类学系毕业、现为北京大学考古学系新石器时代考古研究生的洪玲玉和
"中央研究院"历史语言研究所的李匡悌到机场迎接。到台大时已是晚
上 8：40 了。因为天下小雨，一直不停，司机的路又不熟，找我的住房
就费了好大的功夫，最后才找到基隆路三段 85 巷 2 号的客座教授宿舍。
这是一所日本式平房，有三间卧室、一间书房和一间很大的客厅，加上
餐厅、厨房、佣人房和卫生间等，面积大约有 200 平方米。因为是老式
房子，厨房和卫生间设备较差，不过也还是可用的。大约 21：30，震旦
文教基金会的吴棠海先生和他的妻子一起来了，拿来了很多厨具和餐具。
第二天又拿了一些镜框和花盆等物，帮助把房子装饰起来，这样就算是
安顿下来了。

台湾大学校园一景

　　22日上午由人类学系办事员陈仁杰接我到系里去，先见过系主任谢世忠，他向我大致介绍了系里的情况，然后引见了几位在系里办公的同事们。这个系共有12名教师，包括系主任在内，其中教授、副教授和助理教授各四名，另有一名办事员，两名教务员（这里称为助教员），一名技士和三名工友，一共19位正式编制的教职员工。宋文薰和陈其禄为已退休的名誉教授。工友退休后不准备再招聘新的，依靠社会服务就行了。台大还有一个人类学研究所，与人类学系实际上是一个机构，只是挂了两块牌子。系主任就是所长，讲师以上都是所里的研究员，负责开研究生的课程。系所还聘请了许多兼任教授和副教授，其中有孔德成、李亦园、石磊和臧振华等。全系现有博士生6人，硕士生25人，本科生122人。系里原来有许多图书，我过去来台大时曾经由宋文薰先生带领仔细看过，其中人类学和民族学方面的书籍特别多也特别珍贵。可惜前两年学校盖了一个大图书馆，把各系的图书基本上都集中起来了，这样专业人员借书反而不大方便。系里给我安排了一间研究室，在303房间，有书案、书柜、电脑和电话等，比较方便。我向教务员了解了一下课程的安排和

在台大人类学系门前

听课学生的大致情况，这样上课时就心中有数了。

我住的房子

我住的房子是老式平房，灰砖水泥墙，歇山式瓦顶。迎门有五级台阶，门廊有四根大柱和鼓形柱础，两边是红漆栏杆。进门的大客厅左边有西式壁炉，右前方有一间书房。所有房间都铺设花瓷砖，老旧家具基本上是日式的。这房子已经有一些日子没有住人了，因为我来，学校雇人打扫了一番，还新置了洗衣机、电冰箱、电视机、除湿机和床具等，电、热水和煤气等都很方便。房子外面是一大片绿地，有人定期来剪草。近旁有许多树木，有榕树、樟树、乌桕、变叶木、棕榈、金果橄榄等，还有一些我说不出名字的树。花木主要是山茶和杜鹃，一红一白，争芳斗艳。鸡蛋花和扶桑还没有开花。因为潮湿，柏油路面和水泥台阶上都长了许多青苔。真可以说是"苔痕上阶绿，草色入帘青"。但这不是陋室的景象，而是与大自然的和谐相处。

我们这个85巷实际上是一个大院子，总共只有6座平房。我住2号，哲学系的陈鼓应先生住3号，1号是数学系的一名客座教授，4号大概也是哲学系的，5号和6号房子比较破旧没有住人。那么大一个院子总共没有住几个人，显得空荡荡的，但是并不冷清，因为常常有客人来造访。紧靠这个院子的北面就是台大教授住的65巷，也是一个只有平房的大院子，大约有40多座房子，只是排得略紧一点，规格也稍微低一点。

我们的住所在台大校本部的东南侧，到人类学系去先要跨过基隆路和舟山路，从图书馆旁的侧门进去，经过椰林大道，直到大道终点的北侧即是。步行大约要20分钟，这样我可以顺便锻炼身体。

第一堂课

到台北时就遇上雨，一直下了十几天没有停歇。我们一方面安顿家务，添置一些必要的东西；一方面做些上课的准备。系里配的电脑一时还不能用，只好用自带的便携式电脑。但用简体字写出的提纲很难打印出来，想了许多办法勉强打印出来了，效果却不大理想，以后还要想想办法。

根据台大聘书的约定，我在这里要开两门课程，一门是给本科生开的"新石器时代考古研究"，一门是给研究生开的"史前聚落与文明起源"。3月3日是星期五，安排上研究生课。在北京时徐苹芳告诉我，台大上课的学生不多，只要有一个人听你就得上。因为他去年在台大历史系任客座教授，知道这里的情况。上课时间到了，学生才一个一个来，显然不大踊跃。到齐了一数，连江美英一起才11个人，中途又退出了3个旁听的。不过我想这种研究生课经常能够保持五六个人听就可以了。我尽量用启发式和讨论式，但认真对话并不容易。我讲的是聚落考古，提的问题却多半是什么社会考古学、行为考古学、认知考古学、过程主义和后过程主义考古学等一类的问题，涉及田野考古学方面的问题极少，这跟北大的学生很不一样。

晚上系主任邀请我和内人到一个名叫湘厨的湖南饭店聚餐，人类学系全体教职员工都参加了。一是所谓吃春饭，每年春季开学时全系员工都要举行聚餐，以便联络感情；二是借此表示对我的欢迎。席间气氛倒是比较融洽，只是湖南馆子的饭菜一点湖南味道也没有。女士们大多很能喝酒，最后把一名男士曾振名先生弄得烂醉如泥。

与陈鼓应一席谈

在台大，我和陈鼓应先生是比邻而居，3 月 5 日是星期日，他约我到复兴路一家江浙风味的餐馆方家小馆，饭菜比较可口，还确实有点江浙风味。看样子他跟那里很熟，一去大堂就跟他打招呼，很是亲热。我们一面用餐，一面聊天。他是哲学家，对老庄有很深的研究。他为人耿直，喜欢抨击时政，维护言论自由。大约在 1971～1973 年间，同几位朋友办了一个名叫《大学生报》的杂志，写了一篇万言书：《给蒋经国的公开信》，得罪了当局，上面要学校把他除名。他只好跑到美国，后来到了内地，在北大哲学系呆了 12 年。后来也是因为学生的一些事情弄得有些不愉快。前三年台大为他和另外两位一起被除名的教授平反，他才又回到了台大，可是没有自己的房子，只好住在客座教授宿舍。两个孩子在美国都不愿意回来，太太也常在孩子那边住，所以他现在只是一个人，还要照顾一下老岳母。对于两岸关系，好像他认识的人很多，有些人找他过话。他表示反对"台独"，对于台湾在这次"总统"选举中炒得那么热颇不以为然。他深感台大学术风气不正，水平也不高，只知道学美国，远远不如北大。我不知道这是真心话，还是为了说给我好听，也许两种成分都有。我表示虽然来过几次台湾，毕竟人事关系不熟悉，政治层面上的事更是不了解。不过我主要是来教书的，别的事情不大想过问。万一有什么事情，还请他多加关照才是。

欣赏俄罗斯芭蕾舞剧

3 月 12 日傍晚，吴棠海夫妇接我们到中正广场国家戏剧院观看俄罗斯芭蕾舞剧团演出的"睡美人"。这是我第二次到这个剧院来看芭蕾舞演出了。大约三年以前，江美英曾经陪我来看法国现代芭蕾舞剧"罗密欧与朱丽叶"，跟古典芭蕾舞差别太大，实在看不懂。这次是古典芭蕾舞，又是俄罗斯有名的节庆芭蕾舞团演出的，水平高，也多少好懂一点。中正广场大概是蒋介石去世后建起来的，石牌坊的门上面刻着"大中至正"四个大字，进门通过大广场迎面是仿照天坛形式又有所改变而建造的中正纪念堂，右边是仿照太和殿建造的国家戏剧院，左边是仿照保和殿建造的音乐堂,中国风韵很浓。在台北,中国风韵最浓的当数故宫博物院了。在蒋家父子主政时期,在这些方面是很注意的,现在却逐渐淡化了。

这次俄罗斯芭蕾舞团是从 3 月 4 日到 22 日在台湾各地巡回演出,演出的节目有"天鹅湖"、"胡桃夹子"、"睡美人"和"仲夏夜之梦"。因为剧团明天就要转到宜兰去,我们只能看睡美人,其他节目就看不到了。

睡美人的故事发生在 17 世纪,在庆祝阿芙罗拉公主命名的典礼上,恶仙女卡拉包斯预咒她一旦被纺锤刺破手指,就会永远昏睡不醒。公主的教母丁香仙女立即说只要有一位王子吻公主的前额,公主就会苏醒并且和王子结婚。公主 16 岁时在一次舞会上过度兴奋,不慎被纺锤刺伤手指,一下子昏睡了 100 年。有一位杰齐林王子在森林中打猎,受丁香仙女指引吻了阿芙罗拉公主,公主立刻苏醒,并且和王子结成美满的姻缘,仙女和各方贵宾齐来庆贺。舞剧的音乐是柴可夫斯基继天鹅湖之后创作的又一部著名作品,他对别人说这部舞剧的音乐是为他自己作的,是他最满意的作品之一。

舞剧分三幕共四场,历时 1 小时 45 分。剧场甚大,灯光和音响效果都不错,场内秩序井然,十分安静,在这里欣赏俄罗斯的芭蕾舞剧实在是一种享受。

台湾的选举

3 月 18 日是台湾地区大选的日子。我一到台湾,离选举的日子差不多还有一个月,各种媒体就已经炒作得沸沸扬扬了。五组候选人中,国民党的连战、萧万长,民进党的陈水扁、吕秀莲和独立候选人宋楚瑜、张昭雄势均力敌,难分伯仲。不意在选前一星期,"中研院"院长李远哲出面支持陈水扁,这一派的势力大增。连营则争取陈履安、宋美龄、孙运璇、辜振甫、王永庆等大佬支持,宋营也找到林洋港和郝伯村等人的支持。各派到处集会游行,大造声势,都说本派有把握,对方某派已经出局。一次集会动辄数十万人,有颂扬,有批评,有控诉,有揭发,情绪激昂。竞选的旗帜到处插,广告满天飞。李永迪刚从美国回来,说那里也正在竞选,比台湾文明多了。不过这样激烈的竞争,基本上还没有发生武力冲突。规定学校等场所不得举行竞选活动,我稍微注意了一下，台大校园里就是没有一张竞选的广告。贿选是不允许的，但各地仍时有发生，已经查办了 140 多起。应该说基本上还是按照应该有的规则在办。这其中免不了有些人不知所从，台大有些教授说，听谁的好像都有理，真不知道该投谁的票。内地方面对这次选举也很关心，利用正在召开的政协和人民代表大会的机会不断喊话，说只要是坚持一个中国的候选人就支持，搞"台独"绝没有好下场。这种明确而强硬的表态可能会使一部分动摇的人支持连、宋，也可能使一些人产生逆反心理而支持扁。连、宋的相互竞争使票源分散也有利于扁。

投票到下午 16：00 截止，立即进入票数统计。我们坐在电视机旁看着各位候选人得票情况的累计。到 17：40 还没有统计到一半。只好动身到苏杭餐厅，应台大文学院院长李东华之邀请赴宴。作陪的有老文学院院长黄启方（现在是世新大学人文社会学院院长）、历史系教授阮芝生、哲学系教授陈鼓应及人类学系系主任谢世忠、前系主任谢继昌和退休教授黄士强等，本来还请了史语所的臧振华，因为他昨天晚上才从菲律宾回家，可能还没有看到邀请信，没有来。席间谈论的主要话题自然是选举。大家也看好陈水扁。正在谈论之间，有人报告选举结果：扁第一，得票率为 39.3%；宋第二，得 36.84%；连第三，得 23.1%。跟估计的顺序相同，但没有想到宋有那么多选票，而连输得那么惨。由于扁的当选，跟内地的关系更加引人注意，究竟会走向何方，令人担忧。又说到李登辉这个人实在厉害，他表面上支持连，实际上是牵制宋而挺扁，因为他的政见跟陈水扁是基本一致的。所以国民党惨败了，而作为国民党主席的李登辉却胜利了。

饭后回到家里继续看电视，几位落选者礼貌性地向陈水扁道贺。但宋营的人不服气，要求宋赶快组党继续拼搏。不少人涌到国民党总部高喊李登辉下台！要清算他和国民党的罪责。后来与维持秩序的警察发生冲突，有几个人扭打受伤了。这类事情看来以后还会发生，如果处理不好，统独的矛盾势必会激化起来。不过扁营的胜利，决不能简单地看成是"台独"的胜利。因为国民党在台湾 55 年的统治，积累了不少民怨，特别是近年来黑金问题严重，党内矛盾重重，人心思变。而连战比较保守，又难以摆脱李登辉的阴影，所以大部分群众集合到了宋营，一部分则转到扁营。宋营也不能说是坚决的统派，只不过是对国民党当权派的所作所为不满，要求比较彻底的改革而又不愿意走"台独"的路罢了。陈水扁为了号召群众，也大讲两岸对话与和平，大讲清流共治，说国家利益高于政党利益，要实行全民政府等，淡化了"台独"主张，才会有那么多的支持者。据说此人善变，以后他究竟会做些什么，实在难以预料，只有听其言、观其行了。

校园风光

台湾大学的校本部像一个不规则的四边形，东西长而南北略窄。西北是新生南路，西南是罗斯福路，东北是辛亥路，东南是基隆路。从罗斯福路和新生南路交会处进门，便是一条正东西向的非常宽阔的椰林大道，大道两边排列着高大而整齐的椰子树，非常壮观，南国风味十足。大道东边的尽头是新图书馆。据说这个图书馆建筑和设备质量的档次和先进程度堪称为亚洲第一。只是书库太小，现在就已经盛不下了。椰林大道中段以南是行政大楼，是全校活动的中枢。它的正对过是文学院大楼，文学院西侧是老图书馆，现在已经改为日语系所用了，再往西就是人类学系，也就是在椰林大道西头北侧。行政大楼东侧是理学院，理学院对过是工学院，可以说主要的教学活动区就在椰林大道的两边。在文学院和工学院之间有一段空地，再往北有一个叫小福的地方，小卖部、餐厅、银行等应有尽有，很是方便。在椰林大道北侧紧靠图书馆的地方是学生活动中心，那里有各种社团活动，十分活跃。选举期间，到处都吵吵嚷嚷，学校里却很安静。学生活动中心门前有许多布告牌，上面贴的都是各种社团活动的广告，没有一张关于选举的宣传单，也没有那些个人的启事、声明之类的东西。校园西北部有一个很大的运动场和两个体育馆。最近要开第50届校运会，同时接待高中毕业班的同学来校参观，各系纷纷举办某某活动周，到处插着宣传的彩旗。目的是尽量介绍本系的情况以便吸引高中生报考。体育场东侧有一个小湖，水质浑浊不清，既没有青草，也没有莲荷，光秃秃的。校园里的建筑有些是日据时期老台湾帝国大学留下来的，有些是光复以后陆续修建的。一般是三四层西洋式楼房，深砖红色或赭色，很少装饰，显得朴素无华。只有人类学系、日语系和农学系展馆排成门字形的三栋楼是白色的，外墙全部镂雕成密密麻麻的圆形孔眼，有些像个鸟笼子。园内除椰子树外还有许多槟榔树、棕榈树、金果椰子、铁树、枫香、乌桕、樟树、火焰柏、南洋杉、凤凰木、相思树、喜树、橄榄和榕树等，郁郁葱葱；山茶和杜鹃都是鲜花怒放，草坪一片绿茵。整个环境虽然谈不上特别美丽雅致，也还可观，而且比较整齐、清洁，比较安静有秩序，是个读书的好地方。

不应该有的烦恼

应香港古物古迹办事处的邀请，北京大学考古学系将派十几名师生到香港屯门扫管笏进行考古发掘，时间是 3 ~ 7 月，正是我在台湾大学的日子。因为我是牵头人，商定我在发掘期间至少去看两次，如果有什么事情也好及时处理。还有儿媳妇惠萍 4 月下旬要生产了，老伴不放心，要亲自去照料，享受一下抱孙子的喜悦。所以老早在北京时就把到加拿大的签证办好了。我们一到台大就提出办理多次出入境的手续，就是不好办。说是出境可以，再回来就要重新申请，可是一次申请要 3 个月，等于不让我回来了。对太太的限制更加严格，她必须同我一起出入，不得单独行动。托人找陆委会和出入境管理处都没有用，系主任说现在刚刚选举，两岸关系微妙，谁也不敢负责，所以不好办。不但如此，香港入境的手续也不好办，古物古迹办事处想了许多办法也没有用。早知道这样我就不来了。都是中国人，事情弄到这样，叫人如何不烦恼！

游动物园

最近几天不是阴转多云，就是多云间晴，真是难得的好天气。前天杨美莉夫妇请我们到中正广场音乐厅欣赏民乐合奏和戏曲选段清唱，包括京剧、昆曲、豫剧和歌仔戏等。昨天管东贵和臧振华夫妇请我们到仁爱圆环的一家江浙风味的叙香园聚宴，然后到饶河夜市观光，买了点小东西。今天是 3 月 27 日星期一，上午上完课，下午由洪玲玉陪同游览台湾大学东部偏南、位于文山区的台北市立动物园。我们坐捷运高架电车大约有六七个站就到了。园子依山而建，面积颇大，分前后两大区。前区有台湾乡土动物区、蝴蝶馆、蝴蝶公园、可爱动物区、夜行动物馆和热带雨林区等。后区面积大，一路上坡，所以我们游完前区后，坐游览专车到最远最高的西北部温带动物区，再往下依次观看非洲动物区、澳洲动物区和沙漠动物区等。一般动物还算丰富，但缺乏珍稀动物。园中植物繁茂，品种甚多，郁郁葱葱，够得上一个好的植物园。因为是星期一，游人不多，地面非常清洁，空气清新，负氧离子一定很多，是一个参观学习兼休养健身的好去处。

拜见华容父老乡亲

过去每次来台湾后，总是设法拜访在这边的华容父老乡亲。可是这次一来就连续下了十几天雨，为选举的事又闹得沸沸扬扬，怕出去不大方便，所以拖了下来。前几天吴竹钧到我家来，几乎聊了一个下午，十分开心。我表示要逐一拜访几位老人，吴表示可以先联系看看。经过联系，大家觉得还是在一起聚会为好，于是决定今天到吴竹钧开的都一小馆见面。小馆在忠诚路一段 171 巷 8 号，坐计程车走了大约 45 分钟。我们到的时候，卢人凤等老先生都已经在坐了。卢老原来当过华容县城关镇镇长，今年已经 92 岁高龄，身体仍然很健康，记忆力很好，许多老事都还记得清清楚楚。吴雨村老先生原来是五合乡的乡长兼五合乡中心小学的校长，我当时在那里读书，所以他老人家曾经是我的校长。再早一些时候他还在南州中学教书，我的叔父和舅父都是他的学生。今年 1 月 2 日我和文思等兄弟姐妹专程到郴州庆祝舅父 80 华诞，拍了一些照片；舅父听说我要到台湾去，专门拿出自己的诗集，托我呈送吴老。他早就不能写字了，还是强撑着用发抖的手歪歪斜斜地写下了"请吴雨村老师指正"的字样，充分表达对故旧的深厚感情。当我把照片和诗集捧呈吴老，并且把当时的情况如实转告的时候，他老人家十分感动，连说要即刻写信。他说自从到台湾来，50 年没有回过内地，这回一定下决心去探望故旧，看看祖国的大好河山。现在吴老已是 88 岁高龄的老人了，但身体十分硬朗，能够一口气做一百多次俯卧撑，头发也多半是黑的。我们大家都祝福他老人家健康长寿。国风伯是家父的挚友，现在是华容在台的第三老人了，今年 87 岁，身体也很健康。他原来住在泰顺街二巷 31 号，离台大很近。我来台北后第一个想去看望他老人家，几次都没有联系上，后来才知道他搬到桃园去了。今天本来是要来的，因为有事没有来，只有国立叔来了。国立叔跟我的叔父可说是莫逆之交，过去海峡两岸那么对立，他明明知道叔父受到冤屈，景况非常不好，还是不断给我叔父写信。后来他回老家一次，特地会见叔父，其情景实在令人感动。可惜叔父早离人世，要是活到现在该是多么好啊！国立叔虽然刚满 80 岁，却有点老态。还是那么厚道，说话慢条斯理。他说光中现在越南胡志明市开工厂，大约两个星期后会回来看看，那时一定邀我们夫妇到他家去作客。

今天到场的还有几位第一次见面的老乡。一位黄石先生过去曾经在台大任教，我们谈了许多台湾的情况。一位叫王峰，是刘济中在南山中学的同学和好朋友，喜欢写诗。今天到场的差不多都是老国民党员，但是对国民党高层的腐败无能都痛心疾首，王峰也不例外。这次国民党败选，3 月 24 日李登辉确定辞去党主席职务，当日他就写了一首诗，题为《李下台确定有感》：

基因据说出扶桑，草莽枭雄草地郎。
武士精神偏耀武，狂人政治总疯狂。
刻舟寻剑笑愚鲁，缘木求鱼惹祸殃。
台独独台终幻梦，猢狲树倒正遑遑。

3 月 30 日国民党成立改造委员会，据说要下决心改造国民党，以便重振旗鼓。当日他又写了题为《改造成吗？》的一首诗，大表怀疑。诗曰：

改造委员半百多，新瓶旧酒味如何？
基层权少钱更少，和尚人多粥不多。
派系长期争利益，中枢早已染沉疴。
败军之将难言勇，后会有期费琢磨。

还有一位周雪斋，看起来年轻，实际上也是六十几岁的人了。他给我们照了很多相，高声朗诵了一首自由体诗，大意也是反李反独，期望早日解决两岸问题。还有一位年轻人可能跟宋楚瑜有关系，他说要到宋楚瑜那里开一个会，中途就离席了。今天玩得虽然痛快，可是回想几次在台湾会见父老乡亲，人数却一次比一次少。最年长的张先堂老先生曾经参加过共产党，经历非常坎坷。他老人家待我极好，可是现在已经作古，无法再见他慈爱的面容了，想起来不禁凄然！

参观故宫博物院和历史博物馆

4月3日一早，臧振华就开车来把我们老两口连同江美英和洪玲玉一起接到故宫博物院参观，邓淑苹在院里等我们，他们的小儿子臧运祥也同我们一起参观。博物院是星期一休息，邓选了这个日子好让我们看得仔细一些。两家人和两名学生，一面参观一面玩，在博物院过了一个愉快的星期一。

故宫博物院展览十分丰富，我们的重点是看玉器。先看玉器馆的陈列，后看玉器别藏续集。玉器馆陈列的大部分是故宫旧藏，一部分是近年陆续收购的。旧藏所谓周汉玉器中，一部分是新石器时代的，多半属于红山文化和良渚文化；一部分是宋代以至明清时代仿制的，邓都一一加以甄别。古代还有将古器物改制的情况，例如一个笔筒是用齐家文化的玉琮改制而成；有的半璧璜实际是用全璧对半切割而成。玉器组三个人，经常到大陆去，了解考古工作的最新成就，以便给馆藏玉器的定性与断代找到确实的根据。她们工作的细致认真和一丝不苟的精神给我留下了深刻的印象。所谓玉器别藏是把私人的收藏借来展览，以前办过一次，非常成功。这次费了更大的力气，也收到了不少精品，但比起第一次来说还是差多了。估计私人收藏已经收集得差不多了，所以在可以预见的时期内不会再举办类似的展览了。

我们除看玉器展览外，还看了秦孝仪院长个人捐赠文物的展览以及宋代文物展览等。后者包括有许多极为珍贵的书画和各种文物，多是故宫旧藏，在大陆也难得举办类似的展览，所以他们自诩为世界级的大展。

4月6日我们又去参观历史博物馆，这个馆我以前参观过几次，对于那里以河南新郑出土品为主的一大批青铜器和超大型的唐三彩印象十分深刻。这次是因为同时有三个新的展览，一个是玻璃器展览，一个是龙文化展览，还有一个是达文西展览，所以我们早就计划去看一看。

开馆的时间是上午10点，我们9：45就到了。天下着小雨，参观的人群举着伞已经排成了长长的队伍。出来接待我们的是保管部主任林淑心，参观过程中先后陪伴我们的还有考古组的杨式昭和江小姐以及黄永川副馆长等。我们先看四楼的玻璃展，古今中外的玻璃都有一些，虽然珍品不多，但是在台湾，这样的展览还是第一次。接着到三楼看了通史陈列，同过去的变化不大，我重点看了彩陶和青铜器。再到二楼看龙文化展，这个展览本来是北京中国历史博物馆举办的，现在整个搬到台湾来展出了。我在北京没有去看，正好在这里补一补课。

主人怕我们太累，请我们到东边的茶座休息用茶。窗外就是台北著名的植物园，有一个很大的荷花池，风景极好。主人开玩笑说："我们跟植物园合作得很好，他们负责维护管理，我们负责观赏和招待客人，必要时还提提意见！"大家哄堂大笑。我们一面品茶喝咖啡，一面闲聊，顺便谈谈博物馆的发展计划和他们在澎湖岛北部的水下考古工作。博物馆的出版物也很多，平均每年大约要出 70 本书，印刷都很精良，这需要多么大的财力支持啊！

我们来看的重头戏是达文西展览，全名是"达文西：科学家、发明家、艺术家特展"。是由德国图宾根文化交流协会和中国时报等单位主办，并且由德国的戴姆勒—克莱斯勒集团等单位赞助才实现的。达文西就是达·芬奇，记得我小时候对意大利文艺复兴时期的两位艺术大师达·芬奇和米开朗基罗充满着崇敬与喜爱的心情。达·芬奇的画当然是登峰造极的，我最喜欢的是他的素描《自画像》和油画《蒙娜丽莎》，那个自画像我不知描画过多少次，才知道那是可望而不可即的。前年 5 月在巴黎卢浮宫看到了蒙娜丽莎的真迹，简直是欣喜之至。小时候也知道达·芬奇还是个科学家，他精通人体解剖学，还设计过用人力启动的飞机模型。但这次展览品之丰富和全面却是我没有想到的。展品大致可分三个部分，第一部分是绘画，包括油画、素描和底稿，有真迹也有不少复制品；第二部分是笔记和手稿，他留下的这部分遗产有 5000 页之多，极其珍贵；第三部分是按照他的设计制作的各种模型，包括时钟、印刷机、武器、防御工事、飞行器、机械工程、水利设施、桥梁、建筑和城市规划等许多方面都有独具匠心的设计，他对于数学、天文学、动物和植物学、人生哲学和艺术理论等都有专门的研究，真可以算是一个无所不能的全才。有趣的是与达·芬奇同时，在中国也有一位有名的画家唐伯虎。达·芬奇作为文艺复兴的巨匠，与他的同时代人一起完成了从中世纪那种以情感和想象为基础纯美表现到以科学洞察为基础的美学表现的转变，可是中国的画家却一直以情感和想象为基础来作画，并且拘泥于各种程式，使早在宋代就已经达到很高成就的中国画不断走下坡路，变得毫无生气。绘画如此，学术领域亦莫不如此。看了展览后怎么能不令人感慨系之！

参加东南亚考古学国际小型研讨会

应"中央研究院"历史语言研究所的邀请，4月7日一整天在该所参加东南亚考古学国际小型研讨会。到会的外国学者有英国伦敦大学考古研究所的 Ian Glover（英·格罗佛），菲律宾国家博物馆考古部的 Rey Santiago，泰国的 Surapol Natapintu 和日本鹿儿岛大学的新田荣治等，连同本国学者和研究生等一共将近 20 人。Ian Glover 长期在东南亚做考古工作，以前我曾经请他在北大考古系讲授东南亚考古。这次见面都非常高兴，他送给我两篇文章，还答应以后尽可能多送一些东南亚考古的资料给我。他在会上首先对东南亚考古作了回顾，然后又把最近在越南的考古发掘情况作了介绍。臧振华和 Rey Santiago 先后介绍了他们合作在

在东南亚考古国际研讨会上与英国伦敦大学的英·格罗弗教授交谈（中为臧振华先生）

菲律宾巴丹岛和吕宋岛北部的考古发掘工作。巴丹岛离台湾很近，史前文化跟台湾有明显的关系。Rey Santiago 还介绍了菲律宾的考古情况。他说菲律宾有一千多个岛屿，考古人员不到10人，都是从各个部门抽调来的，没有科班出身的。所以非常希望外国学者同他们合作进行考古工作。博物馆库房的标本很多，也欢迎外国学者参加整理研究。Surapol Natapintu 介绍了泰国中部史前晚期文化的情况，也谈了一些泰国考古界的情况，地大人少，跟菲律宾大学2月初在日本千叶国立历史民俗博物馆召开的会议上提交的文章几乎完全一样。日本有一个东南亚考古学会，量博满担任会长，有会员150多人，去东南亚做过考古工作的就有20多人。不过研究的问题也还是鸡零狗碎，不成气候。此外，臧振华和研究生洪晓纯讲了菲律宾的石锛问题，现在伦敦大学考古学研究所博士班的张光仁讲了贸易瓷与菲律宾原始时代的研究，陈仲玉以珠江三角洲为例讲了海湾三角洲环境考古的取向问题。在讨论中何传坤、刘益昌、宋文薰、连照美、李匡悌和我都提问或者发表评论，会议开得短小精悍。从会议上了解的情况来看，东南亚考古要有一个较大的发展，还有很长的路程要走。

初访淡水

4月16日星期天，天气晴好，洪玲玉约我们到台湾北部的河口城市淡水走走。尽管淡水离台北市不远，我却从来没有去过，确实也想去看看。我们从台湾大学旁边的公馆站乘捷运直达淡水。捷运在台北市内是地铁，出市便到了地上，车站里的设施先进，车厢宽敞明亮。一路欣赏路边的美景，颇为惬意。淡水是台北县的一个镇，却具有县城的规模。市区依着山势，高高低低，西临淡水河口，北面大海，形势险要。我们下车后沿着步行街慢慢走着，欣赏街边的各色摊点。中午时分到了红毛城下面的一个名叫"领事馆"的饭店用餐，然后参观红毛城。所谓红毛城乃是荷兰殖民者于1645年建立的一座小小的城堡，因为当时台湾人把荷兰殖民者称为红毛贼，所以把他们建造的城堡称为红毛城。城堡用红砖砌筑，有两层，现在那里正在举办一个"探索17世纪的台湾"的展览。其中的解说词说什么17世纪的台湾有原住民、中国人、日本人和荷兰人等，荷兰人来传教，办学校，还讲了许多荷兰水手和东印度公司的故事，似乎他们不是侵略而是办好事来的，跟《认识台湾》教科书是同一个立场和格调。展览中比较珍贵的是两位荷兰人捐献的一些17世纪前后的古地图、绘画和书籍等，是记载西班牙、荷兰和大英帝国等西方殖民者侵占、掠夺台湾的重要历史资料。

离开红毛城不远有一所19世纪的英国领事馆，那个饭店大概就是依据这个领事馆而取的名字。这座建筑比起红毛城要讲究多了，里面还基本上维持当日领事馆内的陈设。说明也尽量中性化，参观的人络绎不绝。从这里出来就到旁边的一所建立不久的教会大学，叫做真理大学，在旁边就是淡江大学。最后坐车到最北边的沙崙，那里本来有一个乡里办的海边浴场，大概因为条件不合格被取缔了。本来是想到这里看夕阳日落的景象，因为时间尚早，海风又比较大，不想在那里傻等了，于是兴尽而返。

野柳览胜

4月17日，又是一个晴朗的日子。李永迪建议我们到台湾岛最北的

台北县野柳海边的风化石"王后头"

海边玩玩，大家欣然同意。于是由李永迪开车，洪玲玉、江美英和我们老两口一路往北，重点是游览野柳风景特定区。野柳属于台北县万里乡，东南距离基隆港只有 15 公里。由于地壳运动、海浪侵蚀与风化等作用，使那里形成一个狭长的地岬，向北伸入海中。地岬上的岩石奇形怪状。由于岩石有竖向和横向的节理，在节理部分受到侵蚀后，形成一排排的方块，很像豆腐干。当地壳上升，豆腐干周围受到严重的侵蚀。上层含较多褐色钙质的硬质砂岩风化得比较慢，下面比较软的黄色砂岩风化得比较快，于是形成蘑菇状的地貌。蘑菇的形状千奇百怪，有的像女王头，有的像大象、乌龟或禽鸟等。蘑菇的头部因为有大量穿孔贝挖出的小坑，经过侵蚀以后很像马蜂窝，十分好看。其他地形还有像蜡烛的烛台石，像生姜的姜石，像树轮的轮纹石以及溶蚀盘、海蚀沟等。在较软的黄色砂岩层中有许多化石，最常见的是圆盘状的海胆化石，看起来就像一朵黄色的花。我们一一浏览之后，就顺着地岬的脊背一直往前走，直到最高处的测量标志架和灯塔，然后下到东坡下返回。地岬的西坡因为受到西北风刮起的海浪的拍打，显得比较陡，寸草不生。东坡相对较缓，上面长满榕树、铁树、芭茅、杜鹃、橡树等花木，非常茂盛。坡下也有不少形状怪异的岩石，还有一个情人洞，外面看起来是两个洞，里面却是相通的，是幽会的好去处。

野柳还有一个水族馆，叫做"海洋世界"，估计没太多特点，所以没去光顾。用过午饭，就开车沿着海岸往西北走，没有多久就到达台湾最北端的石门。这个石门实际是一个岩厦或穿洞，南面是山，北边是海，洞门正对南北，像一座从海上登陆的山门。我们在此稍事停留，继续开车西行，便到了石门乡的白沙湾别墅区。车到 50 号门口停住，李永迪告诉我们，这就是他们家的一个小"别野"。我们进去一看，好大呀。院子起码有一公顷，里面种植着南洋杉、棕榈等许多树木。有两座房子，一个游泳池，一个车库。里面设备应有尽有，我特别注意那里有大量的书籍。因为李永迪的祖父喜爱文学，出过诗集；父亲是历史学家，主要研究近现代史，对文学也有浓厚兴趣；母亲是地质学家，对生物有兴趣，还相信气功；自己是青年考古学家。所以他们家里的书籍范围非常广泛。但是别墅地方比较潮湿，书籍的保存情况不是太好。

在别墅里休息了一会儿，就出外在周围溜达。这里盖了不少房子，但是大部分都空着，可能是因为还有别的房子住。李永迪只有一个弟弟，他们一家在台北就有四个住所，在苏州还有一栋比较高级的别墅，所以不可能常住在白沙湾。

我们体验了一会儿别墅的生活，看着月亮就出来了，又圆又亮。于是决定往回走。经过李登辉的老家三芝乡，那里修了一条很宽的登辉大道。我们无暇多顾，直奔台北。沿路灯火辉煌，车如流水。到家时已经是22点过了。

送内人去加拿大

在许多朋友的帮助下，我和内人出入台湾的旅行证终于办好了，但是香港的通行证还是办不下来，这样我在6月底以前就去不了香港。不过秀莲去加拿大抱孙子的事总算可以实现了。

许多人建议我们定加拿大航空公司的飞机，正好洪玲玉的堂哥在旅行社工作，订票的事就由她负责了。问题是渥太华飞机场太小，没有国际航班，从台北起飞（从北京或香港起飞都一样）往返都要在温哥华换飞机。因此从台北乘18次航班16：55起飞，当地时间12：30到温哥华；下飞机后要办入境手续，还要提取行李，再到另外一个地方办理登机手续，发行李，转乘国内的3138航班14：45起飞。据说两个地方相距很远，中间只有两小时一刻钟，秀莲又不懂英语，如果走叉了赶不上，下一趟飞机要到晚上21：00才发，而且要到卡尔加里过夜，第二天早晨再飞渥太华，这可是一件头痛的事。于是我们就做了许多准备。一是要秀莲上飞机时跟空姐说明，请她帮助找一位地勤服务人员带领办理各种手续，多给一点小费就是了。二是由李永迪打印一张中英文对照的说明书，说明自己是谁，要乘什么航班到渥太华找谁，把一苹和严松的地址和电话号码都写上。还有万一身体不适或其他可以想到的事情也顺带列了几条。三是与在温哥华不列颠哥伦比亚大学的李旻约定，万一有什么问题就给他打电话，他会及时尽可能地提供帮助。

4月21日下午14：00李永迪和洪玲玉到我们的住所接我们去桃园中正机场，正好马文光在那里等着我们。他是专门从香港来向我报告北大考古学系在香港屯门考古发掘的情况的。我们把秀莲送上飞机后一同回到我的住所。立刻给一苹和严松发电子邮件，告诉他们妈妈已经顺利地登上飞机，要注意到温哥华换机的情况。晚饭后我们看了马文光带来的考古工地录像和几本照片，听了他简单的汇报，知道那边的工作比较顺利，我就放心了。送走客人，我一个人睡在一栋空荡荡的大屋子里，怎么也不能入眠。老是看表上指到了几点，秀莲该飞到哪里了。第二天我一直坐在电话机旁，到11点多严松来电话了，告诉我妈妈安全抵达。接着秀莲跟我说旅途特别顺利，她到温哥华后没有找地勤人员帮忙，因为多数人是旅游团的，自己排到了前面。等办完换机手续才花了一个多钟头，时间绰绰有余。到渥太华出机场时一苹和严松两家一齐出动迎接，高兴极了。我于是也松了一口气，中午多喝了一杯酒。

参加华容同乡清明祭祖

4月23日在台湾的华容同乡会举行清明祭祖活动，为此同乡会的理事长徐光中特地于22日从越南飞回桃园家里，今天赶来台北。活动地点选在松江路152号的金玉满堂湘菜馆。记得我第一次到台湾拜见华容父

拜见华容旅台同乡

老就是在这个饭馆。台上挂的横幅上写着"华容旅台同乡清明祭祖大会"，由卢人凤老先生主祭：首先上香，献花圈，献果，全体向列祖列宗行三鞠躬礼。接着卢老讲话，理事长讲话，我和吴雨村老先生讲话。畅叙乡情亲情。饭馆摆了六桌大席，可是只坐满了五桌。除了上次在吴竹钧家里见到的几位以外，还见到了白珩，他老人家曾经在华容县政府和家父同过事；戴某，是我叔父的同学；还有饶易之老先生的儿子；老家在宋家嘴的严奉铭，他曾经作过严松出国留学的经济担保，可惜后来没有办成。他比我大三岁，但因为我的辈分比较高，所以对我特别尊敬，约我在老伴回来后一定要到他家去作客。还有涂国斌，他原来是台大电机系毕业，工作倒还不错，现在已经退休几年了，就是家里事有些头痛，四个女儿都离了婚，做父亲的也没有办法。还有不少我不曾认识的父老乡亲，大家都很亲热，真是像回到了老家一样。不过大家在议论中也不免流露一种失落感。参加祭祖的人一年比一年少，去年有八九桌，今年六桌都坐不满；而且绝大部分是老人，年轻人不感兴趣。现在台湾又特别强调本土化，外省人感到有压力，这类活动恐怕难以继续下去了。但是作为一种联络感情的渠道，大家还是希望勉力撑持下去，短期内是不会停办的。

今天的聚会，因为我是从内地来的，受到特别的优待，让我坐了首席，一直跟卢仁凤和吴雨村等老先生坐在一起。吴老特别把上次聚会后写的两首诗送给我，题目是《春暖花开迎学人》，前面说"庚辰三月，序属新春，百花争妍，万物向荣。值此良辰美景，喜有北京大学严文明教授应邀来台讲学。我华容县旅台乡亲，爰于4月2日假天母吴君竹钧之雅筑，设宴为严君伉俪洗尘。旧雨重逢，畅叙离愫，对炎黄子孙之情感与光明前途深具信心。特赋七律二首。"其一曰：

春风又绿蓬莱岸，四迓文旌仰道珍；
博学深思专业富，道学精进又日新。
交流学术全终始，融密乡情感倍亲；
欣见奏功臻美果，嘉君化育展经纶。

这首诗的第二句是指我四次访台的事。其二曰：

评论两岸双赢略，一统中华理当先；

宝岛本来属祖国，台湾通史记专篇。

台独误国战端起，大陆征诛灾祸连；

枉顾尊严民族耻，疯狂分裂着罪愆。

从诗中可以看出他对李登辉的作为是很有意见的。最后吴老还送我一联切"文明"二字："文起百代衰，通今博古；明察秋毫末，入地钻天。"

会见秦孝仪

4月25日，应台北故宫博物院之邀，仔细看了库藏的部分石器和玉器，还有几件新买来的陶器，并且作了一个"中国彩陶的谱系"的学术报告。报告之前会见了即将卸任的老院长秦孝仪。秦院长已是八十高龄的人了，但是身体还很健康，精神状态不错。一见面就说："听说你来我很高兴，我们是老乡呐！"我说他职掌博物院18年，能够建设到现在这样的规模，成了一个保存和弘扬中国传统文化的重要基地，很不容易。他听了颇为感慨，说很快就要退下来了，"送给你一本书，得空的时候可以翻一翻，

在台北故宫博物院会见秦孝仪院长

就是太重，带回去不方便，可以帮你寄"。我一看是《故宫跨世纪大事录要》，两册一函，像一块大砖头，的确很重。书中概述了故宫博物院的历史，分肇始、播迁、复院、扩建、转型和茁壮六个部分。包括有许多重要资料的图片。秦院长在前言讲到博物院的宗旨是"以第一流科技，护惜七千年华夏文化。结合国人集藏，开启大陆联展，把故宫推向世界，将世界引进故宫"。他最近在报上发表《俯仰之间》连载长文，历数18年来奉献故宫博物院建设的事迹，颇为感人。他问我看过"千禧年宋代文物大展"没有，我说看了，没有想到内容有那么丰富那么好。他说那的确是世界级的展览。看到我有兴趣，又送了两大本宋代文物图录给我。秦曾经当过蒋介石的侍从文书和国民党中央的副秘书长，因为有这么一层关系，所以在三月中旬专程去美国为宋美龄103岁生辰祝寿。我问他宋的健康状况怎么样，他说很好，电视里播放的镜头是真实情况，但是太短。年纪大了，一天休息时间比较长，至少有四个小时头脑很清楚，记忆也还好。我说台湾选举时她签名支持连战，有人说是假的，到底是怎么一回事？他哈哈笑了，说他手里有很多照片，还有签名的原件都可以给我看，怎么假得了？他说因为我要作学术报告，他自己还有些事，今天不能作陪了。约定下次再找个时间宴请我，好好聊聊。我当然爽快地答应了。

严松喜获千金

秀莲到渥太华一个多星期了，通了两次电话，每次都以为惠萍生孩子了，因为预产期是4月23日。今天已经是29日了，我一直守着电话。下午严松真来电话了，说2：45生了个女孩，这里的时间也就是北京时间是14：45。那千金小姐迟到了还要小性子，一出来就哇哇地哭，算是雏凤试声吧。我给她取了个名字叫凤鸣。严松给她取了个英文名字叫Joyce，此名不俗，我知道19世纪爱尔兰著名作家就叫Joyce James。严松说那小东西的眼睛滴溜溜转，像是要好好审视这个陌生而奇妙的世界。她偏偏选在下半夜来，怪折磨人的，秀莲、一苹和小松一直守在医院，折腾得一夜都没有合眼。我把这消息告诉了一直关心这事的洪玲玉，她和姐姐洪晓纯为了给我道喜和分享快乐，买了好多菜来，自己动手做饭。

我开了一瓶法国波尔多干红葡萄酒，尽兴地美餐了一顿。

拜访石老璋如先生

5月3日下午，李匡悌开车来接我到"中研院"，主要是想拜访石璋如先生和管东贵先生。先在李匡悌的研究室小坐，看了他的书籍和照片，方知他父亲李其复是董作宾先生的好友。董作宾先生曾经用甲骨文字体写过一些条幅馈赠于他。先生去世后，他把这些字汇集起来出了一本书，名叫《董彦堂先生甲骨文法书集》，以资纪念。匡悌特地送了一本给我。少顷李宗琨来，带我到他的研究室转了转，看到那里的书摆得很整齐，既多又好。他是一个多才多艺的人，除了研究古文字以外，还会治印、绘画和摄影。他给我看了一些摄影作品，品位甚高。他说他不愿意参加展览或评奖活动，只是自己好玩。他选了12张黑白风景照片印了一份月历，也特地送给我一份。下面该去看石老先生，考虑石老年岁大，我怕过多惊扰他老人家，决定晚饭以后去拜访。

石老究竟有多大年岁，谁也说不清楚。估计今年有100岁，至少有99岁，如果按虚岁计算也是100岁。所以张光直、李亦园和宋文薰三位院士联名发起庆祝石璋如先生百年华诞的活动，要出版纪念文集，邀我写文章共襄盛举。石老是我国考古界的元老和宗师，是我国考古学的开拓者之一，著作等身，对于我国田野考古和商周考古的贡献尤巨。最为难能可贵的是他老人家至今还天天上研究室工作，还不断有新作问世。为人治学都可以作为我辈后学的楷模。我每次来台湾时都要拜访石老。记得第一次见他时，双方都很高兴。我说自己虽然没有机会师从先生，但我最早接触的考古学著作中就有石先生的大作，从中受到了很大的教益。石老也谈到了我的一些小文章，当时简直不敢相信他老人家怎么还会注意到我这个无名晚辈的涂鸦，回头一想也不奇怪，因为他老人家一直关心着内地的考古工作，许多考古著作他都看过。

我这次来台湾后一直想拜访石老，4月7日在东南亚考古会议上见到了他，寒暄了几分钟，他邀我得空时到他家坐坐，所以今天一去他老人家就非常高兴。他说最近眼睛不大好，白内障，一只眼动了手术，现在勉强能看书，但是两只眼睛不大合作；耳朵有点背，腿也有点软，都快要成为瞎子、聋子和跛子了。我知道他是拿自嘲来开玩笑。问他出门拿不拿拐杖，他说拿，就是不大用，有时候扛在肩上，人家以为我是军人出身的。他详细问了在内地的一些老人的情况，特别关心张政烺先生的健康状况。还问了内地考古界的一些事情，了解了我在台大的工作和生活的情况。我看时间已经比较晚了，怕影响石老休息，老人家却一再挽留，一直谈到21：00。他问我上次在东南亚考古会议上照的相片拿到了没有，我说可能人家忙，暂时还没有拿到。他说再照吧，又一起照了几张相片，才依依不舍地离开了。因为时间太晚，不好去打搅管东贵先生，只好再找机会拜访他了。

台湾的北京大学校友会

在台湾的北京大学校友，最早有傅斯年、陶希圣、蒋复聪、狄膺等人相约于每月四日举行茶会或餐叙，也就是校友会，相沿至今。据说早期有730多人，现在只剩70多人了。以前没有登记注册，是"黑会"。

参加台湾北大校友会"五四"集会

至 1998 年才正式登记，12 月 17 日百年校庆（他们不承认五四为校庆）举行成立大会，选举杨西崑为会长。杨于今年 1 月过世，又选田宝岱为会长，徐芳和彭令占为副会长，包德明（女）为监事长。田是山东乐陵人，85 岁了，1939 年西南联大经济系毕业，当过外交官。徐是浙江象山人，89 岁了，1935 年中文系毕业，后在文科研究所工作。包是四川南溪人，88 岁了，1935 年经济系毕业，是铭传大学创办人和校长、世界国民外交总会副主席、联合国国际大学校长协会总会顾问团副团长，是国民党的大老之一。今天适逢"五四"，邀我参加，到会的大约有 40 多人，其中有几位是近年来在北大学习的年轻校友，而大部分是 80 岁以上的老人。会上简单地报告了一下会务情况，宣布已经派了一名常务理事到北大去参加 102 周年校庆活动。我首先被邀请讲话，我说有幸在台北参加北大校友会的活动，有机会看望各位老学长老前辈，感到格外高兴。我说当年北大吸引我报考的首先是她的爱国主义和科学、民主的精神，这也就是"五四"的精神。我们一定要继承和发扬这种精神，为国家的统一和民族的复兴而竭尽绵薄。各校友自由讲话，有的回忆当年校园生活，有的阐述北大精神和"五四"精神。曾经担任过行政院秘书的李保谦已经是 89 岁高龄的老人，看起来却像是六七十岁，讲话慷慨激昂，特别强调"五四"的爱国主义精神，强调一定要继承这个光荣传统。我觉得这是一种很有意义的活动，只是要考虑如何更好地吸引年轻人参加。

参加江永丰的婚礼

5 月 8 日是江美英大弟弟江永丰结婚的喜庆日子，我决定应邀参加，一来表示祝贺，二来想了解一下台湾乡下结婚的风俗人情。将近中午李永迪、江美英和洪玲玉到我的住所，由李开车先奔台湾东北角的三貂脚，在那里用过午餐，便沿着东海岸南下，沿途景色甚好。进入宜兰县境后首先经过的是头城，据说是汉人在东海岸建造的第一个城，往南依次有二城、三城和四城等。江美英的家在宜兰县城区和礁溪乡之间，她家的稻田就分属于两边。快到礁溪乡时，隔老远就看见一个用蓝色塑料布搭盖的大棚，那就是准备摆酒席的地方。我们到达时，许多帮忙的厨师正在预备菜肴。江美英的父亲江金松是个地道的农民，已经 70 岁了，家里那些稻田还全靠他一人耕种。我看他并不显老，身子骨还挺硬朗。今天他特别高兴，东奔西走，一刻也不闲着。他还是老里长，家里还挂着他和李登辉的合影。他有七兄弟，基本上都在外面做事或经商。老六就在加拿大蒙特利尔做生意。江金松有两儿两女，大女儿在乡里管幼儿教育，二女儿江美英在南华大学教书，同时在北大读博士课，小儿子江承玮在本乡开了一个承玮营建股份有限公司，今天结婚的大儿子在上海专门做VCD生意，家里只有江金松夫妻和老母亲三位老人，还能做那么多事，真是不简单。

江永丰以前我就认识，那时他在江苏盐城做光盘生意，看样子经营得还不错，已经扩大到上海了。新娘子田然是陕西人，西安外语学院毕业，在深圳工作。据说两人首先是在飞机上认识的，真是千里姻缘一线牵。新郎家里设了一个香案，上面放置十几位从庙里请来的菩萨，新郎和新娘要在这里拜天地、祖先和双亲，夫妻对拜和交换金戒指，结婚仪式就算完成。晚上约七点钟，宾客陆续进入宴会棚，大约有80桌酒席。还搭了一个舞台，由江美英的姐姐主持。我虽然不懂她讲的闽南话，但她讲话的神情和银铃般铿锵的声调，简直像个专业的节目主持人。她的歌也唱得很好，真是多才多艺。下面有乡长和副县长讲话，新郎新娘唱歌和喝交杯酒等，然后新人下来到每一桌敬酒。酒宴相当丰盛，有鱼翅、鲍鱼、螃蟹、大虾、豆腐鲨、生鱼片等，据说一桌成本至少要新台币5000元，80桌就是40万元，太铺张了。江美英说不要紧，因为礼金会大大超过办宴会的支出。

晚上20：30了，还没有要散席的样子。我们因为要赶回台北，只好跟主人告别提前退席。回台北走的是盘山路，距离虽然短了一些，但是弯弯曲曲，又是晚上，不敢开得很快，还是走了两个多钟头，到家时已经快晚上11点了。

在博物院会见梁从诫夫妇

5月10日上午，邓淑苹接我到故宫博物院看最近收藏的一些陶器和玉器。中午秦孝仪院长设宴款待。正好梁从诫夫妇在天下远见出版社社长高希钧等人陪同下也来博物院拜访秦院长，所以就凑在一起了。梁最近为母亲编了一部文集，就是《林徽音文集》，内地出版后，天下远见出版社买下版权在台湾出版。这次梁是应天下远见出版社之邀来台参加首发式，5月8日才到台北。据他说，这部文集在内地只印了一万五千部，台湾却印了四万部，说来颇为感慨。近几天来台湾报纸大篇幅报道这件事。内地近来放映一部电视剧《人间四月天》，描写徐志摩与林徽音的恋爱故事。梁说那首诗是他母亲写给刚生下的他的，"你是人间四月天"是表达母亲对儿子的爱，不是徐志摩写给林徽音的。秦院长问梁先生的名字是不是有什么说法，梁说因为父亲学建筑，希望儿子也学建筑。中国建筑学的奠基人是宋代《营造法式》的作者李诫，从诫就是要我学建筑，继承中国建筑学的优秀传统。可是我连清华大学的建筑系都没有考上，只好到了北大历史系，现在又不务正业了。我说梁家总是站在时代潮流的前列，现代人类面临的最大问题之一就是如何保护环境，如何解决好人与自然的关系。从诫兄又大声疾呼，唤醒国人的环保意识。梁说天下远见还准备出版一部他家四代人的书，包括梁任公、梁思成、梁从诫和他24岁的女儿的文集。他说他女儿在美国念哲学，给他们写了几封信，对美国社会的一些现象颇为不满。她说富与穷、奢与俭是两种不同的概念。穷不一定会懂得俭，也会奢，天天借贷，寅吃卯粮；富也可以俭，不一定会奢。很有哲学道理，所以准备收进文集里面。这个女孩子的思想显然也是站在了时代的前列，大家觉得出版这么一本书确实很有意义。

在聊天中，很自然地就谈到了台湾的选举问题。有人说宋美龄要大家选连战的信是假的。秦院长说底稿是他代写的，有一封请示的信问宋美龄这样做可不可以，宋批示说"可"，下面有签名。宋对原稿有些更动，主要是说连战不像某些人如何如何之类的话给删掉了。改得很有水平，证明她头脑非常清楚。可惜她的努力并没有太大的效果，国民党还是失败了，而且败得很惨。有人说下次选举可能还是陈水扁，有人说不见得，因为这次他是侥幸取得了胜利，下次就不一定了。见仁见智，各说不一。两岸问题也很微妙，究竟会怎样发展，也谈不出个一致的看法。

龙山寺一瞥

5月13日，上午看宝，下午到龙山寺一游。

　　早饭过后不久，邓淑苹接我到新生南路云中居古玩店，主要是看看张伟华为蓝田山房收买的几件高档玉器。据说张伟华和吴棠海同是台湾最有名的古董商，只是吴棠海更喜欢研究，张伟华买卖手段可能更高。我们先是看了两方良渚文化的玉璧，都很平整，磨制光亮，看不出加工痕迹。边缘都稍稍内凹，其中一方刻一周云雷纹，中间夹两只对称的飞鸟。笔道极细，肉眼很难看得清楚。璧的正面刻一只鸟立在祭坛上的柱头上，另一面刻云彩纹。第二方璧略小一点，形制相同，只是周边没有云雷纹，反面也没有云彩纹。正面也是刻一只鸟立在祭坛上的柱头上，笔道更细，肉眼完全看不出来，只有借放大镜才能勉强看清楚。邓淑苹说这可能是有意作成，以造成一种神秘感。接着又看了第三方璧，较小，加工也不大精致，上面刻一头猪，后脚系一根绳子。猪身上满饰云雷纹，笔道较粗，也是良渚文化玉器刻纹的一般风格。另外还看了一些小玩意儿。拿在手里把玩，与在博物馆隔着玻璃看大不一样。花纹刻得那么细又那么工整，太难了。特别是第二只璧，锦匣上写的是 1991 年买的，当时并没有看出什么花纹，是故宫博物院举行群玉别藏续展时张丽端发现的。记得展览时特别安了一个放大镜，我还是没有看清楚，今天总算是饱眼福了。

　　下午管东贵先生来约我到外面走走，顺便看看台北名刹龙山寺。我们先到火车站附近，在地下街转了转，喝了杯咖啡。上到地面，要了辆计程车，那司机脾气特别犟，告诉他路就是不听，自作主张绕了一个大圈子。到龙山寺已经傍晚，烧香的人仍然川流不息。这寺大约是清朝年间建的，规模很大。有前殿、大殿、后殿和钟鼓楼等。有龙柱数对，玲珑剔透；许多梁柱和阑额也都有精美的雕刻。所用石材非常讲究，主要是泉州白石和青石。黄色琉璃瓦顶，屋脊上也有美丽的雕塑。寺里供奉的主要是妈祖，又说她是三清圣祖，好像与道教有些关系。只见人们一群一群地烧香祭拜，其中也有一些高鼻子蓝眼睛的西方人，有的西方人还穿着灰色长袍托钵化缘。外面则还有一些演节目的，卖小吃和卖纪念品的，还有一群盲人在给客人推拿按摩，真是熙熙攘攘，好不热闹。

　　出龙山寺，就到新光三越去吃台湾菜，可是那里举行婚礼，剩下的座位要等很长时间。于是只好换地方，看了几家都有喜宴，最后找到了一家广东餐馆。问今天是什么好日子，说明天是母亲节，今天星期六正是好日子。台湾 8 月 8 日还有爸爸节。人们对这些节日看得很重，而政治性纪念日反倒比较淡薄。

特殊的家宴

杨美莉怕我不会做饭自己吃不好，要帮助我做饭。我说干脆你们一家都来聚餐吧。我们约好 5 月 20 日晚上来。这天正是阿扁登基的日子，外面闹得沸沸扬扬。大家都很关心陈水扁的就职演说，有人说好得很，有人说比较平稳，也有人有意见，包括民进党的一些人也大不以为然。我看是耍花枪，尽量用一些好听的话语，骨子里却有定数。在两岸关系上多少表现一点灵活性，不像李登辉硬顶。台湾问题恐怕是要拖下去了。杨美莉拿了许多菜来，大家一起动手，做了美美的一桌菜。不是我宴请他们，反倒是他们宴请我了，真是不好意思。杨美莉想考台大人类学系的博士，以便自己能够用人类学的某些方法来研究中国考古学。她已经收集了长江中下游 1000 多件石斧的资料，并且用电脑做成了便于查阅或分类统计的资料库。她对台湾考古界的研究方向颇有看法，说过去日本人都注意台湾历史上与内地的文化关系，现在把台湾划到什么南岛语系中，搞什么东南亚考古，对内地的东西一点也不熟悉，也不想去学。我说我这次到台大来讲学也深有这方面的体会，"中研院"史语所本来有比较好的基础，现在也没有人研究中国考古学了。幸好你们博物院还有几位对中国考古学有兴趣的，都很不错，不过限于条件，主要是研究古器物学，这是不够的。杨说她正是感受到了这一点，所以要补一补人类学的课，我表示完全赞成和支持她的想法。

南下高雄

高雄市立美术馆将于 5 月 27 日至 7 月 23 日推出"黄河文明 —— 甘肃远古彩陶特展"，特地邀请我给该馆的工作人员和义工讲一讲中国彩陶文化的问题。5 月 22 日一早，江美英从嘉义赶到台北来接我。我们本来打算乘远东航空公司 7∶55 去高雄的飞机，一看时间还早，就改买了 7∶25 起飞的机票。台湾岛内的航空非常便利，有许多航空公司，每个公司又有许多航班，随时都可以买到所需要的机票，比在北京乘公共汽车还要方便。说话间 8：17 便到了高雄国际机场，美术馆的工作人员蔡幸伶到机场迎接。坐小车约半小时到美术馆，该馆位于鼓山区甘肃路和美术馆路的交叉口，环境清幽，拟建设为美术馆公园。本馆为仿红砖建筑，据说造价 8 亿新台币，每年的活动经费约 1.5 亿新台币。馆里工作人员只有六十几人，都很年轻，馆长大概也只有三十几岁，是江美英的学生，下面领着一批毛丫头，文化素质谈不上很高，却很活跃，经常举办新的展览。这次甘肃彩陶特展，展品主要是由甘肃省博物馆、省文物考古研究所和兰州市博物馆等单位提供的，其中有彩陶 120 件，包括白家、半坡、庙底沟、石岭下、马家窑、半山、马厂、齐家、四坝、辛店、卡约、沙井等时期的不少精品，构成了一个相当完整的系列；另有素陶、陶塑及玉器、石器、骨器等数十件，连在广河齐家坪出土的两只齐家文化的金耳环也拿来了。其实有些仅有一件的孤品是不应当出展的。我上午讲了"中国彩陶的谱系"，让他们对甘肃彩陶在中国彩陶中的地位有所认识；下午讲了"半坡期彩陶之分析"，希望给大家提供一种如何分析彩陶的基本方法，大家听了觉得颇有收获。讲到一半的时候，台北故宫博物院前副院长张临生等也来听。她们是陪秦孝仪到佛光山来玩的，据说星云法师亲自招待。美术馆请我和张临生等到一所澎湖风味的海鲜馆寻子屋用餐。然后乘 21：30 的飞机返回台北，到家时已经是 23：00 过了。

重访南华

5 月 30 日下午，我从松山机场乘立荣航空公司的飞机到嘉义，机场极大，主要是军用，兼做民用。江美英接我到南华大学。因为机场在嘉义南边而南华大学在嘉义北边，距离相当远，小车开了将近一个小时。南华大学以前称为南华管理学院，江美英在那里的艺术研究所任教，我曾经访问过，受到龚鹏程校长的接见。龚鹏程把这所学校建设起来了，并且改成了大学，可是为某些人所不容，只好离开，现在到宜兰创办佛光大学去了。人们谈到这件事情的时候不禁感慨系之！艺术研究所的蔡所长也下来了，现在是由文化大学调来的陈国宁教授任所长。陈是老朋友了，这次是应她的邀请，给艺术所的研究生讲"考古研究与文物保护"。因为艺术所主要是研究艺术史，经常会与文物古迹打交道，所以给我出了这么一道题。晚上陈国宁邀请我到她的小木屋坐坐。那些小木屋全是教师宿舍，因为全部是用木料建成的，防震防潮，住起来很舒适，所以小木屋是一种爱称，表示大家很喜欢。陈国宁的先生在美国亚利桑那大学任教，两人只有在假期才能相聚。陈住的屋子有两层，估计面积有200平方米，那么大的房子就住一个人，显得过于空旷寂静，所以养了一只小狗。陈弄了些水果招待，还送给我她的著作和几个仿古陶瓷杯子。后来她陪我到校园里走走，道路曲曲弯弯，地势高高低低，树木葱茏阴深，淡淡的月光和灯光相互映照，空气清爽，四周十分静谧，只听到草虫的鸣声，使人有身处世外桃源之感。陈国宁非常喜欢这里的环境，不大喜欢台北的闹市，我当然也有同感。

在张家作客

担任台北故宫博物院副院长多年的张临生女士，因为政坛的变化，博物院的负责人跟着大换班，她看到这种形势，干脆连公职也辞去了，落得一身轻松，每星期都来听我讲课。她知道我内人在31日星期三会从加拿大回来，星期四是新石器时代考古研究的最后一堂课，一定要在课后宴请我们。本来还约请了连照美和陈夏生等人，可是连临时闹肚子，陈家里有事，只有邓淑苹一人作陪了。张住在信义路富邦银行旁边，我们先到她家把她婆婆请下来，再到附近一家泰国餐馆要了一个包间。老婆婆是广东人，名门出身，已经九十高龄了，仍然耳聪目明，身板挺直，走路不用拐杖。张一直给婆婆捡菜，婆媳相处看来非常融洽。饭后到张临生家小坐。她在台北有一套自己的房子，大概是觉得不够气派，所以又在繁华的地段租了现在的这一套房间。她的先生梅教授在新竹清华大学研究语言学，那里当然也有自己的房子。夫妻两边跑，据说类似的情况还有不少人。我们一面聊天，一面欣赏她家的装修和陈设，总的感觉是高档、雅致，不落俗套。我们吃了些水果和糯米蒸的小点心，看看时间已经很晚，就由邓淑苹把我们送回家了。

玉山观日出

6月5日，我和秀莲乘自强号列车于11：30到达嘉义，江美英到车站迎接。用过午餐后稍事休息，便乘 13：30 的小火车上阿里山。山下十分炎热，路两边所见植物多属于热带性的，主要有菠萝、甘蔗、龙眼、荔枝等，从山脚到半山腰便是大片的槟榔树。因为槟榔产值高，近年来发展极快，据说全台湾已经种植近 6 万公顷。槟榔树着根浅，破坏原有植被，引发泥石流等自然灾害，已经引起社会各方面的关注。小火车开到独山时已经海拔 1000 米以上，渐渐出现竹林和松、柏等树木。这时天气急剧变化，山间云雾缭绕，一会儿下起雨来，空气也凉爽了许多。小火车在独山绕了好几个圈子，穿过了许多隧道，慢慢盘旋而上，这时就只见松、杉一类的高大树木了。小火车摇摇晃晃地往上爬，总共穿过了48 个隧道，到 17：00 多才抵达阿里山车站。我们被介绍到阿里山广场旁边的樱山大饭店住宿，预定明天一早去玉山观日出。

　　6 月 6 日正是农历 5 月 5 日端午节，早晨 3：20 旅店电话通知我们起床，3：50 集合上车，旅店老板把其他宾馆要去看日出的旅客一一招呼上车，自己当司机又当导游。天气有些冷，广场上有几个摊位卖绒衣和羽绒服等，还有卖早点的。我们从旅店一人租了一件羽绒服，买了些面包和热咖啡等，约 4：00 出发去玉山森林公园。天还是一团漆黑，我们坐着大巴弯弯曲曲地穿行在森林中，将近 5：00 才逐渐亮起来。已经进入玉山国家森林公园的范围了，可是周围并没有什么高大的树木。老板是邹族人，是阿里山的原住民，对这里的情况非常熟悉。他告诉我们说，这里原来是很好的原始森林，日本占领时期被大量砍伐。我们现在走的公路路基，原来是日据时期修建运木材的小火车路线，光复后才改建成观光用的柏油路。据说玉山有 7 个观日点，导游选择了一个点，海拔 2580 米。大约 5：20，东方的山凹处很快地亮起来，周围一片朝霞。俄顷太阳喷薄而出，由于有云层，轮廓不很分明。大概是因为山比较高，太阳一出来就呈现白炽状态，没有一轮红日的美感。本来准备多拍几张照片，实在找不到合适的镜头，拍了两张也就算了。回来的路上，导游给我们介绍了几棵老树。有一对古树相距约 30 米，原来树枝相交，称为"夫妻牵手"，但前些年两棵树被雷击毙，现在成了两棵枯树，就称为夫妻树。往回走约里许，见坡下一棵极大的红桧，高 75 米，导游说有 4100 岁，是玉山第二号，不知是不是正确。听说阿里山神木是最老的，也只有 3500 多年，前些年已经被雷击倒了。往回再走一段，见路边有许多猴子，不怕人，争抢游人抛掷的食物，相互打打闹闹，煞是好玩。又往回走一段，见一棵大树，郁郁葱葱。导游说是红豆杉，有 2700 岁。据说可以防癌，价值可达一亿多新台币。一路上走走停停，回到旅店时已经 7：15 了。

我们稍事歇息，就去游阿里山。上次来阿里山没有上祝山观日，这次虽然错过了观日的时间，还是想去看一看，于是就往祝山方向走去。一路经过几段石砌的步道，尽情地享受森林浴的快乐。这里的树木主要有红桧、柳杉、云杉和南洋杉等，树干笔直，多数有七八十年的树龄。林中有不少老树兜，奇形怪状，煞是好看。路边常常可见一些野草花，最好看的是毛地黄，有红的也有白的，形状像芝麻花但更加好看。因为有毒，游客不能采摘，正好保持了环境的美观。我们登上对高岳观日坪时，发现原来的观日坪已经被地震破坏，现在全部新修了。极目远望，山峰腾越，云雾缭绕，别有一番风味。回头经诏平公园、姊妹潭、受镇宫，越过吊桥，到慈云寺、三代木，经阿里山宾馆，于 11：40 回到旅店。办完手续，乘 12：00 的公车下山，一路倾盆大雨。

溪头的台大实验林

6 月 6 日下午约 14：00，我们从阿里山回到嘉义车站，江美英的两个学生从高雄开车来接我们到著名风景区溪头去。本来中正大学的雷家骥教授要请我们到他家去过端午，实在安排不过来，就只好婉谢了。

溪头属于南投县鹿谷乡，因为是四条溪水的源头，故名。我们到达溪头时已经是傍晚了，首先找到台大实验林溪头餐厅旅社，登记住汉光楼，凭台大教师证可以享受五折优待。这里除汉光楼外，还有红楼、凤凰宾馆、国民旅社和各种别墅。旁边还有一个五星级的米堤大饭店。可是因为地震的影响，总共没有几个人住，显得特别冷落幽静。因为天色已晚，我们只参观了苗圃和附近的一些地方。第二天游溪头，本来想沿溪行，因为地震破坏了道路，只好改变计划。先到大学池，池水清澈，上面有一座竹桥，周围有各种树木，景致甚好。然后通过林中步道缓缓而行。因为是台湾大学的实验林，许多树木花草旁边都插了说明牌，使我们增长了不少植物学方面的知识。这里的花主要有大花曼陀罗、月桃、绣球、杜鹃、野芋和野姜花等；树木种类和阿里山差不多，主要有红桧、柳杉、云杉、冷杉、南洋杉、楠木和银杏，还有少量油松等。一片种植了 52 年的柳杉林已经相当粗壮，旁边 80 年树龄的红桧反而较细，可见柳杉比红桧生长迅速得多，而红桧是台湾主要的优质用材。这里还有大片的桫椤树，分鬼桫椤和笔筒树两种。树干有七八米高，叶片也有一两米长，是我见过的最大的羊齿植物。我们走到游乐区的最高处，那里也有一棵神木，只是比较小，树龄只有 2700 年。在下山的路线中间经过大片的毛竹林，称为孟宗竹林。竹子是南投县的一大产业，这里的竹林更是出名。进入竹林后不时掉下小雨点，我们在一所高级竹楼前稍稍休息，便加快了下山的步伐。

游完园已是中午时分，去旅店办完手续，就开车到鹿谷乡一家全笋餐饭馆用餐。这时下起了倾盆大雨，幸好我们的游览已经圆满结束，真该感谢上天的照顾。

哲学家的小宴

陈鼓应先生找了一位企业家黄胜得支持，成立三清道家道教文化基金会，伴同成立大会召开海峡两岸的易学讨论会，北京大学、武汉大学和山东大学都派了代表参加，特地邀请我和内人去参加他们哲学家的聚宴。他们选了一家蒙古烤肉店，参加的人员在台湾方面除黄胜得外，还有三清宫副宫主吕秀全和来自台湾大学、文化大学、"中研院"哲学所等单位的学者。我认识的有北大哲学系的王博和山东大学的乔副校长等，有几位台湾朋友虽然不大熟悉，说起来还是认识。我们从易经谈到中西文化的对比与交流以及海峡两岸的关系等，倒也无所局促。王博不久要到美国哈佛大学去一年，我希望他不要忘了中华文明史的编写任务，他说带到美国也要完成。

读梁批《中国史前陶器》

托洪玲玉在"中研院"傅斯年图书馆借到一本吴金鼎著的《中国史前陶器》(G. D. Wu, 1938, *Prehistoric Pottery in China*, London)，一看扉页上写着"思永兄指正   吴金鼎   二八、一、卅一日"，是作者送给梁思永先生的。梁思永用铅笔在书中密密麻麻写了许多批语，这实在是一本十分珍贵的书籍。《中国史前陶器》是吴金鼎留学英国伦敦大学时写的博士学位论文，1938 年出版。看来吴是在一拿到书就立即送给梁的。全书分五部分：一、绪论，二、陶器群，三、陶器特征，四、陶器分类，五、年代和结论。陶器群中全面介绍了豫北、豫西、山东、山西、陕西、甘肃和辽宁所有新石器时代乃至历史时代早期的陶器，最后有一个年代总表。这是中国第一部有关新石器时代考古的综合性著作。该书对于每一个遗址的陶器首先分无纹与有纹两类，下面再分红、黑、灰、白等颜色。例如素面红陶下面再详细讨论颜色、形态、质地、厚度、制法和表面处理。如果是有纹陶，最后还要讨论纹饰。在一个区域内每个遗址的陶器介绍完毕后，往往相互做些比较，排出年代顺序。这样的年代排比自然缺乏必要的科学依据，所以梁思永批评说："断代根据过于偏重于制法，而制法究系推测，以至有缥缈之感。断代比较最可靠之形制又被忽略。总之断代离开地层是难事。"关于仰韶村遗址，吴金鼎虽然正确地分为两期，但理由没有讲清楚。梁思永批评说："仰韶村遗址似非一期之堆积，红陶外，有黑陶。仰韶 I、II 二期之分（既承认安氏一文化之说）未举出理由"。关于西阴村遗址，吴金鼎依据地层分为四期，是唯一考虑地层的，但对陶器又缺乏深入分析，以至于把四期的年代从仰韶一直延伸到了商代。梁思永批评说："所拟各层并无其特殊之陶器，是否须如此分析？？？"至于把荆村陶器定到商周时期更是令人费解。这类问题甚多，是该书最大的缺点。此外梁关于陶器制法和纹饰等方面也有许多批语。粗略统计，梁思永先生在全书上的批语或提示性文字共有 152 处，最后还另纸书写了提要和总批语，可见他对本书的重视和阅读的认真态度。

不过吴金鼎认为后岗早于仰韶，不召寨相当于龙山，齐家相当于不召寨，他还将高丽寨置于商周以后，还都是很有见地的。兹将其年代表列后以供参考。

6·11 强烈地震

6 月 11 日凌晨 2:23，强烈的摇晃把我从睡梦中惊醒。只听到房屋嘎吱嘎吱作响，室内的吊灯大幅度摆动，我立刻明白是地震发生了。秀

史前遗址年代序列

（包括史前陶器延续至历史时期者，同行的遗址年代相同）

辽宁	山东	豫北	豫西	山西	陕西	甘肃
		后岗 1 侯家庄 1 大赍店 1				
			塌坡			
		刘庄				
			仰韶 1	西阴 1		
		侯家庄 2	秦王寨 池沟寨 陈沟	西阴 2		
单砣子 沙锅屯 1	龙山 1 两城	后岗 2 小屯 1	青台	西阴 3		
	凤凰台 安上村	辛村 大赍店 2	仰韶 2 不召寨			齐家坪
此栏以下诸遗址某些史前陶器延续至历史时期						
沙锅屯 2		后岗 3 小屯 2		西阴 4 荆村 1		半山
高丽寨 1 沙锅屯 3～ 4				荆村 2	斗鸡台	马厂
		侯家庄 3 大赍店 3				
						寺洼
	龙山 2					辛店
高丽寨 2						沙井

注：此表载《中国史前陶器》170 页，1938 年。其中表中刘庄在浚县车站西 1 英里，中研院 1933 年发掘，属后岗类型；辛村在浚县车站西 2 英里，淇水北岸，属龙山。塌坡在广武西北 7 英里，属后岗类型，资料见郭宝钧：《河南古迹研究会成立三周年工作概况》，开封，1935 年。陈沟在广武西北 6 英里，青台在广武西 2.5 英里，均属秦王寨类型。连塌坡三者均为河南古迹研究会 1934 年发掘。

莲问我跑不跑，我说不能跑，把被子蒙着身子就是了。地震持续不到一分钟就基本停止了。后来知道这是一次 6.7 级的强烈地震，震中在台湾中部的南投县一带，初步了解死 2 人，伤 36 人，山体大量滑坡，道路中断，物资财产有一定损失。我们前几天正在南投等地游玩，幸好回到了台北，真是好险啊！

品尝人道素食

6 月 12 日中午，台大历史系教授阮芝生夫妇约请我和内人尝尝台湾的素食，地方是南京东路一家叫人道素食的饭店，黄士强和一位研究生作陪。饭店中等规模，来吃素食的人很多，其中有不少年轻人。店堂里挂的标语上写着："人道素食，请适量选用，阿弥陀佛！"看来这是佛家开设的，除本店外还有分店。据了解台湾素食相当普遍，单是台湾大学周围就有十余家素食饭店。这个店用餐采取自助式，有各式甜点、沙拉、蔬菜、仿海鲜、现煮的面条、现卷的日式卷饼，还有汤类、水果、饮料和冰淇淋等。阮先生十分真诚，因为自己吃素，只好请我们吃素食。换换胃口，倒也吃得挺痛快的。

在史语所的一天

6 月 16 日一早，李永迪来接我到"中研院"历史语言研究所，应邀与李先登先后作学术报告。到会的有石璋如、管东贵、臧振华和颜娟英等六七十人。我讲的题目是"中国考古学：新世纪的机遇和挑战"，大家提了不少问题，表示对内地考古学的发展颇为关心。我原来没有讲台湾考古，可是有的学者要我谈谈对于台湾考古的印象。我说台湾考古并不是像有些人说的只是一盘青菜豆腐，而是大有可为；但是研究台湾考古不能不同时研究整个中国考古学，当然也应该研究东亚考古。原来史语所研究内地考古有相当的基础，现在却几乎没有人研究了，希望这种情况有所改变。两岸的学者应该商量如何加强交流与合作的问题，许多人表示有同感，反映相当热烈。

下午先参观历史文物陈列馆的筹建情况，接着看了铜器修复室，中国历史博物馆有两位修复专家在这里帮助修复殷墟、辛村、山彪镇与琉璃阁的铜器。其中两件有水陆攻战纹的铜鉴，原来拼对不正确，甚至有两件碎片互换的情况。这次解体后重新拼对，图形就纠正过来了。大家都非常感谢他们的努力。最后参观库房，我以前虽然看过，但当时多半按照器物质地分类摆放，这次改变为按照出土地点摆放，方便多了。我重点看了两城镇、城子崖和小屯的器物。其中两城镇有不少刻划纹的薄胎黑陶片，有一件黑陶片上刻着所谓神祖纹，有介字形冠饰，与同一遗址所出玉锛上的纹饰十分相似，只是过于残破罢了。据说两城镇的发掘报告已经基本完成，其中包括现在仍然收藏在南京博物院的资料，不久就可以出版了。到该下班的时候了，保管部门的人员又开箱拿出了一些彩陶器，其中有阎文儒先生 40 年代作为西北科学考察团成员时收集的马厂和沙井文化的，还有三件彩陶钵，完全是大司空类型的，但是没有文字，不知是什么时候从什么地方采集的，总之应该是 1949 年以前的发现，这是一个意外的收获。

同行朋友的聚会

臧振华和邓淑苹夫妇早就约我们到他们家作客，同时约几位考古界的朋友聚聚。6 月 18 日下午，臧振华开车把我们接到"中研院"。因为秀莲是第一次到"中研院"，所以先到全院各处看看，觉得环境和建筑都很好。我的兴趣却在胡适纪念馆。这馆原来是胡适的旧居，几间普通的平房，包括卧室、书房、工作室、客厅和餐厅等，里面的陈设一仍其旧，显得朴素、高雅。旧居旁边盖了一个展览厅，里面陈列了反映胡适生平事迹的许多实物和照片，包括他的著作的各种版本和手稿等。墙上镶嵌了几幅胡适墨迹的石刻，其中有"大胆的假设，小心的求证"，"有几分证据，说几分话。有七分证据，不能说八分话"，充分反映了他的治学态度。胡适是"五四"新文化运动的旗手，他的思想曾经深深地影响了几代知识分子。蒋介石的题词则相当准确地概括了胡适的一生："新思想的启蒙和旧道德的楷模；旧传统的卫士和新文化的先锋"。

参观纪念馆后便到臧振华家小坐，他们家的装修和陈设雅致大方，颇有美感。我们看了两盒录像带，就接管东贵、颜娟英一起到安和路凯旋门大厦的香港水都海鲜楼。宋文薰、连照美、黄士强和谢继昌等也先后到达。台湾考古界的主要学者都聚集于此了。宋文薰刚从法国回来，谈性很浓。他说他是梅原末治的学生，梅原末治讲话连日本人也听不懂，宋可以听懂。到台湾大学做客座教授时宋文薰是助教，开始照本翻译，谁也听不懂。后来用自己的话来讲，必要时加以补充纠正，大家满意了。梅原要看安阳殷墟发掘的东西，李济不让看。后来高去寻让他看了，他又是写又是画，还拍了照片，回去就出版了一大本《安阳遗宝》，他的很多书都是这样出来的。京都大学出了一本校史方面的书，其中许多梅原的学生都骂他。鸟居龙藏只上过小学，是靠自学成材的。后来当上东京大学的副教授和系主任，他的父亲就在该系做工友。据说他曾经直呼他父亲为工友，不过很多人不相信。宋文薰说他想写两部随笔，一部写日本考古界，从梅原末治写到林巳奈夫；一部写台湾考古界，从李济先生写起。大家希望他的大著早日问世。席间还谈到台湾考古界的一些情况等，尽欢而散。

三会华容乡亲

6月20日，我和秀莲到吴竹钧家，卢人凤、吴雨村和徐国立三位老先生和黄石、王峰、周雪斋、赵永锡、朱某和胡明智夫妇等。吴雨村老先生和王峰等写了多首诗篇送给我，赵永锡则代表华容乡亲致欢迎词，并且送给我一本由海峡两岸和平统一促进会编印的《中国和平统一研讨会论文集》。席间差不多都是谈论两岸关系问题，有的希望早日统一，有的甚至希望大陆出兵，否则外省人的日子越来越不好过。有的说台湾的本土化是莫名其妙的，不能说早来几年就是本省人，晚来几年就是外省人；或者闽南人是本省人，别的都是外省人。所谓本土化就是搞分裂，人为地制造矛盾，应该理直气壮地加以反对。要提倡不分族群和地区的人民和谐相处，共商国是。不过大家也认识到台湾问题复杂，彻底解决有待时日。当务之急还是要加强人民的往来、交流以增进了解，同时对于当政者施加影响，推动和平统一，实现中华民族的伟大复兴。

登阳明山

6月23日早晨6:30，阮芝生先生驾车接我们到阳明山去游玩。路

游台北阳明山

在阳明山蒋介石像前

经士林官邸附近，不一会儿就进入阳明山公园的范围，小车弯来弯去地向上爬，一直开到二子坪，山势蜿蜒，树木葱茏，云雾缭绕，美不胜收。后到竹湖区，有许多竹子，同时有很大的花圃，养了许多花。再往回走，换一条路，就到了蒋介石的故居。房子比较简朴，保护得很好但没有开放。以前阳明山叫草山，蒋住下后忌讳有落草之嫌。因素仰王阳明，故在附近立了王阳明像，同时把山名改称阳明山。我们一直玩到 12 点过，还仅仅游了阳明山的一个小小的角落。在台北近旁有这么好一个风景区实在是造化的精心安排。进入市内泰顺街，阮先生找了一个素菜馆，环境清幽雅致，是消夏用餐的好去处。

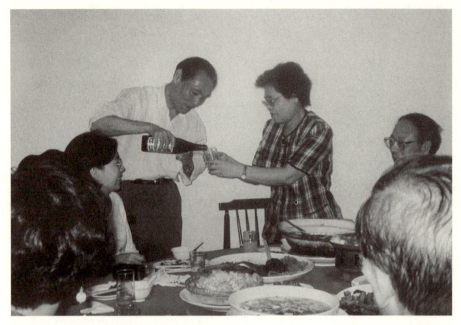

在鹿鸣堂告别宴会上给台大连照美教授斟酒

鹿鸣堂的答谢晚宴

在台湾大学一个学期的课教完了，在此期间，许多朋友从工作上和生活上给了我们许多支持与帮助。为了表示我们的谢意，决定 6 月 24 日在鹿鸣堂苏杭餐厅小聚，一共摆了两桌酒席，管东贵、宋文薰、连照美、张临生、陈鼓应、李东华、臧振华、邓淑苹、杨美莉、李柏如、谢继昌、谢世忠等出席。席间说了很多对于台湾考古和两岸关系寄予期望的话，气氛融洽。大家频频举杯，互道祝福，依依惜别，很晚方才散席。

三峡祖师庙和莺歌陶艺老街

6 月 25 日，李永迪和他的女朋友曦平接我们到附近玩玩，目标选在台北市西南属台北县的三峡镇和莺歌镇。三峡镇长福街有一座著名的祖师庙，为三进五开间殿堂式庙宇。各殿均为重檐式，中殿为重檐歇山顶回廊式。整个建筑的石柱、梁枋、斗拱、藻井、石雕、木刻、彩绘无不尽善尽美。仅石柱就有 156 根，多用透雕法。正殿的祖师公、四大部将、四大金刚和五座门都是铜铸。石雕、木刻和彩绘的故事多取自封神榜、东周列国志、三国演义、隋唐演义和说岳全传等，包含有丰富的历史内容。庙内供奉的祖师公是河南开封人，生于宋仁宗庆历四年（1044年），后因世乱率众迁居福建安溪清水岩，以利人济世为己任，后人立庙奉祀。安溪人多迁台者，遂于清乾隆三十四年（1769年）于三峡兴建祖师庙，后毁于地震，重建后香火不绝。日本占领台湾后，该庙成为台湾人民反抗日本的重要据点，后被日本人焚毁。光复后于1947年重建，采用上好材料，聘请名家设计施工，一切按最高规格办理，至今尚未完全竣工。此庙凝聚了丰富的历史内容和高品位的民族艺术作品，令人久久不能忘怀。

午后到莺歌镇看陶艺。莺歌镇与三峡镇仅隔一条小溪，跨过一座桥就到了。那里从清代开始烧制陶器，现在还保留有老的陶窑。窑旁边有一条陶艺老街，有好几十家陶瓷店铺，各色各样的陶瓷器琳琅满目，既是商店，也是展览馆。我们一家一家地看，李永迪买了一个非常精致的小紫砂壶，我买了一个紫砂花盆作为纪念。

印第安啤酒屋

洪晓纯和洪玲玉姐妹知道我爱喝啤酒，一定要在我离台之前请我光顾一下台湾的啤酒屋。6月26日晚，我们到台大后门外的印第安啤酒屋，看到门外有玛雅文化风格的雕刻，进屋后左拐右拐，到达地下二层，已经有不少客人了。我们要了一个单间，看到外面许多桌子都要了一个木制的鼓形啤酒桶，每桶装酒3000毫升，我看太多，就一人要了一杯扎啤。一看整个杯子雕成玛雅人头像的样子，拿起来足有一公斤重。我们一面喝酒，一面欣赏满屋子的玛雅风韵，的确是别有一番滋味在心头。据说本店在台北一共有5家连锁店，生意还很不错。

游台北南山

游阳明山时，阮芝生先生就说还要请我到南山玩玩。6月27日一大早，他就开车来接我们。经过木栅、新店，到石碇就看到层峦叠嶂，小车蜿蜒而上，是为九龙山。满山树木葱茏，以樟木为主。不久进入汐止乡地界，路边常有细管引流泉水，有些人专门开车来接泉水，阮芝生也接了两桶泉水，他说这比市面上卖的矿泉水好得多。这里路边有许多石桌石凳，我们走走坐坐，悠然自得。接着到乌来，那里风景秀丽，有许多温泉。在青翠的半山腰上，一条银白色的瀑布直泄而下，大约有 50 米高，十分壮观。不禁想起李白咏庐山飞瀑的诗句："飞流直下三千尺，疑是银河落九天！"我们在瀑布旁边玩了许久，就往回走。过了新店，阮芝生说还可以到政治大学后山去看看，我们就往那边走。原来我以为只是一座山，其实地方大得很，那里有许多茶座，还有不少寺庙。最后我们来到一贯道的天恩寺，这是一座新盖的三层仿古建筑。一贯道是儒释道耶回一并奉祀，而最重儒释道。我们上二楼时看到中间供着至圣先师孔子，右边是老子，左边是释迦牟尼。住持听说我们是北京来的，特别热情。说如果我们中国人都按孔夫子说的做，两岸的问题早就解决了。言谈中有无奈也有期望。出天恩寺时天色已近黄昏，匆匆回家，已经是下午 6 点过了。

离台返京

按照原定计划是 6 月 30 日离开台湾，到香港稍作停留，7 月 1 日返京。正好"中研院"定于 6 月 29 日至 7 月 1 日召开第三次国际汉学家会议，我虽然不想参加，但既受人家邀请，可以参加一下开幕式，会会老朋友。后来因机票问题改在 6 月 29 日离台，又因为北京大学有一个考古队在香港屯门扫管笏进行发掘，第一阶段刚刚结束，我要去看一下。香港古物古迹办事处还要我作一个学术报告，于是决定推迟到 7 月 2 日返京。

在离开台湾大学的时候，本来许多朋友要亲自送行的，因为参加汉学家会议不得脱身，管东贵、许倬云和臧振华等只好打个电话表示惜别。吴棠海夫妇、邓淑苹、陈鼓应、阮芝生和人类学系谢主任等到舍下话别，马文光 28 日晚上专程从香港赶来迎接，江美英和洪玲玉一直把我们送上飞机。在台大一个学期的教学任务总算是圆满结束了，这一段时期既平常又颇多感触的经历将久久地留在我的记忆里。

滇西掠影

　　2008 年 6 月，应云南文物考古研究所的邀请，偕夫人到云南大理白族自治州考察剑川海门口遗址，并出席该遗址考古发掘的专家论证会，顺便到滇西参观游览。我们于 6 月 16 日下午 16：30 乘南方航空公司的飞机从首都机场起飞，同行的有张忠培夫妇、李伯谦、黄克忠等。20：00到昆明。稍事休息，换祥鹏航空公司的小飞机飞大理，大约 22：00 才到达，住洱海边的苍山宾馆。

剑川海门口遗址论证会

　　6 月 17 日上午约 8：30 从大理出发乘车到洱源和剑川两县的交界处，

参观剑川海门口遗址，拿话筒者为海门口考古发掘主持人闵锐

参观剑川海门口遗址出土器物

　　剑川的四套班子前来迎接。到剑川住佳利大酒店，进门时许多穿着民族服装的男女列队隆重欢迎。

　　17 日下午即去剑川县南的剑湖南面的海门口考察考古发掘工地。那里原来有一个小海子，实际是一片沼泽地，近年因修渠排水才成为陆地。考古发掘在 1395 平方米的面积内分了四个小区。每个小区内有密密麻麻的 4000 多根木桩和个别的木板。木桩的平面布局很乱，只有个别地方围成长方形，很像是干栏式建筑的房子。据考古发掘的负责人闵锐介绍，经过钻探得知整个遗址大概有 25000 平方米，全都有密集的木桩。如此大规模的木桩建筑物是前所未见的，瑞士的湖上居址是世界知名的，跟海门口相比也只能是相形见绌了。我们看到发掘区都浸满了水。长期水泡可能是木桩能够保存的重要原因。

　　晚上由闵锐介绍仔细观看了海门口遗址的出土物品。遗址分 10 层分属于三个时期，大致相当于新石器时代晚期到青铜时代中期。出土物有大量陶器、石器和骨器，还有木器、青铜器以及稻、麦、粟等谷类遗存。木器中有木桨、木耙和木刀等，还有榫卯结构的木构件。看来整理任务还相当艰巨。

18 日上午海门口遗址专家论证会正式开幕。首先由大理白族自治州和剑川县的负责人致辞，接着由闵锐介绍考古发掘的情况。下午论证会由黄景略主持，邱宣充、李伯谦、张忠培、黄克忠、我和张增祺等先后发言，一致肯定发掘取得了重大收获，并且为下一步的保护提了不少建设性意见。

晚上到剑川宾馆观看剑川白族古乐演奏，其中有从唐宋时期流传下来的阿吒力佛乐及道腔、洞经等古乐，十分精彩。

19 日上午继续开论证会，有更多的与会学者发言，最后通过了专家论证意见书，论证会圆满结束。

石宝山和沙溪镇

19 日下午到剑川县城以南 20 多公里的石宝山参观。那里有三处南诏时期的石窟。我们主要参观了石钟山的石钟寺。那里有一座龟背石，形状像一个大松塔或蘑菇，也像一口钟，徐霞客曾经到这里旅游，看到了这座龟背石像一口钟，就把这座山也取名为石钟山了。那里的石窟很有特色。有的竟以南诏王为主窟，有的观音在坐佛之上，传说第一代南诏王是受了观音的指点才当上国王的。还有一个小洞窟，中间是一个女阴，两边却雕刻佛像。把传统的女阴崇拜和佛教结合起来了。这里还有一个风俗，就是每年七月有三天歌会，在那里男女可以自由找自己喜欢的对象交合。有些妇女长期不孕，就可以通过这种方式"借种"，做丈夫的心照不宣。大理自治州政府还特以此三日作为法定的民族假日。

从石宝山下来再往南就到沙溪古镇参观。这里紧临从剑湖流过来的黑潓河，是茶马古道中间的一个重要的驿站，已公布为第六批中国历史文化名镇。基本保持明清时期的老样子。许多房子很讲究，有兴教寺、寺登街、四方街等，还有一些是接待马帮的客栈。据说有一位瑞士人看到这个古镇特别感兴趣，募集资金做了两次大规模的维修，还准备做第三次。有些台商看到了赚钱的机会，租了一些房子开旅店。

丽江古城和玉龙雪山

6 月 20 日上午，由云南文物考古所的杨德聪所长、刘旭副所长和闵锐各开一辆车，分别陪张忠培夫妇、我和夫人、还有国家文物局的张凌和文物报的李征到丽江纳西族古城参观。到了丽江就直奔丽江市博物馆，重点看那里的东巴文化展。现在收集的东巴文书大约有两万多件。东巴文是一种非常特殊的文字。看起来有点像古埃及文，都是从左向右横排书写。实际上又完全不同。古埃及文是拼音文字，只是字母象形。东巴文既象形又谐音，形音义相结合，造字原则有点像古汉字。但并不是一字一音，只有经师一代一代传承才能正确诵读。比如东巴经中有一篇《人类的起源》，开始就说"古时候，天震动，地动摇……"，古时候是画的一个虎头，虎古谐音，你不能望文生义念成"虎头"，只能按照经师的读法。虽然是象形，但每个字都有固定的写法，是一个完整的文字系统，不能随意去画或写，它是纳西人给人类留下的极为珍贵的文化财富。对于研究文字的起源具有特殊的意义。

从博物馆出来就到附近的黑龙潭公园散步，黑龙潭水质清澈，园内古木参天，风景极好。午后驱车往北到玉龙雪山游览。到停车场后转乘游览车开到海拔较高的云杉坪。那里周围是原始的云杉树林，中间却是一片平坦的草地。据说在这草地上栽树也不长，很是特别。这里已靠近雪山，山上的冰雪可以看得清清楚楚。我们在这里玩了很久，直到服务人员要下班了才依依不舍地离开。

晚上逛丽江古城，确实是古色古香。街道旁边的小水渠中流着从玉龙雪山下来的冰水，清澈而洁净。商店多是小门面，除本地人经营的以外，还有不少外地人包括台湾人开的店铺。女士们买了一些纪念品。游人中有许多外国人，熙熙攘攘，十分热闹。为了保护古城，在旁边又建设了一个新城。现在人口大约各有十万。晚上住祥鹏客栈。

第二天一早就去看纳西族的名人方国瑜先生的故居。方先生早年在北京师范大学本科毕业，又在北京大学研究生毕业。一生著作等身，大约有两千万字。徐中舒先生称他是南中泰斗，也是纳西人的骄傲。

大理和保山

6月21日从丽江到大理。上次经过大理停留的时间太短，这次要好好看看这座古城。我们首先到著名的蝴蝶泉，想看看那里的蝴蝶。所谓蝴蝶泉只是一个小池子，周围风景极好，就是没有看见一只蝴蝶，有点失望。有人告诉我们旁边有一个蝴蝶大世界，在一个人工搭建的大棚里养了成千上万只蝴蝶。进到里面看各种各样的蝴蝶，真是五花八门，还有说明牌，令人赏心悦目，也算不负此行。

接着到崇宁寺看大理三塔。主塔是唐朝贞观年修建，旁边两座小塔是宋代修建的，因为地震的关系已经明显地倾斜了。我们从塔基上可以清楚地看到洱海，真是美丽至极。崇宁寺本身早已不存在了，可是大理州政府一定要重建。既不做考古工作，也不查相关资料，就建了一个假崇宁寺，还有一座大门，看了不伦不类。

傍晚从北门进大理古城，先在兰林阁酒店安顿下来。在外面用餐后就游览古城，也是古色古香，游人甚多，可惜无法把整个古城转一圈。

省文物考古所在大理有一个临时的工作站，考古发掘的许多器物和陶片就放在那里。22日上午，刘旭领我们去那里看银梭岛出土的东西，主要是新石器时代的，比海门口遗址早，但似乎衔接不上。我建议他们在大理建立正式的工作站，尽快建立起滇西或大理地区的文化谱系。

本日中午赶到保山，首先参观保山博物馆。因为保山出铜鼓，整个建筑也仿照铜鼓的模样。除了有考古文物展览，还有专门滇西抗日战争的展览。看完博物馆后就到保山附近参观光尊寺。此寺始建于南诏初期，明清时重建，后又重修，有21栋房屋。所奉是儒释道三合一。抗日战争时曾经作为滇西抗敌长官公署，卫立煌驻跸于此。

腾冲"边城"

22日下午从保山出发到"边城"腾冲。途中翻过高黎贡山，山上云雾缭绕，还不时下雨。大约18：30到腾冲。这个城市非常漂亮，街道布置得像花园。现在正建设空港，明年即可直飞昆明。我们也就住在腾冲空港的观光酒店。

23日上午参观国殇墓园。滇西腾冲战役打得极为惨烈。日军把守腾冲石城顽固抵抗，我二十集团军在美国空军的配合下彻底摧毁了腾冲城，歼灭日本侵略军二千余人，包括一名少将。我官兵伤亡更加惨重，牺牲了八千余人，包括两名少将。这个墓园就是为这些为国捐躯的英勇将士而建的。墓园正门上有于右任题写的"忠烈祠"三个大字。

然后到和顺乡参观，那是一个侨乡，有许多华侨，虽然人在海外，但对家乡的建设和中华文化的传承十分关心。这里有一座和顺图书馆，始建于 1928 年，以前的 1906 年有一个研究会，所有图书就并入这个图书馆了。其中有二十四史、万有文库及地方史书等 8 万余册，图书的品位甚高，保管也很好。现在已列入国保单位。

接着看艾思奇故居。艾原名李某，是聂耳的挚友。他的《大众哲学》是为人熟知的。可是 1966 年 3 月仅 56 岁就去世了，实在可惜。

中午就在"和顺人家"餐馆用餐。饭后参观道教的文昌宫，又名玉真宫。建筑群保持完整，环境也好，准备申请为国保单位。接着看文庙建筑群。然后又考察南诏时期的古城遗址。

腾冲有许多珠宝商店，以卖翡翠出名。腾冲加工翡翠有悠久的历史，但翡翠的产地却在西边的密支那野人山一带。原来那里是属于中国的，所以腾冲的原料不成问题。可是现在那块地方划给了缅甸，原来在内地的腾冲成了边城，要获得原料就要靠国际贸易了。我们看到街上有不少缅甸人，大概都与翡翠交易有关。

腾冲又有很多火山，因此就有很多温泉。晚上女士们去看翡翠，我们男士就到热海洗温泉浴了。

梁河的"傣族故宫"

6 月 24 日，我们一行 10 人从腾冲南下到梁河县。那里原来是南甸宣抚司署所在，号称傣族的"故宫"。土司是江南人，姓龚，在元朝的军队中任百夫长到千夫长，留在本地后当了土司并赐姓刀，统领南甸十个土司。范围比现在的德宏傣族自治州大三倍，其中包括现在划归缅甸的一部分。到第 28 代土司龚绥当了德宏自治州的副州长，可是在"文化大革命"中被活活整死，他的儿子在台湾幸免于难。这个衙署建筑是汉式的，有五进四个院落，共有四十七栋房屋。因为曾经是傣族的政治中心，所以有"傣族故宫"之称。现为国家级保护单位。

我们从梁河继续往南到了盈江，参观一座傣族的金塔，虽然也是国保单位，其实只是在 1947～1955 年建成的现代建筑。在金塔旁边有景颇族和傈僳族的纪念塔。这里是几个民族聚居的地方。中午我们就在纪念塔旁边的景颇族人的餐馆用餐。

瑞丽－畹町边境行

24日下午从盈江出发，经过陇川直奔边境城市瑞丽。这个城市大约有5万人，街道整齐清洁，铺面都相当气派，大部分是珠宝商店，翡翠饰品是这里的抢手货。街上游客很多，主要是外地人，还有不少外国人。第二天上午到附近的姐告玉城，那里除正规商店外，还有许多摊贩，玉器玉料到处都是，想买便宜货的多半青睐这个地方。同行的几位多少都买了一些作为纪念。这里是中缅两国交界的地方，中国政府在这里设立了海关。从姐告出来就到不远处的一个国际村，这个村庄是中缅各半，其中有两国一街、两国一院、两国一井。有大片的荷花塘，荷花盛开，风景十分美丽。因为原来本是一家人，只是政治的原因，划分国界时人为地分开了，所以尽管分别属于两国人民，相处还是非常和睦。

离开瑞丽到另一个较小的边境城市畹町，也有不少玉器商店。这里是抗日战争中滇西战役最后一战的地方。边界的畹町桥就是争夺很激烈

中华人民共和国瑞丽口岸

的地方。我们特地在那里照相留念。

离开边境，就到德宏傣族景颇族自治州的首府芒市也就是潞西。市区较大，人口也比瑞丽多，但市容较差。市里同志领我们看了一处树包塔，一株207年树龄的菩提树把一座塔包了起来。树是省保单位，塔是县保单位。我们开玩笑说到底是省管县嘛！接着又看了一处菩提寺，这座建筑的下面是由许多木桩托起来的所谓干栏式，是当地普遍的建筑方式。可是上面的主体建筑却是汉式的。旁边新盖了一栋藏经楼，收藏了许多傣文佛经。当地的佛教协会也设在这里。

西双版纳的热带风情

6月26日上午从芒市出发，中午到保山用餐。保山博物馆王馆长陪我们从保山到腾冲、梁河、盈江、瑞丽、畹町、芒市再回到保山，转了一个大圈子，帮了我们许多忙，到此才依依话别，实在感谢他了。从保山到大理全部是高速路，但不时有阵雨，有时是大雨。到大理后与刘旭、闵锐等话别，由省文物考古所的蒋志龙陪我们乘18：40的班机飞西双版纳的首府景洪，住金版纳酒店。

西双版纳地处云南省的最南端，已经是热带地区了。上午到景洪西边的猛海，因为地势较高，气温比景洪低5℃，比较凉爽。我们首先参观一座傣式建筑的曼海佛寺。这是一个国保单位，修缮费国家出，僧人当地村里供养。小孩子8岁就进寺学傣文，等于上学。年纪大了可以还俗结婚，平常也可以吃肉。可是佛寺的经营却是旅游公司。然后看景真八角亭，也是一个国保单位，主体是康熙时建的，旁边的佛寺、塔和僧房是后来续建的，保存都很好。

下午到景洪的曼听公园游玩。这里原来是傣王的御花园，有1300多年的历史。"文化大革命"中遭到破坏，后来又重建，已经很难保存原来的样子了。现在园里有1961年周恩来参加泼水节的塑像。

6月28日往东南边境的猛纳。那里有1959年始建的热带植物园。负责人告诉我们园里现有18000种植物，但对外公布只有13000种。我们不知道这种事为什么要内外有别。我们坐园内的敞篷车，导游一路介绍。最后又参观了园内的热带植物博物馆，得到了不少知识。

　　西双版纳是傣族自治州，傣族人的生活怎么样，我们一行人都很想了解一下。所以在回景洪的路上特别拜访了两家傣族的家庭。主人非常热情地接待我们，只是语言不通。房子新盖不久，虽然保持干栏式的风格，但底下的地面铺了水泥，放了许多东西，包括拖拉机、摩托车和大量木料。房顶盖琉璃机制瓦。居住层全部是木板地面，墙壁也都是木板做的。房间比较宽敞，有卧室、公共活动间和厨房等。旁边老房子的瓦都是平板，很薄，大约只有半厘米厚。用瓦钉勾住木椽上的横条（木或竹）。房东有自己的橡胶园，生活相当富裕。

回到昆明

　　6月29日乘飞机回昆明，住春城花园酒店。下午到省文物考古所参观，那是一座6层的楼房，办公的地方还比较宽敞。主人给我们介绍了整个所的情况，特别是近年考古工作的情况，然后参观考古标本，我们主要看了石佛洞等处出土的陶器。从考古所出来就到省博物馆参观。那里有一个云南青铜文化展，很有特色，但展览方式似乎还可以改进。

　　到了昆明，自然想看看老同学和老朋友。经与李昆生等联系，定在云南大学校门外的一个餐馆聚会，蒋志龙把我和老伴送到餐馆，见到老同学蔡葵（尔轨）、朱桂昌、王玉笙、汪宁生和我的学生李昆生、赵美等。他们早就在那里等候了，见了面真是高兴。朱桂昌现在研究里耶秦简中的日历，汪宁生在办刊物，蔡葵在集邮。他们都是退休以后自己找点事情做。汪宁生在民族考古学研究上有很高的成就。我在任北京大学考古系副主任的时候，曾经征得系主任宿白先生的同意，想把宁生调到北大来，尽管作了许多努力，最终也没有办成，实在遗憾。不过宁生自有办法，利用云南的特殊条件，照样出了许多成果。学术是没有界限的，他的成果照样得到学术界的关注与高度评价。李昆生还在任上，所以显得特别忙。大家好久不见，有说不完的话，最后还只得依依惜别。李昆生把我们送到宾馆，时间已经很晚了。

　　6月30日上午，我和张忠培一道到云南陆军讲武堂参观。这里是培养了朱德、叶剑英、蔡锷和越南的武元甲等一大批著名的革命将领的摇篮。虽然是国保单位，但有些地方已被别的单位挤占。现在只剩下一个大四合院及附属建筑约 3 万平方米，不及原有面积 7 万多平方米之半。里面有一个常设展览，分辛亥革命（云南是重九即 10 月 30 日革命）、护国首义、抗日战争等几个展室，但多年未变，有些资料需要充实。现计划改陈，需要 600 万元，我想这一点钱总是不难解决的。

云南有一个花卉世博园，我们中午就在世博园中的吉鑫园餐厅吃云南特产过桥米线，同时观看白族和纳西族等的歌舞表演。下午 16：20 乘飞机返回北京。滇西掠影半个月，留下了难忘的印象！

贰／域外旅踪

旅美纪行

经美国的美中学术交流委员会提议并与中国社会科学院历史研究所等单位联系，决定于 1986 年 6 月下旬在美国弗吉尼亚州艾尔莱举行"中国古代史与社会科学一般法则学术研讨会"。美国哈佛大学的张光直事先告诉我，我已被列入邀请名单，希望我一定参加会议。后来我才收到国家教育委员会的通知和美国全国科学院与美中学术交流委员会的邀请函。与会的中国学者还有社会科学院历史所的杨向奎、林甘泉、田昌五、李学勤，考古研究所的郑光、四川大学的童恩正，云南大学的汪宁生和吉林大学的张忠培、林沄等。陪同人员有社科院外事局的张友云。

初到美国

我于 6 月 18 日早晨 7：30 乘校长专用车到首都机场，同去美国的一行人林甘泉等也陆续到达。天气晴朗，预报今天北京最高气温为 35℃，不过早晨还不是太热。办完各种手续后于 9：40 登机。我们坐的是中国民航 981 航班的波音 747 宽体客机，能够坐三百多人。10：20 起飞，约 12：10 到上海，这里今天最高气温是 30℃，还不感到闷热。在候机室稍事休息，办理出境手续，登机时又上来一些客人，几乎坐满了。下午 14：00 起飞，北京时间第二天 0：30 到旧金山，当地时间还是 18 日早晨 8：30！

因为我们是顺着地球自转的方向飞，时间就过得特别快。在太平洋上，水天一色，漫无边际。只是感到太阳走得快，北京时间 18：00 多天就黑了，空姐要我们安静休息，可是这么早怎么也睡不着。不到四个小时天就亮了，22：20 太阳就冲出了海面，而且上升得特别快，这跟在泰山观日出完全是两番景象。

旧金山十分凉爽，毋宁说有点冷清。大夏天了，阳光灿烂，最高气温却只有14℃。旧金山机场比北京机场大得多，设施也比较好，服务周到，但服务人员很少。场内商店货物十分丰富，规格也比较高。

在旧金山休息不到两个小时，当地时间10：20起飞，五个多小时到纽约，当地时间是18日下午18：35，而北京时间是19日早晨7：35！本来从上海来时飞机上乘客还比较满，主要是中国人，外国人没有几个。到旧金山后绝大部分都下去了，登机时没有一个新的乘客，飞机上空荡荡的，没有一个外国人。为什么不改进服务吸引外国旅客呢！

从旧金山飞纽约，一路天气晴朗，只稀稀疏疏有点白云，所以地面的景色可以一览无余。到美国中部时，只见一望无际的大平原，地面都开发成四方四正的农田格子，每个格子就是一个农庄，北面正中是房舍，十分整齐。进入五大湖区，没有想到湖水一片青蓝，简直是清澈见底。中国要有这样大的淡水湖就好了。过湖以后是丘陵区，到处是青葱茂密的森林，没有露一点土色，丘陵之间的水面也不少。傍晚时到了纽约，居民区的房屋密密麻麻一大片，也是棋盘格式的，大高楼只占比较小的一块，非常集中。

纽约今天的最高气温是23℃，傍晚更加凉爽。美中学术交流委员会派代表迎接我们。因为天色已晚，大家也有些劳累，就安排在机场附近的希尔顿宾馆住宿。明天准备飞华盛顿。

在华盛顿

6月19日上午9：10乘泛美航空公司的飞机从纽约起飞，约10：30到达华盛顿。美中学术交流委员会派一位青年樊利谟（Limo van）迎接，他很热情，中文说得很好。除我们开会期间外，准备全程陪同我们，直到送上回国的飞机为止。华盛顿是美国的首都，但人口并不多，只有70万人，大部分是黑人。市里也没有高楼大厦，主要是一些政府机构和文化设施。到处是绿地，显得清净雅致。我们下飞机后，随即到美国国家科学院，中午就在那里用餐。随后参观著名的弗利尔美术馆。这里有一个博物馆群，弗利尔美术馆是其中之一，还有赛克勒博物馆等许多家。弗利尔美术馆所藏中国古物最多，兼有日本、印度和阿拉伯等国家和地

华盛顿的"水门"

区的物品。我最感兴趣的是弗利尔 1919 年从上海购买的据说是出自浙江的一大批良渚文化的玉器。其中有几块玉璧上用极细的针刻的鸟立在台阶上或台阶上立的柱子上。同时陈列的还有玉琮、玉镯、玉环、玉牌饰等。

　　傍晚参观著名的"水门"，尼克松就是因为"水门事件"而被赶下台的。所谓"水门"是因为那里有一股水流，先流到一个大理石雕的浅圆盘里，接着依次流到较矮的大理石圆盘里。是一个超级市场旁装点门面的设施，并没有什么特别的地方。我们看了"水门"顺便参观超级市场。里面货物极多，档次也高，可是营业人员和顾客都很少，所以显得安静舒适。

　　主人特别安排我们在太白楼中餐馆用晚餐。餐后安排住宿。我们住在小河旅店（The River Inn Hotel），房间甚大，设施一应俱全。楼上还有游泳池。晚上在大街上溜达，到处有松鼠，一点不怕人。店门口有奏乐的，跳舞的，卖杂耍的，装扮成火星人的，人们熙熙攘攘，甚是热闹。

　　6 月 20 日，晴，有阵雨。

　　上午参观美国国家历史博物馆，其中有美国历届第一夫人蜡像馆、工业馆、农业馆和科技史馆等，内容丰富。

接着到华盛顿广场，那里绿草如茵，巨大的长方形水池一头高耸一座方尖碑，一头是林肯纪念堂。我们先到林肯纪念堂瞻仰，然后在广场一侧看了越战阵亡将士纪念碑。这里依地面起伏切开了一个长长的剖面，在剖面贴上黑亮的花岗岩，上面密密麻麻地刻着在越战中阵亡的将士的姓名、军衔和所属部队的名称。我注意到上面保持得干干净净，没有任何乱写乱画的痕迹。地上摆放着鲜花和小星条旗。尽管许多美国人反对越战，但是对于为国捐躯的将士还是表达自己的敬意和哀思。看了深有感触。

离开纪念碑就去参观航空与航天博物馆。这个馆很大，里面陈列着各种飞机和航天器材，包括登月火箭、航天服和各种卫星。还有一个航天员在月球上行走状况的布景箱。参观者可以进入登月火箭的座舱实际体会一下。记得美国航天员登上月球的第一句话是：我跨上月球只是一小步，却是人类探索宇宙的一大步。看完博物馆后接着让我们看了一场很有意思的电影："走向太空"（To Space）。电影演示了从登月计划、准备、火箭发射、登月行走、采石头到返回地面的全过程，真是大开眼界。

参观航空航天博物馆

中午到国会图书馆用便餐，整个下午就参观这个图书馆。它是美国最大的图书馆，由杰弗逊、亚当姆斯和麦迪逊三个分馆组成，三馆之间有地道相通。藏书总量约 8000 万册，其中中国图书约 50 万册。工作人员达 5000 人，一个单位有这么多人，在美国是非常罕见的。这里借书非常方便。大部分图书是开架的，你可以任意提取。馆内有许多个人使用的阅览室，你可以借很多书在那里看，可以用很多天，你不还没有人来打扰或给你收拾。外借书的数量也比较宽松。总之是尽量方便读者。

晚上在四川大饭店用餐。回到宿舍已比较晚了，加上整天参观有些累了，就没有再安排活动了。

6 月 21 日，晴。

上午先到水门附近溜达，然后到白宫。没有买到参观的票，进不去，只好在外面看看。我们走在铁栅栏外边，看到有黑人支着棚子站在那里，据说是抗议者，晚上就待在棚子里不走。究竟为什么抗议我们也没有兴趣去打听。白宫没有看成，就去参观美国国家美术馆。里面陈列大量油画和雕塑。有欧美各国各个时期各个流派的作品，可惜没有那么多时间去细细品味，只是走马观花而已。

下午 15：30 到宾夕法尼亚大街的约瑟夫－亨利大厦候车，16：00 乘巴士去这次开会的地点——弗吉尼亚州的艾尔莱别墅，大约 18：00 到达。艾尔莱别墅是二百年前的一个老农场改建的，全部是平房，有些房子还保留着农场原来的名称，如马厩、车房、草库等。场部外边有大片的草地，草地边缘则有参天的大树。空气清新，风景优美，现在经常在这里举行小型的国际学术讨论会。在我们到达之前，美国、英国和加拿大等国的学者已先期抵达。大家热烈相会，彼此问候，气氛融洽。安顿好住宿后，大约 18：30 由史密森博物院秘书亚当姆斯代表美方在院子的草坪上举行露天欢迎宴会。

艾尔莱研讨会

6 月 22 日上午 9：00 整，"中国古代史与社会科学一般法则研讨会"正式开始。参加会议的除中国内地的学者外，还有台湾"中央研究院"史语所的杜正胜，美国哈佛大学的张光直和叶兹（Robin Yates）、匹兹堡大学的许倬云、加州大学（伯克利）的吉德炜 (David N. Keightley)、南加州大学的尤金 (Eugene Cooper)、华盛顿大学的杜朴（Robert L. Thorp）、亚利桑那大学的约菲（Norman Yoffee）和美洲研究会的哈斯（Jonathan Haas），加拿大不列颠—哥伦比亚大学的皮尔逊（Richard Pearson）和英国伦敦新左派评论的安德生（Perry Anderson）。正在美国访问的石兴邦先生也参加了讨论。担任翻译的有寒春、阳早的女儿、白海思和慕容捷。会议分为五组：1）总体考察，2）社会关系，3）经济和政治关系，4）宗教和意识形态，5）模式法则和比较。会议的论文都有中文和英文两种文本，事先都已经分送给每一位参加者阅读过。所以发言限制在十分钟，主要讲文章的重点和需要补充与特别说明的问题。主讲人发言后有一位主评论员发言，时间不超过三分钟。之后大家可以随意提问和讨论。

我被安排在第一组第一个发言，提交论文的题目是《中国史前文化的统一性与多样性》。主评论员是张光直。光直对我的论文提出两项观察和一项讨论。第一项观察是：这篇论文的观点与当前对世界其他文化发展道路考察的结果颇相一致。它优于过去观点的地方有二，一是能够对中原地区以外不断发现的新文化有所说明，二是对 1972 年以来大量绝对年代的测定结果也有较好的处理。"所以我对这项观察非常兴奋，并表示完全的支持"。第二项观察是对于论文中提出的从旧石器时代向新石器时代过渡的三种途径的估计。这三种途径的划分无疑是正确的，不过从洞穴演变的途径以后可能会出现更多的材料并产生更加丰富的结果，特别是对于华南史前考古会有更多的期望。一项讨论是：似乎新石器时代早期多样性比较突出，晚期统一性比较突出。到底在什么时候统一性盖过了多样性呢？光直认为可能在公元前 4000 年前后，考古学文化开始组成一个联系网。虽然证据还不充分，但它会影响我们对于中国文化的定义和中国文化的疆界的认识。吉德炜认为张光直提的公元前 4000 年可能太早了，也许提公元前 3500 年会更好一些。张光直说，在公元前 5000 年有不少独立的考古学文化，之后出现了许多相同和相似的因素，例如仰韶文化、大汶口文化、马家浜文化和大溪文化等都出现了鼎和豆。到公元前 3000 年龙山文化形成期，这种相似性好像很巩固和完善了。所以就取中间值公元前 4000 年。当然如果相差一二百年是无关紧要的。

　　第二个发言的是郑光，题目是《中国新石器时代和中国文明史》。林沄对郑的论点有不同的看法，引起了激烈的争论。

　　下午继续讨论。先后有林甘泉、张光直和许倬云发言。林发言的题目是《古代中国社会发展的模式》，张的题目是《文明起源的连续性与突破性》，许的题目是《社会变迁的再考察：战国与前汉》。几篇论文都有相当的深度，但讨论并不热烈。

　　6月23日讨论第二组问题：社会关系。上午发言的有汪宁生、李学勤和吉德炜。汪发言的题目是《仰韶文化的埋葬习俗和社会组织研究》，李的题目是《考古发现与中国古代的姓氏制度》，吉德炜的题目是《中国新石器时代的考古方法与历史问题》。汪宁生认为，一些学者运用仰韶文化的墓葬资料论证当时的社会制度是母系社会，证据并不充分，论证的方法也存在一些问题。张忠培不大同意，两人争论起来。吉德炜说，虽然一些民族志的资料有不少无血缘关系也可以埋在一起的情况，但更多还是按照血缘关系来安排埋葬。中国历来特别强调血缘关系，在这种情况下研究史前的埋葬制度，首先从血缘关系来考虑是不奇怪的。皮尔逊说60年代在美国出版过一本书，作者详细考察了全世界各民族存在母系制度的情况，证明并不是所有民族都有过母系社会，更没有多少民族存在过母权制。

　　下午只有两人发言。一是张忠培，题目是《中国父系氏族发展阶段的考古学考察》，二是皮尔逊，题目是《新石器时代埋葬的诸形态：解释方法的问题》。讨论基本上是接着上午的议题。吉德炜说，在中国为什么一个时期特别流行多人二次合葬，而以后又一下子不见了，应该不是偶然的，可能是社会变迁的反映，很值得研究。

　　6月24日开始讨论第三组问题：经济和政治关系。上午发言的有叶兹和童恩正。叶发言的题目是《从比较和历史视角看中国的奴隶社会》，童的题目是《从考古资料看中国西南的奴隶社会》。

　　下午自由活动。

　　6月25日上午发言的有尤金、杜正胜和林沄。尤发言的题目是《从原始公社到亚细亚生产方式》，杜的题目是《封建主义、城邦和社会结构》，林的题目是《中国早期国家的结构问题》。应该说林沄的文章写得最好，

艾尔莱牧场（左起：张忠培、严文明、汪宁生）

把一个很复杂的问题论述得清清楚楚。

　　下午讨论第四组问题：宗教和意识形态。第一个发言的是黄展岳，题目是《从人殉和人牲的演变看中国古代社会》，第二个是杜朴，题目是《祭祀实践与社会结构：安阳殷墟的证据》。

　　6 月 26 日上午田昌五发表《尧舜禹传说与中国文明的起源》，杨向奎发表《孔子和礼的起源》。

　　下午讨论第六组问题：模式、法则和比较。哈斯发表《中国与新世界的比较和对比》，约菲发表《中国和美索不达米亚：比较、对比和古代文明的演进》，安德生发表《国家的产生：在中国的反映》。至此整个讨论会结束，没有总结也难以做总结。大家收拾行李，17：00 出发赴华盛顿机场，乘纽约航空公司的飞机到达波士顿机场。樊利谟到机场迎接，然后驱车到剑桥，沿途看到大片绿地，青翠欲滴，令人感到心旷神怡，与纽约那种繁华闹市形成鲜明的对比。晚上住在哈佛大学旁边的夸里提旅店（Quality Inn）。

在波士顿

6月27日到哈佛大学参观哈佛图书馆、人类学系、皮巴德博物馆和赛克勒博物馆。哈佛大学图书馆藏书约1000万册，每年购书十余万册。我们主要参观哈佛燕京图书馆，由冯燕彩女士接待。该馆主要藏中、日、朝文图书，尤以中文书籍为多。据冯女士介绍，哈佛大学从19世纪末就开始收藏中文书籍。1928年有一位铅制品商人捐献了600万美元，请中国燕京大学帮助哈佛大学收集中国书籍，同时帮助成立了哈佛燕京学社。

接着到人类学系，由张光直接待。主要看了他的工作室。他的同事和助手都叫他KC，显得很亲切随和。皮巴德博物馆主要收藏印第安人和非洲土人的文物，就直接放在架子上，摆得很挤，也没有玻璃罩，看起来很方便。因为室内空气做了净化处理，所以裸露放着也没有一点灰尘。

下午参观福格博物馆。也是属于哈佛大学的。陈列室中有不少良渚文化的器物。其中有一件墨绿色玉钺，编号192，是Fritz Bilfinger于1940年在杭州附近购买的，著录于罗越所著《古代中国玉器》（Max Loehr 1975, *Ancient Chinese Jades*, Fogg Art Museum, Harvard University）。该钺长120、最宽95、厚4毫米，重109克。管钻一孔。两面用极细的线条刻抽象的神徽，颇像日照两城镇玉锛上的刻画。罗越误认为是西周物，实际应该是良渚文化晚期的东西。有一件黑陶双鼻壶，高129、口径73、圈足径92毫米，圈足近底部有五个横长方形镂孔。圈足略残缺，里面有7个像文字一样的刻划符号，上面糊了一些泥巴，好像是有意做的假。

在大千饭馆用晚餐。饭后到街上溜达。剑桥的风景是极美的。街上人来人往，非常热闹。到处是演节目的，杂耍、唱歌、乐器演奏，各色各样，都有一定水平。大多数是好玩，也有为什么事情募捐的。

6月28日上午参观波士顿美术馆。该馆东方部主任吴同及夫人金女士非常热情地款待我们。

下午参观美国独立战争纪念地。晚上约见巫鸿。他原来是中央美术学院毕业，后到故宫博物院工作，现在哈佛大学读美术考古的博士生，方向是南北朝以前的美术考古。即将毕业。他的博士论文是山东汉画像研究，已经写了 600 页。他还写过关于商周青铜钟的论文，有 300 页。跟他长谈了两个多小时，问他毕业以后的打算。如果想回国，可不可以到北京大学考古系来任教，我们会热烈欢迎并努力做好必要的安排。听说他新近与韩丁的女儿（原来在 101 中学读书）结婚。如果一起回来，韩可以在英语系教英文。巫鸿说他还没有想好。如果美国有哪个名牌大学招聘，例如哈佛大学或芝加哥大学，他会考虑。如果没有就回国，如果北京大学不嫌弃，首选当然是北大，反正不会去故宫或中央美术学院。这话是说给我好听的，估计他是不想回国了。

在纽约

6 月 29 日上午稍事休息。午饭后即往机场准备飞纽约。在离开宾馆前，服务台告诉我们把要托运的行李放在走廊里，以便服务员集中送往机场。可是郑光偏把箱子锁在房子里。到机场时谁也没有发现。等快登机时，宾馆的服务员开小车把箱子送来了。他是在收拾房间时发现的，知道我们要飞纽约，所以赶紧送来。大家为宾馆服务的周到所感动，一再道谢。正准备登机时，忽然听到广播，说是飞机乘客超员，希望有乘客改乘下一班客机，票价减半。全票是 314 美元。下一班飞机只晚 45 分钟，就可以节省 157 美元。但我们的机票是美方早定好的，纽约的时间也是早安排好的，所以没有考虑换机的事。好像别人也没有换机的。航空公司只好换了一架大飞机以保证准点起飞。

在纽约住列克兴登大街的多拉尔旅店（Doral Inn）。安顿好住宿就去观光唐人街。所谓唐人街并不是一条街而是一个街区，英文叫中国城或中国市区（China Town）。这地方在纽约最繁华的曼哈顿，紧靠华尔街。纽约的主要街区是非常整齐的，许多摩天大楼挤在一起，给人一种压抑感。华尔街和唐人街的房子都不太高，又比较老旧。所谓华尔街是英文 Wall Street 的音译，意思是大墙街。据说当初跟印第安人打仗的时候曾经筑了一垛防卫的大墙，因以得名，后来成为金融寡头集中的地方。唐人街没有华尔街好，有些像上海南京路 30 年代的老房子。主要商店是百货、南货、绸缎、珠宝、中药等。同时有一些饭店和洗衣店等，店名和招牌多用中文。店门前摆小摊，这是唐人街特有的现象。进到街区简直就像到了中国一样。

尽管我们都穿着西服，但人家一看就知道是从中国内地来的，跟香港或台湾人不一样，跟本地华人更不一样。

我们走到一家"四五六饭店"门前，正对店名发生好奇，店主人急忙热情地招呼我们进去用餐。饭菜很便宜，店主人一直陪着我们聊天。说他是江苏人，很早就到了美国。说见到我们就像见到了亲人一样，亲不亲故乡人嘛。他还向我们介绍了唐人街的一些情况。说着说着又送了两道菜，让我们感到格外的温馨。

看望辛格尔老人

6月30日上午出发到纽约以西的新泽西州的苏密特市，专门造访私人收藏家辛格尔博士（Paul Singer）。辛格尔原来是奥地利的犹太人，因为逃避德国法西斯的迫害于1939年移居美国，现已82岁，身体还很健朗。他11岁就开始收藏古代文物，13岁起就特别喜爱收藏中国文物，是另一位犹太收藏家、外科医生赛克勒的好朋友。他独自一人住在一所公寓里，一个星期买一次食物，跟谁也不往来。我们问他为什么不买一所别墅，他说别墅不安全，公寓有保安，人又多，反而比较安全。但是不跟别人往来，怕的是有坏人知道他有宝。他幽默地说，全世界的考古学家和古物收藏家都知道有个辛格尔，可是附近的人都不认识我！我们看到他房子里放满了各色古物，拥挤得很，连放床的地方都没有了，只好睡在沙发上。他这里也有不少良渚文化的东西。有刻着简化神徽的两节琮，有所谓冠形饰而实际上是玉梳背的，明明是良渚文化的，可是后来刻上了朱雀。还有一件大璧，直径约40、孔径约10厘米，是我所见最大的良渚玉璧。此外还有几件半山的彩陶罐和彩陶瓮。还有二里头文化的青铜爵和镶嵌绿松石的青铜牌饰。他知道北京大学要建立博物馆，是赛克勒先生告诉他的。他说开馆的时候他一定会去表示祝贺。老人的这份情意使我们很受感动。

重回纽约

下午回到纽约，就在街上观光。看了洛克菲勒中心、百老汇和美国最大的百货公司 Maci's。

　　7月1日访问大都会博物馆。它是美国最大的博物馆，有正式业务人员1200～1400人，临时工作人员约800人。每年经费约4000多万美元，另外还有专款作为征集文物的经费。全馆共有20个部或馆，其中远东部又分中国馆、日本和朝鲜馆、东南亚和南亚馆。单是中国馆就有陈列面积6000平方米，是远东部最大的馆。我们到达后，东方部副主任马克斯韦尔热情接待并共进午餐。他告诉我们中国馆要适当扩充，重新布展。现在有些东西下架了，这次看不到，有点遗憾，希望下次再来。我注意到里面有许多甘肃的彩陶，包括半山的、马厂的和辛店的等，都是完整器。还有一大批商周时期的青铜器，其中有端方收集的铜禁，上面放着尊、卣、觯等，据说是1901年在宝鸡斗鸡台出土的。前不久该馆请中国苏州的工匠仿照苏州园林的格式布置了一个景区，可以在那里露天（实际上面有玻璃屋顶）品茶，有很浓的中国风味。

　　埃及馆有藏品4万件。有许多古埃及的石雕像、纸草文书、石棺和木棺等，有的木棺有四重，里面有木乃伊。由于美国帮助建设了阿斯旺水坝，埃及将水库区的一座小神庙连同前面的砌道赠送给美国，就放在

在大都会博物馆前

大都会博物馆，馆里也专门盖了一个很大的房间。

希腊、罗马馆藏品也极为丰富，此外还有西亚馆、美洲馆、非洲馆、大洋洲馆等。给人的感觉是气魄真大，完全可以称得上是座世界博物馆！

该馆的经营方式也值得参考学习。所有藏品都有详细的档案和资料卡片，查找非常方便。如果是学者参观，索要某项资料，馆里可以复印免费赠送。凡有捐赠的文物，必定设一个时期的专门陈列，配合出版陈列说明或书籍。如果纳入主体陈列，器物卡片上必定注明捐赠者姓名，这样不少人乐于捐赠，馆藏文物也就不断丰富了。

下午参观联合国大厦。一进门就经过一个走廊，两边陈列着二战末期美国在广岛投掷原子弹的惨相的照片，还有一些被烧焦扭曲的实物。告诉人们要维护和平、反对战争，有化刀剑为犁锄的意思。大厦内各个会议室都可以进去参观，我们看到经社理事会的会场有一部分屋顶没有盖好，据说是提醒与会者世界还有好多事情要做，要努力建设。走到安理会外面时看到那里正在开会，中国代表正在发言。我们虽然不能进去，却可以从电视大屏幕上看到会场内的情况。联合国自己发行邮票和信纸信封，我们都买了一些，有的就写了简短的信从联合国寄出去，以作为纪念。

7月2日上午到世界最高的世界贸易中心参观。老远就看到两座高楼，上下一

在纽约街头（左起：童恩正、严文明、张忠培）

纽约哈德逊河口的自由女神雕像

般粗，像两根柱子，又像老式火轮上的烟囱。人们常说建筑是一门艺术，可是这两座建筑简直毫无艺术可言，说是现代科技作品还差不多。参观的人不少。我们乘电梯直达 107 层大厅只用了 1 分 20 秒钟，很平稳。大厅周围是玻璃窗，设有多台投币式望远镜。从望远镜可以欣赏周围的景色。起初雾气很浓，能见度几乎为零。一会儿雾气稍消，看下面就好像从飞机上往下看一样，整个曼哈顿尽收眼底。通过望远镜还可以清楚地看到水面上来往的船只和小岛上的自由女神像等。我们下楼后再次到华尔街，街道不宽也不直，建筑不高但很讲究。那里是美国的金融中心，集中了大量的财富。华盛顿就任总统的联邦议会堂也在那里。

　　走出华尔街之后，从曼哈顿南端经过巴特里公园，到一个船码头，登上专设的观光游艇，往北朝自由女神像驶去。这女神像坐落在哈得逊河入海口附近的自由岛上。游艇环绕自由岛缓缓航行，我们可以从各个方面仔细观看。神像为青白色，近看十分高大，端端正正地耸立在花岗岩的基座上。女神身着古希腊风格的长袍，头戴冠帽上有象征光芒四射的七道尖芒，在阳光照射下显得十分耀眼。她右手高举象征自由的火炬，左手捧着的文件，据介绍上面刻有"1776 年 7 月 4 日"的美国独立宣言。脚下踏着打碎的脚镣手铐和锁链，表示挣脱了专制暴政的枷锁。据说这座女神像原是法国著名雕塑家弗·奥·巴托尔迪穷十年的功夫设计塑造而成，作为法国人民赠送美国以纪念美国独立 100 周年的礼物。法国和美国人民追求自由解放的精神是全世界所仰慕的。记得我小时候学到法国大革命的历史时，曾为法国人民为打碎专制暴政而不惜流血牺牲的精神所感动，法国人民喊出了"不自由，毋宁死！"的千古绝唱，喊出了全世界受压迫人民共同的心声。我们这些来自世界各地不同肤色的人们，看着那女神高举自由的火把，无不从心里产生极大的震撼。

回头从船上也可以清楚地看到曼哈顿簇拥的摩天大楼，那都是世界最高的建筑，十分大气而壮观。啊，这就是纽约，这就是世界商贸的中心，它让人集中地感受到美国经济已经发展到了何等的高度！

返回旧金山

时间安排得很紧。我们在 7 月 2 日下午 15：25 就乘飞机从纽约出发到旧金山，中间在达拉斯换机，整个航程有八个多小时。到旧金山时已经是纽约时间深夜的 23：30，但旧金山时间还是 20：30，天还是亮的，好像日子又过得慢了。樊利谟安排我们住在金门假日饭店（Golden Gateway Holiday Inn），一所非常漂亮的宾馆。

7 月 3 日上午观光旧金山市容。这里是中国人很熟悉的地方，居民相当一部分是华人和华侨，大多是广东人和台湾人及其后裔。这里的唐人街虽然没有纽约的那么大，但是比较整洁，也多是中国式的商店。市区依山建造，街道起伏不平，但很清洁，很有秩序，不像纽约那样脏兮兮乱糟糟的。因为人口比较少，行人可以随便在街上信步横穿，不必担心被车撞着。这里是车让人而不是人让车。街上有一种老式的有轨电车叫Cable Car，车身是敞棚式的，司机没有方向盘，只有很费力的操作杆。这种车是专门为观光用的，所以走得很慢。

我们乘坐有轨电车观看街景，顺便到市区以北的海滨游览。那里有一个船舶史展览馆，有各种各样的船舶模型，也有几艘老式的船只。旁边有许多卖海货的摊店，有新鲜的也有干货，不少人在那里选购。

在旧金山海边看海豹

　　下午到布伦戴奇美术馆参观。那里有许多中国的古物。有大量马家窑、半山和马厂的彩陶，还有一些齐家文化的陶器。有一件马家窑彩陶和一件齐家陶罐只是几个月以前从青海倒卖出来的，不禁为国内文物走私行为之猖獗而感到气恼。馆内还有许多欧洲印象派的画，也给人以深刻的印象。

　　7月4日是美国的国庆日，既是美国建国200周年，又是自由女神像建立100周年的日子。市面上到处卖自由女神的多角帽，许多人买了戴在头上。我们上午看电视，看到美国总统里根出席在纽约哈得逊湾自由女神像旁边举行的庆祝仪式，许多船只列队进入，其中最远的是从澳大利亚来的。还有许多大型的歌舞等文娱节目。

　　下午到烛台公园（Candlestick Park）看棒球赛。美国人特别喜爱棒球，露天赛场里挤满了观众。天空万里无云，夏日的阳光直晒在每个人身上，海风阵阵吹拂，只觉得头顶灼热，身上倒还比较凉爽。人们的穿着五花八门，有穿呢制大衣或棉袄的，也有穿衬衣单裤的，甚至还有穿背心裤衩的。不断有小贩穿梭卖热狗等零食的。天上不时有小飞机盘旋，拖着长条庆祝国庆的标语，据说多半是私人的飞机。我不懂棒球，只看到人们不时欢呼，拉拉队声浪此伏彼起。

看完球后到金门大桥参观。该桥在旧金山市以北旧金山湾进入太平洋的峡谷即金门之上，金门宽约 1300 米，两岸岩壁陡峭，水道又很深，架桥非常困难。此桥始建于 1933 年，1937 年建成。而 1936 年在纽约建成了 102 层的帝国大厦，在很长一段时间里都是世界最高的建筑。那时的美国经济发展简直是如日中天。桥的设计者采用悬索吊拉的方式，不用桥墩，只在两岸各树立一座极高的门塔，然后用巨大的钢缆把整座桥吊起来。两座门塔之间的距离为 1280 米，两边还有很长的引桥。桥面距水面将近 70 米，所有巨轮都可以毫无阻碍地通过，看起来十分壮观。上面除车道外还有人行道，免不了有人到桥上寻短见。据说大桥建成以来确有不少人投身太平洋。

我们在金门大桥旁边的一个海鲜馆 Voilini Seafood 用晚餐。一面吃饭一面欣赏桥边的夜景。桥上灯火通明，两岸还不断地放焰火。夜空中还有飞机盘旋，尾巴上拖着巨大的标语条幅。这就是国庆之夜的金门桥！

7 月 5 日上午去加州大学（伯克利）。先到奥克兰（Oakland），此城约 20 万人，伯克利（Berkley）与奥克兰相连，约有 12 万人，都是小市镇。加州大学在伯克利占了很大部分。我们先到东方语言系，系主任夏德安接待我们，介绍了该系的情况，中午设家宴招待我们。饭后参观该校的东亚图书馆。该馆始建于 1898 年，跟北京大学的历史一样长久。现在藏书 50 多万册，其中中文 26 万册，日文 23 万册，其余还有蒙文、藏文和朝鲜文等图书。26 万册中文图书放在四个地方。考古书籍多存放在生物楼第 6 层，四库全书和大藏经等放在另一个较好的书库里。图书管理员有的是博士，对图书非常熟悉。红楼梦就有好几个版本，都一一拿给我们看。他们很希望同我们交换图书，特别是内部发行的图书。我想既然是内部发行大概不会跟他们交换。有些书限量发行，国外因为有配额有时比国内还好买一些。

参观完图书馆就到吉德炜家。吉住的是一所平房，面积不大，可是他邀请了几十位客人聚餐。他家里连一张像样的桌子都没有，只好用自助餐。三三两两，有的客人就蹲在院子里。来的客人都是研究有关中国问题的学者，其中最著名的有语言学大家李方桂先生等。一面就餐一面交谈，甚是融洽。丁爱博也是客人之一，我原来不认识，老同学杨泓要我给他带一封信。他会说中国话，我们高兴地聊了起来，这信也就成了我们的介绍人。

7月6日游览国家植物保护区茂林国家公园。那里是红杉的原始森林，其中多是几个人合抱的大树，笔直挺拔。有些树明显经火烧过，但依然青葱如故。据说主要是遭受雷击，电火烧着时树木会分泌一种汁液阻燃，所以烧不起来，这也许就是这座原始森林能够保持到今天的主要原因。

中午接受布伦戴奇博物馆馆长宴请和交谈。下午进行访美的小结。7月7日上午自由活动，各人买了一些东西。下午15：45乘中国民航986航班波音747宽体客机回国，到上海停了很长时间，回到北京时已经是8日凌晨了。

访德日记

第十一届国际史前和原史学联盟会议拟于 1987 年 8 月 30 日至 9 月 2 日在联邦德国美因兹市召开，我们中国的几位学者安志敏、俞伟超、李伯谦、乌恩岳斯图和我，应联盟秘书处和美因兹罗马 – 日耳曼中心博物馆魏德曼馆长的邀请出席会议并顺便作短期访问。我的学生韦莎婷因在罗马 – 日耳曼中心博物馆工作，许多事情都是由她帮助安排的。

登上西行路

我们于 8 月 28 日晚饭后到首都机场，遇到李非送他妻子王一曼到荷兰阿姆斯特丹附近一所地理学院进修。还有北大西语系的景老师也乘同一架飞机，他是到西柏林自由大学去进行科研的。我们搭乘的是德国汉莎航空公司的波音 747 宽体客机，于 22：00 起飞，比预定时间晚了半小时。因为路途遥远，外面一团漆黑，看不到任何景物，空姐要我们早点休息。

8 月 29 日。在飞机上睡了一夜，北京时间第二天 6：30 到了阿布扎比，当地时间是 1：30，午夜刚过，天空黑沉沉的。在到达阿布扎比之前老远就看到一片亮光。下飞机后一看是一个很现代化的国际机场。阿布扎比是一个很小的酋长国，因为产石油变得很富，才能够修建那样豪华的机场。我们在候机厅休息了一个多小时，在免税商场浏览了一下。室内因为有空调非常凉快，出到门外，一股热浪袭人，到底是沙漠地区。赶快回到室内，当地时间 2：55 起飞，按北京时间已是 7：55 了。大约又飞了六个半小时就到了欧洲最大的机场法兰克福。当地时间是 7：30，而北京时间已经是 14：30 了。我们昨天晚上从北京起飞，今天早晨就到了法兰克福，好像只过了一个夜晚，实际上过了 16 个半小时。日子过得特别慢，这跟到美国去的感觉完全相反。

初识美因兹

我们在法兰克福飞机场受到魏德曼馆长和韦莎婷的热烈欢迎。韦莎婷曾经在北大考古系进修，是我的学生，又是美因兹罗马－日耳曼中心博物馆的短期工作人员。我们在德期间她将一直陪伴我们充当翻译和向导。他们带领我们坐地铁，约45分钟就到了目的地美因兹市。因为是周末，街上空无一人，十分清净。我们住在城市边缘的黑森堡旅店（Hotel Am Hechenberg），旁边可以看到私家的葡萄园。旅店好像是私人开的，两层楼，有三四十个房间。我们只看见女主人一个人和一个女帮工。单间每天49马克，免费供应早餐。韦莎婷给我们每人一张公共车月票，每张50马克，可以坐电车也可以坐公共汽车。我们安顿好行李，就上街参观美因兹市容。这里气候宜人，穿着西服一点不觉得热。市区不大，也没有高楼大厦，不过一般房子也还是比较讲究。街道十分整洁，许多人家门口养花种树。电车是有轨的，比坐汽车更方便。电车站和公共汽车站三面围着玻璃，没有看到上面有乱画或砸伤的痕迹。在车站或在车内碰到的人都非常客气地主动向我们打招呼。说美因兹博物馆好，葡萄园也好玩，希望我们过得愉快之类。我们信步来到了农贸市场，东西不算多，但很干净整齐。每星期只有二、五、六三天才有集，收场时东西往车上一装，拉走后清扫车立即开来，很快就恢复原样，干干净净。

下午由韦莎婷带我们参观美因兹大教堂。它是一座哥特式建筑，11世纪起建，17世纪重修。装饰相当讲究。现仍在使用。接着去参观印刷博物馆。据说它是建在早年在欧洲发明活字印刷的人的住所。馆内陈列世界各地各个时期的印刷品极多，其中有印第安人的图画文字，也有中国、日本和朝鲜的印刷品等。另外还有许多印刷机，各种刻字的木版和铅版等。大家看了颇有感触。中国的印刷术发明得也很早，特别是活字印刷乃是四大发明之一，对世界有很大影响，怎么就没有一个像样的博物馆呢！

8月30日。上午到罗马－日耳曼中心博物馆，同韦莎婷一起准备明天讲演稿的英文译稿。国际史前和原史学联盟第11届大会明天就将在这里举行。博物馆建在莱茵河边，呈"U"字形。左侧耸立着罗马时期的石门和石刻圆柱，馆内则有许多罗马时期的雕塑和其他文物，今天来不及

在博物馆内参观罗马时期的安佛式陶罐

看了，准备专门安排一段时间来全面参观一下。

下午讲稿准备完毕，就便到莱茵河畔走走。河水丰满清澈，看不到一点污染的迹象。两岸树木郁郁葱葱，点缀一些别墅式房屋。河上架设有铁路桥和公路桥各一座，据说公路桥是在古罗马时期的老桥上架起来的，现在的桥墩还是古罗马时期的原物。

出席国际考古学大会

8月31日。上午9点多各国代表们陆续到达罗马－日耳曼中心博物馆会议大厅，9：40，国际史前和原史学联盟（UISPP）第11届大会正式开幕，到会学者大约有九百多人，来自50多个国家。有些欧洲的学者是自己开小车过来的。

大会由国际史前和原史学联盟秘书长主持，巴发利亚州州长首先致欢迎词，接着美因兹市长、美因兹大学校长、国际史前和原史学联盟主席先后讲话，他们都谈到南非代表问题。一致表示坚决反对南非种族主义和种族歧视政策，同时要提倡学术自由，尊重学者的权利。并且说德国人过去对待非日耳曼人的痛苦经历使得他们对这个问题特别关心。但是不能因为某个政府的政策不好就牵连到那个国家的老百姓和普通学者学术活动的自由。他们的发言博得全场热烈的掌声。接着有两个美因兹大学的学生一男一女登上讲台，激烈地反对大会邀请南非学者参加，说他们跟南非政府一样都是种族主义者，美因兹不能给种族主义者提供讲坛云云。他们一上讲台，会场里一下子退出了 80% 以上的人，只有极少数人在那里看热闹。学生有点红卫兵的劲头，照样讲下去，大会主持人也没有进行干预，倒是比中国的红卫兵文明多了。

等两名学生讲完退席，大家立即返回会场。正式开始做学术报告。第一个发言的就是南非著名的旧石器时代考古学者杜比阿斯。他首先声明自己是反对种族主义的。他说在这里喊几声反对种族主义是容易的，直接面对种族主义的政府表示反对就困难得多，需要无比的勇气和毅力。可是他反对种族歧视反了 39 年，怎么就不能参加这个国际考古学大会呢？下面报以热烈的长时间鼓掌。接着他转入正题，讲了南非早期人类的考古发现与研究的情况，颇有新意。

接着发言的是美国旧石器时代考古学家克拉尔克，讲的几乎是同一主题。后面是几位美国人讲美洲考古。散会后，市政府在地方博物馆举行晚宴招待各国学者。

9 月 1 日为各分会开会，地点改在美因兹大学。我们参加亚洲分会，会场在哲学楼的阶梯教室。我注意到每个教室外面都有一个跟教室一样大的空间，有咖啡、冷饮和点心等。下课后师生可以在此休息，谈话聊天，非常方便。今天一共有 13 人发言，英语、德语、法语、意大利语大家都懂，不用翻译。只有中国学者有困难。但是会议主持者也不能专门为中国学者设翻译。只好让罗泰和韦莎婷坐在我们身边小声翻译。中国学者的发言也由他们两人分头翻译。

晚上巴发利亚州州长设宴招待部分学者，邀请我和安志敏参加。席间大会副主席、秘书长和罗马 - 日耳曼中心博物馆前馆长先后讲话，都讲了许多对中国十分热情的话。还特别拿出以前夏鼐先生请一位书法家写的毛泽东词《沁园春·雪》给大家看。之后秘书长特别跟我们说，国际史前和原史学联盟准备选举两三名中国学者为常务委员或理事，希望得到我们的支持。我当即表示感谢，安志敏却说请联盟给中国社会科学院写信，社科院同意才可以。在大会最后一天举行的理事会上我被选为常务委员或称为理事。

9月2日上午重回罗马－日耳曼中心博物馆开全体大会，重点文章安排在大会宣读。我第二个发言，论文的题目是《中国新石器时代聚落的演变》。讲完后台下热烈鼓掌，大会主席同我热情握手。美国、德国、法国、印度和墨西哥等许多国家的学者找我要论文的复印本，并且跟我座谈，提出了许多感兴趣的问题。美因兹市电视台和广播电台的记者都来采访，法国人类学报要求用法文发表，我只好一一答应。

下午自由活动，韦莎婷带我们先后参观了地方博物馆、伊特鲁斯坎人艺术馆和罗马－日耳曼中心博物馆的战车馆。西方的战车都是四轮，和中国的两轮车有所不同。

晚上德国考古研究所中国部的魏莎彬设宴款待中国学者，特邀罗泰、韦莎婷和海德堡大学的赫尔曼作陪。

9月3日，大会组织各国学者到美因兹市西南约50公里处参观一个中世纪的叫白洞的铜矿。矿坑不大，我们走进去可以看到采矿的工具痕迹。下午到雷山参观一个凯尔特人的山城，年代大约在公元前2世纪。城墙用石头堆砌而成，城内长满了参天大树，风景极好，可惜看不到任何建筑遗迹。晚上就在附近的森林饭店用餐。直到22：30才回到美因兹。

9月4日在美因兹大学继续分会讨论。我特地到近东分会去，看看那里近来有些什么新的发现和研究成果。

Kanpisty报告伊拉克前陶新石器时代的情况：早期的房屋略圆很小，有点像磁山文化的。第二阶段房屋多为圆形半地穴，贴壁有土坯。进门两边各有一个土床，中间有四根对称的木柱，柱子外面抹10厘米厚掺石膏（姜石？）的泥。中间一坑似为灶，坑内有许多燧石，可能是加工石器用的。还有石磨盘和磨棒，可能是烤面包用的。这些很像仰韶文化半坡类型的房子。晚期（约公元前6700～前6600年）有长方形房子，长边约6米，有6根柱子，土坯也掺石膏，墙壁上有部分涂赭色。其他学者介绍了土耳其、埃及、巴勒斯坦－以色列新石器时代考古的情况，似乎没有多少新的进展。

在威斯巴登草地上休息（左起：韦莎婷、严文明、安志敏、李伯谦、俞伟超）

9月5日上午在美因兹大学继续分会讨论。我去听了关于斯基太考古的发言等。下午又回到中心博物馆举行闭幕大会。主席讲话。秘书长讲话谈到中国学者已经被选入理事会，并且宣布理事会决定：下一届即第十二届大会于1992年在捷克斯洛伐克的布拉迪斯拉法召开。下任主席捷克学者也讲了话。这个时候又有两名美因兹大学的学生登台，大讲反对南非种族主义的事。于是大家都纷纷退场，大会就这样匆匆闭幕了。

游威斯巴登

从美因兹过河就是威斯巴登。这是一座古老的贵族城市。房屋都很讲究，古典式，多是一百多年以前建的，第二次世界大战时也很少破坏。这里有温泉，古罗马贵族就在这里建澡堂。风景极好，教堂林立。商店里货物多是高档的，价格也极贵，比美因兹贵得多。据说有钱人喜欢在这里买东西，有气派。穷人就只好到美因兹购买了。

威斯巴登有不少中国餐馆。我们找了一家亚洲饭店，想要几个菜，一看跟西方一样也是分餐制，一人一份，根本没有什么中国味儿。一问别的所谓中餐馆也是一样，这跟美国的情况大不相同。

参观线带纹陶文化遗址

9月7日，阴，有小雨。韦莎婷陪我们去法兰克福北部，参观一处叫做 Niedereschbach 的新石器时代的村落遗址，属于线带纹陶文化早期。遗址表面已经被破坏，几乎看不到文化层，也很少有陶片等遗物，只有房屋遗迹和个别灰坑。这个工地是法兰克福大学的吕宁教授主持的，但是他本人正在非洲撒哈拉沙漠以南进行考古，这个工地就改由他的助手负责。我们看到已经揭露出的8座房屋遗迹，原始地面都已经不存在了，只有墙基槽和柱洞。房屋都是长方形，西北—东南向，排列不大整齐。每座房屋的两长边有墙基槽，西北头有三个柱洞。东南空缺部分也许是门的所在。没有发现灶或火塘一类的设施，也许是被破坏了。

发掘方法很奇怪。没有探方，用全站仪控制，这倒是没有什么不可以。遇到遗迹就画小方格子，每格大约是半米见方。然后用国际象棋的方法发掘，即挖一格空一格，根本不按照遗迹的形状找边。这样一半的遗迹都被挖掉了。我问他们为什么要这样挖，他们说这样可以很清楚地看到

法兰克福以北一线带纹陶房屋基址的发掘方法

遗迹的剖面，挖掉的部分可以画图复原。工地的设备对一个小发掘队来说倒是很方便的。一共有三个拖车箱或者说是像拖车箱的房子，因为下面有车轮。一个是卧室，能够睡三四个人。一个是厨房加餐厅。一个是工作室，可以绘图，对标本做简单的清洗和修复。工地还有浮选工具，用完了往车上一放。整个工作完了挂上卡车一下就拖走了，比支活动房更加便利。

下午到法兰克福大学考古学系，同时是考古研究所，所系合一。吕宁教授的助手接待了我们。我问他们系有多少教师，多少教授、副教授、讲师和助教，他说只有吕宁一位教授，没有副教授、讲师和助教，只有吕宁教授的助手，而助手多半是学生。问有多少学生，也说不清楚。因为低年级来上课的很多，以后越来越少，流动性很大。学生喜欢哪个教授，就可以到哪个系去。如果那个教授调到别的学校，学生也可以跟到别的学校去。问学制，答曰大学本科6年，博士要看工作和完成论文的情况而定。大学四年可以毕业，主要学通适课程。五、六年级学专业课程，实际相当于硕士课程，没有硕士研究生一说。大学毕业考博士，博士生一般都要当教授的助手，可以说既是学生也是先生。博士毕业也可以留下做博士后，照样要承当一部分教学工作。可以一直做下去，直到教授退休才有机会竞争教授岗位。因为一个系只可能有一名教授。还有联邦德国所有大学都是公立的，没有私立学校，上学不交学费。除柏林以外，一座城市只有一所大学，并且就用城市的名称命名，如美因兹大学、法兰克福大学等。城市大小不同，所以大学的大小也有很大差别。这些情况跟中国、美国、日本或前苏联都大不相同。

吕宁的助手是专门研究线纹陶文化的。他说线纹陶文化属于新石器时代早期，分布于全德国、捷克和奥地利等地区，年代约为公元前5500～前3900年。石器多为不规则形状的细石器，很少有第二步加工。个别一半有光泽的多半是镰刀的刃片。早晚期的石质不同，器形也有一些差别。据说早期原料来自西部，晚期来自东部。由此推测当时有贸易或人群的移动与替代。石磨盘可以分三期，早期较平，磨棒较长；中期磨棒中等；晚期磨盘中间凹下，磨棒最短。早期原料来自西部，中期以后来自东部。早期陶器极粗糙，厚1～2厘米，夹植物碎屑，器形多平底，多素面，个别有阴线纹。

到新石器时代中期已经不是线纹陶文化了，但是仍然有不少刻划纹和压印纹。器形多圜底。出现大石墓，长方形，多人合葬，有长坟堆。

访诺威特旧石器时代遗址

9月8日，晴。韦莎婷等陪我们到美因兹以北的诺威特参观旧石器时代遗址。这里是一个火山活动区，到处是火山灰的堆积。有人在这里开采火山灰，因而发现了人类文化遗址。这里旧石器时代遗址一共有十几处，分布在一条小河两边，我们看了其中经过发掘的五个地点。

第一地点位置较低，火山灰下面为黏性泥炭，不透水，反而冒水，因而许多有机质的东西得以保存。我们看到有许多树木都向东倒，可能火山爆发时刮西风，或者是火山从西边喷发气浪向周围冲击的结果。其中还有一些林下植物和小型动物，可以比较准确地了解当时的气候和生态环境，比一般考古发掘中仅仅根据某些动物骨骼和孢粉分析来判断要可靠得多。根据碳–14 测定，这次火山爆发的时间为公元前 9800 年左右，正是从更新世进入全新世的时候。

第二、三、四、五地点都在火山口以内的黄土堆积中，有一个长百米以上的大剖面可以清楚地看到地层叠压的情况。这几个旧石器时代遗址年代有早晚，早期、中期、晚期的都有。发掘方法都是开探沟或探方，为便于工作都盖了塑料棚，发掘工作做得很细。

我经过允许捡了几块火山灰也就是浮石带回家作纪念。

下午参观旧石器时代博物馆同时也是旧石器时代考古研究所，房子原来是一个地主庄园，由美因兹罗马–日耳曼中心博物馆买下后改建为博物馆，是中心博物馆的一个分部。馆长兼所长 Botzinsky 教授自始至终陪同我们参观并做详细的讲解。他在这里进行旧石器时代考古已经十几年了，发现了旧石器时代早、中、晚各期和中石器时代的遗存。这里把阿齐利期放在旧石器时代晚期，因为当时的气候还比较寒冷。以后才算是中石器时代。所有发掘出土的遗物都收藏和陈列在这个博物馆。

属于旧石器时代晚期的马格德林期有许多圆形房屋，根据其中发现的动物骨骼可以区分出哪些是冬季营地哪些是夏季营地，因为有些动物的活动是有季节性的。根据其中石器的分析可以知道其原料是东边还是西边来的。这些房屋地面摆放了许多泥页岩，每块大约长 30 厘米、宽 20 厘米。上面刻划各种动物图像，有毛象、马、鸟和海兽等，还有很多妇女图像，有头或没有头好像不是紧要的，乳房和臀部则特别夸大，一望就知道是女性。有些妇女小雕像也是如此。

这里的旧石器时代考古工作做得很好，值得我们学习。

再访法兰克福

9 月 9 日，晴。韦莎婷陪我们再次访问法兰克福。首先参观法兰克福历史博物馆，也就是地方史和民俗博物馆。一进门就看见大幅恩格斯语录，摘录《英国工人阶级》里面的一段话，就是资本家如何残酷剥削工人阶级，同时急速创造社会财富。红底金字，上角有恩格斯的大胡子侧面头像，很像"文化大革命"中流行的毛主席语录。陈列分三条线：一边是工人艰苦劳动和贫困生活的状况，一边是资本家无比奢华享乐的状况，中间是各个时期制造出来的先进产品。这很像是阶级对比教育的展览，但并不是提倡无休止的阶级斗争。因为后面讲如何通过工人运动和议会斗争，使工人改善了政治待遇和生活条件。这大概是按照德国社会民主党思想搞的展览。

接着参观民族博物馆。这里专门陈列外国资料，定期轮换，一次只陈列一个国家的一两个民族的。我们这次就只看到了东爪哇的民族文物展览。还有考古博物馆，主要是展览史前和罗马时期的文物。可惜今天不开馆，有点遗憾。

访海德堡大学

9 月 10 日，晴，傍晚有小雨。今天去海德堡大学。海德堡是个山谷小城，跨莱茵河两岸，人口只有 13 万多。其中大学生就有 3 万多。加上教职工和为学校服务的人员，几乎占了一多半，是名副其实的大学城。海德堡大学的各个系所都很分散，几乎分布在全市的各个角落。我们先到美术史系，同时是美术研究所，系主任和所长雷德侯热情地接待我们，他的中文讲得很好。系里中文和日文书籍甚多，主要是关于美术史和考

在海德堡大学雷德侯教授的研究室做客

古学方面的。雷德侯本人长于中国书法，并且开书法课程。赫尔曼则讲授中国汉以前美术史。在这里学习的外国留学生中有台湾和朝鲜的。

接着参观民族学系和研究所，这里几乎都是所系合一。教学和科研的内容主要是外国各民族。系主任耶特曼教授接待我们。他特地用幻灯为我们介绍了他亲自拍摄的印度到西藏边境的岩画，内容极为丰富。他不久前还接受了美国赛克勒先生捐赠的一万多幅关于中国北方地区的青铜刀剑和牌饰等文物的照片，准备整理出版。

在海德堡还参观了一座文艺复兴时期兴建的古堡，后来曾经被雷击有点损坏，现在看起来还是很壮观。傍晚雷德侯设家宴招待，在院子里自己动手烤牛肉串，别有一番风味。

回美因兹

9 月 11 日，小雨转晴。在美因兹逗留了十几天还没有很好地参观美因兹罗马－日耳曼中心博物馆，今天魏德曼馆长特别为我们做了全面的介绍。这个馆一共分 7 个部：1）诺威特旧石器时代考古博物馆和研究所，2）新石器时代－凯尔特时期的陈列，3）罗马时期的陈列，4）中世纪早期的陈列，5）修复与保存部，6）实验室，在美因兹大学，7）出版部。全体员工140人。

我们首先参观出版部。这里只有三名工作人员，三间房屋。一间是办公室，两间书库。出版杂志三种：《博物馆年刊》、《博物馆通报》（季刊）和《保存与修复》（半年刊）。另外有三种专刊：一是旧石器时代考古，二是除旧石器时代以外的考古发掘报告，三是研究报告。一般是作者把稿件交给出版部，出版部人员输入计算机并打印出样稿，作者审查修改，再交出版部修改并制成胶片，最后联系印刷厂印刷。印好的书返回出版部自己发行。三个人一年除了出三份杂志外还可以出若干部专刊，工作效率实在是高，很值得我们学习。

接着参观陈列室后，着重参观修复与保存部。这里经常接受外地甚至外国文物的修复任务，其中有法国、捷克和奥地利等国的文物。修复内容包括陶器、铜器、铁器、木器和金银器等。有一件法国出土的王冠正在修复，因为有的地方已经锈成一团，不知道里面有什么零件，金属丝怎么盘缠，因此先照 X 光胶片，然后才可以拆开，修复的时候可以对照 X 光图像进行校正。整个修复的过程就是研究的过程，每一部分，每一步骤都有记录、附图和照片，修复以后的整本记录可供发表。

修复铜器翻模主要用硅酸橡胶，用油画颜料上色。修复和上色的原则是外行看来完整，内行可辨真假。铜器去锈比较彻底，去锈后显铜色，不像中国去锈后显铜绿色。遇到有些有害盐类，按照当地工艺传统贴铝箔或锡箔，在较高温度和较潮湿的环境下可以慢慢吸收。否则要用化学药品，这是在不得已的情况下才可以考虑。

据介绍，培养器物修复的技术人员最好是中学生，大学生好高骛远，不愿意干这种活。招来中学生先学三年手工活，学会用斧子和锤子。再学外语和理化知识，并独立担任修复的活。博物馆可以根据各人的水平授予学士或博士学位。

访特里尔市

9月12日，晴。坐火车去特里尔市。城市规模不大，和美因兹差不多。因为接近西南部边境，与卢森堡和法国毗邻，外国人比较多，东西比较便宜，每年接待的游客以百万计。

这是一个古老的城市，有许多罗马时期的建筑，有竞技场、游泳池和温泉浴池等。还有城墙和城门。耸立在市北面的"黑城门"据说是公元2世纪的建筑，是罗马帝国最大的城门之一。所有建筑都用红、灰、白三色石块砌成，或者用红砖和灰、白石块砌成，很好辨认，年代也好断定。

中午到特里尔博物馆用餐。该馆去年才建成，主要陈列罗马时期的古物，内容丰富。陈列室养了一盆葡萄，说是罗马时期的一直养到现在，真有点令人难以置信。

接着参观特里尔大教堂，很古老，是罗马时期建的，中世纪及以后改建。可以看到有部分墙壁是用红灰白三色砖石砌成的，规模宏大，是这次德国之行看到的教堂中最大的一座。该市教堂甚多，宗教势力极大，所以马克思深感宗教之危害。

最后参观马克思故居。在布吕肯街一条僻静的小巷里，是一栋三层楼的巴洛克式房子。1818年5月5日，卡尔·马克思在这里出生，一直到1835年高中毕业都住在这里。以后为纳粹分子所占，所以遗物很少，主要是一些图片。实物中主要是世界各国用各种文字出版的马克思著作，

在特里尔市马克思故居前

包括许多中文版的著作，还有许多著名人物送的礼物。有一幅挂在墙上的马克思肖像，乍看跟别的马克思像没有什么区别，细看却是由许多文字组成的，据说内容就是震撼了世界的《共产党宣言》。这所房子不大又很朴素，只是因为出了一个马克思，就引来世界各国无数景仰他的人来参观瞻仰。最令人感到奇怪的是，紧跟在我们之后竟然有许多盲人来"参观"，他们看不到什么，无非表达景仰的心情。一个宣称要做资本主义掘墓人的叛逆者，竟然在资本主义的祖国受到如此崇高的对待，这件事很值得我们深思！

在魏德曼家做客

9月13日是星期日，稍事休息，便应邀到魏德曼家做客。魏住在一座四层高的楼房里，除了卧室、客厅、两间书房，还有一间很大的餐厅。餐具很讲究，女主人也非常好客，希望中国客人能够过一个温馨愉快的周末。跟许多德国人家里一样没有电视机。他们说看电视太浪费时间。饭后魏德曼非常认真地跟我们谈工作。他说中国考古学取得了巨大的成就，但是西方并不很了解。为了让西方听到中国学者的声音，他提议用德文出版一份《中国考古学》年刊，由中国社会科学院考古研究所、中国历史博物馆、北京大学考古学系和美因兹罗马－日耳曼中心博物馆四家署名，稿件由中方提供，翻译出版事宜由德方承担。出版后送作者抽印本100份，作者单位整本杂志100份。谈话中充满着对中国的友好感情。我们都觉得这是个好主意，要设法促其实现。安志敏先生有点犹豫，一是怕德国考古研究所有意见，二是怕中国社会科学院不同意。回国后我向学校汇报，说是要跟社科院和历史博物馆商量后再定，以后就再没有下文了。真是！

准备回国

9月14日，阴。访德的日程基本完成了，今天休息，上街走走，顺便买点东西。俞伟超买了一架望远镜，我们四人各买了一台打字机，再加一些零星物品。

9月15日9：30，魏德曼、卡洛斯、韦莎婷等开了三辆小车送行，直送到法兰克福机场登机。看到我们一人提一台打字机，问我们办理退税没有，我们不知道有退税一说。他们说外国人买东西可以凭护照退税14%。可是办理手续要一两小时，来不及也就算了。

我们仍然坐的是汉莎航空公司的飞机。12：30起飞，中间在罗马机场停留一小时。罗马机场也很大，建筑质量和气派甚至超过法兰克福机场。因为往东飞，日子过得很快。到加莎机场已经是9月16日凌晨4：00了。停留一个半小时后起飞，大约8：30进入中国国境，天已大亮，一会儿太阳出来了，照得地面一片金黄。飞机越过新疆塔里木盆地、河西走廊、黄土高原到北京，一路都是土黄色，中间镶嵌点点绿色，跟欧洲形成鲜明的对比。

德国印象

德国跟美国都是所谓西方国家，但是很不相同。德国没有摩天大楼，高层建筑也很少见，一般都是三四层的巴洛克式建筑。没有豪华气派，却有古朴典雅。农村的房屋也很不错，没有破旧的现象，村里村外都很清洁。听说二次大战时德国的城市大部分被炸毁，很多男人被纳粹驱赶当了炮灰，所以战后的恢复建设主要是靠妇女完成的。

德国人穿着整洁入时，看不到美国那种奇装异服和怪模怪样的打扮。行为举止讲究文明礼貌。我们每次上公共车时，车上的乘客一定会点头打招呼，德国人之间也是如此。唯有美国兵总是坐在最后排，没有人理睬。我问他们是怎么回事，答曰他们是占领者，耀武扬威，为什么要理他？我说我看他们好像很老实，再说美国不是你们的盟国吗？答曰不对，你看那飞机不时呼啸穿过，周围基地里面有好多导弹，那维持费还要我们出，你在这种情况下能舒服吗？听到这些我似乎明白了一点。

德国的汽车很多，多是普通小轿车，几乎看不到豪华车，也几乎看不到外国车。我和李伯谦特别注意找，也只找到两部日本车。车上往往有一个架子，是放折叠船的。每到周末，一家人开车到莱茵河边，然后撑开小船游玩。我们有一天晚上到河边散步，看到河上点点灯光，游动闪耀，就是许多家庭游船编织的美景。

至于德国人对古迹的爱护，也给我们留下了深刻的印象。

访韩感怀

　　韩国是我国的近邻，历史上关系极为密切。承蒙韩国朋友的厚意，一再发出邀请，使我有机会先后三次访问该国：第一次是 1992 年 11 月，应圆光大学全荣来教授的邀请，参加该校百济文化研究所成立 20 周年而举办的"东亚文化国际研讨会"，会后几乎在全国范围进行了旋风式的访问。第二次是 1996 年 11 月，应东亚大学沈奉瑾教授的邀请，参加该校五十周年大庆而举办的学术研讨会，之后进行了短期的参观与考察。第三次是 2002 年 12 月，应忠北大学李隆助教授的邀请，参加小鲁里发现的稻谷遗存的研讨会，会后也进行了短暂的参观访问。每次访问都给人留下了深刻的印象，令人感怀。

初到汉城

　　1992 年 11 月 11 日，我和辽宁省文物考古研究所的郭大顺和许玉林、吉林大学的魏存成和徐光辉等一行 7 人到天津机场集合，乘民航 907 航班于上午 11 时起飞，在空中先往南经上海、济州岛再往北到汉城，拐了一个大弯。据说不久会有从北京直飞汉城（今首尔）的航班，那就方便多了。飞机是当地时间下午 3 点 10 分到汉城的，东道主圆光大学的全荣来和老朋友李亨求到机场迎接。汉城机场比北京机场大多了，秩序也好多了，但办事效率太低，差不多到下午 5 时才离开机场。全荣来他们是两点到的，足足等了 3 个小时！我们住的地方在江西区艺茶园宾馆，小巧别致，有农家风味。少顷，先期到达的日本著名的考古学家江上波夫来看望我们，弄得我们很不好意思。照理应该我们前去看望江上先生，因为他是考古界的老前辈了。

　　12 日上午首先参观韩国国立中央博物馆，韩炳三馆长出来相迎。我

在韩国国立中央博物馆门前与全荣来教授合影

们过去曾经多次在一起参加学术会议，是老熟人了，相见十分亲热。这个博物馆的房屋建筑是罗马式的，体量很大，又很讲究。一问原来是日伪总督府的房子，正好建在李朝故宫的前面，压了朝鲜的龙脉，是朝鲜人的耻辱，有人主张要炸掉。我说这么好的建筑炸掉有些可惜，留着当国耻纪念地也可以嘛，韩国人不大赞成。

博物馆的陈列分别布置在大楼的三层，总面积达18000平方米。短时间不可能看完。内容有按时代的，也有按专题摆放的。其中有一件据说是出自大田的铜牌饰，上面刻有三人。一人持耒耕地，一人举锄挖地，一人伸手到罐里，似是在取种子播种，中间是翻耕好的田块。据说这件铜牌跟辽宁沈阳郑家洼子所出的牌饰相似，可能是公元前4～前3世纪的东西，比四川汉画像中的农事图早多了。我们还看到一些没有打开的大箱子，长方形，至少有一平方米大，但不厚。据说是早年日本人大谷光瑞从敦煌千佛洞揭取下来的壁画，至今没有打开过。

这个博物馆的后面就是朝鲜李朝的故宫，这次没有时间参观了，只在大门前跟陪同我们的全荣来教授一起照了一张相以作纪念。因为要赶到圆光大学去开会，只好在返程时找个时间好好看看，还要把整个汉城都看一下。

圆光大学：东北亚古代文化讨论会

圆光大学位于全州裡里市，是由佛教方面的人士办的，创办人名叫崇山，校园里专门建了一座崇山纪念馆。该校设立有一个百济文化研究所。为庆祝该所成立 20 周年，由圆光大学和俄罗斯莫斯科大学共同主办，并由圆光大学承办"东北亚古代文化国际讨论会"。应邀参加会议的主要有中国、日本、俄罗斯和韩国的学者。会议于 11 月 13 日在崇山纪念馆召开。校长金三龙致辞。因莫斯科大学校长没有来，他的致辞由一位莫斯科大学的朝侨代读。本来由韩国考古界的元老金元龙和江上波夫作基调讲演，因前者患肺癌到美国治疗去了，就由全荣来代讲要点。大会的发言全部用本国语言，不做翻译。因为所有发言者都提交了文章或提要，大家可以自己看。这样省去了翻译的时间，缺点是不能让每个人都了解发言的全部内容。会议到 14 日下午结束。

13 日下午会后，校博物馆原馆长金在先教授带领我们到博物馆参观。这个博物馆的建筑颇为讲究，据说是韩国大学博物馆中最大和最好的一个。博物馆的陈列分四层，从史前到李朝按时代摆放，另有不少中国的物品。主陈列之后有一个民俗馆，收藏也很丰富，其中最引人注目的是李鹤（女）的韩绣。金在先曾留学台湾大学历史系，后转学考古，重点是史前考古，1957 年毕业。他对台湾的情况非常熟悉，汉语也说得很好，我们交流就很方便。

旋风式参观

从 14 日下午开始，我们就进入旋风式的参观行程。第一站参观百济弥勒寺遗址和百济益山王宫遗址。这两处现在都由圆光大学负责发掘。两者前面都有石塔，之后是经幢、经堂和讲经堂，后二者外部都有回廊。整个建筑讲究中轴线和组合，特点是多用石头砌筑。弥勒寺原为百济所建，以后新罗增建，高句丽又增建，直至李朝都还在使用。有些屋瓦上有"大中"、"延祐"、"太平兴国"等中国朝代的年号。

15 日上午参观全州博物馆，全荣来曾任该馆馆长。这个博物馆的建

与江上波夫先生（中立者）等参观百济弥勒寺石塔

筑十分精致。馆内陈列分两层，下层是考古发掘品陈列，其中包括弥勒寺出土物品和复原模型以及益山王宫遗址的出土物品等。后者有舍利盒和黄金盒，黄金盒中装着许多金板，上面都刻着经文，十分珍贵。上层是古代艺术品陈列，也很有特色。

接着驱车到光州，参观光州博物馆。这个馆比全州博物馆大些，陈列品按照时代排列，从旧石器时代直到李朝。其中最重要的乃是新安郡道德岛附近元代沉船中打捞起来的大批青瓷器。

参观全州博物馆时，看到有两对新郎新娘。参观光州博物馆时又看到有十几对新郎新娘，新娘都穿着纯白色的长婚纱，完全不穿民族服装。他们在博物馆外游玩、照相并举行仪式，显得很有文化品味，也给博物馆增添姿色。

下午返程到全罗北道沿海的高趔郡竹园里看石棚。先到一个农家后院看到一个很大的石棚，接着到后山坡下看到大批石棚，据说约有400座，是一个大型墓地。接着到扶安郡龟岩里看大石棚，大约有20多座。石棚的盖板既大又厚，最重的据说有300吨云。原来还想看一座高句丽山城，因太晚天黑了，只好作罢。

16日上午大队人马从裡里市出发，经秋风岭，过大邱，直达庆州。

庆州原来是新罗古都城，房屋建筑古色古香，旅游的人很多，有点像日本的京都。我们先参观五陵，有五个很大的封土堆，是传说中新罗早期五位国王的陵墓。中午到一个家庭小饭馆"森林别馆"用餐，首先看到门前树立两

在高趙郡竹园里与全荣来和冈村秀典考察石棚

根木柱，柱头上各雕刻一个人头，下面分别用汉字写着"天下大将军"和"地下女将军"，反映当地传统的民俗。大家落座后，主人给每位客人端来一个烧得滚烫的石钵，里面装约半钵大米饭、几片肉、豆芽、胡萝卜丝和白菜丝等，还有一个生鸡蛋。自己把鸡蛋打开放入钵中，然后用力搅拌。这就是韩国传统的抓饭，每钵15000元，约合人民币110元，颇不便宜。

下午参观王陵公园，园内有许多大土冢，冢上植草，下面也是草坪，不少游人在那里玩耍。其中有一座"天马冢"已被发掘，并已辟为博物馆。此冢的发掘是从中间劈开，挖去一半，再按原样盖上顶棚，棚顶覆土植草，从外面看还跟原来的土冢一样。进到冢内看就是一个博物馆，一方面可以清楚地看到棺椁的结构和积石的情况，同时又可以看到陈列的出土文物。这样的设计把保护和开放结合得非常好，值得好好学习。

看完天马冢还有一点时间，本来想参观博物馆，因为今天是星期一闭馆，馆长到日本去了还没有回来，只好改变计划。驱车到东南十余里的佛光寺参观。这里是一个新罗时期的寺庙群，大多数都已修复，环境清幽，但游人不多。

17日上午参观庆州博物馆。馆长李兰暎刚从日本回来，她向我们介绍了该馆的基本情况并赠送书籍。该馆成立已有80年，现在的馆舍是1975年修建的。全馆有80人，其中研究人员12名。这个博物馆属国立性质，行政上归中央博物馆管理，人员、经费都由中央博物馆统一调配。

考古工作则由庆尚北道文化财研究所负责，考古报告整理完毕后，所有资料全部交给博物馆，但不一定都放在本馆。这个博物馆有三个分馆，因为正在进行内部整修，只开放了新罗古坟馆。其中陈列的黄金冠就有好几套，其他还有许多黄金制品，几乎成了专题的黄金饰品展。

从博物馆出来，全荣来领我们参观庆州的雁鸭池，此地原有的建筑多已不存，只剩地基，上面铺草保护。后面一个亭子里有一个雁鸭池复原的全景模型。接着去石窟庵，该处是朝鲜八景之一，风景甚美。窟龛及前面的建筑都保存得比较好，但只剩下一尊石佛，现已被列为国宝之一。

下午从庆州发车去釜山，釜山是韩国第二大城市和最大的海港，又是一座山城，高低错落。海港西岸有个太宗寺和太宗台，山势陡峭，树木葱茏。下面港阔水深，百舸竞渡。港中有一小岛，填海修了一条路与岸上相连，上面建有一所海洋学院。海岸边堆满集装箱，晚上灯火辉煌，一片繁华景象。我们首访东亚大学。沈奉瑾在新校舍迎接我们，并且跟学考古的学生见了面，受到热情的欢迎。接着就到相距十几公里的老校区参观校博物馆。该馆藏品非常丰富，放了上下两层楼。我最感兴趣的当然是东三洞的陶片。其下层有少数隆起纹陶片，上层大部分则是栉目纹，许玉林说其中有些跟辽东出土的陶片相似。

18 日离开釜山到晋州。进到晋阳城，一看是个古建公园。在右边高岗上有一座门楼，门额上有"岭南布政司"几个大汉字。出晋阳城往前的山坳下面，就到了国立晋州博物馆。该馆为 1984 年所建，显得很新。陈列品也比较丰富，主要是伽耶王国的遗物。我还是重点看了东三洞的陶片。

午后驱车到达大邱，它是韩国的第三大城，车流如织，交通十分拥挤。我们的目标是庆南大学博物馆。馆长尹荣镇热情接待了我们。博物馆陈列室有三层，陈列物品虽多，但内容较杂，主要是 1960 年以来收购的。这里历史上是新罗、百济和伽耶的交界地区，文化遗物也多少反映了这种特点。晚上尹馆长设宴款待。席间谈到韩国有一个规定：国立大学如果没有博物馆和图书馆，即不能称为综合大学。大学的博物馆也做田野考古工作。该校还设立了考古人类学系，分两个专业。每年招收 40 名学生，其中考古 10 名，人类学 30 名。毕业后多数考研究生，因为研究生毕业后比较好找工作。

我们 19 日于大邱驱车向西到达大田的忠南大学，李亨求早早在此迎候。魏存成给大家放映了一些高句丽的幻灯片。午饭后稍事休息，就出发到清州的忠北大学，校长亲自接见，该校的先史文化

在宾馆客房用韩餐

研究所、湖西文化研究所、考古美术史系和博物馆的负责人都出面欢迎，场面非常热烈。我们重点看了李隆助教授的旧石器时代考古研究室和博物馆，那里除了放置有许多韩国出土的旧石器，还有许多做打制石器实验的标本。然后去兴德寺印刷博物馆参观，那里有世界上最早的金属活字印刷，看到了金属活字和早期的印刷品。晚餐时有李隆助等许多人作陪，他希望跟北京大学合作进行教师互访、互派留学生、共同就双方感兴趣的问题进行研究等，我表示衷心欢迎。

20 日一早，李隆助催我起来，领着我到清州最好的浴池进行桑拿浴。首先在淋浴处把身上洗净，然后热汤、蒸汽、冷浴反复三次。热汤烫人，蒸汽更加烫人，冷浴又冰人。然后经过一段石子路，上面淋冷水，下面脚板磨得生痛。最后入人参汤，一股浓浓的人参味，李隆助要我尽情地泡，说这是李朝皇帝经常泡澡的地方，要体验一下皇帝泡人参汤的感受。我说不上有什么感受，只是觉得很惬意。最后洗完澡一量体重，足足掉了两公斤！

重返汉城

我们在圆光大学开完会，并且在全国周游一遍后，于 20 日回到汉城，立即参观李朝故宫。这故宫规模不大，布局讲究中轴对称，宫殿跟中国

参观李朝故宫之一角

的建筑风格很相似，但不用琉璃瓦。显得比较朴素。

汉城很大，地铁交通非常发达。汉江很宽，上面架了许多桥梁。我们由金暎珠陪同逛了最热闹的南大门市场和东大门市场。东大门还有瓮城，南大门只剩大门本身，两边城墙都已不存在了，旁边有许多超高层建筑。市场极为热闹，到处摆着地摊，东西极为丰富，也比较便宜。街上人山人海，只是不大遵守交通规则，经常撞红灯。这就是我对汉城的第一印象！

汉城作为韩国的首都称为 Seoul，正译应该是首里，也就是首都的意思，正如琉球国的首都称首里一样。但现在韩国按照语音译为首尔，意思反而不明确了。

东亚大学五十年

我第二次访韩是在 1996 年 11 月韩国东亚大学建校 50 周年之际。我被邀请参加为校庆举办的"东亚都市的起源和发展"学术研讨会。会议定在 11 月 5 日召开，此前我正在日本宫崎大学参加"中国草鞋山遗址古

在李朝故宫后花园

代水田稻作国际研讨会"和"国际稻作文化讨论会"。11 月 4 日离开宫崎到福冈,转乘飞机于下午 3 时到韩国釜山。因为福冈和釜山之间只隔着一个不宽的海峡,好像刚一飞上天就准备下降。在飞机降落过程中往下面望,整个釜山尽收眼底,景象十分壮观。出机场时受到沈奉瑾、崔梦龙和李正晓的迎接。我们先到沈的研究室稍事休息,寒暄一番。晚餐后,请日本河上邦彦讲他发掘的两座古坟的情况,放映了许多幻灯片。到晚上 11 时才住到釜山观光宾馆。洗澡后稍稍准备明天的发言,上床时已是 5 日 1 点半了。刚刚睡好,早 5 点李亨求哪哪敲门,说要帮助我准备发言。他是一片好心,可是我最需要的是睡觉。他只好走了,真是对不起得很!

早餐后就到东亚大学,先见过校长,然后到大会堂。一路看到有许多祝贺校庆的条幅,还有一些礼品,上面写的基本上都是汉字。我问为什么,据说是为了表示隆重和高雅。会议开始,校长和沈奉瑾先后致辞,然后大会发言。我讲的题目是"中国都城的起源和早期发展"。韩国和日本的学者也都就都市考古等方面的问题作了发言,并进行了一些讨论。晚上举行了一个非常热烈的庆祝宴会,还赠送给我们一些校庆纪念品。

原来在东亚大学的辛勇旻早先在北京大学进修过，所以我们很熟。他现在在湖岩美术馆工作，正主持一个考古工地，要请我去看看。他自己开车从韩国最南直到北部的京畿道水泉市，傍晚到了他主持发掘的工地。那是一个百济时期的墓地，已挖的21座都是石棺墓，工作做得很好。

11月7日上午参观湖岩美术馆，周围环境非常美。我大致看了金属器馆、陶瓷馆和绘画馆，又看了保存科学部，辛勇旻一一做了介绍。这个馆经济实力雄厚，将会有较大的发展。下午乘火车返回釜山。

11月8日上午参观东亚大学博物馆，在库房里看到釜山市蔚山郡牛峰里出土的新石器时代早期的陶片，均为褐色粗陶，平底，饰隆起纹及三角斜线突起纹等。中午沈奉瑾等在学校水宫饭馆设宴，满桌摆着三文鱼、牡蛎、墨鱼、贻贝、海蜇以及一些不知名的海鲜食品，尽是生的。我第一次吃全生的海鲜，有点犹豫。既然大家都说好吃，我就麻起胆子都尝一尝，觉得味道还可以。席间沈奉瑾希望我推荐一两名研究生或年轻教师到他名下学韩国考古，待遇不菲。他认为懂得中国考古学的人学韩国考古有很大的优势，因为中国和韩国的古代文化有许多相似和相通的地方，单学韩国考古有局限性。只有懂两国考古的人才能成为高水平的学者，我对他的说法颇有同感。

参观昌宁古坟群

8日下午去昌宁参观新罗时期的校洞古坟群和桂城古坟群。之后又参观伽耶的石冰库古坟群，均保存甚好。这里是新罗和伽耶交界的地方，所以有二者的古坟群。昌宁有一个古坟博物馆，小而精巧，陈列品也反映了这个特点。沿途青山绿水和大片收割后的稻田，一片乡村景象。

考察东三洞等贝冢

很早就想看看东三洞贝冢。11月9日上午到釜山市以东的海岸边考察，发现遗址的位置正好与海洋大学所在的小岛隔海相望。遗址很小，贝壳也很少，主要是牡蛎、文蛤和另一种不知名的贝类。

下午到釜山以西考察凡方贝冢，这里贝壳极多，主要是毛蛤和文蛤，为河口贝。文化性质和东三洞基本相同。接着又到金海郡考察水佳里（Sugali）贝冢。性质和时代也基本相同。从这些贝冢所出陶片的特点来看，有些与日本对马岛和九州北岸边绳文文化早期的陶片相似，说明两地早年有过一定的文化交流。

之后顺便考察戊溪里（Mugeli）支石墓，据说原来有很多，现在只剩了一座。盖石极大，约有 7 米长，4 米半宽，1 米厚。不远有金海驾洛国首露王陵，陵墓前面有用汉字刻的石碑，详细记载王陵起建和重修的历史。

小鲁里稻谷的疑云

我第三次访韩是在 2002 年。记得那年的某一天，韩国忠北大学的李隆助教授来到寒舍，告诉我在小鲁里发现了距今 14000 ~ 12000 年的稻谷，还给了一份在印度—太平洋史前考古年会上所作报告的简本。从照片看那稻谷应该是真实的，我怀疑年代测定有误。不过李隆助还是很有信心。不久他正式邀请中国农业大学的水稻专家王象坤教授、湖南省文物考古研究所的所长袁家荣和我到韩国参加小鲁里稻谷的学术研讨会。我们于 2002 年 12 月 17 日乘亚洲航空公司的波音 747 班机从北京起飞，一个多钟头以后就到了韩国的仁川机场。然后乘班车到清州，李隆助亲自迎接，住清州旅游宾馆。

18 日上午到忠北大学文化中心，受到忠北大学的校长、清原郡的郡首和韩国绿色革命之父许文会等人的欢迎。会议首先由李隆助、许文会和徐学洙分别作了有关稻谷发现情况的报告、出土稻谷鉴定的初步报告和古环境的研究报告等。下午大会发言和讨论。我、王象坤和袁家荣先后讲话，本来还有日本的西谷正和俄罗斯的库兹明的讲话，二位因故未到，但提交了发言稿，便由韩国学者代读。之后进行了长时间的讨论。有的学者对报告中疑似稻的提法表示不妥。有的学者对用泥炭层的标本测年是否准确表示怀疑。不过大家还都是认真地分析证据和进行讨论。而东道主则想努力说服我们几个中国人相信他们的惊人发现，这也是在情理之中的事。我们一方面说了些鼓励的话，同时又实事求是地指出问题所在和解决问题的可能的途径。

19 日上午参观忠北大学先史研究室和校博物馆，那里陈列了从小鲁里到家瓦地等出土稻谷遗存的系列标本。下午参观小鲁里遗址。那里现在还是一片沼泽，有个大企业要在那里进行开发，所以要先期进行考古发掘。结果发现那里有一个旧石器时代晚期的遗址，稻谷就发现在离遗址不远的泥炭层中，而且埋得很深，测定的年代又很早。如果一切不误，那当然是一项了不起的发现，过去关于稻作农业起源的一切理论都要推翻。对这样的问题当然要慎之又慎，与会的多数韩国学者和日本学者也都采取了非常慎重的态度。我建议在沼泽周围进行更加仔细的勘探，重点要放在北边，看看有没有更晚时期的遗址；要研究遗物在沼泽中是否可能下坠到早期地层；还要研究出土稻谷层位中其他植物的遗存，看看可否与更新世末期或全新世某个时期的植物群相对照。最后再看看这些稻谷到底是什么年代的，由此再来估计这次发现的学术意义。

20 日上午到水原市全国农业振兴厅展览馆参观，内容分过去、现在和将来三部分，很有特色。接着参观了种子库，大约有十多万份种子，其中水稻有 24000 份。王象坤说中国有 7 万份。午后到金浦一山看农业资料馆，那里离家瓦地遗址不远。李隆助建议改为家瓦地博物馆，人家不大同意。

访韩感怀

韩国历史上跟中国关系特别密切，可是 1895 年中日甲午战争后，整个朝鲜半岛一下子沦为日本的殖民地，时达 50 年之久。二次大战后虽然获得独立，却分裂为两个国家。我们访问和参观了很多地方，会见了很多韩国朋友。总的感觉是韩国人特别热爱自己的国家和民族，热爱和尊重本民族的历史，也特别珍视同中国的传统友谊。

韩国的经济是从废墟上快速发展起来的，早已成为亚洲四小龙之一。但在发展经济的同时还特别注意文物古迹的保护。为了保护李朝故宫，不惜把殖民地时期的日本总督府炸掉。各地的重要古迹也保护得很好，而且在保护的同时又注意向公众开放，庆州的天马冢就是一个很好的例子。韩国有一个比较健全的博物馆系统，各州的博物馆统由中央博物馆管理，从而保证了地方博物馆的质量和业务水平。各综合大学都必须设博物馆，再加上一些小地方的博物馆、专业性博物馆和私人博物馆等，成为保护历史文物和向公众进行历史文化教育的重要阵地。韩国最重要的文物称为国宝，所有国宝都有非常详细的档案记录，相关资料编成了

12 巨册书，公众可以从其中了解国家的重要文物和进行监督。

韩国学术界很注意国际合作和学术交流，不时召开国际学术讨论会。同中国科学院古脊椎动物与古人类研究所就曾合作发掘垂杨介旧石器时代遗址。北京大学的外国留学生中韩国学生是最多的，其中有不少是学考古的。但中国研究韩国和朝鲜考古学的人不多，这种情况今后应当有所改变。

应聘日文研

缘起

1997年10月3日至1998年6月30日，我应国际日本文化研究所（简称日文研）的聘请，作为客座教授在该所工作了9个月。这是我第12次访问日本了，而且是时间最长的一次。除正常的工作外还访问了许多地方，得到各方面热情的接待，至今难以忘怀。

日文研的创始人和第一任所长是日本著名学者梅原猛先生。他本来是研究西洋哲学的，后来转而研究东方哲学。他认为东方哲学或东方思想有许多优越性，比如强调天人合一即人与自然的和谐，而不是一味地强调改造自然和人定胜天；强调人伦道德和个人修养而不是强调个人主义和自我奋斗，对于当今社会的发展，都是具有至关重要的意义的。他想进一步了解东方思想所产生的根源或经济基础是什么。他注意到东方各国都是以稻米为主要食粮的，根据最新的研究，中国的长江流域正是稻作农业起源的中心地区，至今还是稻米生产数量最多的地区。过去认为东方文明最早发生在中国的黄河流域，现在看来长江流域文明发生的年代也不见得比黄河流域晚。他参观过浙江余姚的河姆渡遗址，为在那里发现的7000年以前非常发达的稻作农业而感到惊叹。他还参观了浙江余杭的良渚遗址群，为那里巨大的建筑遗迹和特别发达而精致的玉器工艺而赞叹不已，认为东方文明最早就可能发生在良渚文化所在的地区。因此他很想跟中国学者合作，探讨良渚文化乃至长江流域文明的起源及其对整个东方文明的影响。因为我多次在日本讲稻作农业的起源和长江流域在中国文明起源中的作用等问题，对良渚文化也有一些研究，所以他特别通过在日文研工作的徐朝龙找到我，希望同我合作。徐早年在四川大学考古专业学习时，我曾经在那里讲授中国新石器时代考古学，有一段师生之缘。他因此很自然地成了我和梅原之间建立联系的重要纽带。他们同时也和浙江方面联系，看能不能从良渚遗址的发掘与保护方面入手，如果顺利，以后再考虑进一步合作的问题。我们讨论了许多次，并且在国家文物局授意和各方面都同意的情况下签订了正式协议，梅原猛请日本著名的考古学家樋口隆康为日方队长，我为中方队长。在日本举行了隆重的签字仪式，我和樋口郑重签字并换文，随即报请中国国家文物局送有关方面会签，可惜迟迟没有下文。为了把事情进行下去，梅原便请当任所长河合雄正式聘请我到日文研工作一段时间，以便进一步商量相关事宜。我就是这样来到日文研的。

初到日文研

我和内人王秀莲于 10 月 3 日乘东方航空公司的 MU525 航班从北京出发，先到青岛办理出关手续，当地时间下午 2∶00 到达日本关西空港。先期到达日文研的北大考古系高崇文教授到港迎接。先乘火车到大阪驿，换乘阪急列车到桂驿，再乘出租车到日文研，时间已是晚上 7∶30 了。日文研负责接待的奥野女士把有关事情安排好后，因为时间太晚，高崇文叫她先走，一切事情由他和王美秀夫妇张罗。王美秀做了一桌丰盛的菜肴为我们洗尘，还帮我们打扫了房间，送来许多副食和水果等，令我们非常感动。这里中国学者不少，对我能来日文研特别高兴。所方也特别开 Party 欢迎。之后河合所长和我正式签订任职合同，又和村川事务长一道向我介绍日文研的基本情况。河合还专门同我讨论了如何开展中日合作调查长江文明等事情，指定安田喜宪为同我合作的联系人。

日文研是梅原猛先生创建的。他曾经跟我谈及当时的情况：他感到像日本这样一个国家，应该有一个研究机构，来吸引国内外学者研究日本的历史、文化及其在世界上的地位与作用。他先找当时的首相中曾根康弘，把他请到现在日文研所在的地方，说只要你同意我在这块地方建所，其他一切事情都由我来办好了，首相爽快地答应了他的要求。接着找大企业家稻盛和夫，先跟他喝酒，等他半醉了再跟他要多少亿日元。梅原猛不无得意地说："当时他满口应承，后来却有些反悔。我说'君子一言，

日文研一角

驷马难追'。其实他不是真的反悔，他是真心支持我的"。日文研就是
这样创办起来的。行政关系直属日本文部省。

　　这个所建在风景秀丽的野鸟公园山下，十分幽静，是从事学术研究
的理想场所。办所方针是开放式的，研究人员分为本所专职研究员和客
座研究员两类，客座研究人员中又分本国和外国两类。外国学者一般限
制在 15 人左右，但由于任职期限从三个月到一年不等，实际上每年来的
外国学者有二三十人。其中最多的是中国学者，其次有韩国、美国、德
国、新加坡等国学者。我初到时的中国学者有北京大学的高崇文、山东
大学的高文汉、山东省文物局的张从军、中国社会科学院的程广林等；
以后陆续来的有中国社会科学院的田桓、四川大学的霍巍和复旦大学的
葛剑雄等，多数都带着夫人。他们有的研究日本史、日本文学或中日关
系，有的研究考古学、民族学或宗教学，总之跟日本多少有点关系。日
文研学术研究分为五个领域：第一领域为动态研究，包括现代、传统和
基层三个方面；第二领域为构造研究，包括自然、人类和社会三个方面；

第三领域为文化比较，包括生活、制度和思想三个方面；第四领域为文化关系，包括旧交圈 1、2 和新交圈三个方面；第五领域为文化情报，包括外国的日本研究和本国的日本研究两个方面。每个方面都有本所的研究人员和与外单位共同协作的研究人员。学者怎么研究完全由自己决定，所方没有任何规定，对日本国或日本文化持批评态度的也欢迎。我曾经同河合所长谈到如此自由将如何保证质量的问题，他说我们邀请的都是有造诣的学者，不可能没有一点水平。至于怎么研究那是学者自己的事，我们不会也不应该过问。日本人能有这种气魄很值得我们学习！研究所常常召开各种国际性的学术会议，邀请本国和外国的学者参加。有时也接待一些参访的外国学者。

日文研有一个外国学者的公寓，每套房间中包括卧室、厨房、餐厅、浴室、卫生间和洗衣房等，有的还有客厅。室内有空调、电视，随时有热水供应，整个设备相当现代化，在这里生活比较方便。

主楼有大小会议室，经常举行各种国际性学术会议，还有接待室、财会室、图书馆和健身房等。每一位研究人员都配备有一个研究室，里面有电脑、打印机、电话、书案、书架和空调等，可以很方便地从事研究工作。主楼西边还单独有一栋大会堂，专门为召开大型会议而建。

图书馆有不少藏书，我们可以进书库选择自己所需要的书籍，借出的数量和归还日期都不受限制。京都有个朋友书店，专营中国出版的书籍，每个星期送一车书来，我们可以任意选择，先看内容，等下一次来时再付款，不需要的退回就是了。同时还有书目赠送，书目上没有的列出书名也可以预订，非常方便。所里的复印设备颇先进，可以单印，也可以整本书印，旁边有装订设备。

日文研有许多出版物，有专书，也有连续性的，包括一些国际会议的论文集。其中日文的有《日本研究》（1989 年创刊，半年刊）和《日文研》（1988 年起，半年刊），两者都有英文版。还有大量《日文研丛书》。外国研究者即使回国以后，所方也一直免费赠送。

运作这样一个研究所需要相当多的经费支持，据说全部都由文部省拨付。

我的工作

我在日文研的工作大致是围绕稻作农业的起源与传播和所谓长江文明的探索来进行的，但不局限于此。由于高崇文先期到达，对所里情况比较了解，给了我许多帮助。徐朝龙虽然是日文研的正式成员，因工作需要经常外出，但我在日文研的生活和工作他都一直是关心和尽力帮助的。其他中国学者也都热情相助，使我免去了许多麻烦。我除了在所里工作，还可以出外旅游参观，出席学术会议，包括到国外的活动等，不必报送计划，任由我自行安排。唯一的计划是由我主持一个"稻作农业、陶器和都市的起源"国际会议。由于良渚遗址的考古发掘计划搁浅，我建议日文研跟湖南省文物考古研究所合作，参加澧县城头山遗址的环境考古研究。那个遗址有一个环壕土城，是中国最早的一座城址，应该是探索文明起源的上好地点。后来几经研究，高崇文和徐朝龙也帮助做了许多工作，终于签订了协议。湖南省文物考古研究所的所长何介钧为队长，日文研的安田喜宪为副队长，我和梅原猛为顾问，后来的工作总算比较顺利。梅原猛还希望和我合作写一本书，内容是关于长江文明的。所里有很多个人电脑，但写不了中文，就专门为我买了一部台式机。我用这部电脑写了《东方文明的曙光》和《稻作文明的故乡》等几篇文章，还写了《中国新石器时代考古学》讲义十几万字，可惜后者拷上软盘后回国途中给挤碎了。电脑这东西有时不注意会出事，和我们在一起的美国学者夏皮罗写了多少万字，不知怎么一下子丢了，急得他直想跳楼！

在国内免不了有许多杂事，这里就清静多了，日子过得比较轻松。期间参加了几次国际学术研讨会，应邀作了几次学术报告，还跑了不少地方，包括以前一直想去而没有去成的琉球和北海道。中途回国到贵州参加一年一度的全国考古汇报会，还到欧洲去了一趟。本来和安田约好到埃及去的，后来因为安全问题没有成行，唯一留下了一个小小的遗憾。

访问京都大学

京都大学在发展日本考古学和从事中国考古学研究方面都占有特殊重要的地位。我过去访问日本时曾经到京都大学参观过，这次算是重访。

10 月 16 日由上野祥史驾车接我和秀莲同去，首先到京大博物馆，在京大文科研究所工作的冈村秀典和秦小丽在门前热情迎候。我们首先看内部陈列，那里摆放的主要是 30 年代滨田耕作时期的藏品，大部分是从中国运来的。其中值得注意的有仰韶文化半坡类型的杯形口尖底瓶（1937 年由一位日本人捐赠，至于那位日本人怎么弄到的就不知道了）、良渚文化的石钺和十节大琮、商代中期（二里岗上层）的青铜鬲、夏家店下层文化的陶鬲和辽宁旅顺四平山遗址出土的许多陶器和石器等。后者是日本学者在 20 世纪 30 年代发掘的，工作日记和发掘记录包括测绘的遗迹图等都还保存完好。这遗址有成排的积石墓，基本上属于龙山文化，正由冈村秀典和九州大学的宫本一夫整理之中。冈村还特地复印了一份积石墓分布图给我。陈列室里有一大批古埃及、希腊、罗马时期的标本，是英国考古学家皮特里（F.Petrie）送给他的学生滨田并让他带回国的。除此而外，还有许多韩国、澳大利亚、北美、墨西哥和秘鲁等国的古物，简直像个世界考古博物馆。

博物馆的书库里有许多古旧的考古书籍，其中有一部大开本的《埃及阿拜多斯发掘报告》，是德国 1878 年出版的，插图全部是铜版画，印刷十分精良，应该是善本中的善本。

从博物馆出来就到京都大学文科研究所，冈村秀典就在那里工作，秦小丽在那里攻读博士生。这个研究所有单独一栋西洋式建筑，是 1930 年建起来的。所里有一个很大的书库，主要收藏中国的古旧书籍，包括各种类书和地方志等，相当齐全。限于时间，我们只能粗粗地浏览一番。要有工夫在这里做研究多好！

游岚山和天龙寺

10 月 8 日，晴。上午由高崇文陪同我和秀莲一道乘西五巴士到桂驿，转乘阪急到岚山驿。过渡月桥，沿桂川上溯，河水清澈碧绿，两岸树木葱茏，风景极为优美。走过一段路，爬上一座小山，那里有一个瞭望台，从台上可以看到桂川的上源，不时有小船慢悠悠地划过。再往前走不远就到了周恩来诗碑的所在。周恩来的诗《雨中岚山》就刻在一块不甚整齐的石头上。我们在那里稍事凭吊，然后去看天龙寺。看到正殿正在维修，就去看后殿，要买票穿拖鞋才能进殿里面参观。殿的周围回廊离地面只有半米高，一步就能踏上去，不买票也可以上去参观，但就是没有一个人上去。庭院中的池塘和小溪里有许多锦鲤，游游停停，全不避人。游人伸手可捉，可就是没有人去捉。国民的这种素质当不是短时间能够养成的。

天龙寺全名是灵龟山天龙资圣禅寺，又名大本山天龙寺，始建于1339年，是京都五座山寺中第一号寺院，已经被列入世界文化遗产。寺中藏有宋代马远的画，还有宋元时期的青瓷和大量佛经写本等。前来参观的游客络绎不绝。

参观二条城和平等院

10月26日上午，秦小丽和京都府教育厅文化财保护课主任矶野浩光接我和秀莲参观世界文化遗产之一的二条城。这座城始建于德川家康的庆长八年（公元1603年），明治时期改建为离宫。有内外二城，均为大石头砌筑，城外都有围壕。城内殿宇保存也都比较好。

秦小丽陪同参观平等院

秦小丽还想陪我们看平等院，因时间关系只好改个日子再去。1998年1月2日，我和秀莲从日文研出发，到河原町东四条桥上与秦小丽一家会面。之后乘火车到宇治市平等院参观。该院始建甚早，平安后期的1052年改建。其中的凤凰堂（阿弥陀堂）内供奉的阿弥陀如来塑像为1053年造，为日本国宝。平等院规模甚小，但风景甚好，已是冬天不像冬天。1995年已定为世界文化遗产。我想中国像这样的古迹能够列为国保单位就不错了。

拜访梅原猛

早就想到梅原猛家去拜访，毕竟我的合作对象主要是梅原先生。10月30日下午，我和高崇文、高文汉一起，由安田喜宪陪同去梅原猛家。他住的是一座典型的日式房屋，虽然很旧，但很讲究。那里原来是梅原先生的老师、著名哲学家和辻哲郎居住的地方，环境十分清幽。从房屋出来往北有一条弯曲的小道直通银阁寺，那位哲学家时常走这条路到银阁寺去，所以被称为哲学家小道。

梅原先生事先知道我们要来，所以在我们到达时，他和夫人都穿着和服跪在木板地上迎接。我们进门之前都脱鞋换上拖鞋，双方行礼毕，都席地而坐，按照日本茶道的规矩上茶。其实这是中国唐宋以前的老规矩，只是后来改变了，日本却继承了下来。梅原问我生活是不是习惯，工作是不是方便，叮嘱安田要多多照顾。他特别希望我在中日合作进行长江文明的调查方面多多操心。然后领我们参观他的房屋和里面的设施。他主要不是介绍自己，而是介绍那位老哲学家的生活方式。我们不敢久留，停不多时就向主人告辞。梅原又偕夫人跪地相送。如此大礼真使我们有些不好意思。中国号称文明之邦，但一些必要的文明礼节都丢弃殆尽，实在应该反思一下。

拜访樋口隆康并参观泉屋博古馆

拜访梅原先生之后，第二个要拜访的就是樋口隆康先生。樋口是前辈日本学者中长期研究中国考古学的著名学者之一，年事虽高仍身强体健。他是京都泉屋博古馆的馆长兼奈良县博物馆的馆长。多数时间在泉

与梅原猛（右）和樋口隆康（左）先生在一起

屋博古馆。我和高崇文上午去看望他，他很高兴我们能来日文研。他说尽管中日合作进行良渚遗址发掘之事一时实现不了，只要两国学者诚心合作，长江流域古代文明的调查研究还是有希望进行下去的，我对此也有同感。我们寒暄了一阵之后，就把新近出版的拙作《史前考古研究》敬赠给他，请予指正。他也回赠了书籍。然后我们参观泉屋博古馆。之所以叫泉屋，可能是因为收藏了许多中国的古钱币。但更重要的是收藏和陈列了大批十分珍贵的商周青铜器。其中有所谓"虎食人卣"，跟在法国博物馆的一件十分相似。可能是商代南方的一个方国叫"虎方"的镇国重器，反映虎方祖先起源的神话故事。另一件青铜大鼓，下面有人像托着，大概也是虎方的重器，反映另外的神话故事。这些器物在中国国内都还没有见到。泉屋博古馆还出版了不少研究著作，包括定期出版的刊物《泉屋博古馆》，是日本研究中国考古学的重要阵地。

访大阪国立民族博物馆

原来在吉林大学任教、又在北京大学考古系进修的徐光辉现在日本龙谷大学任教,家住在大阪。几次约我到他家去玩,顺便参观国立民族博物馆,说那里有一个新的展览云云。我和秀莲于 12 月 13 日到大阪,光辉在梅田车站迎候,然后到心斋桥 - 日本桥电子一条街买了点东西,就一同到他的家里去。他的太太小韩非常热情,弄了很丰盛的菜肴,还请朋友来作陪。酒罢三巡又是卡拉 OK 又是跳舞,一直弄得很晚,干脆就住下来了。

第二天由光辉陪同到万博公园,那是一个很大的地方。除了国立民族博物馆,还有国际艺术馆、美术馆和儿童游乐园等。我们无暇多顾,就直奔民族博物馆。这地方我过去来过,同该馆的前馆长佐佐木高明还是多次打过交道的老朋友,这次没有见着,是馆里另一位负责人接待的。我们主要看了一个特别展,就是把大英博物馆 100 年以前的一个展览,连展柜和所有陈列品全部运过来展出。内容是关于日本、东南亚和太平洋各群岛的民俗文物,实在非常珍贵。我们仔细参观,最后把其他展馆也浏览了一下,其中有不少中国的民族和民俗文物,包括江西的古民居和农具等。

"和之国"国际学术会议

12 月 17 日下午,我和高崇文一道去奈良参加"和之国"国际学术研讨会,住福田宾馆。这是一个连续性的国际会议,差不多每年举行一次,一次一个主题。去年的第二次会也是 12 月在奈良举行的,主题是"稻作农业与文明",我也参加了。这次会议是第三次,主题日文写的是"巨大墓与文明",实际是"威权纪念物与文明",英文名是 Power Monuments and Civilization。我和高崇文共同按照日文主题的旨意准备了一篇文章,题目是《埋葬习俗与中国古代文明》。上次开会邀请的外国学者只有哈佛大学和伦敦大学的几位和我。这次人数较多,有英国伦敦大学的考古学院院长阿科(Peter Ucko)、申南(Steve Shennan)、费克里·哈桑(Fekri A. Hassan),美国加州大学圣迭戈分校的 Guillermo Algaze,密西根大学的马库斯(Joyce Marcus)和弗南内里(Kent Flannerry),华盛顿州立大学的 Timethy A. Kohler,埃及开罗大学的 Hala Barakat,中国陕西考古研究所的焦南峰和西北大学的王建新等。日本方面参加会议的有樋口隆康、石野博信、寺泽薫、中村慎一等,大阪大学的都出比吕志也来了，但不是正式代表。

12 月 18 日在奈良县新宫会堂开会，樋口隆康致欢迎词，然后由费克里·哈桑主持。他首先发表基调讲演，说 Monuments 可以是古代的纪念物，也可以是现代的一幅画、一棵树等等，不知他要阐明一个什么意思。我在下午发言，为了听我们发言，秦小丽、陈洪海、冈村秀典和前园实知雄等也都来到了会堂。19 日继续开会，Peter Ucko 主持，他的发言也是哈桑那一套，说什么希特勒的画像，还有斯大林在红场的画像等也都是 Monument，也都要研究云云。伦敦大学的考古学怎么成了这个样子！

奈良橿原考古研究所

奈良橿原考古研究所的菅谷文则和前园实知雄等邀请我、高崇文和张从军在 1998 年 1 月 16 日专程到奈良参观访问。前园在橿原神宫车站迎接，先到河上邦彦主持发掘的天理黑冢古坟工地，菅谷文则也在工地会面。黑冢古坟是一个较小的前方后圆坟，东西向，后圆部分堆满大卵石，中间挖一长方形竖穴，南北向，长 8.3、宽 1.3 米，中间放置一个独木棺，死者放在中间，但尸骨已完全腐烂，连牙齿也没有保存，只剩下一片朱砂。相当于头部以北的左边随葬了 33 面铜镜，还有刀剑、箭镞和马镫等铁器。上面由片石砌顶。棺木南端早在镰仓时代被盗，但没有造成多大破坏。这是该所在大和古坟群（日本最大的古坟群）中发掘的第三座古坟，年代较早。大和的日文发音是 yamato，因疑为邪马台国所在。但日本的三角缘神兽镜以弥生时代的发现为多，至今已达 600 余面，其中平原古坟（弥生末期）即有 43 面，是出土最多的一个。该坟在福冈县前原町，为方形周沟，竖穴木棺，铜镜放在周沟内。同一地点的三云镪沟遗迹有 36 面，福冈市须玖冈遗迹有 30 面以上。那里也叫 yamato，时间比大和古坟早，更有可能是邪马台国所在。

下午参观橿原考古研究所附设博物馆，副所长兼馆长泉森皎陪同。该馆在去年已把陈列进行大幅度改造，内容比过去丰富多了。之后又参观了库房和技术室，特别参观了木器保护的技术。木器清洗后即泡在一种糖液中加热。此糖似白砂糖，舔尝一下有甜味。在加热过程中木器中的水分逐渐被糖所取代，然后放在冰柜中 $-30℃$ 冷冻，再在干燥箱中烘干。

如果不冷冻就干燥，标本容易变形。据说这样做的效果比较好。奈文研不用糖而用树脂，成本高，花费的时间也比较长。这个经验值得吸取。

从京都到东京

早在去年 11 月份，徐光辉告诉我说东京东洋文库的大井冈先生想请我做个学术报告，顺便带夫人去东京玩玩。因时间安排稍稍后延。1 月 18 日，光辉和大井冈来到日文研，亲自开车接我和夫人去东京，一路走走玩玩。下午到达名古屋市东郊的爱滋县陶瓷资料馆，所在是一个很大的公园，环境极好。我们只看了主楼的日本馆、亚洲馆和现代馆。亚洲馆中主要摆放中国、泰国和伊朗的陶瓷器。中国馆涉及的年代是从汉朝至明清。伊朗 12 世纪的陶器和辽三彩十分相似，到 18 世纪就有青花瓷，但和明清的青花瓷不大一样。我特别注意泰国班清文化出土的陶器。那些陶器分属于早中晚三期，早期（公元前 3600 ~ 前 1000 年）和中期（公元前 1000 ~ 前 300 年）属青铜时代，晚期（公元前 300 ~ 公元 200 年）属铁器时代。陈列说明中怀疑早期的年代是否有那么早，很有道理。我想泰国的青铜时代总不会比中国早一千几百年吧。早期出土的豆和罐上都有连续性之字印纹，中晚期都有复杂的彩陶，是否与中国出土的某种彩陶有关，值得研究。

下午到静冈县湖西町的三之日天然温泉，住浜名湖边客栈（Hamanako Lakeside Plaza），是一所 13 层楼的大宾馆。晚上洗温泉和桑拿浴，一身轻松。然后喝酒聊天，顺便商量到东京的日程安排。

19 日上午出发先到静冈登吕遗址，那里有日本最早发现的弥生文化时期的稻田。我第一次访问日本正是登吕稻田遗迹发现 40 周年，日本考古学协会专门开会纪念。我就是应邀参加那个隆重的纪念会并参观登吕遗址的。十年过去了，遗址仍然保护得很好。只是为了普通民众参观，增加了一些复原的稻田和水渠系统，以及几所复原的房屋和高仓等。

静冈的第一胜景当然是富士山。我们先到富士山西边的一个小山头叫做日本平，上面有两座宾馆。为方便观景大门是敞开着的，那里有非常好的视角。我们一面喝咖啡，一面观赏富士山，看得清楚极了，还拍了许多照片。接着往东走到离富士山更近的富士川 SA，位置在富士山的南边，也是一个专门观赏富士山的地点，有看台等设施。然后又转到富士山的东边，几乎把这座神山看了个遍。我尽管到日本多次，这样清楚地观看富士山还是第一次，就差没有爬上去了。我们是 19 点到东京的，住在花园宫宾馆，与赵辉、苏哲和东京大学的吉开将人等见了面。赵辉是在千叶县的历史文化资料馆做访问学者，苏哲在一个女子大学。大家聚在一起非常亲热。

20 日由光辉、赵辉等陪同到东洋文库，稍事休息即作学术报告。到会的学者有东北亚考古学会会长和东洋文库负责人田村晃一、後藤直、量博满、饭岛武次、西江清高、谷丰信、小泽正人、铃木敦以及中国学者朱岩石、朝侨郑汉德等。讲的题目是《中国文明起源的探索》，无非是同大家一起切磋罢了。我在报告后在东洋文库参观了一下。这里藏书甚多，大多是东方各国的，包括中国（西藏的藏文书单独放一个位置）、韩国和越南的古书，《永乐大典》就有 34 本。也有不少西文古书，主要供学者利用。量博满说东洋文库图书馆是日本学术界的骄傲！他们还定期出版《东洋文献目录》，收录相当全，我过去常常使用它了解有关方面的研究情况。编这样的目录需要花很多工夫，这么繁重的任务却只有两个人参加，效率是很高的。

21 日去东京博物馆参观的途中经过一条街，叫做 America 横街，简称 Ame 横，在高架桥下边，是在美军占领期间美国兵卖处理物资及小件物品的地方，现在则主要卖衣物、海鲜及小杂货等，价格特别便宜，来买东西的人非常多。我们到博物馆后，由谷丰信和先史课长陪同看展览。博物馆的主楼叫本馆，主要陈列日本平安以来的工艺美术品。西侧的西洋式楼是 1907 年为纪念明治天皇结婚而建，主要陈列日本先史以来的文物；东楼为研究部和东洋馆，陈列中国、朝鲜、东南亚、西亚和埃及的文物。还有蝦夷馆，陈列物品不多。东京博物馆我已经参观过多次，这次只重点看了中国、朝鲜和蝦夷馆。

22 日上午到东京大学，先看考古教研室。室内图书较多但很乱，标本室更乱，到处是灰尘。柜子破旧，一些外国标本包括中国、朝鲜和两河流域的，都放得乱七八糟，几盒甲骨文也随便摆放。据说在北海道常吕的基地倒是管理得比较像样。考古教研室有教授 3 人，副教授 1 人（即大贯静夫），助教 1 人，总共才 6 人，主任是今村启尔。每年招收本科生 10 名，研究生 2～3 名，看来东京大学的考古教学有点萎缩。接着看东洋文化研究所，所下分东亚一、东亚二、东南亚、西亚四个研究室。东亚一主要是松丸道雄建立起来的，有许多中国古文字书籍，管理较好，室内考古学只有吉开将人一人。午后看东京大学博物馆，它没有常设展览。去年 12 月为配合东京大学建校 120 周年办了个展览，主题为东京大学在海外的地质、考古、古生物和人类学等方面调查的情况，可惜很多实物都已撤去，只看到了很少一部分。

下午量博满接我到上智大学，该校规模较小，但校舍较新。我们在史学科办公室休息，顺便讨论了一下中日合作进行浙江桐乡普安桥考古发掘的事宜。然后看图书馆，馆舍很大，书籍全部开架，同时有大量电脑可供检索，还有若干黑白和彩色复印机可自行使用，条件相当优越。晚上到大学附近的"维新饭馆"聚餐。此馆是华侨郑东方先生的祖父在明治三十五年所开，明年将庆祝 100 周年。他本人原来是在比利时学西洋史的，尚未毕业就回来继承祖业经营饭馆了。饭后住后乐园（取范仲淹"后天下之乐而乐"的意思）卫星宾馆。23 日回京都日文研。

访向日市和长冈京市

1 月 24 日小雪，上午和高崇文、张从军一道应邀去离京都不远的向日市和长冈京市，两市相距很近。先后看了两座古坟和长冈京市的两个发掘工地。其中一个发现有弥生文化前期的环壕聚落，规模比九州板付的略大。这个发现应该是很重要的，证明大陆文化从九州到畿内可能只需要很短的时间。

下午我们三人在向日市市民会馆作学术报告。我讲的题目是"埋葬制度与中国古代文明"，基本上是根据在奈良"和之国"学术讨论会上发言的内容稍稍作了一些变动。听众相当踊跃。

春节（1 月 26 日）过后，日文研的学术活动比较繁忙。

2 月 22～23 日召开"东亚比较文学研讨会"，北京大学中文系的乐黛云和严绍璗来参加，我们是熟人，特地拜访了他们二位。

3 月 2～3 日，由尾本主持召开"从东亚和太平洋看日本的人种与文化国际研讨会"，中国社科院考古研究所的韩康信、袁靖和傅宪国都来参加。这个会议讨论的问题我也很有兴趣，所以也参加了部分会议。

3月5～9日，我和秀莲一道访问了琉球。

金泽 – 石川行

3月14～16日，由量博满先生提议，我们在浙江普安桥考古队的几位主要成员决定到金泽大学聚会，顺便到石川县参观访问。

我和秀莲于14日早晨到京都火车站，乘北陆线雷鸟9号列车头等坐席，中午12点到金泽。量博满、中村慎一、西谷大和赵辉等到车站迎接，稍事安顿，就一同到金泽大学。这个大学原本在金泽市里，现在搬迁到了郊区的一个山坳里，可以有比较大的发展空间。学校的规模比较大，学生大约有一万多人。我们直接到文学部考古教研室中村办公的地方，开会讨论今年普安桥考古发掘的事宜。大家意见基本一致，决定分头做些准备。

14日晚上大雪，第二天早晨继续下。大家冒雪出发到石川县博物馆

在石川县兼六园赏雪景（左起：中村慎一、严文明、王秀莲、量博满、赵辉）

参观。该馆原来是日本军队的库房，后来改为大学，现在又改为博物馆。这个馆有四个陈列室，一是考古出土标本，二是江户以来的历史，三是工艺品，四是民俗展品，主要是几个农家和渔民家庭的布置，很有特色。

接着参观日本三大名园之一的兼六园，据说原来是江户时代一位大名的园子，现在是日本文化财指定庭园和特别名胜。园内古木比比皆是，因为下了大雪，压得树形千姿百态。量博满兴奋极了，说太巧赶上大雪，雪中游园是难得的机会，更添一番雅趣！

下午去能登半岛温泉洗浴，借此放松一下。我们先沿西海岸走，有一段是在海边沙滩上行车。正好太阳出来了，海上风浪极大，人都有些站立不稳。看着大海波涛汹涌咆哮，感到自然的伟大和自我的渺小！大约走到半岛的中段后就转向东海岸，那里是和仓温泉所在地。我们住温泉中最大的加贺屋宾馆，有四栋楼，我们住的楼房是一栋 20 层的高楼。客人很多，房间很大，完全是和式的，窗外可以饱览大海的风情。我们就在自己的房间泡温泉，尽情地享受，浴后一身轻松。晚餐时量博满包了很大一个房间，我们两人一桌，席地而坐。吃的全是生猛海鲜，种类很多，有的还在动在爬。服务的女士都是穿着和服，跪着进来弯腰行礼，帮助每位客人进食，否则我和夫人还真不知道怎样下手。量博满说了很多动情的话，说是我们中日两国学者能够合作进行考古工作是他多年的心愿，今天终于能够实现，心情特别激动。因此一定要用日本最传统的方式招待我们中国的朋友，请大家一定要尽情享用！这一天确实过得特别愉快。

16 日上午上能登岛参观水族馆，馆舍很大，设备也很先进。我们看了各种海洋鱼类和其他动物，最后又看了海豚表演，留下了深刻的印象。

主持国际学术研讨会

3 月 18 日，由我和安田喜宪共同筹办的"稻作、陶器和都市的起源"的小型国际学术研讨会在日文研召开，主要有中日两国学者参加。中国方面有中国农业大学的张文绪，湖南省文物考古研究所的袁家荣和裴安平，河北省文物研究所的郭瑞海和李珺，江苏南京博物院的邹厚本，浙江省文物考古研究所的王明达，上海博物馆的张明华，四川成都文物考古研究所的翁善良和蒋成，重庆市文物局的刘豫川，北京大学考古系的张弛和赵辉等。第一天的会议由安田主持，河合所长致欢迎词，我作基调讲演，讲演的题目就是"稻作、陶器和都市的起源"。会议开了三天，先是各人作报告，然后是讨论。最后由日本比较文明学会会长伊东俊太郎作总结，他谈到了良渚文化等的一些特点，认为已经达到了文明或都市化的程度，并为中国考古学的成就而感到高兴。我作了一个简单的闭幕词。会上宣布这次提交的论文将用中、日、英三种文字出版。

为了配合研讨会的召开，并将会议的主要成果向公众宣传。21 日在日文研的大会堂举行了学术报告会，分别由梅原猛、徐朝龙和我作了公开讲演。我讲的题目是"中国稻作农业和陶器的起源"。听众甚为踊跃，有些听众还是特地从东京赶来的。日本民众对学术问题的兴趣与重视程度给人以深刻的印象。

东京 – 横滨

女儿严一苹一家三口从新加坡来探亲，玩了几天，4 月 8 日我和秀莲带着他们一起到了东京，住在早稻田大学的奉仕园。4 月 9 日由中国社科院考古所的朱岩石等陪同在东京各地游玩，4 月 10 日由赵辉、苏哲陪同到横滨。先到中华街，那是一个很大的街区。我们走到四牌楼，东西南北四个大门，南门叫朱雀门，北门叫玄武门。进去看到一个关帝庙，是当作财神供奉的，香火很旺盛。看看街景，跟中国国内的一些城市没有两样。我因要回早稻田大学作报告，跟苏哲、赵辉先回学校，在考古教研室作"稻作、陶器和都市起源"的报告，内田润子也参加了。她早早就来看我们，一直等到晚上 10 点秀莲和一苹等回来，见了面特别高兴。

11 日到国学院大学考古学研究室，受到大学院院长小林行雄和考古研究室主任吉田惠二的接待。二位向我介绍了国学院大学的基本情况，然后重点参观了新潟县任遗迹出土的绳纹草创期的陶片。遗址的文化层可分四层，陶器也可以分为先后四段。第一段陶片均为夹砂褐陶，素面，较薄，厚约半厘米，制法看不清楚。第二段似为泥条叠筑，每段宽约 4 厘米，小圜底。饰隆起线纹，应该是附加堆纹及堆纹之间用竹片横刮挤起的细隆起纹。第三段为爪形纹陶。第四段为用小竹棍戳印的纹饰，有单根戳或用两根并拢戳，口部往往戳穿成为镂孔。第五段出现少量绳纹，进入绳文时代了。这是日本绳文草创期唯一有清晰地层关系并且能够分段的遗址。第一段的陶器应该跟长野县下茂内遗址出土陶片的年代相当，可能达到 14000 多年左右，是研究陶器起源的重要资料。接着又看了在北海道出土的旧石器时代晚期的石器和考古资料馆收藏的大量绳文陶器。小林就是研究绳文陶器的著名学者。下午小林行雄和吉田惠二邀请我作学术报告，题目是"中国文明的起源"。小林特别提到我曾经给国学院大学培养了後藤雅彦、三宅俊成和时雨彰等进修生，表示衷心的感谢。下面还有不少年轻人表示要到北大跟我学习，情绪颇为热烈真诚。

登上富士山

4 月 12 日，阴。上次去东京的路上看了富士山，但没有上去，给我们留下了悬念。这次到了东京，访问国学院大学后还有点时间。秀莲和一苹昨天去了镰仓，今天想上富士山看看。我们于上午 8 点多乘专门的巴士从新宿出发，直达富士山下的河口湖站，再乘巴士到山上的五合目。从山脚上去一路都是松林，林下全是积雪。五合目以上就没有树林，积雪更厚。再往上看，只见云雾缭绕，看不到山头。冷风嗖嗖，4 月的天竟然非常冷，上不去了，只好悻悻而返。回程还没有走多远，忽然太阳出来，山顶上也看得清清楚楚。真是变化多端。但我们已没有多余的时间了，只好尽可能多照了几张相，就返回河口湖，最后返回新宿。

参观 Miho 博物馆

4 月 17 日，应掘内纪良先生和夫人的邀请，由黄晓芬陪同我们一家到滋贺县 Miho 博物馆参观。掘内纪良先生很喜欢西洋音乐，帮助中国培养了不少音乐人才，通过黄晓芬的介绍，我在北京初次认识了掘内先生，并且应邀参加了他主持的音乐会。Miho 博物馆是由神慈秀明会教主办的，馆舍后面就是该会教的总部所在，掘内先生是其财团成员之一。据说博物馆的部分建筑是著名建筑学家贝聿铭设计的，周围环境的布局设计也出自贝聿铭之手。基本是仿照桃花源的意境，让人赏心悦目，极其优美。博物馆中设中国、西亚、埃及、希腊、罗马及日本等分馆。陈列品很丰富，有些展品也很精致，值得一看。

参观琵琶湖博物馆

4月23日，由黄晓芬和岳晓华陪同我们一家到滋贺县琵琶湖，参观琵琶湖博物馆。琵琶湖是日本最大的湖泊，湖水清澈见底，在细雨蒙蒙中别有一番情趣。湖内有两个水下的遗址，是绳文时代的，考古学家设法筑了两个大围堰，把水抽干后进行考古发掘。博物馆规模很大，陈列主题是自然与人，湖与人，陈列品以湖中所产鱼类为主，还有捕鱼的船只和网具等，强调自然与人的和谐。据说建设这样一个博物馆共花了300亿日元！

东京：三星堆文物展

4月30日至5月13日访问西欧四国回来，5月15日去东京，16日参观由四川省文物考古研究所和东京世田谷美术馆共同主办的三星堆文物展览。因为地方比较偏僻，参观的人并不很多，没有预期的那种轰动效应。但参观的人还是很感兴趣。接着参加"三星堆出土文物学术研讨会"，先后由樋口隆康、徐朝龙和冈村秀典作主题报告，之后由稻田耕一郎主持，开小型讨论会。参加者有西江清高、平尾良光、赵辉、苏哲、朱岩石、饭岛武次、大贯静夫和陈祖德等。

大使馆的关怀

5月27日，中国驻日本大使馆的刘德有夫妇专程来日文研看望我们夫妇，请我们到长冈京市锦水亭餐叙。日本方面有梅原猛和日中协会事务局长白西绅一郎作陪，原北京大学东语系教授、现任日本京都外国语大学教授卞立强先生也参加，都是一些为中日友好竭力的老朋友。下午到日文研举行座谈，所里的中国学者都被邀请参加，气氛热烈友好。

访龙谷大学

6月3日，应徐光辉邀请到龙谷大学滋贺分校，这是龙谷大学的新校区，环境非常优美，在校学生有7000多人。在京都的老校区有学生

13000 多人。光辉的研究室很大，周围摆满了书柜，还有电脑等设施，中国大学的老师很难有这种条件。光辉让我给师生们作了一个学术报告，题目是"中国文明起源的进程"。然后由光辉陪同游览校园，又到他家做客，受到热情的款待。

访大阪市文化财协会

6 月 10 日至 14 日到北海道访问。15 日应大阪市文化财协会的永岛部长的邀请到大阪市访问。在永岛陪同下先看难波宫，又看了太极宫等遗址。可以看出他们为保护古迹费了许多心血。永岛要我做了一个学术报告。我关心的是日本考古工作的管理体制，向他请教。他说日本各地的考古工作是由教育委员会管理的，职能相当于中国的文物局。大部分考古工作是跟工程建设相关的。在这种情况下，工程建设部门必须报请教育委员会审批，后者介绍考古机构或有考古专业的学校承担考古发掘的任务，三方要签订正式的协议，明确规定各方的责任与权益。经费全部由工程部门提供，预算项目中既包括发掘和资料整理的资金，也包括发掘人员的医疗保险和考古单位的发展基金。经费的使用要有独立的会计事务所监督，工作完成后要有决算，多退少补。避免考古部门努力多要，工程部门尽量克扣，经费使用又缺乏监督的毛病。我觉得这些精神很值得我们参考。

跟梅原猛对谈

跟梅原猛先生对谈之事是早就约定好的，至少要无局促地畅谈两次，谈的内容也是大致商量好的。因为梅原先生认为我不仅注重考古发现本身，还特别注意考古资料的解读，从理论的高度来重建人类文明的历史。而我特别欣赏梅原作为一个哲学家，能够注重新的考古发现所可能揭示的人类文明演进的重大问题。尽管从事研究的业务领域不同，却有许多相同或相近的想法，预期谈话会比较顺利。第一次对谈安排在 6 月 7 日，由角川书店组织，在京都的皇家宾馆（Royal Hotel）专门安排一个客厅。我和梅原猛对面就座，中间放一个小录音器，徐朝龙坐在中间进行翻译。谈的内容是"稻作农业与陶器的起源"，谈了约 4 个小时，觉得效果还不错。

第二次安排在 6 月 20 日，还是原先的地点，内容是"长江文明的起源"，也谈了 4 个小时。以后梅原猛又跟樋口隆康先生对谈一次。三次谈话收集在一起，经徐朝龙稍加整理，在角川书店正式出版。书名是《长江文明的曙光》，作为日文研长江文明调查团的系列丛书之一。

梅原猛是一个有着多方面成就的著名学者，号称是日本的郭沫若。他创作了不少剧本，其中的《舒美尔加什》讲的是古代苏美尔王国时期的一个故事。说农业产生之后带来了文明，但是破坏了森林，因而遭受到自然之神的惩罚。他的剧本每次在日本的剧场演出都受到热烈的欢迎。在我行将离开日文研的前夕，正好在名古屋的中日剧场上演他创作的超级歌舞伎 Oguri。他特别派车接我们夫妇以及原北大东语系教授卞立强、耿墨学和刘烂华等去观看。散场后梅原夫妇还特地设宴款待。

参观天桥立和玄武洞

我在日文研的时间不算长，好像一晃就过去了。在离开日文研的前夕，朋友们也是难舍难分。王妙发说我的时间安排得太匆忙了，京都最好玩

参观天桥立

参观玄武洞之一的青龙洞（左起：刘兰华、王秀莲、梁凤）

的地方还没有去。一定要陪我们再玩玩看看。6 月 23 日，他亲自开车接我们夫妇和刘兰华、梁凤到京都最北面的天桥立。先坐缆车上到一个山头，在那里可以观看一条好似"飞龙"的整体形象。实际上那是在海湾中间自然形成的一条大堤，名曰天桥，是日本三大自然景观之一。其余两处是松岛和广岛的严岛。有意思的是，如果背对天桥，弯腰从胯下望去，海天不分，更像是天上的一座桥梁，实为奇观。下山后步行过天桥，中间只有一条小路。两边尽是百年以上的苍松，风吹过来，松涛阵阵，犹如大海的波涛！

从天桥立往西，经过一群山洞，大多是半边外露，成簇的棱柱状结晶岩石非常醒目。最初发现这些山洞的学者一一给予命名，分别叫青龙洞、玄武洞、白虎洞、南朱雀洞、北朱雀洞，总名曰玄武洞。后来地质学家就把与这些山洞岩石相同的火山岩统名为玄武岩。

从玄武岩再往西就到了陈崎温泉。那里在小河两边开设了数十家温泉旅馆。我们选了一家最好的"鸿之汤"温泉，尽情地洗浴，放松精神。

难舍日文研

今年的阳历年和春节都是在日文研过的，朋友们怕我们寂寞，徐朝龙和徐光辉特请我们到他们家过年，感到特别亲切，也体会到日本的风俗民情。在离开日文研之前，秦小丽、徐朝龙等又先后宴请，朋友们作陪，气氛热烈。30日离开日文研，许多朋友和安田研究室的全体成员出来送行，依依惜别。

日文研作为一个学术研究机构，将许多国家的学者和本国学者聚集在一起，进行范围广泛的研究，需要有一个非常宽松的环境，同时要有相当好的物质条件，使学者们可以潜心进行学术研究而基本上不受干扰。做到这一点是很不容易的。不能说日文研没有一点要改进的地方，但是它确实是想尽力去做。所方对学者处处尊重、关照，尽可能提供必要的帮助。而且在学者离开之后还一直保持着联系，及时寄送新的出版物，对一个学者来说很是难得，每个人在离开之际不免会产生难舍之情！

琉球访古

　　琉球群岛位于东海之东，东北部是日本的九州，西南部是中国的台湾，从东北到西南延绵约 1000 公里，像一根长长的弧形链条。现在北部的大隅诸岛和萨南诸岛属鹿儿岛县，冲绳本岛和西南部的宫古诸岛、八重山诸岛等为冲绳县。单是冲绳县就有大小岛屿 150 个，其中有居民的为 42 个。最大的是冲绳本岛，其余较大的还有久米岛、宫古岛、石垣岛和西表岛等。由于所在的纬度较低，又处在海洋的包围之中，所以气候比较暖和，1 月的 平均气温达 16.8℃。虽然属于亚热带，却有不少热带植物，一年四季花开不断。海中的动植物也十分丰富，珊瑚就有 77 属 370 种。琉球的历史更加引人注意，所以很早就想到琉球群岛去看看，可是以前访问日本十多次，每次行程都安排得很紧，一直找不到机会。从 1997 年 10 月起，我应聘为日本文部省直属的国际日本文化研究中心的客座教授，才有比较充裕的时间到各地去走走。正好我的一名学生後藤雅彦这时已应聘为琉球大学考古学研究室的教师，有意邀我到琉球玩玩；还有北京大学考古学系的副教授赵辉应聘在日本国立历史民俗博物馆从事研究，他已经在我之前到达琉球，住在後藤那里。如果能够聚在一起做一次琉球访古，尽管只能走马观花，也该是十分惬意的。于是我就和妻子商量一起去琉球的事，决定在 3 月初起程。

初到那霸

　　1998 年 3 月 5 日，我和妻子乘阪急电车到达大阪的梅田车站，现在龙谷大学任教的徐光辉、在日本访问的北大考古学系教师苏哲和辽宁省文物考古研究所的张克举都在那里迎候。他们非常热情地把我们送到伊丹机场，于是我们乘日航班机于 13：40 起飞，越过日本南部和浩瀚的太平洋，下午 16：00 到达冲绳首府那霸市，赵辉和後藤都在机场迎候。这里的气温比京都高，今天是 21℃。到处是绿树、鲜花和青草。海风很大。我们乘车直达市区的太平洋宾馆，稍事安顿，便上街去逛市场。那霸市有一条主要的大街名为国际大街，据说大小商店有一万家。冲绳的旅游业十分发达，旅客中除日本人外还有不少外国人，再加上许多美国驻军，购买力十分旺盛，而冲绳的物产有限，所以商店里的货物大部分是外地运进来的，其中也有少量的中国货。我们先在大街两边盖着天棚的市场溜达，顺便买了些小东西，然后到一家饭馆用餐。店堂里除少数炕桌外，还有不少桌椅，很合中国人的习惯。这里的饭菜也有点像中国的做法，我们要了几个炒菜，味道都还不错，大家吃得很香。

访首里城

3 月 6 日一早我们到过去琉球国的首府首里城参观。该城在第二次世界大战时期被毁，后来逐渐重修，力求恢复原来的样子，现在这里已经开辟为首里城公园。

琉球的古树

我们从正门进去，门上端端正正楷书四个大字："守礼之邦"。几位身着古装的导游小姐在门前招呼。游人很多，其中有不少是中学生。

琉球的历史是很古老的。早在12世纪的时候，岛上出现了许多按司（アジ），各自筑城（琉球语グスク），相互攻伐。经过兼并，到14世纪时形成三大势力，即北山、中山和南山。1429年中山王尚巴志（1422～1439年）统一三山，定都首里城，称琉球王，受中国明王朝册封，是为第一尚氏王朝。到第二尚氏王朝，特别是尚真（1477～？年）和尚清（1527～1555年）的时代，琉球国力最为强盛，与中国的关系也最为密切。首里有许多石刻，基本上都是用中文书写的，其中最早的一座石碑是1427年中山王时期立的"安国山树华木碑记"。可是到了1609年，日本德川幕府势力范围的萨摩藩岛津家久率领3000士兵打败了琉球国，力图把琉球国也纳入德川幕府的势力范围。此后琉球国表面上仍然受中国的保护，实际上受萨摩藩的控制。

日本明治维新后即开始对外扩张。明治二年（1869年）改蝦夷地为北海道以加强对北方的控制。明治五年（1872年）公然设琉球藩，1874年出兵侵略台湾，1875年出兵侵略朝鲜，1877年无理阻止琉球向中国进贡，1879年干脆吞并琉球国，并废琉球藩，改称为冲绳县，中国的清朝政府驻日公使何如璋提出严重抗议。琉球统治者虽然极力反对，终因力量不足而亡命中国福建，想依靠清政府的帮助以恢复旧日的江山。可是不久发生中日甲午战争，中国战败，日本侵吞琉球既成事实。二次大战中日本战败，1945年日本投降，冲绳由美军占领，设冲绳民政府，1972年才归还日本，但仍然保留大片的美军基地。现在许多琉球人并不认为自己是日本人，他们有自己的语言和自己的风俗习惯，许多风俗习惯跟中国倒是比较接近。

首里城曾经于1660和1709年两次被烧毁，二次大战时，美军于1945年进攻冲绳，又彻底烧毁了首里。从1958年起一面清理遗迹，一面进行重建。至今这工作仍然在进行之中，不过大部分已经重建起来。

首里城建在小山包上，城内高高低低，错落有致。进守礼门之后，经过欢会门、瑞泉门、漏刻门、广福门，进奉神门，就到了一个大的庭院即御庭，是全城最高的地方。御庭前面就是正殿。正殿朝西，表示心向中国的皇朝。前面有一对大龙柱，很像中国的华表。正殿为重檐歇山顶，红瓦镶白边；全殿用 161 根木柱，连同门窗隔扇统统用桐油（岛上产油桐树，不产漆树）油成红色。殿内装饰多为龙和狮子的雕刻并贴上金箔。殿内大致按照琉球王朝时的实际情况布置，在第二层御座的上方有一方红色的匾额，上书"中山世土"四个金字。正殿的左侧是北殿，是接待册封使和议政的地方，又叫议政殿；正殿的右侧是南殿，其中布置了一个陈列室，陈列物品中绝大部分是明朝皇帝赏赐的衣物、珍宝和乐器等，还有万历皇帝的诏书。同时还有许多中国学者和僧人的书画。当时有不少学者和僧人常住琉球，有的是作为中国皇朝的使者，有的还在琉球国做官，所以留下了不少遗物。真不知道这些东西是怎么保存下来的。

参观冲绳县博物馆

从首里城出来，後藤便带我们到北边不远的冲绳县立博物馆参观。博物馆建筑不大，还有些旧，据说盖了 50 多年。馆内陈列分为四个部分：一为历史馆，二为自然馆，三为工艺品馆，四为民俗馆。另外有一间库房中放置有上百件瓮棺。琉球流行洗骨葬，这些瓮棺是存放人骨的。大部分是釉陶，也有石雕的，都做成房子的样子，雕工精美。

历史馆中的文物最引人注意。陈列从绳文时代开始，其文化似乎是从九州传来的。接着是所谓贝冢时代、城的出现、先岛文化、统一国家、册封体制、海外贸易、与日本的关系和近代文化等部分，最后是美军占领时期。我注意到从城的出现开始，中国的影响明显增加，从各个城址出土的遗物中可以看得非常清楚。例如出土陶瓷器中就以中国的占绝大多数，从宋瓷到明青花到处都是。也有少量朝鲜、越南和泰国的产品。本地陶瓷倒是比较晚才兴起的。当时通行中国货币，岛上发现的铜钱有北宋的天圣元宝、元丰通宝和明朝的洪武通宝、永乐通宝等。稻福遗迹出土浙江的湖州镜子，有的地方还出中国的围棋子和双陆等。不过这些东西从萨摩入侵以后就逐渐减少了。

自然馆陈列有许多表现琉球自然环境和特有的动物和植物标本，特别是许多海洋生物标本非常珍贵。其中有一种叫车渠的大贝，大约有 80 多厘米长，几十斤重。过去看到有些海岛文化遗存中有所谓贝斧，就不大理解贝壳怎么能够做斧子。其实都是用车渠壳做的。历史馆中就陈列有这种贝斧。工艺品馆首先映入眼帘的是当地民族服装"红型衣裳"，冲绳的染织、漆器、陶瓷、玻璃和书画等，大多具有热带风情以及与海外广泛交流的背景下培育出来的特殊风格。民俗馆则着重反映人们的日常生活方面的习俗，包括农业、渔业、衣食、信仰、丧葬等方面。"泡盛"是琉球人最喜爱的本地名酒，据说其酿造历史可以追溯到 15 世纪。

看了博物馆，对冲绳的自然、历史、文化、物产和民俗等可以有一个大概的印象，对琉球人珍视自己历史的感情更有了深切的体会。

冲绳还有一所壶屋烧物博物馆，实际是陶瓷博物馆，我们在 7 日上午去参观。陶瓷资料并不丰富，但具有琉球特色。馆舍内有一座龙窑，馆前院内还有一座龙窑。我们参观时遇见了福冈的横山浩一先生，他在冲绳有些工作。我们也算是多年的老朋友了，没有想到在这里相见，倍感亲切。

访中城城

琉球的古城遗址是很多的，单是冲绳本岛就有 200 多处。其中最有名的除首里城外，还有归仁城（北山）、浦添城（中山）和大里城（南山），其他比较有名的还有中城城、胜连城等，都是石砌的城堡，且多在小山包上，形势险要。3 月 6 日下午，我们选了一个保存最好的中城城进行实地考察。

我们一行从石砌小路前进，前面看到高大的城门，门上的券顶还保存完好。进城走到高处一望，可以看到有三个高低不同的城相互连接在一起。城垣都是用珊瑚石凿成长方块砌起来的，工程巨大，现在残存的高度大概还有两三米。城内建筑都已经荡然无存，只剩下遍地青草。不过仔细看还可以看到一些宫殿的基址，有的上面还有石头的柱础。我们想找点陶片或瓦当之类的遗物，结果一无所获。据说这城已经申报世界文化遗产。

从中城城出来顺便参观了一所中村家的住宅。中村家的先祖姓贺，原是王国的忠臣，负责筑城等土木工程，并且当了中城城主。以后中城城被胜连城主所灭，贺氏一家离散。直到1720年家运复兴，做了地方小官。

琉球中城城遗址一角

现在看到的房子就是那时盖的，是琉球现存最古的私人宅第。整个院落占地约 1500 平方米，外面用石头砌院墙，里面主屋有 174 平方米，加上附属建筑共有 300 多平方米。进门有一个屏风，类似中国的影壁。过影壁进入中庭，过中庭进屋是佛堂，两边是起居室，里间是卧室。左边是仓房和厨房。中庭东边的客房是专门供王府巡视人员住宿的。西边的附属建筑有牛栏、羊圈、马厩和猪圈，还有碾米房和农具库房等。一些设施跟中国南方的富裕农户颇为相似。

调查贝丘遗址

琉球有许多贝丘遗址，我们想实地考察一下。3 月 7 日上午由西南海岸驱车往北，沿途经过一系列美军基地，包括近期就要归还日本的普天间和嘉手纳空军基地。基地外面围着长长的铁丝网，里面的营房和停泊在机场的飞机都看得清清楚楚。我们先在普天间基地西边的一处菜园里考察了野国贝丘遗址。停车后绕着遗址走了走，面积不大，最多一两千平方米。贝壳也不多，我们稀稀拉拉采集了几个贝壳和个别碎陶片，看不出个所以然。飞机不断地从头上呼啸而过，声浪震得人很不舒服。我们也不想多停留了，于是驱车继续往北走。

经过冲绳岛最狭窄的地段便到了恩纳村附近的仲泊贝丘遗址。这个所谓贝丘，实际上是互相毗邻的四个岩阴遗址。里面的贝壳也不多，陶片偶见。遗址旁边有一条石板铺的小路，是古琉球国首府通往北部的必经之路。我们沿路爬到小山岭上，东西两边都可以看到海。一望无际，水天一色，海风习习，令人心旷神怡。贝丘的考察没有什么收获，倒是观赏了难得的景致。

琉球村风情

琉球村在冲绳岛南段的最北端，接近最狭窄的地峡，是一处集中反映琉球风情的民俗村。我们一共去过两次。那里有各种式样的民居，有瓦屋，更多是茅草屋。每所房子里都有居民在劳作或玩耍。有的在纺棉花，有的在织布，有的在弹琴，有的在唱歌。还有做陶器的，酿酒的和榨甘蔗制糖的等等。所用的纺车、织机和水牛拉的碾盘等跟中国南方农村的

在琉球村看传统织布表演

几乎完全一样，我小时候好像都见过。村子中间有一个广场，不断有民间歌舞表演。小卖部有各色各样的手工艺品和土特产，我们买了一些小工艺品和点心以作纪念。

琉球村往南不远有一座东南植物乐园，又名热带生态博物馆，规模很大。西边是植物园，共收集东南亚、北非和拉丁美洲等地2500多种热带植物。有各种椰树林、棕榈树林，有大片的荔枝和龙眼树、南美樱花，还有很多不知名的树木和花卉。东边是水上乐园，有三个大水池，里面放养了许多锦鲤等观赏鱼类，水面有大片睡莲，周围也有许多花木。还有昆虫馆，收集了1000多种昆虫标本。是个休闲和获取知识的好去处。

难忘的琉球

从3月5日到琉球，9日离开，前后五天，真正在琉球的时间不到四天。除了前面谈到的几处地方，还去过海角万座毛，据说有一位琉球国王经过那里，看到海岸的礁石可以坐一万人，由此得名。去过Moon Beach，那是个度假村，风景极好。最北的地方到过冲绳北部名护以西的冲绳纪

在东南热带植物乐园

念公园，整个公园的规模极大，我们只看了其中的海洋馆。那里离北山的首府归仁城不远，也没有来得及去看，甚至在首里城旁边的琉球国王陵寝玉陵也没有去看一下。後藤在琉球大学任教，我只到他们的考古教研室去看了看。据说全校有 8000 名学生，本地人只占 35%。至于冲绳本岛以外的岛屿，也有很多诱人的美景和古迹，就更没有时间去欣赏了。真是来去匆匆，走马观花，留下了难忘的印象，也留下了更多的悬念。

琉球多山，农田不多。虽然产稻米，最多只够 3% 的消费。在稻谷黄熟的时候常有台风，严重的时候会颗粒无收。过去琉球产稻米也很少，主要吃芋头、多种甘蔗，靠水产和海外贸易。当时与中国的福建、广东来往十分密切，远地贸易南到安南、暹罗、马来亚、苏门答腊、爪哇和吕宋，北到日本奈良和朝鲜釜山等地。现在粮食和蔬菜几乎全部靠进口，水产也不多，又没有工业，经济收入主要靠发展旅游业，再就是与美军基地相关的产业。居民的生活水平比日本本土要低一些。琉球人的小车并不少，但多是二手车。美军基地很大，里面有大学，有六个学院，还有许多中学和小学，有医院和修理工厂等。很多人靠做基地的生意赚钱。日本人一心想收回美军基地，但琉球人比较现实。他们觉得日本人也是外人，美军驻扎固然不好，但有不少经济收益。跟美国人交朋友，出国也比较容易，是一种复杂的心情。现在中国人到琉球去的也越来越多，那霸有福建会馆，还与福州结成友好城市，中国的商品也逐渐多起来了。我想以后的交往会更加密切起来的。真想再有一次机会到琉球多走走看看，那是一个令人神往的好地方！

北海道一瞥

　　北海道在日本的最北端，面积83517平方公里，人口约557万，平均每平方公里只有67人，是日本开发最晚的地方。据说那里风景很好，很早就想去看看，一直没有找到机会。东京大学的大贯静夫希望陪我去玩玩，我当然非常高兴。我们约好在札幌会面，再到北海道东北部，因为东京大学考古部在那里有一个基地，大贯比较熟悉。

札幌和千岁

　　我于1998年6月10日早晨乘西五市巴士于6：57出发，转阪急列车到大阪，再转JR到关西空港，乘全日空133班机于11：00起飞，12：50到札幌东南的千岁机场。大贯早在那里等候。在机场用过午餐，乘JR到新札幌站，准备乘公共汽车到北海道博物馆，想不到这里的末班车是13：00，时间已过，只好给博物馆打电话。博物馆考古部的右代启视开车来接我们，很热情。稍事休息就参观博物馆的陈列。这座博物馆正式名称叫北海道开拓纪念馆，是为纪念北海道开拓一百周年而建立的，所以馆内陈列主要说明北海道的历史和开发史。最早是旧石器时代晚期，之后依次是绳文文化、续绳文文化、鄂霍茨克文化、擦纹文化、蝦夷到アイヌ（阿伊努），再是日本人如何到北海道拓殖开发，资料很详细清楚。日本人觉得他们开拓北海道是一件很值得纪念和大书特书的事，所以盖了这个纪念馆。日本明治维新时期对外扩张就是从琉球群岛和北海道开始的。

　　参观完博物馆后稍事休息，就坐火车到札幌。札幌有150万人，占整个北海道人口的1/4强。街道像围棋格子，比纽约还要整齐，房屋也很新很漂亮，没有特别高的大厦。我们就住在地产宾馆（Chisan Hotel）。

札幌市一角

晚上北海道大学的林谦作教授在札幌市最繁华的地方设宴招待，酒馔十分丰盛。林是专门研究绳文文化的，所以谈话也很合契，直到晚上22：15 始散席。

6月11日小雨。早晨浏览了一下札幌市容。首先看了旧市政厅和钟楼，都是明治时代的仿美式建筑。然后在横贯市中央东西向的大通公园溜达。这个公园把北海道市区分割成南北两半，设计非常奇特。之后由林谦作陪同到札幌东南的千岁市郊参观几个考古遗址。

首先参观的是名叫アイヌ的周堤墓。所谓周堤墓是在墓地周围筑一道土堤，平面呈圆形，一般直径三四十米，最大的约 70 米，有一个可供出入的缺口。现存土堤高三四米，底宽五六米。中间有几座或十几座墓葬。我们参观的这个墓地早在明治时代就发现了，但时代和性质都没有弄清楚。后来因为修公路遭到部分破坏，才知道是周堤墓。其中的墓葬一般长 2 米，宽 0.8 米，深约 2 米，头部树立一块石头或一根木桩。大约1/4 有随葬品。年代大约为距今 3000~3200 年。现在在アイヌ附近一共发现这样的周堤墓 30 处，可见其规模之大。而整个北海道发现有周堤墓的

千岁市柏台 I 旧石器时代遗址在发掘中

地方也只有四五处。我问当时人的居住址在哪里，答曰不知道。我说当时既然能够修筑这样大的周堤墓，说不定居住址会有寨墙甚至城墙，应该好好调查一下。中午我们回到千岁市 Kilin 啤酒厂用餐。这个地方环境非常优美，鲜花盛开，绿草如茵，所以叫做 Kilin Garden House。我们吃的是成吉思汗烧烤羊肉，喝 Kilin 啤酒，十分惬意。

下午先到千岁市的柏台 I 遗址参观。这里因为修建国道而发现了旧石器时代晚期的遗址，并且进行了大规模的发掘。遗址的上部有绳文文化层，下面有 1 米厚的火山灰层。去掉火山灰即露出原始的地面。我们看到有被火山灰压倒的大树和复杂的树根系统，都已经腐朽，但形状清晰。对火山灰和树木进行年代测定约距今 17000 年。紧贴树根下面就是旧石器时代晚期遗址。其中石器有不同的集中区。一区是黑曜石制造的，用湧别技法制作，但石质比较次，里面有许多杂质。另一区是用泥板岩制造的，也用湧别技法制作。两区的石制品都有不少可以拼对起来。此外还出土炭屑、一面磨平的赤铁矿和砺石等。估计年代为距今 20000 年左右。

然后去看美美贝丘遗址。实际上只剩下很小一块，上面盖了房子保护。可是因为没有找到看管的人，打不开门，没法进去看，只好从玻璃窗往里看。里面白花花的，都是河口贝，很纯净。据说遗址属绳文前期，距今大约 6000 年。接着去看美美北遗址。这里是一座垃圾处理场，挖了一个很深的大坑，遗址受到一些破坏。在大坑的南边正在进行考古发掘。林谦作说有绳文前期距今约 6000 年时期的旱田，激起我极大的兴趣。但发掘者介绍说这里出土了大量网坠，其数以百万计，99% 都已被碰碎。还有大量贝壳堆积，旁边有小路和许多极小的"房子"。所谓房子多椭圆形，长径约为 2 米，短径约 1.5 米，里面没有灶和用火的痕迹，似乎是一处季节性的捕鱼场所。完全没有任何农业的痕迹。因为下小雨，参观不大方便，只好马马虎虎收场。

东京大学考古实习基地常吕

17：10 林谦作把我们送到千岁机场，乘 JAS029 航班于 17：40 起飞，飞机向东北方向飞去，越过山区到了东北部平原。18：30 到达女满别机场。女满别（Memanbetsu）是アイヌ语，是一个仅 1 万人口的小市镇。

东京大学常吕考古实习研究基地

参观常吕河口遗址

东京大学驻常吕工作站的熊木俊朗到机场迎接我们。从机场坐小车往北走，约40分钟到常吕，这是个只有1000人的小镇。在常吕用过晚餐后，开车西行约10公里才到东京大学的工作站，这地方属于常吕郡常吕町荣浦。

东京大学的考古工作站或者叫做考古实习研究基地有三栋房子，一栋是工作室，一栋是陈列室，一栋为宿舍。我看了一下工作室，其中有修复和绘图的地方，还有资料储藏柜。图书不少，有关北海道的考古发掘调查报告和民族学调查资料都很齐全，还有很多外文书，包括汉文和西文都不少。我一面参观，一面和熊木俊朗等聊天。我问东京大学为什么在这里建基地。他们说过去东京大学主要在国外考古，包括中国在内，在本国没有基地。二战后不能到外国去了，而国内重要的地方都已经有别的学校或考古机构占领，东大不好跟别人去挤，只好到北海道一个偏僻的地方建点。这个地方在古代是一个很大的聚落，从绳纹文化直到擦纹文化，延续了很长时间，从表面上可以看到一个个的凹坑，每个凹坑就是一所房子，大概有3500个房子，多少年都挖不完。但是因为离东京比较远，交通和生活都有所不便，花钱也比较多，所以平常只有两三个人看守。大贯已经有两年没有来过了。我们住的宿舍外表像一个窝棚，都是用木头和树皮盖的。里面有两层，下面是厨房、饭厅和储藏室，楼上是卧室，都是双层床，是为学生来实习准备的，跟北大实习基地的生活条件也差不多。

6月12日晴。因为纬度高，早晨4：00天就亮了，怎么也睡不着，翻来覆去，5：00起来一个人到住地附近溜达。先参观东大在这里的考古陈列室，东西不多，很快就看完了。慢慢走到海边，看到一个标牌，才知道这里是荣浦サロマ湖国定公园，是旅游的胜地，风景极美。其中有古遗迹森林公园和度假村等。度假村的房子外表仿照原始人的居室，里面则用现代材料和装修，没有看到有什么人住。往海上望去，一大早就有快艇来回巡逻。海边有一尊常吕渔业协同立的纪念碑，说以前东京大学的一位教授来这里教渔民养殖扇贝，叫帆立贝，渔民收入大增。说日本80%的扇贝都是在这里养殖的，除日本本国以外，还远销香港、东南亚和欧美，成为本地居民的最大产业。

上午由大贯开车到常吕南边的阿寒（Akan）国立公园参观。公园的范围很大，是一个包含各种景观的自然保护区。我们先到常吕参观常吕河口遗址（トコロカワグチ）。那里是一个河岸沙丘，常吕河从南面向北流入海，入海前向西拐了一个弯，遗址就在河东岸的拐弯处。因为要把常吕河裁弯取直，新河道要穿过遗址，所以常吕町埋藏文化财主持进行考古发掘。常吕町共有5000人口，有专职的考古人员。这个遗址的发掘就由一位大学考古专业毕业的专职人员主持，另有两位中学毕业并且经过多年训练的业务干部。遗址中多黑沙和黄沙，地层划分比较困难，因为有成单元的遗迹和陶器等遗物，文化分期并不困难。经过排比大致可以分为绳文早中期之间、绳文后期、续绳文期和擦纹文化共四期。有不少房屋基址和露天灶，也有几座墓葬。

屈斜路湖和硫磺山

参观完遗址后就向南走，到达阿寒公园西北的一个山岭叫美幌峠（Bipolotoge），站在岭上可以看到公园中屈斜路湖的全景。这个湖本来

屈斜路火山口湖

是个火山口，面积相当大，中间有一个小岛名曰中岛。我们开车慢慢绕湖一周，沿路森林茂密，风景甚好。然后经过屈斜路街，再走一段路就到了硫磺山。山上有十几处地方喷发硫磺蒸气，范围不到一平方公里。别的地方森林茂盛，唯独硫磺山寸草不生。山上的石头都是热的，喷出的硫磺蒸气有些烫手。硫磺的气味很浓，据说对人体没有什么害处。有几个老乡在硫磺喷口煮鸡蛋招揽生意，可是没有几个人敢买。

从硫磺山下来再往前走一程，就到了アイヌ民俗资料馆，是川上郡弟子屈町教育委员会办的。很小，东西又少，还要收 300 日元门票。在这个资料馆的前面有一家アイヌ老妇人开的商店，尽卖アイヌ民俗物品，房子也是アイヌ传统的草屋，特别热情地欢迎我们参观。老人听说我是从中国来的，还特别为我弹了一曲口琴。

别了アイヌ老妇人，就开车往上爬，到了一个比屈斜路湖高得多的火山口湖——摩周湖。在那里一面吃便当，一面参观照相。这湖不大，但很深，周围岩壁非常陡峭。因为很高，除了雨水就不会有别的水流入，可以说没有任何污染。湖中没有鱼，水质极清，真所谓水至清则无鱼。

据说世界上的湖水最清的是贝加尔湖，摩周湖水名列第二。

下午回家后随即到东大考古基地近旁参观常吕遗址馆（ところ遺跡の馆）。这个馆是由常吕町教育委员会举办的，有许多实物和照片。其中有一张由菊池和饭岛等人调查测绘的沙堤上的遗迹全图，图上各个时期的房子约有 3500 座之多，并且可以根据形状大致划分出所属文化期。根据已经发掘的部分来判断，准确率大约有 2/3 以上。从馆里出来就参观ところ遺跡の森，意思是常吕森林中的遗迹，紧靠在遗迹馆的东南边。其中有绳文村、续绳文村和擦纹村，都是在原有房址基础上复原或半复原起来的，同时还保留许多房屋基址的原貌，就是一个个的浅坑，旁边树立木牌标示房屋的时期和编号。据说为了复原这些房子，日本文部省拨了很多钱，其中最大的一座房子复原就花了 1000 万日元。现在由常吕町政府管理开放，但没有几个人去看。晚上东京大学在常吕的全体教师出面，在一个小饭馆设宴招待，席间频频举杯，到很晚才尽欢而散。

6 月 13 日晴。早晨一个人出外散步，沿着萨罗马（サロマ）湖岸向南走，看见一个约两米半高的标志物，上书サロマ湖，北纬 44° 07′，东

在硫磺山上，上面满是硫磺蒸气

经 143° 58′，当地时间 6：00，气温 15℃。我把手表校对了一下。再往南走有少年之家、野营森林公园等。在这里散步真是心旷神怡。

早饭后由大贯开车，先到网走，看到网走监狱博物馆。据说这个监狱的管理很有名，许多电影在这里拍摄，高仓健就在这里拍过片子。现在这里已经建立新的监狱，老监狱就成了博物馆。到处是广告。据说本地各种博物馆中这里的门票最贵，参观的人最多。我们只是在门口看了一下外景，没有兴趣去看监狱。我们想参观的重点是北海道立北方民族博物馆，该馆以北海道资料为主，同时收集了格林兰爱斯基摩人、阿拉斯加和斯堪的纳维亚以北的人类生活与文化，反映人类如何征服寒冷在衣食住行和精神生活上采取的各种对策和措施。规模虽然不很大，但很精致，建筑水平也是高档次的。

从网走向东到达小清水原生花园。所谓原生花园就是天然野生花草的保护区，其中主要是一种开小红花的灌木。过去养马专门吃杂草，花开得很好。现在很少养马，草长得很长，影响花的生长。现在离开花的旺盛季节还早，只有极少数花开着，如果到本月底或下月初，将会满地是花，非常好看。从这里往东到斜里町朱圆周堤墓，这里有两个周堤，一个中间有一座大墓，一个里面有 14 座小墓，每座墓上都铺着石块。

知床半岛

再往东北走就上了知床半岛。沿半岛西岸走不多久就看到一个瀑布，叫做オシンコシン滝，水量丰富，颇为壮观。没有想到在半岛上会看到这么大的瀑布！再往前走就到了一个小镇叫ウトロ，这里有知床自然中心和野营公园等，我们都没有去看。标示牌告诉我们从这里可以进入知床国立公园，但是小车不能进入，只能徒步走或者乘船从西岸绕进。我们只好放弃，开小车横跨知床半岛。中间爬上一个山岭叫做知床峠，稍事停留，看看周围的景致。向北望可以看到一座高山叫做罗臼岳（ラウストゲ），山坳里还有一些积雪，山顶云雾缭绕。向东可以看到较低的山脉，大贯特别告诉我那是北方四岛之一的国后岛的一部分。下知床峠往东直到海边的小镇罗臼（ラウス），在这里便可以非常清楚地看到国后岛了，中间只隔了一个不太宽的根室海峡。罗臼是一个渔村，因为海边地势狭窄，只有一条街，南北延绵有一两公里长。居民主要的生业是捕鱼和养殖海带，据说都很富足。我们到村子的最南端，找到一家据说是日本唯一的海马屋用餐。一进门就看到墙上挂着一个大兽头，比马头还要大些，脖子又粗又短，大贯说这就是海马，但是一点也不像马。我知道的海马是像虫子一样的小东西，

在罗臼的海马餐馆，墙上挂着海马头

现在才知道这里的海马是跟海象、海豹一类生活在寒冷的海中的大动物。我们选了海马和麋鹿两个火锅，要了两瓶啤酒，吃得有滋有味。主人告诉我们说店里的海马就是他自己捕捉的，一般人不容易吃到海马，所以还送给我们一张吃海马的证明。

从罗臼沿着海岸往南走直到标津，都可以看到国后岛，这条公路也就被命名为国后国道。一路上看到有望乡台、国后展望台、北方领土馆等，还有很多标语，炒作得非常热闹。但据说俄罗斯为了保护渔业资源，很少捕鱼；大量的鱼为日本方面捕捞，所以日本渔民很富。如果北方四岛归了日本，俄罗斯人可能会争着捕鱼，罗臼渔民的日子可能就没有现在那么好过了。

从标津回网走

标津那里也有一个小半岛向东伸入海中，叫做别海町野付半岛。这里地势极为低平。半岛中部有一个旅游点，我们把车停下，往南步行约1.5公里，沿途满是野草花，也是一个原生公园。再往前走地势更低，高潮时海水可能侵入，所以搭了一个长长的木板桥。沿桥进入一大片枯树林，

野付半岛的低地，地面沉没海底后又稍稍浮出水面

据说树龄多在 90 ~ 150 年，因为陆地下沉，树木被海水浸泡而枯死。不过现在地面都是干的，不知是不是地壳又上升了。走到末端有一个小土包，上面还有几棵活树，但是没有人居住。这是说明地壳局部变动的典型事例，所以得到国家的特意保护。在半岛南边有一大片低湿地和潮间带，没有看见有什么人在那里赶海。

我们从野付半岛往回走，又经过网走。那里有一个史迹资料馆和史迹公园，因为天色已晚，都已经关了门，没有法子进去看了。从篱笆外面往里看，里面有一个鄂霍茨克文化村，有许多凹坑形状的房屋基址，还有一部分复原的房屋，据说是请库页岛上的土著按照当地房屋的样式复原的。

从网走往北到能取岬，是伸出海中的地岬。那里有灯塔。许多人在那里等待看海上落日的壮丽景色。日落还有一会儿，我们来不及等待，就沿着能取湖岸边回到了常吕。再到荣浦观日落，也别有一番景象。

6 月 14 日晴。早晨沿着サロマ湖东岸往南走约 2 公里，到荣浦汽，属于网走国定公园。这里有海产市场，有各种鱼虾和螃蟹等。大贯买了两个大螃蟹。市场旁边还有船长之家和污水处理场等。早饭后同大贯一起从常吕往南，经过河口遗址再往南到菜园遗址。东京大学的师生正在这里发掘。遗址中有绳文文化、续绳文文化、鄂霍茨克文化和阿伊努文化各个时期的房屋基址等。发掘方法是开 4×4 米的探方，先在东北角挖 1×1 米，如果没有遗迹就不再挖了；有遗迹才扩大到整个探方。这虽然省事，但也容易漏掉遗迹和相关的现象。再往南有一个道东最大的贝丘遗址。北海道习惯分为道央、道北、道南和道东四片，道东即北海道东部。这个遗址也是东京大学负责发掘的，现在由常吕町负责保护。其中有从绳文文化早期到续绳文文化各时期的遗迹。我们只是绕遗址走了一圈，没有时间看出土遗物了。从遗址匆匆忙忙赶到女满别机场，东大在荣浦基地的教师来送行。用过午餐，就乘亚洲航空公司的波音 767 客机直飞大阪关西国际机场，14：40 到达。回家时已经是傍晚时分了。

从 6 月 10 日到 14 日，包括旅途只有短短五天，到北海道看了不少地方，虽然是坐车观花，匆匆一瞥，也还是留下了难忘的印象。

欧游散记

　　儿子严松在比利时布鲁塞尔自由大学上学，研究生毕业后又找了一份工作，儿媳也在那里。几年没有见面，很是想念。早就想去看看，可是签证老办不下来。国际日本文化研究中心又聘请我做客座教授，行期很快就到了，只好先到日本再说。到日文研后事情较多，直到 1998 年 3 月份才到大阪比利时领事馆办理签证，不想却非常顺利。于是我们就准备 4 月底动身去比利时，顺便游览西欧的几个国家。

　　我和内人一道于 4 月 30 日上午乘车到大阪关西空港，住在附近的王妙发早已在下站的地方等候我们。他陪我们到空港四楼 D 区办理登机手续，很顺利就办妥了。我们乘坐的是荷兰航空公司的波音 747 宽体客机，东京时间 10：30 起飞。飞行路线开始是贴着日本西海岸向北略偏东，到东京西转向正北，过北海道后转向西北，进入俄罗斯后一直向西偏北飞，经过新地岛与大陆之间的海峡，过乌拉尔山北缘，经彼得堡、哥本哈根以北，再往西进入荷兰，于当地时间大约 15：30 到达阿姆斯特丹机场。因荷兰与日本的时差有 7 小时，所以正好飞了 12 小时！

　　阿姆斯特丹机场很大，登机口就有 115 个，有 6 个通道。我们要转机的候机厅在 C6，走了很长时间才找到。不过路标都很清楚，不大容易走错。在机场办理入关手续，连候机足足有 4 个小时，十分乏味。最后转坐的是一架不足 100 座的小飞机，18：25 起飞，19：10 就到了比利时首都布鲁塞尔。机场较小，管理也乱。我们出机场时取了行李就走，无人过问。这大概是欧洲共同体各国之间的一项规定，从荷兰到比利时等于国内航班，不必再办理通关手续了。儿子严松和儿媳在门口迎接，小松开车一直接到他的家里。他住的是一所四层楼的顶层，有一间客厅兼餐厅，两间卧室，住得还可以。

比利时：布鲁塞尔

我们在布鲁塞尔住的日子前后有十多天，陆陆续续看了一些地方。中间到别的城市或别的国家后又回到布鲁塞尔，所以对这个城市的了解稍多一些。

我们来到布鲁塞尔的第一天正逢 5 月 1 日国际劳动节，严松驾车陪我们参观市容。街上行人很少，店铺大多关门，没有集会游行，也没有任何节庆的迹象，显得冷冷清清。我们先到王宫 (Palais Royal de Bruxelles) 外面参观，建筑庄严朴素但不宏伟。游人不能进入，我们就到对面的公园游逛。然后看了两座教堂，没有人做礼拜，可以随便进去参观。接着到市中心的大广场 (Grand Place)。先是参观了旧市政厅 (Hôtel de Ville)，规模其实不大，只是在这里才看到有几批旅游者。走出市政厅，在一个街角处看到一个小孩撒尿的雕塑。这尊雕塑很多人都知道，就是 Manneken Pis。其实很小，大约只有半米高。今天穿了一身新衣服，还是在不停地撒尿，只是脖子上戴了一个红领巾，我怀疑是中国旅游者干的。

王秀莲和严松在布鲁塞尔的比利时王宫前面

在旧市政厅对面的 Maison du Roi 现在是布鲁塞尔市博物馆，据说里面有大量那位撒尿小孩穿过的衣服。中午 12 时整，我们赶到 Le Carillon du Mont des Arts 去看布鲁塞尔著名的 Jacquemart 钟，想看看是不是准时敲钟。不料机器坏了，一声也没有敲。我们看到市里还有多处纪念第一次和第二次世界大战死难者的纪念塔。

其他日子得空的时候我们就遛大街。布鲁塞尔市内多四层楼的建筑，显得比较旧。人行道多用小方石块拼砌，但石质不好，虽经多次修补，路面还是凹凸不平。商业街的门脸一般不大显眼，外面多用英文招牌和广告，里面则比较大，商品十分丰富，档次也比较高。电器、服装和皮鞋等的价格跟日本差不多，食品要便宜一些。市中心区有不少中国餐馆，用中文书写"聚珍楼"和"萬宜餐馆"等。还有中国贸易公司，有的地方还有用中文书写的"兑换各国金属货币"之类。我们在"新华超级市场"看了一下，规模不大，主要是经营中国食品和蔬菜，东西摆得满满的，但包装不大讲究，卫生状况也不大好。在那里服务的主要是广东人，好像有一两个阿拉伯人。购物的人很多，生意兴隆。市内交通很方便，我们乘地铁、有轨电车和巴士，全部都体会了一下。地铁车站和设备有些旧，可能修建的年代比较早。

5 月 2 日上午到布鲁塞尔市南面的牛市 (Marché des Abattoirs) 买菜。市场规模极大，分室内和露天两部分。我们买了很多菜，其中辣椒、茄子、萝卜等个头都特别大，大概是用化肥催大的。接着到一个超级市场，规模也极大，货物十分丰富。据说这样的市场还有好多个。

这里天气变化很大。上午还只穿一件西服，下午穿毛衣和夹克都觉得很冷。晚上住在 Everberg 的 Annemarie 老太太请客，我们一家四口赴宴。她是瑞士人，丈夫在欧共体总部工作。她曾经和另一位老太太到中国旅游时，我的女儿严一苹一直陪伴她们去了许多地方，也充当她们的翻译，所以一苹和严松在布鲁塞尔时都得到她们的许多帮助，来往比较密切。她还请了现在比利时皇家音乐学院任教的作曲家张豪夫偕夫人装帧设计师张严和他们的儿子张愚作陪，后者曾经在《湘女潇潇》中扮演小丈夫。Annemarie 的先生很健谈，对考古特别感兴趣。知道我是研究考古学的，就热情地跟我攀谈起来，很晚才散。

在布鲁塞尔以北的原子模型前

　　5月4日上午去布鲁塞尔自由大学，浏览了一下校园。面积不大，大概只有四五栋楼房。我们先看了一苹办公室所在的楼房，再看学生宿舍，多是两层楼的方盒子。体育场也不大。心想比利时为什么舍不得花钱办教育？也许我们只看了校园的一部分，不能以偏概全。据说在校本部之外还有不少房舍。

　　南郊有一个"非洲公园"(Parc de Tervuren)，面积很大，有小河、湖泊和茂密的森林，其中多是巨大的橡树。还有一个很大的皇家非洲中心博物馆 (Musée Royal de l'Afrique Centrale)，可惜星期一不开放，游人也就少了许多。只见三三两两，有的遛狗，有的垂钓。

　　下午到布鲁塞尔市北郊的一个公园 Ossegem Park，面积很大，公园旁边有一个巨大的原子模型（Atomium），联结电子和质子的管道可以通人。旁边有儿童公园、展览馆和电影院等各种设施。这个电影院名叫 Kinepolis，有近 30 个放映厅，可以同时放映近 30 部电影。放映厅大致分两层，因为是旋转而上，分得并不很清楚，每个放映厅的样式、结构和音响设备都各有特点，其中还有一个全景放映厅。每个放映厅只有 400

多个座位，宽敞舒服。进入电影院有一个自动售票处，可以自由选择放映厅和坐席。据说即使只有一个人看也会放映。我们选择看"泰坦尼克号"，因为正值上班的时候，有十几个观众，已经是很多了，大概是泰片比较卖座吧。放映厅的下面有一个大厅，有咖啡馆和小吃，可以容纳很多人休息。据说这个电影院是世界一流的，外表看去却很不起眼，我想照相留个纪念，但找不到一个合适的镜头！

滑铁卢和拉惠普庄园

我们在 5 月 1 日的下午就去布鲁塞尔以南的滑铁卢 (Waterloo)。为纪念打败拿破仑的决定性战役，在那里筑起了一座小山，山顶上造一个长方形台子，台子上站立一尊象征拿破仑的雄狮雕像。山上铺满草皮。从山下到山顶有约 200 个石砌台阶，游人可以拾阶登上山顶仔细观看拿破仑像。小山旁边还有一座小型博物馆，其中陈列详细说明滑铁卢战役的具体情况。拿破仑是一位盖世英雄，他率领法兰西大军横扫欧洲无敌手，没有想到在 1815 年 6 月 18 日反法联军的攻击下，最后惨败在滑铁卢，

滑铁卢小山丘顶上象征拿破仑的雄狮雕像

并被流放到非洲西部大西洋中的圣赫勒拿小岛上以终其一生。有感于斯，因赋《滑铁卢祭》：

> 盖世英雄拿破仑，横扫千军无比伦。
> 千秋功罪任评说，滑铁一败定乾坤！

从滑铁卢往北回来的路上经过拉惠普（La Hulpe）庄园，规模极大，直径大约有三四公里。中间是古堡，周围有森林、草场和多处池塘，风景十分美丽。前来旅游的人甚多，我们在这里也玩了很长时间。

布鲁日和安特卫普

我们于 5 月 6 日到比利时西北的水城布鲁日（Brugge），该市的街道和两旁的房屋建筑都很漂亮。房屋多是山墙在前，呈阶梯状，上面有许多人物雕像。据说这里是比利时最美丽的城市，也是一个海港城市，是比利时的威尼斯。但我们停留的时间太短，来不及游览全市的风景。

从布鲁日往东就到了比利时的第二大城市安特卫普（Antwerpen），该市位于比利时北部，在布鲁塞尔的正北。市内尖塔林立，建筑物样式变化较多，非常漂亮，是比利时最大的海港。我们主要参观了火车站、唐人街和大教堂。火车站是用中国的庚子赔款盖起来的，非常豪华，前面有一个很大的广场。大教堂是比利时最大的，尖顶上有金鸡独立。旁边的安特卫普市政厅广场上有一尊很有名的青铜雕像，是一个人奋力把恶魔的手扔出去的姿势。唐人街规模不大，只有大致平行的两条街。有新华超级市场、中华贸易公司、金昌贸易公司和许多中餐饭馆。我们在一家香港饭馆用餐，里面顾客很多，主要是广东人，也有白人和黑人。

比利时是世界上人口密度最高的国家。我们一路经过了一些城市和乡村，看不出有多么拥挤的现象，也许是管理得比较好的缘故。

荷兰：阿姆斯特丹

5 月 3 日上午 8 点从布鲁塞尔出发，约 10：15 到荷兰首都阿姆斯特丹（Amsterdam）。荷兰语 dam 是大坝的意思，阿姆斯特丹就是阿姆斯特大坝。我们先在普通街上走走，后到大坝街和大坝广场。阿姆斯特丹如果

阿姆斯特丹街景一角

从空中俯瞰，中心区有点像苏州的淹城，城中运河像多重环壕，只不过后者要大得多，共有六七重环城运河，两重运河之间就是一条圆环形街道。我们在大坝广场乘游艇在运河上游览，以便观赏两旁的街景。运河上有许多桥梁，样式各别，也是一种艺术品。据说总数有 1000 多座。运河之间还可以穿越。从运河上看街道，房屋建筑各色各样，以 17 世纪的老式建筑最为精致。多数房屋高四五层，上面有许多雕刻，古色古香，总体风格跟布鲁塞尔接近，但明显比布鲁塞尔高雅一些。街上有许多卖艺的或就是玩乐的人。有的是集体跳街舞，有手风琴伴奏；有的抛耍瓶形小棒或抛耍小球；有的装扮成中世纪的武士，一动不动，就像一尊青铜雕像；有的弹吉他；有的装扮成要饭的老人，大部分时间也不动，过路人有时扔下一两个硬币。

下午到阿姆斯特丹西南 Lisse 西边的 Keukenhof 参观。Keuken 为厨房，hof 为花园之意。这里是世界上产郁金香最多的地方。旁边有一个公园，里面有小溪和许多参天大树，下面也都种着郁金香。公园的一角有一个非常大的花棚，里面除了养着各色各样的郁金香外还有其他花卉。真正成了郁金香的海洋！我们从 Keukenhof 返回布鲁塞尔途中，开始一段还看到许多种植郁金香的大田，其中很多是为出口而培植的，荷兰每年从出口郁金香的贸易中赚得不少外汇收入。

世界第一大港鹿特丹

鹿特丹 (Rotterdam) 位于荷兰的西南，离比利时的安特卫普不远。我们于 5 月 6 日从安特卫普到鹿特丹。鹿特丹很早就是一个重要的港口，可是在第二次世界大战时遭到严重破坏。特别是 1940 年 5 月 14 日的一次狂轰滥炸，整个城市几乎被夷为废墟。我们先看了戴尔夫特港 (Delfshaven)，它几乎是仅存的旧海港设施，旁边还有少量旧的建筑物。现在的鹿特丹几乎完全是一座新城，并且从 1963 年起已经成为世界第一大海港。为了较好地观看海港，我们登上了 1960 年始建、1970 年又一次加高的欧洲塔（Euromast）。进入塔内，先乘电梯上升到 100 米高的位置。再坐上一个密封舱，完全仿照火箭发射的音响、火光和烟雾的效果。一直发射到 185 米高到达塔顶。在塔顶可以俯瞰港城的大部分地方，可惜天气不大好，

参观金德都克的古风车（世界文化遗产）

能见度低，许多地方都看不清楚。从塔顶下降到 100 米高处有一个旋转式全景餐厅，也可以观看周围的环境。

本来满怀希望在访问鹿特丹后到荷兰西北须德海 (Zuiderzee) 外的拦海大坝去参观，看看荷兰人怎么用风车把那么大一片海水排干的。因为风太大，大坝上的风更大，站不住人，为了安全起见被封闭了。荷兰又名尼德兰，是低地的意思。全国面积 41160 平方公里，一半以上在海平面以下，人口稠密。河、湖等水面又占国土面积的 1/5 左右。国家的安全很大程度上要靠大坝保卫。看不成大坝，只好找个地方看看风车。正好在回布鲁塞尔的路程中，稍稍拐弯就到了一个叫金德都克（Kinderduk）的地方，那里有 19 座风车。每个风车都非常大，主塔有四层，里面都住着人。风车的叶片是用木条做架子，上面蒙布。只要有风就会自动运转排水。可是现在这些风车都成了古董，并已被列为世界文化遗产，只有每年 7 月星期六的中午才开动，我们就没有福气看它怎么运转了。据说荷兰曾经有一万座风车，现在还有一千座左右，大多是作为古董保存和供游人参观的。

访卢森堡大公国

我们决定在 5 月 5 日访问卢森堡大公国。从布鲁塞尔开车两个多小时就到了卢森堡城。比利时和卢森堡之间的边界虽然设了海关，但无人把守，两边的自然景色也没有两样。比荷边界也是一样，欧洲共同体国家之间都是如此。

卢森堡城坐落在一个大峡谷的两边。房子高高低低，其中 15 ~ 17 世纪的建筑不少。一般房子多三四层，以灰黄色为主，房顶为黑灰色，与比利时或荷兰以红褐色为主的色调颇不相同。市中心也有中国银行和一些中国餐馆，其中有一个叫"北京餐厅"。市府广场摆满了临时摊贩，卖各种小吃和工艺品等，很热闹，据说是节假日才如此，可是今天是星期二，不知道是什么节日。横跨峡谷有三座大桥，其中一座是双曲拱桥，有点像中国的赵州桥。一座是方柱桥，是用石头砌的方形桥墩支撑的，因为峡谷很深，所以桥墩很高，桥面却是平直的。另一座是大钢桥，大跨度，没有桥墩，很气派。我们看了许多古堡和其他建筑，有些古堡和老建筑的墙上标明始建的年代，修补的地方也特别标明修补的年代，让人看得明明白白。最后又到峡谷下面走走，感觉风景极好。

从卢森堡城驱车往北，经过巴顿将军墓。巴顿是第二次世界大战时著名的美国将领。在北非、诺曼底和德国战场都屡建战功，最后牺牲在德国的战场上。也许当时因战火关系不便就地安葬，就埋在紧靠德国边境的卢森堡一侧。墓前有巴顿的青铜立像，一辆二战时使用过的坦克和一只白石鹰，旁边插着卢森堡和美国两国的国旗。我们在那里瞻仰致意。再往北不远就到了卢、德边境的 Vianden，这里也有一个大峡谷，有一座卢森堡最大的古堡，但不开放，无法进去。Vianden 的街道也是上上下下，路上铺石子。游人不少，主要是德国人，也有英国和其他国家的人。

卢森堡全国面积仅有 2557 平方公里，人口 39 万，经济非常发达。过去主要靠钢铁，现在主要是金融。我们经过该国的乡村时，只见一片青葱，大部分是馒头形小山，山上全部覆盖着森林。山坡下为农田，小麦地一片翠绿，间插一片片金黄色的菜花，煞是好看。有的地方有成群的牛，据说主要是肉牛。比利时也多肉牛，荷兰则多奶牛。卢森堡的市

卢森堡古城一角

镇和乡村房屋都很讲究，是一个富庶的、充满诗情画意的国度。

大都会巴黎

我们在欧洲的最后一站就是巴黎，5 月 8 日一早动身。到欧洲后的这些天老是阴霾霾的，有时还有小雨，气温很低，最高在 11 ~ 13℃之间，显得很冷。今天突然变成晴天，气温上升到 24℃，一下子热起来了。我们到巴黎后直达紧靠市中心的巴黎圣母院。这座世界知名的教堂位于塞纳河中间的小岛上，是我在欧洲看到的最大的教堂。不巧圣母院的前面整个搭着脚手架，看来正在维修。一打听并不妨碍参观，就放心了。我们进去仔细参观了一遍，然后到大厅后面看珍宝馆，可能不是常设的，需要买票。里面多是黄金制品，包括各种人像，有的还镶嵌宝石，确实是珍宝。

接着到蓬皮杜艺术中心参观，那里有一座现代化的建筑，其中有当代绘画展等许多展览。楼旁有一个水池，池中放了各种意义十分抽象而又简单的机械，都在不停地转动，实在是看不懂，一点艺术味道都没有，

王秀莲在巴黎艾菲尔铁塔下面

在艾菲尔铁塔中层看巴黎

跟附近一些建筑上高品位的雕塑形成鲜明的对比。

下午去看世界知名的艾菲尔铁塔。塔身的形象早从各种媒体上看到了，远远望去也不觉得特别大，可是走近一看就显得极其宏伟。来参观的人很多，可以买票乘电梯上去。我们等了半个多小时才买到票，一人58 法郎。先上第一级，再上第二级，有平台可以参观巴黎景色。最后上顶层，不想上面还那么大，大概能够容纳一二百人。因为天气好能见度高，可以清楚地观看巴黎全景。摩天大楼都在老远的一角，主城区没有高楼，街道规划井井有条，显得整齐而美丽。

5 月 9 日上午到巴黎西南部参观凡尔赛宫。从铁门进去就是一个广场，在广场的正中耸立着国王路易十四骑着骏马的青铜像。整个宫殿占地面积极大，地面上和房屋建筑上到处都有各种各样的雕塑，而且极其精美。我们买票只参观了 A 线，还有 D 线和 C 线，实在没有时间看了。A 线主要有国王和王子生活场面的系列油画，占了一个大厅；王后和公主生活场面的系列油画又占了一个大厅。中间有一个陈设玻璃灯和镜子的大厅，同时也有不少反映法国历史上重大事件的油画。之后又另外买票参观议

在巴黎协和广场上

会大厅。进去以后，就放映议会开会时议员们大声发言辩论的场景，好像亲历其境一样。议会厅外面有许多房间，里面陈列了许多与历届议会有关的文物、文书档案和大量照片等。最后到宫殿后面的花园参观散步。这花园有一条中轴线，两边有许多雕塑，中间有水池、喷泉和各种雕塑。配上各种树木花草，使人赏心悦目，流连忘返。

下午参观巴黎名胜中最主要的线路：凯旋门—香榭丽舍大街—协和广场—卢浮宫。远处看凯旋门不太大，近前看却十分宏伟，上面有许多雕塑和铭刻。游人可以从台阶逐级走到门的顶上俯瞰香榭丽舍大街。假如有阅兵或游行之类的场景，这里就是检阅的好场所。

香榭丽舍大街笔直又宽大，可与北京的长安街相媲美。两旁是十分讲究的房屋建筑，没有高楼。与长安街不同的是，这些房屋多是商店，顾客甚多，所以显得热闹繁华。往前走向右拐就是国防部和荣军大楼，都是罗马式建筑，屋顶镀金，显得金碧辉煌。

大街的尽头是有名的协和广场，它是于1748年始建，1840年才最后建成。广场很大，周围的雕塑和房屋建筑都非常考究。广场本身可以说是法国近代重要历史事件的见证。例如广场中间树立的一块古埃及的方尖碑，原来是拿破仑远征埃及时掠夺得来的。碑上铭刻有 1600 个古埃及象形文字，记载着公元前 1300 年法老拉姆塞斯二世的事迹。在法国大革命时期的 1793 年 1 月 21 日，国王路易十六和王后都曾经在广场的断头台上当着公众的面被处死；可是在革命阵营内部的斗争中，大革命的领袖丹东和罗伯斯庇尔等又先后在同一个地方无辜被害。

从协和广场往前，通过蒂伊勒里公园，就到了卢浮宫，因天色已晚，只在卢浮宫前的喷泉和金字塔形的玻璃罩旁稍事休息，就乘地铁回到凯旋门再回到宾馆，明天再来参观。

参观卢浮宫

5 月 10 日上午参观卢浮宫。卢浮宫前面的广场上有水池和喷泉，旁边有一个金字塔形的玻璃罩，既可以给地下室采光，本身又是一种艺术作品。据说是美籍华人著名建筑师贝聿铭设计的。广场上人山人海，平时的门票每人 45 法郎，今天是星期日，只要 26 法郎。参观的人非常踊跃，

参观卢浮宫展览

其中有不少中国人。全馆由德侬馆、里希留馆和叙立馆三座建筑连接而成，展览包括地下夹层共分四个楼层，有七个部分，即古代东方、古代埃及、希腊罗马、雕塑馆、工艺品馆、绘画馆、书画刻印馆和卢浮宫历史馆。我们首先看埃及馆。此馆为埃及学创始人商博良所创建，东西很多，我想大部分是拿破仑远征埃及时掳掠过来的。其中新石器时代有一些彩陶和许多石制器皿。埃及史前彩陶不多，而石制器皿十分发达，是其最大的特点。王国时期有许多大大小小的石雕人像。还有大量人形棺材，石质和木质的都有，上面刻着许多文字和图画。特别珍贵的是大量的纸草文书，因为埃及气候特别干燥，这些文书才得以保存下来。

接着看古代东方馆，包括利凡特、美索不达米亚和伊朗等地。陈列物品比较一般，但巴比伦神庙门脸上雕刻的雄狮等大型构件还是很精美和壮观。同时还有许多伊斯兰文物。

希腊罗马馆中陈列的古希腊彩陶特别多又特别精致，主要用黑红两色，对比鲜明，表面磨光，看起来很像漆画。花纹中多有人物故事，可惜我无法解读。这个馆在一楼专门开辟了一间大理石雕塑陈列室，雕塑之精美实在令人叹为观止。

雕塑馆中有大批文艺复兴时期的雕刻，其中有米开朗基罗大师和其他著名雕刻家的作品，同时有许多法国的雕塑作品。绘画馆更为精彩，单是出自佛罗伦萨和罗马的作品就占了整个大厅。其中有达·芬奇的蒙娜丽莎及其他作品，也有法国画派和北欧画派的作品。

整个卢浮宫的收藏与陈列实在太丰富了，单展品就有三万件之多。走马观花也无法看完。看了一整天也还是觉得不够，太匆忙了。

巴黎印象

小时候就听老师讲，世界上有几个著名的大都会：雾都伦敦，商都纽约，花都巴黎。说巴黎是花花世界，女人都是奇装异服，花枝招展，到巴黎要小心被香雾迷住云云。也许老师说得太片面，也许是时代变了，今天巴黎给人的印象完全不是那样。巴黎城市规划得有条有理，街道整洁，房屋建筑特别讲究，有些本身就是一幢幢的艺术作品。巴黎的环境保护也很好，空气清新，没有看到一家工厂或一个烟筒，也许工厂盖在别的地方我们没有看见。市内交通秩序良好，上车下车都很有礼貌。像凡尔赛宫和卢浮宫这样的地方，参观的人非常多，管理很难却井井有条。其中的展品虽然极其珍贵，参观者除了不能触摸，却都可以随便照相和摄像，包括达·芬奇的蒙娜丽莎画像在内。这一点很值得中国博物馆学习。

法兰西民族具有光荣的革命传统，大革命时期民众喊出的口号"不自由，毋宁死"曾经震动世界，当时提出的"自由、平等、博爱"的思想已经成为人类的普世价值。因此，我是怀着崇敬的心情来到巴黎的。可惜时间太短，还有好多该看的地方没有去成。

自从戴高乐将军执政以来，中法关系有了很大的发展。来巴黎旅游参观的中国人不少。街上可以看到有些中国公司的门脸，更有许多中餐馆，大多是温州人开的，也有广东馆、四川馆。广东馆有时跟泰国馆合开。还有越南馆，多用中文招牌。我在巴黎也有几个朋友，很想见面，又因时间过于仓促，就没有敢打扰他们了。

加拿大探亲

儿女在加拿大已经住了许多年，多次表示要接父母去住一段时间，享受天伦之乐，顺便好好休息一下。我却一直抽不出时间，以致一拖再拖。这会因为儿媳要生孩子，婆婆要去照看，又舍不得把我一个人丢在家里，于是商量我们两人一起去加拿大。秀莲的护照还可以用三年，可是我的护照已经到期需要更换。7 月 10 日去办理，没有想到 29 日才领到。当天送加拿大大使馆申请签证，几个小时后就办好了，也是没有想到。随即订飞机票。赶上旅游旺季，座位紧张，最早只能订 8 月 11 日的票了，票价也高得吓人。

飞往加拿大

几天来秀莲忙着给儿女两家买东西，到 10 日晚上总算基本收拾好了。11 日下午两点小薇开车带小蕙来送行，一直把我们送到首都机场。办登机手续时正好遇上李伯谦的女儿李洵，她非常热情地帮我们订好座位。我们乘的是加拿大航空公司 030 航班的波音 767 飞机，16：45 起飞，在太平洋上过了一夜，下面茫茫一片，什么也看不见。十多个钟头后抵达温哥华，已经是第二天当地时间 12：45 了，因为在太平洋上越过了东经 180° 换日线，所以还是 8 月 11 日。温哥华机场很大，要在这里办理入境和转机手续。幸好秀莲来过两次，不至于茫无头绪。本来在飞机上已经填了一张入境登记卡，不想正在下飞机时，忽然让我们填一张临时印发的入境登记卡，里面增加了探亲对方的住址、电话等项目以及本人 14 天以内所在地址等内容。还发了一张黄表，填写自己最近是否发烧、咳嗽等内容，海关查验后自己还要保存 14 天以便查验。一下耽误了许多时间，后面几架飞机的旅客也都下来了，办理入境手续时简直人山人海。弄得人心惶惶，生怕耽误了转机的时间。好不容易办完入境手续，在登机时又把北京来的旅客分开再次检查，我带的笔记本电脑也要打开扫描。在温哥华总共停留了 2 小时 45 分左右，最后总算按时登上了飞往渥太华的飞机了。这是 138 次的国内航班，也是一架波音 767 客机。

我们坐在最后靠窗的地方，天气晴好，可以比较清楚地看看加拿大的国土。最先看到的是温哥华附近的海湾，海水碧蓝。接着是山脉，当是落基山。然后是一望无际的平原，全部是大大小小的长方块，大约四成是青绿色，可能是晚玉米；四成是黄色，可能是早玉米或尚未收割的小麦；两成是浅绿色，可能是土豆。加拿大只有 3000 万人，却有那么多肥美的农田，无怪乎成为世界著名的粮仓。傍晚天色渐暗时看到了大湖。记得 1986 年 6 月从美国旧金山飞纽约的那一次，飞越大湖时还是下午太阳高照的时候，下面看得清清楚楚，湖水碧蓝清澈，煞是好看。这次效果虽然大不如前，但是湖面的边界还是看得很清楚。过湖以后天色就完全黑下来了，大约再过一小时就到了渥太华。机场不大，旁边正在扩建。据说渥太华几年前只有 60 万人，现在已经有 100 万人了，主要是增加了许多海外移民。

我们走进取行李的地方，一苹和嘟嘟已经等在那里了。好几年不见了，十分想念。一苹相貌基本上没有太大变化，嘟嘟却是长大了，也懂事多了。开车约半个多小时就到了一苹的家，已经快半夜 12 点了。

一苹的家

一苹的家位于渥太华西边的卡那塔市 (kanata) 西边的 evanshen 街 100 号。这是一种半封闭型的居民区，有三种户型，中青年一家一座小屋，一般是两层楼加地下室，前面是车库，都有一大一小两辆车，这种房子大约占 80%。老年人有活动能力的也住单门独户的小屋，只是多为单层，免得爬楼梯不方便。活动能力较差的老人住公寓，这种房子多为两层或三层，较宽且很漂亮，是社区办的，一座房子住五六户，有很好的服务。所有房子都是用木料盖起来的，砖只作为部分墙壁的贴面装饰。这个街区的东边有一个高尔夫球场，球场围绕的一个街区房屋规格更高一些，房价也更贵一些。一苹的房子在本街区属于第一种，使用面积 2400 平方英尺，折合 224 多平方米，连地下室大约有 300 平方米，装修讲究，造价只有 24 万加元，当时合人民币大约 130 多万元，比北京房子的造价要低得多。而一般人的工资则比中国要高得多。而且是贷款建房，十年还清。难怪人人都可以自己盖房子。一苹的房子同大家一样前后有草坪，按规定前面栽两棵不同种的树，一棵是自己的，一棵属于公家。后院草坪上放置了许多小孩的运动器材，有秋千、滑梯等，还有野炊烧烤的设施。家里养了小兔，还有小松鼠和小鸟不时出没其间，多少有一点野趣。草坪外沿栽了小树，还种了一些菜，有扁豆、西红柿、西葫芦、南瓜、黄瓜、韭菜和大葱等，多余的或新鲜的菜邻居朋友之间往往相互赠送。小区里住了好几家华人，有中国内地来的，还有香港、台湾和越南来的，此外还有韩国人，是一个国际性社区。大家相处很好。

去蒙特利尔看严松

休息了一整天，还是昏昏沉沉，时差反应非常强烈，这是过去少有的。为了早点去蒙特利尔看严松，8 月 13 日上午由一苹开车，载着嘟嘟、秀莲和我，沿高速公路往东北行，两个多小时就到了。由于经济不景气，严松的工作被辞了，上了麦吉多大学的 NBA 硕士班，惠萍又开了一个小商店，弄得很忙。我们先到小商店看看，再到严松的住所——15 街 5648 号。附近全部是两三层的公寓楼房，位置适中，离市中心和奥林匹克中心都不远。严松住的是两室一厅的套房，厨房挺大，已经有近百年的历史了，但质量不错，木地板至今仍然严丝合缝。因为是板楼，通风较好，三口人满够住的，不过他们还想换个面积更大些的。惠萍即将临产，没有人照顾，秀莲来多少能够帮一点忙。鸣鸣长得很乖，见了爷爷、奶奶很亲，我们把她接到渥太华住了几天，同哥哥、妹妹玩得挺欢。

北美东部大停电

8 月 14 日下午 4 点多钟，宏毅从公司来电话说北美东部包括纽约和加拿大安大略省大约 5000 万人口的地区突然大停电。一会儿严松也来电话，要我们多接一些水，以防万一水也停了不方便。不久一苹把小女儿若丹（英文名字叫 Gloria）接回来了，说是幼儿园关门了，通知家长把孩子接回去。后来宏毅也提前回来了。晚饭没有法子做，只好改烧烤，大家倒是吃得有滋有味。据说加拿大可以把电网断开自己供电。到15日就断断续续来电，晚上就基本正常了。断电的原因有各种说法，一时还不大清楚。美国过去曾经有多次大面积断电，这回是最严重的一次。

嘟嘟过生日

嘟嘟8月25日满8岁，因为18日他要同爸爸一起送爷爷回北京，所以决定提前到16日过生日。嘟嘟是乳名，学名叫李云桥，英文名Maxwell Li。一早晨就装饰房子，门口贴印好的条幅——Happy Birthday，气球上也印着同样的字，有的气球印着8字表示过8周岁。邀了8位小朋友，一起聚餐玩耍，很是开心。

各奔东西

8月17日上午在小学附近举行少儿足球赛，嘟嘟是主力队员之一，我们全家都去观看助威。可是嘟嘟有点感冒，使不出劲，开始还好，最后竟然输了。然后一苹、丹丹和我送鸣鸣和她奶奶去蒙特利尔，约13：00到家。鸣鸣可能是看足球时着了凉，路上就开始发烧，到家一量体温果然达38℃以上，吃了退烧药后好了一些。傍晚一苹、丹丹和我回到渥太华的家，丹丹身体非常健康，又很机灵懂事，带她非常省心。回来时宏毅正在准备明天动身的行李。18日5时大家都起来了，将近6时一苹开车送李认新、宏毅和嘟嘟祖孙三人去渥太华机场。前两天因为停电许多飞机不能起飞，今天基本好了，还是超员，只到温哥华的部分旅客要动员搭下班飞机。7点多一苹回来，赶紧送丹丹到幼儿园，自己又去上班。大家各奔东西，家里就剩下我一个人了。

喜得孙女

惠萍的预产期是8月14日，8月17日我们去蒙特利尔时还没有临产的样子，终于在8月21日11时生了一个女孩，这是我们的第二个孙女，中文取名严凤宇，英文名想征求Anne Marry的意见。她在比利时是一苹和严松的长辈好朋友，现在随老伴一起迁回他的老家苏格兰，我在北京和布鲁塞尔都曾经相见过。22 日上午，我和一苹带着丹丹去蒙特利尔。到严松家后和秀莲、严松、鸣鸣一起去医院看惠萍和小孙女，爷爷、奶奶和姑姑各送一束鲜花。小家伙看来很健康，哭声很大，能睁开眼睛看人。惠萍也已下地洗澡。医院条件很好，医务人员看来也很负责，而且完全免费。一苹说在新加坡一家私人医院生嘟嘟时花了一万新元，差不多合一万加元。相比之下简直有天壤之别。有人说加拿大才是真正的社会主义，从老百姓的亲身感受来说有一定道理。得了小孙女大家都很高兴，奶奶更是忙着准备小孩的衣物和用品，给惠萍炖乌鸡汤。23 日下午就把母女俩接回家了。

初识蒙特利尔

8 月 17 日我们去蒙特利尔时只在严松家呆了几个小时，当天就返回渥太华了，蒙特利尔是个什么样子几乎全然不知。22 日我们高兴，在严松家住了一天，晚上逛了一下夜市。23 日一早我在严松家周围走了走，从 15 街南下往西经 13 街往北再往东经 20 街直到奥运中心边上才返回来。这一片街道非常整齐，顺序编号，共有六十几条街，基本上都是两三层的居民楼，间杂有一些商店和教堂。上午一苹开车载秀莲、鸣鸣、丹丹和我到蒙特利尔市中心区，那里高楼林立，和居民区完全是另一样景观。我们首先到仿巴黎圣母院建造的也称为圣母院的教堂附近泊车，到教堂里面观赏了一番。教堂前面有一个小广场，中间耸立一座雕像，用以纪念 1642 年首先"发现"蒙特利尔的法国人某君。广场周围有专门为观光客准备的马车。我们雇了一架马车，沿着旧市区周游了一番，半小时 30 加元，倒是挺合算的。驾车人是很好的导游，一路跟我们介绍蒙特利尔的历史和各色代表性建筑。17 世纪的建筑还留下两座，18 世纪的建筑有海关大楼、教堂和医院等，19 世纪大体上形成了现在能够看到的旧市区的模样，20 世纪就在周围盖起了许多高楼，发展的历史非常清楚。蒙特利尔凭临圣劳伦斯河，河面宽阔，河水清澈碧蓝，市中心南面便是港口，市区就是靠着港口发展起来的。

我们下马车后一路看了一些老店铺，有玻璃店、陶瓷店、古玩店、古旧家具店和书店等，有一家陶瓷店里摆放了许多陶瓷雕塑，其中有小型的秦俑和汉代的说书俑等的复制品。紧靠旧市区的北边有许多中国商店，街道的南北两头树立着中国式的牌楼，上面写着三个大字——"唐人街"，想必是很早就建立起来的。限于时间，我们只是经过看了一下。中国人对开发北美是有贡献的，这段历史应该好好研究一下。

走到东边近河岸的地方，发现有许多人挤来挤去，好不热闹。走近一看是一种仿古集市，大约是仿照 17 ~ 18 世纪集市的模样，有大草原印第安人的圆锥形窝棚——Tepe、桦树皮做的小船、织渔网的妇女和卖兽皮的摊贩等。有些印第安人一面在表演一面在讲解，可惜我听不懂。更多的是欧洲移民，多半是法国人，身着古老的法式服装，男人戴拿破仑式的帽子，女人穿长裙、裹头巾。他们有的在做各种买卖，包括各种民间小吃。有好几处卖枫树蜜的，装蜜的瓶子也做成枫树叶的样子。有的在表演杂耍或玩游戏，包括玩保龄球、拉小提琴、弹吉他，甚至有表演给犯罪者戴木枷的。组织者、表演者和观赏者（这个词不大准确）好像都很投入。可惜没有带摄像机，仅仅照了几张相，不过鲜活的印象已经深深地刻印在脑海里了。

参观总督府和国会山

8 月 30 日和 31 日是双休日，一苹带着 Gloria 和我先后到渥太华市中心略偏东北的总督府和国会山去参观。总督府叫 Rideau Hall，位于渥太华河与其支流 Rideau 河的交汇处，风景极好。这里本来是一所私人宅邸，1867 年用做临时总督府，可是新总督府一直没有建立起来，这地方就成了正式总督府直到如今，只是中间有些扩建。现在的总督是一位香港女人，英文名字叫 Adrienne Clarkson。这里参观不用花钱买门票，但是要领注明时间的参观券，以便导游按钟点一批一批地讲解。我们拿到 12：00 的票，导游把一个一个总督的情况都给我们做了介绍，领着我们一个一个房间地参观。主题是加拿大是在历任总督领导下，由各族人民披荆斩棘逐步建设起来的。里面有反映各族人民文化特征的实物、雕塑和油画等。给人的印象是朴实雅致而不豪华，文化品位比较浓。接着参观后花园，那里与其说是花园，不如说是植物园。有各色各样的植物，单是玉簪花据说就有上百种。附带参观了总督府的菜园，是总督府自用的绿色蔬菜。

在渥太华的国会山前与爱女合影

总督府外有一大片林地，许多树是各国政要种植的，我们看到有肯尼迪、尼克松、里根和克林顿等人栽的树。林地旁还有儿童游乐场和喷泉等。导游一再跟我们讲，这里是用纳税人的钱建设起来的，总督是为纳税人服务的，这里是每个人自己的家，什么时候想来玩都会受到热情的欢迎。

总督府参观完已经下午3:30，国会山只好安排在第二天去看了。国会山（Parliament Hill）在总督府西南约1.5公里，地面隆起，是渥太华河南岸的小岗丘，使得上面的建筑显得高大宏伟。整个建筑群均为哥特式尖顶，分为三组：主楼朝南，中间是高耸的钟楼，西边是众议院会堂，东边是参议院会堂。后边也就是北边是图书馆，据说藏书相当丰富，因为正在维修，无法参观。东边一组建筑是总督办公的地方，我们看了几个有代表性的总督的办公室，都是按原来的样子陈设的。西边一组建筑没有开放。这里和总督府不同，到每一个建筑都要通过安全检查。我因为安了起搏器，每次安检都要跟人家解释一番，显得不胜其烦。由于参观的人很多，安检又很费时间，大部分时间是排队等候，到下午4:00才参观完，简直累极了。

我的日常生活

这次来加拿大主要是惠萍生孩子需要照看，秀莲自然就住在严松家里。我是多余的人，帮不了什么忙，挤在一起也不方便，所以就住在一苹这边。当然也不能完全闲着。每天早上出去散步，实际还是快步走，最远走半小时或多一点，来回一小时多。这样我把周围的所有街区都走遍了，附近的商店、学校、体育场、图书馆、教堂等也都走遍了。

早晨出外散步是一种享受。朝霞艳丽，空气新鲜。路边青草绿树，有充足的负氧离子沁人心脾。到高尔夫球场更是令人特别舒畅。街道总是干干净净的，据说隔好多天会清扫一次，但我一次也没有看见。秋天到了，天天早晨都有许多大雁往南飞去。多数飞得很低，很分散，基本不排行，一面飞一面鸣叫，只有飞得较高的才排成一字或人字。它们可能是在附近起飞，到一定高度才组成队伍的。

离我的住所约十分钟路有一个购物中心，有几座很大的超级市场，还有一些专业性商店，我们常常在那里买东西。还有很大的书店，里面有座位，可以边看书边喝咖啡，我有时到那里去看书，可惜没有一本中文书。

有一本英国出版的《孔子与古代中国》，是半通俗性的著作，写得不错，篇幅不大（翻译成中文大约只有十几万字），英文也不难懂，还有很好的插图，很快就看完了。我在国内还很少看到有这样的著作。

一苹说有一本张戎著的《野天鹅》（Wild Swan），在国外很受人欢迎，英文不难，闲时可看一看。我买了一本，一看确实写得很感人。书的副标题是《三个女人的故事》，内容是写外祖母、母亲和作者本人祖孙三代的苦难史。外祖母杨玉芳是辽宁义县人，1924 年才 15 岁，即被 48 岁的北京市检察总长薛知衡收为小姨太，1931 年生了个女儿叫薛宝琴，即作者的母亲。1933 年薛知衡病死，玉芳被遣送回娘家。1935 年 26 岁的她带着 4 岁的女儿嫁给 65 岁的老中医夏某。夏医生是满族人，是当地有名的富户，有三个儿子和一个女儿，都已结婚。他对玉芳一见钟情，不顾满汉不能通婚的戒律，也不顾儿女们的坚决反对，一定要和比自己小 39 岁，并且做过人家小姨太这种被认为是下贱人的她正式结婚，为此导致大儿子自杀。他把财产全部分给儿子们，自己带着玉芳母女迁居锦州，完全靠行医为生。他很爱小宝琴，把她看做自己的女儿并改名为夏德鸿。德鸿在锦州上学，是学生中的活跃分子，后来成了地下党支持的学生运动的小头领并一度被捕。1948年共产党解放锦州，时为锦州党委会成员和办公室主任的王愚认识了她，虽然年龄相差十岁，也是一见钟情，不久结婚。王是四川宜宾人，原名张守愚，年轻时到重庆当工人，后来到延安参加革命。不久被派到热河朝阳领导抗日游击战争。接管锦州后，1949年又被派往宜宾建立地方政权，并任宜宾地区专员，一家人跟着迁往宜宾。因为妻子叫德鸿，他们的第一个女儿叫小鸿，第二个女儿即作者叫二鸿。所以她把书名叫做《鸿》，翻译成英文就是Wild Swan。这本书有525页，我每天最多能看20页，恐怕要一个多月才能看完。

在家里我几乎不上网，在这里没事倒经常上网，可以看到京报网、早报网、新浪网、华夏文摘和文学城等中文网页。有时间再写点文章。

中间休息时喂鱼、喂兔、拔草、浇水。傍晚一苹、宏毅和孩子们回来就有说有笑，享受天伦之乐。逢双休日就去外地参观游玩，或到蒙特利尔严松家里聚会。生活节奏完全变了个样儿，跟外面的联系也比在北京时少多了。表面上很轻松，但国内还有一摊子事儿总放不下，惦记着早些回去。我这个人啊！

游览奥体中心

9月6日星期六，一苹、丹丹和我到蒙特利尔严松家，接秀莲、鸣鸣一起游览奥体中心。很远就看见一个像跳水台的斜塔，那便是奥体中心的标志。附近还有植物园和昆虫馆。我们没有那么多时间，就直奔斜塔。斜塔外面树立着历届奥运会举办国的国旗。斜塔下层有历届奥运会的图片展览。我们买了票坐上缆车直上斜塔顶部，那里大约有一百多平方米，中间有小卖部，周围有玻璃窗可以眺望整个市区和周围环境。我们看到西南方向有许多高楼，那便是市中心区，西边有小山，东南方向是圣劳伦斯河。塔底下是奥体中心的几座建筑，范围不大。最中心的建筑现在已经改建为生物棚。我们从斜塔上下来便直接进入生物棚（Biodome），开头有一场电影全面介绍生物棚的内容，接着到热带雨林，里面炎热潮湿，有许多代表性植物和动物；接着到温带，气候凉爽，最凉的地方是圣劳伦斯河口，缩微的河口造型加上大屏幕的河口背景，仿佛真是到了河口一样。最后是寒带南极，悬崖上到处是企鹅，水里也有许多企鹅在游戏，好像专门给游人表演似的。孩子们玩得特别高兴，一看表到了下午 14：30，只好回家吃"午饭"。本来是想看看体育设施，结果主要看了生物棚，倒也高兴。

异国过中秋

中秋对中国人来说是一个重要的节日，是一家人团圆的日子。自从一苹和严松出国以来，十几年我们一家就没有在中秋团聚过。今年一家人都到了加拿大，可是中秋是星期四，孩子们都有事，还是聚不到一起，只好两地分别团聚，等星期日再来个大团圆。

今年中秋恰逢 9 月 11 日，是"9·11"事件两周年的日子。上午我一人在家看美国电视台纪念"9·11"不幸事件的实况广播，下午看中央电视台庆祝中秋节文艺晚会的实况转播。一个悲伤愤怒，一个欢天喜地，对比非常强烈。晚上和一苹一家到附近一个意大利餐馆欢聚。近几天天气晴朗，应该是中秋赏月的好机会。我们专门选了室外的座位，可就是看不到月亮。原来傍晚天边起了云雾，只有天顶露出几颗星星。我们不死心，回家睡觉以后，半夜里又从床上爬起来赏月。这时的天空清澈如洗，月亮像高悬的一轮明镜，冷光从窗户照进卧室，四周静寂无声。啊，这就是异国的中秋之夜！

9 月 14 日星期天，我和一苹一家到蒙特利尔和严松一家汇合。严松在附近的新北京餐馆订了一个圆桌。说是北京餐馆，注明却是川、粤、泰风味，主要还是粤菜，北京菜只有烤鸭。我们要了一只烤鸭、一套粤菜、一盘扬州炒饭和一瓶法国波尔多干红葡萄酒。各色菜的味道都还不错，在国外能够吃到基本不走味的中国菜还真是不容易。自从一苹和严松先后出国，我们家十几年就没有团聚过，不是少这个就是少那个。今天我们一家已经是十口人了，全体在加拿大聚会过中秋，真可谓是十全十美！不知什么时候在国内也能够全家团聚，那就更有意思了。

原海燕来访

前两天忽然接到一个电话，一听是原海燕打来的。她听出是我的声音非常惊讶又非常高兴，因为她不知道我到加拿大来了，埋怨一苹没有告诉她。可是她过几天就要回中国一趟，正在忙着准备。后来跟一苹联系，决定 9 月 13 日傍晚来看我。她住在卡纳塔南边，汽车十多分钟就到了。下车一看来了一家人：她丈夫李铭和小儿子，还有她的干爸干妈——就是一苹同学王红的父母。大儿子已经十五岁，有事到别的地方去了。李铭也是长岛人，北大数学系毕业，出国后改学电脑。先在温哥华呆了五年，拿了个博士，后来才迁到渥太华。现在跟宏毅一个公司工作，只是部门不同。由于经济不景气，这二年大量裁员，据说是从十万左右裁得只剩三万多人，他们两人没有动，算是很幸运的了。一苹的公司最近也裁员，也还没有影响到她。可见他（她）们的工作都是很出色的。小原在一个税收部门当会计。因为税收部门只有半年有任务，所以她半年工作，半年休息领失业救济金，都说是最合适最舒服的一份工作。她送来一瓶加拿大特产冰酒，说是孝敬先生。大家聚会在一起自然会谈到许多国内和北大的事情，倍感亲切。

拜访加拿大医生

自从安装心脏起搏器后，右肩和上臂老是痛，右臂的活动范围也越来越小。国内医生有的说是起搏器肩周炎综合征，开的药方不见效。有的说要理疗，多运动，有的又说不能做激烈的运动。9 月 17 日，一苹带我找社区医生看看，主要是咨询性质。这位医生倒是很耐心，看得很仔细，还特别查了医书。我们不知道肩周炎英文该怎么表达，但她说的好像就是肩周炎。她还是建议我多运动，可以做理疗按摩。开了点止痛药，说不必着急，慢慢会好起来的。但愿上天保佑！9 月 22 日，我们又找了一位理疗医生，她也很详细地检测了有关部位，建议我用一根木棍帮助做不同方向的拉伸运动。劝我要有耐心，说可能要一两年以后才会好。

参观文明博物馆

9 月 28 日，一苹陪我们到渥太华对岸的哈尔（Hull）参观文明博物馆（Canadian Museum of Civilization）。这个博物馆的展览分四层，第一层南边的大厅陈设了数十根印第安人的图腾柱，大多是好事者一百多年来陆续征集的。每根图腾柱高十米上下，下部直径大概有 60 ~ 80 厘米，都是用一棵笔直的树木雕刻而成，十分壮观。大厅的中间是原住民印第安人和因鲁特人（爱斯基摩人）的实物陈列。现在加拿大已经不大用印第安人和因鲁特人这些名字，而用第一批民族（First Peoples, First Nations）或土著民族（Native Nation, Native Canadian）。陈列内容有用象牙做骨架搭起的雪屋，使用的各种工具，包括渔猎工具和手工工具等，有各种皮毛制的服装和非常丰富多样的装饰品，还有很多宗教道具和艺术品等。这些大多是以前征集的，现在保留的不多了。有一个房间陈列了一些考古发现的陶器，最早的有 4000 年，晚的只有 500 多年。全部是黑灰色的罐子，口部有圆的，也有多角形的，有尖底也有小平底，外表饰绳纹或篦纹。第二层也有一些原住民的陈列，但主要是儿童博物馆。这里是博物馆最热闹的地方，好多家长带着孩子在里面玩耍。其中有许多儿童的玩具，多是知识性的，可谓寓教于娱。还有许多表现世界各地风土人情的摆设，其中有中国的小商店和日本的和式建筑。一辆大花车里面可以坐几十个儿童并且可以自行驾驶，前面的指路牌上写着伦敦、纽约和北京等。第三层像是加拿大开发史展览，从东到西，从伐木盖房、开垦荒地、建设农庄到开设工厂等等。还有一些西方移民的家庭陈设。第四层有一些著名人物的家庭摆设，还有一部分北极探险的内容。

博物馆内设有餐厅。我们午餐后接着参观，直到下午 3 点。然后到外面休息。博物馆紧靠渥太华河，风景极好。对河就是国会山，渥太华的市中心区历历在目。这真是一个好地方，我们拍下了许多照片。

游览尼亚加拉大瀑布

很早就想游览尼亚加拉大瀑布，可是上个周末那里整天下雨，只好推迟。10 月 4 日一黑早我们就起床，嘟嘟和丹丹还在熟睡中，一苹和宏

在安大略湖滨

毅分别把他们抱上车，大约 6：30 就出发了。天空很黑，不时下着雨，雨势时大时小，到多伦多才完全停止。经过多伦多后就环绕安大略湖的西岸行走，下午一点多就到了尼亚加拉瀑布城，老远就听到雷鸣般的水声。我们把车一直开到大瀑布旁边，只见河边人潮如涌，热闹非凡。观赏的人群中有不少是中国人，还有日本人、韩国人、黑人和许多欧洲人，大家都仰慕这个世界第一奇景。

尼亚加拉源自印第安语，意思是雷鸣般的水。这瀑布在尼亚加拉河的中段偏北，尼亚加拉河则是从南边的伊利湖向北流到安大略湖的通道，也是加拿大和美国之间的界河。因为五大湖的水是相通的，我猜想其他四个湖的水都会经过大瀑布流入安大略湖，再经过圣劳伦斯河流入大西洋，所以才会有那么大的水量。尼亚加拉河流到瀑布跟前时河面很宽，并且遇到了一个山羊岛（Goat Island），从而形成了两个瀑布。在美国一边的比较小，称为美国瀑布（American Falls）；在加拿大一边的非常大，并且呈一个大圆弧，称为加拿大马蹄形瀑布（Canadian Horseshoe Falls）。尼亚加拉河将到瀑布时向西偏北拐了一个弯，瀑布下面的河段再向北偏东流，这样瀑布的正面完全朝向加拿大一侧，在加拿大比在美国一侧好看得多，游览的人也比对岸多得多。

我们先从小瀑布看起。说是小也比中国最大的黄果树瀑布大一倍还多。而且旁边有许多树木，风景十分优美。美国人为了方便游客观赏瀑布，在旁边搭了一个很大的类似跳水的平台伸向河中，还顺坡搭了许多脚手架，游客可以逼近瀑布尽情体会，就是看不到瀑布的全貌。我们在这边却可以从正面一览无余。那清澈的水流从高高的悬崖上直泻而下，砸在接近河面的岩石上，激起无数白色的水花再倾入河中，蔚为壮观，而更为壮观的还在后面。我们随着人群向南边推移，一会儿便看到了那马蹄形的大瀑布。这里的水流比小瀑布要多好几倍，由于是马蹄形，水流集中地砸向中间的深潭，激起的水雾直冲云霄。水声则由于得到共鸣而特别地加强，有如连续的雷吼。管理部门为了让游客能够更加贴近瀑布，特别安排了乘船游览的项目。我们回到北面的彩虹桥边乘船。每人船票费 13 加元，上船时领一件一次性塑料雨衣。河里有好几只船，每只船有两层，大约能乘二百多人。为了能够看得多一点，我们站在顶层。船启动后先贴着小瀑布下面走，只见无尽的水从高空抛下，水花像大雨一样往游客身上洒，声音比岸上听到的要大得多。然后往大瀑布前行，直逼大圆弧的里面。开始还能看到极其壮观的场面，后来就什么也看不见了，身上是一阵阵大雨泼来，轰鸣声震得好像天河塌了下来。驾驶员似乎特别照顾我们，让船停留的时间特别长，最后才依依不舍地离去。记得我1986 年在美国自然博物馆曾经看过尼亚加拉大瀑布的大屏幕电影，那是用气球贴近瀑布拍的，立体声响使人有身临其境之感。现在回忆起来，还是现场的感觉更令人震撼，不由从心里叹服造化的奇特和伟大！

看完瀑布还不到下午四点钟，我们就驱车沿尼亚加拉河北上。沿途树木葱茏，花草连片，不时点缀一些式样翻新的别墅，还有一座中国式庙宇。大约半小时就到了河口左岸的湖上尼亚加拉市（Niagara on the Lake）。该市曾经是安大略省的省会，美国独立战争时曾经是英军的总部所在，并一度被美军占领数月。现在这里还留有一些历史遗迹，并且有一座历史博物馆。可惜没有时间去看，只看了两家私人艺术博物馆。市里街道是棋盘格式的，特别整洁。房屋多只有两层，几乎一栋一个样，非常讲究。旁边还有有名的葡萄园，并且盛产葡萄酒。我们买了几瓶准备带回家尝尝。

傍晚我们再次返回瀑布，在大瀑布旁的一座高塔上的旋转餐厅用晚餐。从塔上不但可以看到整个尼亚加拉城，还可以看到美国布法罗即水牛城的全景。一片灯火辉煌。彩色灯光照射瀑布，一会儿红色，一会儿又变成黄色、绿色、蓝色，煞是好看。我们一面就餐饮酒，一面尽情欣赏，直到晚上十一点多才回旅店。

第二天还是一黑早就起床，直驱多伦多。先到湖滨公园散步和观赏湖上美景。湖水清澈泛蓝，看不出一点污染。空气清新，沁人心脾。大约 9:30 我们登上市中心的高塔，它是加拿大最高的塔。从塔上不仅可以看到多伦多全景，还可以看到无边无际的安大略湖，还有湖上的小岛和岛上的飞机场，看到有些飞机正在起飞。其实安大略湖只是五大湖中最小的一个，这五大湖容纳了多少淡水！可贵的是五大湖周围有许多大城市，包括芝加哥、底特律、多伦多和水牛城（布法罗）等，竟然能够保持湖水的清洁而没有多少污染。这一点中国实在应该好好考虑一下环境保护的问题了。

看完《野天鹅》有感

《野天鹅》终于看完了。这书几乎是用泪水写成的，读起来感人至深。1954 年作者的父亲调任中共四川省委宣传部副部长，母亲当了中共成都市东城区委宣传部长，一家人又跟着迁往成都，作者则上了高干子弟学校。可是平静的日子没有过多久，左一个政治运动，右一个政治运动，家里不时受到牵连。"文化大革命"一来，父母全被打倒。父亲是硬骨头，不肯低头认错，最后被活活整死。姥姥因为抗美援朝时把自己的金银首饰捐献出来买飞机，留下的一张收据被红卫兵抄出。她那感人的爱国行动完全白搭，硬说她是地主资本家，不然怎么会有那些东西？不由分说要把她赶回老家，最后也是被折磨死去。作者和姐姐、弟弟全都下放到边远的农村，自己当过农民、赤脚医生、电工和翻砂工人，尝够了人间的苦难，也经历了各种磨炼，认识了各色人物。从一个天真烂漫的孩子逐渐成长起来。后来她考上了四川大学外语系，1978 年作为"文革"

后第一批留学生派往英国，获博士学位后留居英国，跟一个英国人乔·哈利戴结了婚。她很早就想把她家里那一段不堪回首的历史写出来，最后在母亲和丈夫的帮助下完成了这部《野天鹅》。书中的内容真实感人，读起来就像是亲身经历的一样。她家的经历在中国现代历史上有很大的代表性，因此也可以作为中国现代史的辅助读物。

过感恩节

10月11日是感恩节。据说感恩节一定要吃火鸡，宏毅特地买了一只大火鸡，自己在电烤箱里面烤，烤了两三个小时，老远就闻到火鸡的香味。晚上一家聚餐，谈论中外风俗的异同，颇为惬意。

游魁北克古城

10月12日，晴，有大雾。本来计划今天去魁北克，可是昨天有些感冒，不知道能不能成行。当时吃了点药，晚上觉得好些了，于是一黑早就起床。嘟嘟和丹丹都还在熟睡中，只好把他们抱上车。宏毅的车开得很稳。一路上雾气特浓，有的地方能见度只有10米左右。过蒙特利尔雾气还很重，大约到十点钟才散，沿路车辆不多，可以开得比较快。即使这样，到魁北克时已经是正午过了。我们首先登上全城最高的古城堡，导游给我们介绍城堡的历史和各个部分的功能。魁北克最早是法国人于1604年建立的，据点虽然设在小山上但没有建筑城堡。现在看到的城堡是1759年英国人打败法国人并且长期占领魁北克后，按照法国建筑师的方案建立起来的。上面除了总督办事处外都是一些军事设施，包括兵营、火药库、指挥所等，周围架设了许多大炮。这里长期由皇家22团的部分官兵据守，现在有的房屋已改建为博物馆，里面主要陈列皇家22团在世界各地的战绩，包括20世纪50年代初在朝鲜的战争，其中有缴获的中国人民志愿军的服装和毛巾等以示夸耀。

看完城堡后我们沿石阶逐级往下走，经过一座古堡式宾馆，一直走到河边。这座宾馆是当地的最高建筑，房顶比旁边的古城堡还要高，却仍然显得很协调。河边铺着数十米宽的木板路，非常别致。魁北克有点像江阴在长江的位置，圣劳伦斯河在城边还很窄，过城就突然变宽，到入海口差不多有 100 公里宽。这里河水很深，碧蓝而清澈，能泊巨轮。我们在欣赏美景时，正巧一艘巨型豪华邮轮伊丽莎白女王号驶近并缓缓靠岸，引来更多的人挤到岸边观赏，船上的游客也聚集到船边向大家招手致意，场面颇为热烈。回头要上一个高坡，大家觉得有些累了，就坐缆车上去。顺便溜了几家商店，然后到一家中国餐馆吃晚饭。魁北克其实很大，可供参观游览的地方很多。限于时间，只能略窥一角。看看天色已经断黑了，只好赶紧往回返。先穿过旧城区的几条街道。这里建筑一色是欧式的，颇有特色。出城后加速开行，到家时已经是午夜 23：45 了。

中国人上太空

10 月 15 日北京时间 9 点 9 分 50 秒，中国神舟 5 号载着太空人杨利伟在酒泉附近发射升空，围绕地球转 14 圈后于 16 日凌晨 6：23 返回地面，降落在内蒙古四子王旗红格尔苏木的草原上。这是中国航天事业的重要里程碑。我们连续两天一直打开中央电视台国际频道观看有关消息，为祖国在科技领域的伟大成就而由衷地感到高兴。一位华侨说得好：新中国成立中国人站起来了，改革开放中国人跑起来了，现在中国人飞起来了。身在国外可能感触更深一些。不过中国还很穷，还有很多人没有饱饭吃，贪官污吏鱼肉百姓的事还很严重。这些问题迟早要解决的。希望我们的祖国会一天天好起来！

去尕汀诺山看红叶

10 月 19 日星期天，我们和一苹一家老小六人到尕汀诺（Gatineou）森林公园看红叶。先到渥太华西郊的河岸公园游玩。这里河面宽阔，河水清澈泛蓝，岸边有许多大雁，还有海鸥和野鸭在那里觅食。旁边有一群石塑人像，是用自然石块粘对起来的，姿态各异，颇富野趣。岸边绿草如茵，空气清新，人们三三两两在此游玩，十分惬意。

大约一小时过后，我们经过渥太华过桥到对岸魁北克省的哈尔，再转道往西到尕汀诺山森林公园。公园极大，长满天然树林，其中绝大多数是各种各样的枫树。有的是金黄色，有的是橙红色，非常好看。我们先看了两个小湖，据说此处原是海洋，后来陆地隆起，这湖是海中凹地，因而成湖。周围景致极好。然后到马更些·金（Mackenzie King，1874 ~ 1950 年）总理的庄园游玩。他是加拿大任期最长的总理，在他就任期间，从半殖民地变为独立国家。他在这里买了 231 公顷土地，盖了几所小木屋。担任总理后夏天仍然住在这里。去世后全部捐献并辟为公园，住房则按原样陈设供游人瞻仰。我们参观了所有房间，还在他原来的餐厅吃午饭。饭后稍事休息，便往回返。到超市买了些东西，准备回家后送礼。因为明天我们就要离开渥太华了。

从渥太华到温哥华

应温哥华不列颠 – 哥伦比亚大学人类学 – 社会学系的邀请，在回国途中要在那里停留几天。所以让一苹帮我们更改飞机票，于 10 月 20 日飞温哥华。今天下午一苹、宏毅和两个孩子都提前回来了，一家人全体出动到飞机场送我们。渥太华新机场大楼刚刚启动几天，泊车的位置隔得好远。我们从三楼换登机牌，然后走到二楼登机，临别时都依依不舍。本来是 6：00 起飞，可是晚了半小时。到温哥华时已是晚上九点。走到行李提取处时，荆志淳正在那里等着我们。我和荆志淳已经好多年没有见面了，这次是他从水城那里知道我到了加拿大，首先发电子邮件邀请我来，后来通过电话确定了日程安排。今天见面特别亲切，他把我们接到学校的格林学院（Green College）的客房，住 242 号套房。这是个老式房屋，住着非常舒适。荆志淳把我们安顿好，商量了明天的活动内容。话别后我们再收拾一下，上床时已经是半夜 12 点，相当于渥太华的凌晨三点，真是困极了。

在亚洲研究所作学术报告

10 月 21 日，卑诗大学（当地华人对不列颠 – 哥伦比亚大学的称呼，英文简称 UBC）亚洲研究所出面邀请我作学术报告，我作了题为《中国文明的起源和早期发展》的演讲。听众除了亚洲研究所和人类学 – 社会学系的教师和研究生外，还有历史系和古典艺术史系的教师共约 30 人。看样子大家还颇有兴趣，提了不少问题。亚洲研究所下设中国、日本和朝鲜等几个研究中心，中国研究中心原主任戴安娜（Diana Lary）是研究

在温哥华卑诗大学优美的校园里

近现代史的，1964～1965 年曾经在北京第二外国语学院教书，中国话说得很好。现在的代主任贝丽（Alison Bailey）原来在英国伦敦大学学考古，现在研究明清文学，也能够说中国话。中心出版有一份《中国研究》季刊。下午荆志淳和妻子牛宏仁（台湾人，祖籍河南）带我们参观了亚洲研究所的图书馆，里面有大量中文图书，考古书籍相当齐备。然后开车把整个学校周游了一番，学校在温哥华市区西边的半岛上，中间隔着茂密的树林。现在卑诗大学有 5 万多学生，其中医学院和生物学院比较有名。校内有许多华人捐献的房屋和设备等。

晚上中国研究中心在一家泰国餐厅设宴招待。贝丽、戴安娜、研究甲骨文的高岛、荆志淳和一位研究希腊、罗马考古的教授作陪，席间彼此畅谈，颇为融洽愉快。

游温哥华

10 月 22 日天阴，这已经是难得的好天气。前些日子一连十几天下大雨，山洪暴发，冲毁了公路，造成一人死亡，2 人失踪。温哥华多雨，年雨量约 1500 毫米，集中在冬季，夏季反而干旱，容易发生森林火灾。

系里派张锋陪我们游览温哥华市容和风景区。张原来是中山大学人类学系的教师，先学考古，后改人类学，现在从詹森（G.E.Johnson）学社会学。我们的汽车从卑诗大学的东门出去，一直向东开行，并且逐渐下降，穿过市区，到一个小半岛，那是一个公园。从岸边可以很清楚地看到市中心的高楼大厦，跟从九龙看香港的景致十分相似。转到半岛的背面则可以看到北温哥华和西温哥华以及连绵的山丘。山上有几处滑雪场。据说 2010 年冬季奥运会将在这里举行。接着转到维多利亚公园，那里是一个小山包，景致极好。回头进入市区，到中国城转了一下。这里有好几条街，房屋一般比较矮，也比较脏乱。除商店外还有一所中国文化活动中心，在那里经常举行一些报告会和公益娱乐活动。现在温哥华有 240 万人，华人约占四分之一，是加拿大华人最集中的地方。温哥华西边有一个温哥华岛，面积很大，南端的维多利亚市是卑诗省的首府，大多是欧式建筑，风景极好。上去要乘船，而且要住宿，至少得花两天时间。荆志淳一再表示这次时间太紧无法安排，下次一定想法子去看看。

晚上皮尔逊设家宴招待，由荆志淳夫妇作陪。皮尔逊是张光直的第一个研究生，今年已经 68 岁。我们第一次见面是 1986 年 6 月参加在美国弗吉尼亚州艾尔利召开的学术讨论会上，以后又多次见过面，相互推荐过学生请对方培养，所以我们是老朋友了。他的夫人是在耶鲁大学念书时的同学，日本人，这引起他对日本考古的兴趣。他的学位论文就是《琉球考古》，以后的研究扩展到整个环太平洋地区，包括美国西部、夏威夷和中国东部。他有一个女儿在新西兰教书，主要研究夏威夷考古。所以皮尔逊每年要去日本、新西兰、中国和美国等地，最近又对泉州的海外交通感兴趣，12 月还将参加在桂林举行的华南考古会议。

皮尔逊的家是一所 50 年前建筑的豪华别墅，家里摆设也颇讲究。温哥华的房屋是北美地区最贵的，这所房屋就是相当大一笔财产。皮尔逊夫妇很客气，专门在一家重庆饭馆订了一桌酒席。席间谈了许多学术界的事情，到晚上十点才动身话别。

参观大学博物馆

10月23日上午荆志淳陪我们参观卑诗大学博物馆。加拿大最大的博物馆是多伦多的安大略国立博物馆，大学中最大的博物馆就数这一座了。这个博物馆收藏了大量印第安人的文物，其中图腾柱就有好几十根，大的比渥太华文明博物馆的还要大得多。此外还有少量太平洋各岛屿，包括巴布亚－新几内亚、所罗门群岛、斐济、萨摩亚、夏威夷等处的文物，以及中国、日本、朝鲜、东南亚和非洲的少量文物。每件文物上都有编号，按照编号可以查阅放在旁边的详细资料档案。较小的相关文物放在下面抽屉里，用玻璃罩上再加锁，既便于参观，又保证安全。博物馆附设有考古工作室、实验室和库房，十分宽敞。最近博物馆拟扩建，准备增加一倍展览面积，还要建陶器、石器、动物、植物、同位素、地质和数据处理等7个实验室，已经拨款5900万加元，计划5年建成。

下午同荆志淳讨论考古学的有关问题。晚上人类学系在一家香港餐厅设宴招待，系主任波科提罗 (David L. Pokotylo，他是研究北美西北史

参观卑诗大学博物馆的印第安人图腾柱

前考古的）和全部教授参加，情绪热烈。饭后应曹心原的邀请到她家小坐。曹原在夏威夷，三个月前才应聘为本校艺术系教授。她花了将近一百万加元买了一所豪华房屋。我和曹过去曾经多次见面，虽然不算多么熟悉，也算是老相识了。异国相逢，特别亲切。

飞回北京

10 月 24 日天气晴朗，上午 10：00 荆志淳送我们去机场。登机手续非常简便。我们领登机牌并发完行李后，在机场餐厅吃过早点，稍事休息便上飞机。当地时间 13：00 准时起飞，很快看到温哥华市区和温哥华岛的全貌，接着便飞越浩瀚的太平洋。大约十小时过后进入中国上空，开始是一大片盐碱地，接着是一片沙地，然后是漫无边际的黄土山，这些地方都几乎寸草不生。只有进入北京小盆地才看到绿色，好像一个沙漠绿洲。难怪北京风沙大，要想治理好首先得把那些光秃秃的地方绿化，真是谈何容易！大约 15：15 飞抵北京机场，地面温度达 20℃，很暖和。回到家里，小薇已经让小时工把房间打扫得干干净净，还烧好了开水，我们心里感到热乎乎的。

在丹佛消夏

从北京到丹佛

一苹跟着公司搬到美国丹佛市工作已经有好几个月了，工作不错，很遂她的心，所以她决定一家都搬迁到丹佛去住。上个月花 50 多万美金买了房子，这几天正忙着搬家。两个孩子放暑假了没有人看护，我们正好去帮帮忙。

7 月 5 日早晨石磊开车到我们家，9：00 动身到首都机场。我们买的是美国联合航空公司的票，办完登机手续，乘 UA888 航班于 12：05 起飞。过日本后便进入太平洋上空，不久天气渐黑，我们半坐半躺静静地休息，想睡又睡不踏实。北京时间 21：00 天已经大亮，23：05 也就是当地时间上午 8：05 到达旧金山。旧金山机场很大，有 90 个登机口。我还是 20 年前来过的，原来是什么样子已经完全记不起来了，无法同现在的样子作比较。只记得旧金山的夏天很凉，但没有估计到冷。我们办理完入关手续，就在去丹佛的第 90 号登机口候机。我们预定的机票是美联航 770 航班 12：35 起飞，因为航班延误到 13：05 才登机，在机场足足等了 5 个小时。室外的气温只有 13℃，室内的气温也差不多，我们简直冷得不行。登机后暖和多了，可是不知什么原因迟迟不起飞，直到 15：05 才飞。等于在旧金山呆了 7 个小时，却只是在机场停留，外面的情况一点也不清楚，实在是浪费生命！

从旧金山到丹佛大约飞了两小时，飞机跨越落基山，可以看到山上还有积雪。最美的是山上的云彩，好像是无穷无尽的棉花垛。有时好像是棉花的海洋，飞机贴着棉花样的波涛前行。有时好像是棉花垛成的绝壁，直立可数十丈，飞机就傍着壁边飞行。有时在厚厚的云层中出现一个大圆坑，从坑中可以清楚地看到地面的景色。越过落基山就是一大片平原，实际上应该是高原。接近丹佛时看到许多绿色的大圆圈，据说是喷灌的农田。丹佛同旧金山差一个时区，我们到达时已经是当地时间 18：00 了。丹佛机场位于市区的东北郊，规模很大，周围一片空旷，机场可以任意扩展。我们下飞机后经过 B 厅，然后乘地铁到一个大厅，在那里取出行李。同时跟一苹联系，她还在来机场的路上。因为她最近搬家，搬家公司用一辆特大的卡车将家具等所有物件从加拿大渥太华运来，路上经过三天，今天刚好到达。卸车就花了好几个钟头，所以来晚了。等了一会儿，一苹带着两个孩子来了，见面好是亲热。寒暄了一会儿，买了些吃的，取了行李，便往一苹的新家走去。

　　一苹的家在市区正南的高原牧场（Highlands Ranch）的南部边缘，是新开发的居民区。我们从机场往南再往西，完全在市区外围转，只见一片黄色，草还没有返青，到南边才看到稀疏几棵小树，显得有些荒凉。车一直开了 30 英里，将近 50 公里才到家。房子是新盖的，室内装修都已完毕，后院的草坪还没有来得及铺好。从前面看是两层楼，有 3100 平方英尺。从后面看是三层，底下一层不算正式面积，实际上三面都有窗户，正面有门出到后院，是很好的一层房屋，面积有 1400 平方英尺，总面积约合 420 平方米，还有两个很大的阳台，比原来在加拿大的房子大多了。价钱也不菲，52 万美金。

　　一苹的房子基本朝南，前面有一个圆形广场，围着广场共有六户人家。南面有一个出口通向 Canyonbrook Dr.，即堪涌沟大道。因为这条路是沿着一条大沟修建的，这大沟也许就叫做堪涌沟。附近有好几户中国人，一苹对面一户的男主人就是北大地理系毕业的，和一苹是前后同学。有一位姓曹的是宏毅的同学。还有一位陈敏，温州人，离婚后带着两个孩子过日子。一苹初来时经小曹介绍住在她的家里，两人成了好朋友。

　　我每天早晨沿着附近的街道和公路散步，晚饭后则常常和家人一起聊天散步。这里的公路都是水泥路面，街道则都是柏油路，两边用水泥镶边，再抬高约 10 厘米修一米多宽的水泥人行道。两边房屋前面都有草坪，没有一点泥土露天，所以路上非常干净。我走了好多天皮鞋底还是干干净净，一点尘土也没有。所有房子大抵是由加州的 Shea Home 和

Rich Mond 两家房地产公司开发的，每座房子多是两层带一个地下室，3000 平方英尺左右。后院多用木板墙围起来。公路边的房子小区外也用木板墙隔开。房价从 40 万到 60 万美元不等，房价的高低除面积外还与位置有很大关系。近些年各国房价都在涨。一苹在加拿大的房子是 24 万加元买的，住了八九年大约可以卖 38 万加元。居民区有小学、中学和活动中心，后者有的附带有小卖部，买东西一般要到较远的地方。我们常常到接近市区的中国城或 Aurora 购物中心的韩亚龙食品超市购买食物和其他用品，顺便在那里的中餐馆用餐。

游览红岩公园

7 月 21 日，一苹开车带领我们一家到丹佛西郊浅山区的红岩公园（Red Rocks Park）去游览。沿着 470 公路往西再往西北，车开了不久就到了落矶山东麓的浅山区，道路弯弯曲曲，山上稀稀拉拉长些草，大多半干枯的样子，很少绿色。不久见到一座座的红色砂岩从地面突起，层次鲜明，向东倾斜没入地下，向西的一面被侵蚀截断，茬口参差不齐，呈现各种形状，近看非常险要。这里从 30 年代起就已经开辟为旅游胜地。我们先到一个泊车点，那里有商店和咖啡厅，很难得有几棵大树，是个休息的好地方。附近草地中有不少仙人掌，很小，长得非常艰难。若丹非常喜欢，用石头挖了一棵准备拿回家栽种，不小心扎了一手刺，痛得直哭。姥姥帮她把刺拔了才又高兴起来。从这里往上爬有两条路可以到达一座露天的椭圆形剧场（Amphitheater）。一条要走约两公里，坡比较缓；另外一条可以走一段汽车，路比较短，但坡比较陡。我们选择了后一条路，大概爬了一百多个台阶就到了。剧场夹在两座红岩之间，左边的叫小船岩（Boat Rock），右边的叫宇宙岩（Creation Rock），相距 100 米左右，从舞台处向上斜插天穹，极为壮观。两座岩石的剖面朝里，形状和大小都很相似，好像是一块岩石被掰开成两半似的，真是奇观。剧场的座位都是用石头砌的，大概有 70 多个台阶，可以坐 9000 多人。台阶呈弧形逐级而上，很像古罗马剧场的样子。两边各栽一行塔松，长得很茂盛。后座顶上有一个平台，平台底下是餐厅和商店，再往后便是很深的山沟。我们一直爬到顶上的平台，尽情欣赏这自然加人工的宏伟杰作。下面的舞台上正在排练节目，扩音器放送的音乐在山岩间回荡，令人心情亦为之激荡。据说美国国庆时这里是一个放焰火和狂欢的中心，真是一个别出心裁的选择。

直到傍晚约 19：00 我们才依依不舍地下山。天还没有黑，我们看到附近几处红岩，有的像青蛙，就叫青蛙岩，有的像骆驼，有的又有些像坐佛，那真正是"丹佛"了！

初识丹佛

到丹佛好多天了，一直在边缘打转，对丹佛全貌浑然不知。7 月 23 日，一苹带我们全家到市中心的 Down–Town 去玩。那里是丹佛最繁华的商业区，有许多摩天楼和高层建筑。街道全部是斜方向的，东南 — 西北街从左至右按顺序号命名，东北 — 西南街则各有专名。贯穿东南 — 西北的中间一条街叫 16 街，是唯一的一条步行街。街道中间是林荫道，有供行人休息的坐椅和少量杂货摊。最奇特的是每隔三二十米有一头用塑钢做

号称牛城的丹佛街头处处有塑钢彩牛

的黄牛，大小跟真的一样，姿态各异，满身画着五颜六色的花纹。有一头牛身上贴满了各国的钞票，其中有人民币和越南币，当然主要是美钞。其他地方也有一些牛的塑像，基本上是肉牛，没有看见奶牛。有一个地方看到平板的野牛形象，但没有水牛。因为到处是牛的形象，所以丹佛又被称为牛城（Cow City）。林荫道的两旁有免费坐的游览车，是无轨电车，大多数人可以找到座位。在这里没有看到中国商店，有家餐厅外面用中文写着"蒙古火肉"，想进去尝尝，可惜暂停营业。在Down-Town之北是丹佛早期的发展中心，叫Lower Down-Town，简称LoDo，有许多维多利亚式的建筑。在Down-Town的西边有一个很大的体育场和儿童游乐中心。

在市中心没有吃到蒙古火肉，只好又回到位于Alameda西街的太平洋超市永昌饭店吃自助餐。这地方我们不只来过一次，位于丹佛的内圈，街上有好几家中国餐馆，也有日本和韩国餐馆。丹佛内圈属于Denver County，街道全部是正南北东西的棋盘格。连中圈也都分成这样的格子。格子有大小，大格子大约1英里见方或稍微大些，是由较大的街道分割而成的。南北的大道叫Boulevard，简称BLVD，有的也称为Street；东西的大道叫Avenue，简称Ave.，都是林荫大道之意，也有称为Road或Parkway的。这些街道多用地名或人名命名，如科罗拉多路、密西西比路、魁北克路、林肯路、杰斐逊路等。大格子内有小格子，也是正南北东西向，多是居民区，也有一些商店和公共设施。中圈可能因为地形有点起伏，大格子内没有小格子，而是弯弯曲曲的街道。至于外圈，连大格子也没有了，全部是弯弯曲曲的街道，多是新开辟的居民区。这些弯弯曲曲的街道有的叫Street，有的叫Lane，也有称为Place，Way甚至Road的，有的转一圈就叫Circle。全市包括外圈在内，东西和南北的直线距离大约都有40公里，面积当在1500平方公里左右。丹佛城区（The City & County of Denver）人口约有56万，在美国排名为第20，Down-Town的规模则为美国第十；如果加上6个大区（County）也就是中圈和外圈的人口则达240万，占科罗拉多全州的一半以上，其中亚裔有6万多人。

丹佛的东部有科技中心，市中心区旁有丹佛大学等三所大学组成的校园，还有丹佛自然历史博物馆、丹佛美术博物馆、动物园和水族馆等。

附近有建立于 1906 年的美国第二大铸币厂，每年铸币 10 亿多硬币，每块硬币上有一个小 D 字，表明是在丹佛铸造的。东北是大型国际机场，东南有私人小型机场，西北的波尔德镇（Boulder）是个大学城，有科罗拉多大学等高等学府，风景极佳。西南有红岩公园胜迹。贯穿全市南北有 25 号国道，另有几条州际公路，都是高速路。还有铁路与外面相通，主要是运输货物。市内有 200 个公园，郊外主要是西部山区有许多旅游和露营地点。

丹佛原来是西班牙人为开采金矿而建立的一个小镇，逐渐发展为北美洲西部的中心，成为印第安人、牛仔、篷车队、赌徒、枪手的聚集地。后为法国殖民者占领。1803 年由法国转让给美国。1867 年以丹佛为首府建立美国第 38 个州——科罗拉多州。科州产钼占世界的 3/4，钼钢极硬，是制造火箭不可缺少的材料。最近十年丹佛和科罗拉多州发展都很快，人口都增加了 1/3，是美国发展最快的地方之一。

科罗拉多州是美国地势最高的州，落基山从西部通过。丹佛位于落基山脉以东的高原上，海拔 1600 米，一年中晴天超过 300 天。年雨量只有 200 ~ 380 毫米。没有大河，只有科罗拉多河的上源等几条小河。普拉特河（Platte River）从市中心穿过，水量不大。市内东部有一个樱桃沟水库，西部也有几个水库和小湖，水源多是从落矶山上下来的泉水和雪水。这里夏季的气候比较凉爽，白天最高气温多在华氏 85 ~ 95 度之间，合摄氏 29 ~ 35 度左右，个别时候可以达到摄氏 39 度，只是中午一会儿热，早晚都很凉快；夜间最低为华氏 55 ~ 65 度之间，合摄氏 13 ~ 17 度左右。在这里消夏是很合适的。冬季平均在摄氏 7 度左右，比纽约和芝加哥都要暖和。最美丽的时候是秋天，山上的白桦树叶一片金黄色，是旅游的最好季节。这里没有台风和暴雨，也没有大雾和沙尘暴等恶劣天气，是美国最适于富人居住的十大城市之一。

享乐全家福

我们一家分居三个地方，相距遥远，聚在一起很不容易。去年 11 月到老家祭祖，兄弟姐妹、儿女、侄儿女和相关亲戚大聚会，是平生第一次。这次到美国丹佛女儿家，约住在加拿大蒙特利尔的儿子一家来一起聚会，也是很难得的一次机会。8 月 8 日严松夫妇和两个女儿从蒙特利尔起飞，在多伦多停留三个多小时，到丹佛时已是本地时间 7：30 了。本来蒙特利尔到丹佛有直达航班，可是一天只有一班，夏季票不大好买，只好在多伦多转机了。一苹在机场定了一辆车，连税等在一起花了 335 美元，严松又花了 200 多美元买保险。这样取车花了些时间，我们等急了，又无法同严松取得联系，就跟在圣地亚哥开会的一苹打电话，要她跟严松或租车处打电话，她也打不通。到晚上 10：00 终于听到车响，心里一块石头才落了地。严松第一次到丹佛，晚上开近 50 公里的车，要过几个岔路口，进入住宅区街道曲曲弯弯，就凭在网上下载的一张地图，竟然一点不差地找到一苹的家，真是不简单。全家人聚在一起，个个有说不出的高兴！呜呜长高多了，跟丹丹一对小姐妹形影不离；小雨一头童发，两只大眼睛滴溜溜转，爷爷奶奶叫得特别亲热。

严松租的是一辆 8 人坐的 Commander 大吉普，性能很好。我们第一天就到市中心的 16 号步行街游玩，然后坐免费公交车到东南端的科罗拉多州政府大厦参观。大厦的穹隆顶上贴着黄金，门前的第 15 级台阶上镶嵌一块黄金圆片，下面刻着 Mile High，表明这里海拔一英里也就是 1600 米。进门可以自由参观，大厅有许多圆柱，柱础上相当于硕的部分也贴着黄金。墙壁上挂着一些油画。州政府的西边有中心广场，对面是市政府和区政府，南边是法院。旁边有丹佛美术馆、丹佛历史博物馆和图书馆等公共设施，准备过两天再来参观。

8 月 10 日往南游科罗拉多泉。11 日上午严松、惠萍带着四个孩子到活动中心游泳馆游泳玩耍。下午他们全体又陪李嘟去打冰球。一苹从圣迭戈回来直接到冰球馆同大家一起回家。我和秀莲都有点累，在家休息、做饭，等晚上大家一起热热闹闹地团聚。12 日上午全家九人乘两辆车到市中心参观丹佛美术馆和历史博物馆。丹佛美术馆规模很大，里面陈列着从印第安人到以后殖民时期的各种美术品。我们只看到介绍，不知道正在扩建，要等到 10 月才重新开放，实在可惜。据说扩建后陈列面积要增加一倍。新馆设计外形非常特别，很像一团水晶晶体。里面设备十分现代化。我们只是在第一层参观了扩建的方案和新的陈列方案，留下了悬念和失望。我知道埃玛·邦克 (Emma C. Bunker) 曾经在这里工作，现在该是退休了。想见见她，可是问谁也不知道，真是奇怪。

接着到丹佛历史博物馆参观。这里有印第安原住民的历史文物和大量欧洲殖民者"开发"时期用过的各种机器、武器、大篷车，开采金矿、煤矿等的设备和大型布景箱。殖民者早期在丹佛的开发，就是朝着那里的金矿、煤矿和野牛去的。

参观印第安人崖居

从地图上看，丹佛的正南方不太远就是印第安人著名的蒲埃布洛。所谓蒲埃布洛，就是用泥土和石头建造的阶梯形聚落，主要分布在美国的西南部，包括科罗拉多州和新墨西哥州等。据说离丹佛稍近的科罗拉多泉也有相似的建筑。8 月 10 日我们专程到科罗拉多泉游玩，那里距丹佛约 100 多公里，车行一个多小时。沿途一片青翠，不时见到牧牛场的牛群。路西不远便是落基山，山下有航空学院。我们看到有滑翔机在训练，从山上不时有人跳伞练习。科罗拉多泉是科州第二大城市，但我们的目标主要在其西郊的诸神花园和印第安崖居。诸神花园（Garden of the

参观科罗拉多泉的印第安人古崖居

Gods）主要是红砂岩被侵蚀后形成的奇特地貌，因为有各种形状，有的像人或神故名。这里有游览车，有导游解说。因为是中午，太阳晒得火热，我们就自己坐车转了一圈，好看的地方停下来照相。从这个地方往西看，可以看见美国的最高山峰 Pikes Peak，海拔 14110 英尺，合 4300 米。游览车可以开上去。附近有世界最高的悬索桥和高达七级的瀑布，还有天然的风洞等，我们都没有去看。已经午后 1 点多了，便找了个有树阴的地方席地野餐。严松特地给我买了最好的啤酒，大家吃得挺痛快。

下一个节目是参观印第安人的崖居和蒲埃布洛村落 (Monitou Cliff Dwellings & Pueblo)，地点在诸神花园以西不远。这里顺着天然的红砂岩大剖面上的层理凿岩而居，据说是 Anasazi 人在公元 1100～1300 年开凿的。这 Anasazi 文化分布在科罗拉多州和新墨西哥州的四个地方。在崖居下方紧贴崖壁的土房子是由 Anasazi 人的后裔 Taos 人按照 Pueblo 的风格于 1898 年开始分三次建造起来的，他们现在住在新墨西哥州。房子里面有一个小小的博物馆，陈列着古代的工具、武器、陶器（主要是彩陶）和一些人头骨，据说都是 Anasazi 人的。旁边有一个礼品小卖部，卖的都是印第安人风格的东西，规模比博物馆大得多，可说是喧宾夺主。紧靠小卖部还有一个印第安人风格的餐厅，我们也没有去光顾。从博物馆出来有一个小广场，有几个人正在表演印第安人的舞蹈，其中一个叫做鹰舞。演出者一面舞一面唱，节奏急迫，弄得满身是汗，非常投入。孩子们也看得非常起劲。看完节目，我和严松带领几个孩子扶着简易的木梯爬进上面的崖居。里面很狭窄，像个隧道，墙壁和洞顶都没有修理，光线也不好，但足可以遮蔽风雨，特别在防卫敌人袭击方面是很有效的。我们看到有的房间有火塘，旁边摆放着石磨盘、石磨棒等，但大部分地方是空的。

参观崖居要收费。除了学生，老人小孩都要收，票价也不低。看舞蹈表演要投币，礼品部当然是要卖钱的，游览车和导游就不用说了。

我们大约在下午 5 点多就参观完了。在回家的中途遇到塞车，汽车排着长长的队伍，原来前面出了车祸。整整耽误了一个多小时，到下午 7：30 才回到家里。

见识波尔德（Boulder）大学城

8月13日全家到丹佛西郊的 Golden，取这个地名就是因为这里出产黄金。再往西去就进入了山区。公路沿着小溪弯弯曲曲向上爬，一路很少见到绿色，跟到科罗拉多泉去路上看到的情况完全不同。最后走到了一个金矿，一看停工了。据说前面还有一座金矿正在生产，可以参观，只是要收费。可是车子开了半天也没有找着，只好怏怏而返。到 Golden 折往北行，就到了著名的大学城 Boulder。这里有科罗拉多大学和私立的科罗拉多学院等多所大学，整个波德尔镇就是为大学服务的。我们没有进校去看，只在教授住宅区旁边走了一下。后来我才知道李泽厚夫妇就在科罗拉多学院任教，过去闻一多和梁实秋都曾经在这个学院学习，是个颇有名气的百年老校。李在此任教已经十年，每年住六个月，回北京六个月。他是北大毕业的，早先曾经以《美的历程》博得学术界的称誉。在美期间写了《走自己的路》、《告别革命》（与刘再复合著）和《论语今论》等。他认为《论语》是中国的圣经，对中国思想文化和伦理道德的影响无与伦比，思想的包容量也极大。所以他做了译、注、论三方面的努力。这书我还真想看看，早知道他在这里我就会拜访他的。Boulder 西边山上满是松树，一片青翠。我们沿着盘山路一直往上爬，到山顶发现有露天剧场和专门的停车场，还有为野餐开辟的场所。我们选了一个比较好的地方，铺上塑料布，支起折叠椅，打开冷藏箱，美美地吃了一顿午餐。从山上往下望去，整个大学城 Boulder 尽收眼底。远处是丹佛，看不清楼宇，只见茫茫一马平川，一点起伏都没有，那便是科罗拉多高原！

丹城中文学校

丹佛比较著名的中文学校叫做丹城中文学校，校本部设在樱桃沟高中，八年前创办。开始只有华裔学生，后来白人、黑人的孩子也报名上学。今年又在 Highland Ranch 高中开办新校。这地方离一苹的家比较近，所以给两个孩子都报了名。8月20日，我们一起送嘟嘟（李云桥）和 Gloria（李若丹）去上学。这学校外貌很朴素，一层的红砖平顶房，里面可是比较讲究。有地下室和各种活动中心。教室宽敞，设备一流，里外全部铺上地毯。今年招收了 200 名学生，设 10 个年级，还有学前班。此外又设有舞蹈、美术、民乐、太极拳、功夫、成人健美和成人口语等班级。教师大部分是从北京聘任的，也有少量美国白人。Gloria 上学前班，从汉语拼音学起。她在加拿大学过，这次是因为老师发音纯正，教学方法也很好，所以让她再学一次。即使这样，她还是班里最小的，而且学得很轻松。嘟嘟上六年级，第一堂课是讲香港旅游，稍微深一点，有些学生跟不上。老师是北京国际关系学院毕业的，一直在广播电视部门工作，是中央电视台第八频道的工作人员，在这里兼职。中文学校没有自己的校舍，两处都是借用普通高中的教室，所以只能在星期日上课，下午 13：30 ~ 16：30 三个小时。一学年 180 美元，校本部为 220 美元，在美国就算是很便宜了。

除了中文学校，李嘟已经上普通中学七年级，即初中一年级，还参加冰球班等，在加拿大参加过歌咏队，学过钢琴、绘画、跆拳道、足球、篮球等，大概有十几个班。Gloria 上幼儿园大班，还参加滑冰、体操、舞蹈等班，在加拿大也学过钢琴、绘画、冰球等，成绩都不错。两个孩子都很聪明，兴趣也很广泛。

在南莎娜家作客

在美国东部和西部我都有很多熟人，可是都太远，往来不方便。丹佛只认识两个人，就是丹佛大学的南莎娜 (Sarah M. Nelson) 和美术博物馆的埃玛·邦克 (Emma C. Bunker)。埃玛·邦克早已退休，不大好联系，只联系上南莎娜。本来想早点见面的，因为她要到斐济去开会，后来又到旧金山她姐姐家去，只好把日子推后了。9 月 3 日，我们一家六口人应邀去南莎娜家作客。她家住在大学路南端近旁的教授宿舍区，是一座三层的小楼房。房前有很大一个草坪。我们看到那里停了几辆车，估计还有别的客人。进到屋里，果然看到很多客人，都是南莎娜请来作陪的。他们都坐在后院，那里摆了几张桌子，大家在那里吃点心聊天。我首先认出了埃玛·邦克，她见到我好亲热。她现在已经退休，我让一苹给她原来的单位打电话就是找不到，是南莎娜专门约来的。他说她的先生前

在南莎娜教授家作客（左：南莎娜，右：埃玛·邦克）

几年已经过世，现在一个人过日子。有个小外孙女在怀俄明，她经常去那里，这次听说我来了，自己特地从怀俄明开车来见面，还送给我一本《欧美各博物馆所藏北方草原东部文物图集》。我看她虽然显得更老了，但是精神很好。我穿一套西服正合适，她却只穿一件短袖衫，一点也不觉得冷，可见身体也很健康。她说她前几年曾经到柬埔寨参与吴哥窟的修缮工作，后来就什么事情也不干了。别的客人我不认识，只好请南莎娜一一介绍。可惜我没有带名片，也没有接别人的名片，记不出名字来了。其中一位是铜管乐教师，曾经在台北办铜管乐培训班和在中学教铜管乐长达十年之久，所以中国话说得很好。他的妻子耿某是中国人，还知道我。一问才知道她原来是山西省考古研究所的资料员，被派到丹佛大学进修，两年前跟这位铜管乐教师结婚，现在正办理移民和申请美国国籍的事情。有两位是研究中国美术史的，其中一位女士主要研究唐宋美术，特别对杨贵妃感兴趣。谈得比较多的是原北京大学南亚所的赵穗生教授夫妇。赵是73级工农兵学员，曾经受教于季羡林等先生，现在是丹佛大学国际关系学院教授和美中合作中心主任。他说他每年都要回北京五六次，也去过台湾，见过陈水扁云云。太太是清华大学化工系毕业的，因为有三个孩子，所以就没有去找工作。还有几位客人也都是丹佛大学与研究中国有点关系的。南莎娜的先生是一位著名的胸外科医生，好像是不大爱说话，家里的事都由南莎娜一个人张罗。我们一面聊天一面用简单的自助餐。孩子们早就到后花园玩去了，我们也顺便去溜达。那里有一个小山丘，树木葱茏，绿草如茵。坡地上还做了一些祭坛、庙宇等袖珍小景，整个面积大约有 1000 平方米。看看天黑了，我们就回到屋子里。用过点心和咖啡，便由南莎娜带领参观她的房子。她说这房子是她自己设计建造的，用料很讲究，一共有十好几个房间。我们先看了她的书房，书籍多半是人类学和考古学方面的，其中有不少是关于中国东北和朝鲜的。她特地送给我两本自己的著作，一本是讲红山文化玉龙的故事，另一本是讲石家河文化玉凤的故事。卧室有好几间，里面有很多人类学的摆设，包括中国、朝鲜和中亚的工艺品。墙上挂了许多名画，也有一些中国画。她指着一幅全家福的照片给我们介绍说，他们有三个孩子，都结婚了，而且都有两个孩子，连他们老两口一共有 14 人。可是只有一个孩子的家在丹佛，另外两个的家离得很远。平常家里只有他们老两口过日子，平均两年全家聚会一次，所以要有好几个卧室。主人的热情很让人感动，可是很晚了，只好依依惜别。

丹佛大学人类学系

应南莎娜之邀，我们于 9 月 7 日访问了丹佛大学人类学系。该校在大学路和耶鲁路的交叉处，旁边还有两所大学，那里是一个大学区。南莎娜热情地接待。她本是人类学系主任，刚刚退休，给她留下一个办公室，还给了一个荣誉头衔，叫做约翰某某教授，约翰是丹佛大学的创始人。据说全校有这个头衔的只有几个人。我们先在她的办公室坐了一会儿，然后看了实验室、资料室、正在上课的教室和一间展览室，那里正在筹办一个西藏民俗展。据南莎娜介绍，人类学系只有 10 名教师，其中 9 人是教授。本科生 40 人，研究生 20 人，其中 10 人学考古，有一人是从中国南京来的。田野考古实习主要在本地，有时也到秘鲁去。我随便抽看了他们历年的发掘记录，包括 50 多年以前的记录，都做得很规矩，资料

访问丹佛大学（左起：严一苹、南莎娜、严文明）

保存得很好。南莎娜特别拿出她在丹佛南郊一个洞穴遗址发掘出来的一些遗物，其中有许多木器，还有鹿皮等。她说因为洞穴里很干燥，所以保存了许多有机物。博物馆有一间库房存放了许多印第安人的头骨，现在成了敏感的问题，政府和印第安人都不让看，怎样处理要等以后协商解决，所以我也没有去看。我主要看了博物馆里的陶器，差不多都是美洲各地出土的。美洲的彩陶明显有几个系统，比如北美的那发和、中美的墨西哥和南美的秘鲁，彼此的风格很不相同。我看到巴拿马公元1000年左右的一组陶器特别有趣，一件小口广肩鼓腹彩陶罐，红地黑彩，很像大汶口文化的东西，同出的一件褐陶豆，口沿有锯齿，很像马厂的；两件盆形鼎，宽斜沿略卷，圜底，褐陶，表面稍打磨光，圆锥形空足，足尖外翘，外面有一竖道镂空。这几件陶器如果出在中国，是不会觉得奇怪的。

临别时南莎娜特地送给我一本很厚的书《Handbook of Gender in Archaeology》（性别考古学手册），是她主编的，收录有西方考古学界许多学者的有关论文。她告诉我明天要到旧金山去，她姐姐在那里教音乐。我顺便问她是不是知道加州大学伯克利分校历史系吉德炜先生的情况，她说很不好，同张光直一样得了帕金森氏症。他跟我是同年同月生，老朋友了，听了这个消息心里很为他难过。

看了几本闲杂书

平常一苹上班，小孩上学，我在家无事，看了几本闲杂书：

《Rich dad, poor dad》，是美籍日本人写的英文书，很有趣。作者以第一人称叙述的方式，说他的爸爸是大学教授，教他好好学习，努力工作，可以拿到比较高的工资；他的朋友的爸爸是个房地产商，因为会算计发了大财。朋友的爸爸笑话他的爸爸是为挣钱而工作，累死了也挣不了几个钱；自己则是让钱为我服务，轻松愉快成了富翁。作者想做富翁，认了朋友的爸爸做爸爸。所以他有一个穷爸爸，还有一个富爸爸。书中充满了生意经的说教，但文字诙谐好读。

《挪威的森林》，日本村上春树著，林少华译，上海译文出版社2001年出版。本书在日本发行超过1500万册，在世界各国也很风行。书中写主人公渡边从高中到大学一二年级与几位男女同学交往的故事。他最爱的直子本来是他的好朋友木月的恋人，后来木月自杀，直子精神有点失常，成了渡边的恋人，却一直住在一个有精神障碍的患者的疗养院里。期间渡边又在公共课上认识了活泼开朗、性格直爽的绿子，并且相互深深地爱慕着。文静腼腆、多愁善感的直子有所感悟而走了绝路，这对渡边的感情冲击极大，最终也没有和绿子结合。书中描写男女青年的性关系的情节看了令人吃惊。渡边的同学永泽竟然跟上百个女孩子睡觉，绝大多数是从不认识的。渡边也多次跟别人发生性关系，好像青年学生之间做这种事是家常便饭。当今日本的社会真是这样吗？国家、民族、社会责任、事业等等全都不考虑，以后的社会会成为什么样子呢？

《纵横天下湖南人》，王开林著，北京十月文艺出版社2004年出版。王开林是长沙人，北大中文系毕业。书中写了魏源、曾国藩、左宗棠、彭玉麟、胡林翼、郭嵩焘、曾国荃、谭嗣同、黄兴、蔡锷、宋教仁、陈天华、杨度、熊希龄、谭延闿、章士钊、何绍基、王闿运、叶德辉、易顺鼎、八指头陀、齐白石、沈从文共 23 人。有史实，有评价，有思想深度，又有文采，颇有司马迁之风。有些议论往往与现实相联系，认为中国的现代化不应只限于物质层面，还应该在制度和思想上做出努力。

《血色炼狱》，龙昇著，群众出版社 1994 年出版。这是一本自传体的报告文学作品。书中写他作为待业青年申请出国而成了特嫌，于 1966 年 5 月 15 日被关进了北京南城监狱，又因为没有实证而作为强制劳动者发配到南疆生产建设兵团。吃尽了苦头，被吊打、凌辱、超强劳动，中途逃跑，躲躲藏藏，因无处安身又自动返回。最后"落实"政策被区分为人民内部矛盾，仍然留原地劳动。在喀什噶尔娶妻生子，过了三年接近正常人的生活。最后申请到日本探望父亲——某个公司的负责人，并定居日本的故事。读来如亲身经历，对那段人类历史上旷古未有的大灾难会有更深刻的认识。

《张春桥传》，叶永烈著。作者是北大 1963 年毕业生，11 岁发表诗作，20 岁发表第一本著作，至 1993 年已经发表 2000 多篇文章和 130 多部著作，其中包括《四人帮兴衰》（写王、张、江、姚四人的传记）、《中共之初》、《毛泽东之初》、《沉重的一九五七》等。作者查阅了许多档案资料，对张春桥的叛徒嘴脸和奸诈险恶的所作所为刻画得淋漓尽致，剖析得入木三分。让那种人当权实在太危险了。所谓"文化大革命"实际是毛泽东的一场大赌博，竟然依靠江、张、姚等明知有问题的人，能够达到什么目的呢？

《韩素音自传》第五卷《再生凤凰》。也是写"文化大革命"时期的中国。有些事我是第一次知道。比如林彪是 9 月 13 日出事的，9 月 11 日国庆前的排练就取消了，9 月 11 ～ 18 日全国飞机停飞。看来林彪出走中央是预先就知道的。韩素音是混血儿，但对中国感情极深，又与高层及各方面人士有密切交往，知道的事情很多，但看问题的角度有她自己的特点。

《中国古典名著译注丛书》，广州出版社出版，我看了其中的《论语》、《孟子》、《大学、中庸》（实际是包括大学、中庸等13篇的《礼记》选读）、《易经》、《老子、庄子》等。这些书我过去都看过，其中《四书》还背诵过，现在只不过是温习一下。这套丛书出了三辑，每辑 12 本，纸张、印刷、装订的质量都不错，但编排和选题都很乱。我看的几本译注的水平不齐，注释简略，时有错误，还有一些错别字。这种粗制滥造的书翻翻可以，作为初学读本似乎不大合适。

叁 ／ 怀念师友

悼念童恩正

1997 年 4 月 23 日，忽然接到慕容捷（R. E. Murowchick）从美国发来的电子邮件，告知好友童恩正因急性肝炎已于 4 月 20 日去世，看到这个消息简直像晴天霹雳。他那时才 62 岁，风华正茂，怎么一下子就走了呢？记得我们最后一次聚会是 1989 年 5 月在长沙参加中国考古学会的时候，我们两人同住一间房子，有许多相谈的机会。那时全国正闹学潮，我们都是老师，对学生的诉求从内心来说是无限同情的，而对当局的态度则难以理解。后来才知道中央有不同意见。恩正当时是四川省政协的常务委员，这种事情是一定要表态的。他说："西方总有人说我们没有说话的自由，其实我最感头痛的是没有不说话的自由"。他是一个性情中人，有时候难以控制自己。于是他要了一箱啤酒，硬是一瓶一瓶地干喝，想借此镇静一下神经。后来他乘参加学术会议的机会到了美国，又陆续把妻子和儿女接了过去。我那时也应邀参加在美国西雅图举行的太平洋沿岸史前考古会议。如果成行，我们还会有见面的机会。当时我赴美的一切手续都已办好，只等对方为我买好的机票。其中有一项最诱人的安排是招待我到阿拉斯加西部海上看冰山以及到印第安人的居地参观和联欢。可是到了开会时期还没有拿到机票，不免心中纳闷。差不多一个月后才接到由校方转来的机票，简直哭笑不得。同年还曾应邀到印度尼西亚日惹参加印度 – 太平洋史前考古年会，同时安排到巴厘岛参观的事也告吹了。这两次会我都提交了论文，是与会外国朋友代为宣读的。那个时期总有些烦人的事，令人十分无奈。恩正一家到了美国首先遇到生活问题和孩子上学的问题。靠着朋友们的帮助总算找到了一份教职，但要让生活过得像模像样，就必须拼命地工作。他只好找别的学校兼课，最多的时候教六门课，还必须应对必要的社交和日常生活中的琐细事情。

担子如此之重，他的身体怎么能吃得消！又有谁能经得起这样大的压力！一位铮铮硬骨的英才就这样倒下了，这实在是时代的悲哀！我抑制不住心头的悲愤，又无法去美国参加恩正的追悼会，就立刻给恩正的夫人发了一封电传，弟妹杨亮升也立即回了一封充满感情的信。在此特将电文和回信附上，再次表达对好友的悼念之情。

下面是我的电文：

哈特福德 Wesleyan 大学
童夫人杨亮升女士

惊悉恩正溘然长逝，不胜悲痛。恩正和我是高中的同班同学，那时我们都喜欢理科。人事沧桑，没有想到分离二十几年后，再见面时都成了考古学者。恩正的聪明智慧是人人称道的，但是他的勤奋刻苦的精神却很少人体会得到。他一生中经历了太多的磨难，使他对社会和人生都有深刻的认识，也使他成长为一位坚毅刚强的人。他是生活的强者，他已经获得了巨大的成功。他知识的渊博在我们这一代人中是少有的。他在考古学、人类学、民族学、美术史和文学创作等方面的成就，已经使他成为世界知名的学者。他是一位令人尊敬和爱戴的老师，他教育的学生已有不少人成了教授学者或社会活动家。他为人正直坦诚，热情豪爽，乐于助人，凡属接触过他的人都会留下深刻的印象。他给社会的贡献是那样多，我想社会也不会忘记他。现在他匆匆地走了，留下了许多业绩，也留下了一些未竟的事业。朋友们将永远怀念他，知道他的人也将永远记住他的名字。请夫人和侄儿侄女节哀。

严文明敬挽
1997 年 4 月 24 日于北京

童恩正夫人的回信如下：

严文明先生：

在这悲痛的时刻，非常感谢你的来电。你是恩正的真正知音，我将电文看了一遍又一遍，并嘱孩子们好好学习。前来悼念的张光直先生也从众多的电函中，将你的电文选出来仔细阅读。

　　恩正走得太快，未竟之事太多。他是那样充满活力，充满智慧。我难以接受眼前的事实，而又不得不去面对它。心中之悲痛无法表述。我很安慰恩正有你这样了解他的朋友和同行，我将把你的电文祭告于他，相信他也会感到欣慰的。

杨亮升泣草
1997 年 4 月 28 日于美国

怀念俞伟超

伟超走了，考古学界的一棵大树倒了。我又失去了一位挚友，心里有抑制不住的悲痛。

我从步入考古学大门时起就与伟超相识相交，几乎是无话不谈。他是我敬重的师兄，为人豪爽热情，乐于助人，又特别健谈，有很大的感染力。在北京大学考古专业长期共事的岁月里，我们都以建设新的中国考古学相期许。考古专业的课堂教学、田野实习和研究课题，差不多都是围绕这个目标进行的。后来我们努力建设考古系也是基于这方面的考虑。很幸运我们的看法在许多方面都是相同或相近的。有时也有争论，甚至是很激烈的争论。不过他总是很有耐心，这次谈不成下次再谈，有的问题不知谈了多少次，这一切都是为了事业。后来他调到中国历史博物馆担任更加重要的工作，仍然关照北大考古系的建设，并且担负部分科研和教师培养的任务。北大成立中国考古学研究中心时他又应聘为学术委员。在中国考古学会和国家文物局专家组，我们也时常讨论中国考古学和全国文物工作的重大问题。他学识渊博，见解深邃，言谈中常常给人以有益的启迪。

伟超的事业心极强。为了事业总是勇于担当重任，并且不

北大考古系资料室：与俞伟超先生在一起

辞辛劳，尽一切努力把事情办好。他担任中国历史博物馆馆长时，馆里通史陈列的思想虽然有些陈旧，展品毕竟还是一流的，适当改一改陈列方式和说明也可以过得去。但是他鉴于当时全国各地已经有许多重要的新发现，为了更好地体现我国光辉灿烂的历史和考古学研究的成果，毅然决定到各地文物考古部门商调最好的文物充实展品，其难度可想而知。他排除干扰，硬是凭自己的人望和不懈的努力征调了大批高规格的文物，使通史陈列焕然一新。再如水下考古和航空考古是许多人关注的，不知议论过多少次，却没有人敢于吃第一只螃蟹。伟超自动肩负了这个重任，组织人员，设立机构，争取外援，很快地投入工作，并且取得了可喜的成果。至于长江三峡库区的文物保护规划工作，并不一定是他分内之事。可是大家觉得只有他最有能力做这件事，众望所归；他就毫不犹豫地挑起重担，吃尽了千辛万苦，出色地完成了任务。他的这种敬业精神永远是我们学习的榜样！

在北大赛克勒考古博物馆前（2001 年 2 月 25 日）
左起：高崇文、安田喜宪、俞伟超、严文明、李伯谦、张柏

伟超对于考古学的认识往往是站在时代的前列，而且是逐渐深化的。年轻的时候就主张考古学要研究历史，研究古代社会，反对见物不见人的倾向。后来他认为研究社会不但要研究物质文化，而且要研究社会制度和精神文化。进而认为考古学应该像其他人文科学一样要研究人，研究人的社会和人的本质。而研究古代乃是为了现代，为了寻求人类进一步发展的理想的道路。他不仅在许多具体研究中努力贯彻这些思想，而且由于目标的深化，在方法论上也进行了不懈的探索。从最基础的地层学、类型学和考古学文化的解读到一系列现代科学技术的应用，再到所谓新的考古学理论与方法的探索，都是服务于考古学的终极目标。虽然他的某些看法暂时还不为人们所理解，但他为考古学所树立的崇高目标和为此目标孜孜不倦奋斗终生的精神与取得的丰硕成果，使他成为新中国考古学界引以为骄傲的一面旗帜。我们将永远怀念他，永远纪念他对我国文物考古事业所作出的巨大贡献！安息吧，伟超！

（原载《俞伟超先生纪念文集·怀念卷》，文物出版社，2009 年）

永远的导师苏秉琦

苏秉琦对中国考古事业的贡献是多方面的，在人才的培养方面，更是孜孜不倦，成效卓著，是我国高等学校考古教学的开拓者，赢得了考古后学的普遍尊敬。

以田野考古为基础的中国考古学肇始于 20 世纪 20 年代，比欧洲晚了七八十年。那时的考古人才多靠国外留学或师父带徒弟的方式培养，人数很少。50 年代初随着国民经济建设大规模的开展，许多工程都涉及考古遗址，急需进行考古调查和发掘工作，这样就需要培养大批考古人才以应燃眉之急，同时也需要培养较高层次的专家学者。于是由文化部社会文化事业管理局、中国科学院考古研究所和北京大学共同举办考古工作人员训练班，前后四届。苏秉琦参与了训练班的领导工作，同时又与北大历史系教授、古器物整理室主任向达先生共同筹办考古专业，1952 年正式成立。为此在北京大学历史系设立考古教研室，苏秉琦兼任教研室主任，直到"文化大革命"，都一直领导北大考古专业的教学科研和人才培养工作。

高等学校的考古教学在欧美有长久的历史，但没有固定的模式。欧洲多把史前考古、历史时期的考古（比如古代东方或古典时期的考古）和美术考古等分开设置，美国把考古设在人类学系，美术考古设在美术史系。前苏联则把考古专业或考古专门化设在历史系。当时中国整个高等学校进行院系调整就是学习苏联的体制，把考古专业放在历史系也是学习苏联的做法。但中国考古学有自己的特点，中国的考古教学也应该有自己的特点，这在当时参与筹办考古专业的苏秉琦和有关学者是很明确的。为了郑重起见，1952 年 12 月 9 日特地在文化部社会文化事业管理局召开有关专家会议，专门研究北大历史系考古专业的教学计划问题。

会议确定考古专业的学制为四年，前三年课堂学习，第四年进行田野考古实习和撰写毕业论文。计划开设的课程有考古学通论、人类学通论、博物馆学通论、史前考古、中国历史考古、美术史或美术考古、考古方法、考古学史和古文字学等。拟聘请的主讲教师有梁思永、夏鼐、裴文中、苏秉琦、郭宝钧、张政烺、唐兰、林耀华、向达、郑振铎、韩寿萱、傅振伦等，几乎所有相关学科的著名学者都在邀请之列。所以北京大学的考古专业不只是自己一家开办的专业，而是倾全国之力共同举办的，特别是在中国科学院考古研究所和中央文化部文物局的大力支持下才得以顺利进行的。因此北大考古专业的教学科研和人才培养，也应该是面向全国，为全国相关部门服务的，苏先生经常向我们强调这一点，要求教研室的同仁都要有明确的认识。

随着中国考古学的快速发展，考古教学计划和教学内容也必须进行相应的调整。北大考古专业在苏秉琦的领导下，曾经对教学计划进行多次调整。较大的变化有两项：一是中国考古学由原来的史前考古（或石器时代考古）和中国历史考古细分为旧石器时代考古、新石器时代考古、商周考古、秦汉考古和唐宋考古（或三国至宋元考古）五大段，以充分反映中国考古学在各个时段的重大发现和研究成果；二是考古实习的安排。田野考古应该是考古人员的基本功，仅仅一次实习，在能力培养方面略显不足。

从 1953 年起考古专业改为五年制，学习时间长了，可以安排较多的实习，于是把整个实习分为三个阶段。一是教学实习或认识实习，主要是配合课程教学安排短时期的参观考察，以及摄影、绘图、测量和器物修复等技能训练。二是所谓生产实习，实际是田野考古的基础实习，时间是一个学期，包括考古调查、发掘、资料整理和编写考古报告一整套训练。有了这个实习，毕业后就基本上可以从事田野考古工作了。三是专题实习或叫毕业实习，全班同学按照旧石器、新石器、商周等不同时段分为若干组，要求各自围绕某一课题去进行调查、发掘（当然是小规模的）或整理地方文物机构既有的资料。以培养独立从事考古工作和研究的能力，并为毕业论文准备资料。每个实习都有教师或研究生带领。教师和研究生在辅导学生的同时自己也得到了锻炼和提高，在考古学研究的前沿阵地上取得了不少成果。因此组织考古实习也是培养年轻教师和研究生的一个重要方法和途径，还为教材建设和进一步的考古学研究打下必要的基础。经过一段时期，主要的课程都基本上由考古教研室的教师自己担当起来了，而且每年都为文物考古部门输送一批不同规格的考古人才。

1958 年大跃进，学校掀起了"教育革命"，鼓励青年学生起来批判所谓资产阶级学术权威，考古专业也不例外。批判的对象除已故的著名学者外，苏秉琦首当其冲。主要是说他提倡的考古类型学其实是资产阶级烦琐哲学，是形而上学的伪科学等等。对于学生的批评，苏先生总是非常宽厚地对待。当时他没有回答，会后却进行了深刻的反思。不是反思要不要类型学本身，而是考虑类型学研究如何更加科学化，如何同中国历史文化的研究更紧密地联系起来。不久在陕西华县进行的考古实习期间，学生们面对泉护遗址出土的大批仰韶文化陶片时简直眼花缭乱，无所适从。苏先生首先按照出土单位挑出标本，把典型陶片分为四类八种，分别排出其演变序列，又综合起来分为三期。再把各期的标本放入地层关系中进行验证，结果屡试不爽。学生们这才相信类型学在考古学研究中的重要作用，对苏先生也更加尊敬和爱戴了。

苏先生在主持考古教研室工作的同时，还亲自为本科生讲授秦汉考古课，并且先后指导了多名研究生、进修教师、外国留学生和进修生等，其中研究生就有俞伟超、杨建芳、张忠培、郭大顺、黄春征（越南）、胡人瑞、信立祥、佟伟华等十多名，多数已成为著名学者或学术带头人。对于教研室的年轻教师，他也热心帮助和指导。那时他每周三天来北大，住在未名湖北边的健斋，我们经常去请教，他总是耐心指导，循循善诱。考古研究所的年轻人找他，他也是把着手教。地方上的考古人员到北京来，多喜欢去看望苏先生，因为先生对所有找他的人从来不分彼此，一视同仁，丝毫没有门户之见，是大家公认的好导师。这种作风也影响到考古专业的全体教师。北京大学历史系考古专业就是这样在苏秉琦和宿白（他当时是考古教研室副主任）两位先生的领导下逐步成长起来的。

可惜的是，在那史无前例大灾难的日子里，学校一切正常的教学科研工作都被打乱，完全停摆，考古专业自不能幸免。1972 年考古专业恢复招生，但学校是在所谓军宣队和工宣队的控制下，主要是搞所谓"斗批改"，没有正常的教研室的活动，苏先生就被挂起来了。即使在这种情况下，他还是非常关心考古专业的教学工作。他关于中国考古学区系类型的理论，就是在北大跟首批工农兵学员作学术报告时提出来的，那时是把中国古代文化分成十个块块，1975年跟吉林大学考古专业学生讲话时有了进一步的归纳，1981年再次为北大77、78级同学作"考古类型学的新课题"的学术报告，对区系类型理论又有一些新的思考。

粉碎"四人帮"后，学校逐渐恢复正常秩序，1977年恢复高考招生，考古专业的教学科研工作也得到全面的恢复和发展。但是由于考古专业设立在历史系，历史专业的政治理论课、中国通史、世界通史等课程都必须跟着上，那些课程的分量都很大，使考古专业的学生总是感到负担过重，一些实习的安排在时间上也受到掣肘。考古专业有自己的资料室、摄影室、绘图室、修复室、标本陈列室，还要准备建设实验室。组织实习需要有成套田野考古的仪器设备与生活用具，还需要筹措经费以及与

在苏秉琦先生八十大寿生日宴会上，右坐者为苏师母

1990 年 1 月陪同苏秉琦先生看望北大考古系老职工、九十一岁高龄的容媛先生

相关部门打交道等等。这些事历史系不管也管不了，作为系下面的一个教研室也很难管理。所以苏先生很早就想把考古专业与历史系分开，单独成立考古学系。考古教研室的同仁希望早日成为现实，历史系领导也有同样的想法，请示校方和高教部社科司领导也都表示同意，于是到1982 年初就开始了实际的筹备工作。

建立考古学系应该是在考古专业基础上的一个发展，而不简单是考古专业的扩大。但究竟应如何办，究竟要建立一个什么样的考古学系，我们心中无数，在酝酿过程中首先想到要请教苏秉琦先生。记得在 1982 年 3 月 31 日，俞伟超和我为此特地到北京西直门内苏秉琦家拜访了先生，专门请先生谈谈如何建设考古系的问题。说到要建立考古系，苏先生很高兴也很兴奋。话谈得很多，从考古专业初办到后来的演变及其在中国考古学发展中所起的作用，乃至中国考古学在世界上的重要地位等都谈到了。他认为考古系的设立是势所必然，甚至有一定程度的紧迫性。因为"文革"后期许多大学也办起了考古专业，说明考古人才的培养是社会的需要，单靠北大一家满足不了这个需要。在这种形势下，北大的任务应该着重在提高。如何提高，当然是在原有的基础上，充分吸取办考古专业的经验，结合新的形势的需要来考虑提高的问题。谈到最后，苏先生说："这样吧，我谈你记，这样有个结果，供你们参考"。于是他一条条地说，我一条条地记。下面就是根据我当时的笔记整理的谈话要点：

（1）北大建立考古系很有必要。建系后要教学和科研并重。重要的是要加强科研。过去有些经验，但回想起来科研并没有摆到足够重要的地位。不必扩大本科，要扩大研究生，包括博士生和进修生。

（2）对于学科建设和教师队伍建设，北大要起更大的作用。队伍要精，宁缺毋滥。现在队伍和学科都处在转折时期，搞得好或者搞得不好对今后二三十年都会有重要影响。要有思想准备，考虑在最近几年为此做些扎实的工作。

（3）以现有人力为基础，在稳定的基础上逐步加强。现在十来个人，两三年内要考虑配备同样人数的助手。争取前出师表的目标，如果要写后出师表就惨了。

（4）现在建系的形式或方式不新，还是1952年建考古专业大协作的形式。不要关门干，要更加主动地在协作上做文章。

（5）要搞点基本建设。包括资料、技术、教材、重点科研项目，以及近期和长远的教学规划和科研规划。在更好地利用现有物质条件的情况下，要特别加强实验室和田野考古基地的建设。

1952年我在《科学通报》上发表了一篇文章，讲到考古所要在重要地方设立工作站，组建田野考古工作队。后来事实证明这样做是正确的，发挥了很好的作用。现在考古系可以考虑建立考古学博物馆。考古学博物馆跟一般的历史博物馆不同，主要是配合教学。里面陈设各种房屋、墓葬等遗迹模型，各种石器和陶片标本等。石器要反映各种主要的类别，从原料到制作过程的各种标本。陶片有的要按照地层单位放置，有的要按照文化类型和期别挑选标型器物摆放。例如华县泉护过去挑选了四类八种标型器物，别的文化类型也可以那样做。同时要有照片和线图相配合。

1983年，北京大学考古系终于正式成立，宿白先生被任命为系主任。

这个时期在学制改革、课程建设、科研规划、实验室建设、实习基地的建设以及考古与艺术博物馆的建立等做了许多工作，考古系确实有了比较大的发展。苏先生虽然不再担任什么职务，却还是一直关心考古系的工作，并参与指导研究生等。

在北大学生的社团活动中，考古学系的学生是一支非常活跃的力量。他们不定期地编辑出版《青年考古学家》杂志，发行面很广，苏先生也很爱看，并给予许多鼓励。考古学系的学生还发起成立北京大学文物爱好者协会，得到广泛的响应。1984年12月14日举行成立大会，到会的学生大约有两千多人，来自14个系，文科理科都有。苏先生作为名誉会长参加了大会，看到这种情况非常兴奋，好像自己也年轻了许多。他在讲话中一方面表示祝贺，同时又提出殷切的希望。他认为中国考古学正在跨入一个崭新的历史时期，要注意各门学科（包括自然科学和社会科学）的相互渗透，同时要面向社会，面向人民群众，面向未来。这个讲话道出了考古学科的根本性质和发展方向，值得我们每一个人深思。

1992年12月是北京大学考古专业成立40周年的日子。苏先生特地在《中国文物报》上发表纪念文章，标题是《中国考古学的黄金时代即将来临——纪念北京大学创设考古专业四十年》。北大考古学系本来打算在这个时候召开一个"迎接21世纪的考古学国际学术讨论会"，一则纪念考古专业40年，二则庆祝北京大学赛克勒考古与艺术博物馆开馆。后来因博物馆筹备工作延期，改在1993年5月开会，苏先生参加了这次盛会，并在会上作了热情洋溢的讲话。文章和讲话的主题都是一个：中国考古学成长了，这门学科的专业队伍也成长了。作为培养考古人才重要基地的北大考古专业已经发展为考古学系，因而面临着更加光荣而艰巨的任务。他认为在新的形势下，"中国考古学要上升为世界的中国考古学，中国考古学家要上升为世界的中国考古学家"，要从学科建设、人才培养、学术交流诸方面采取切实可行的措施并持之以恒。如果朝着这个方向前进，中国考古学的黄金时代就在眼前。真是高瞻远瞩，语重心长！

现在考古学系又已经扩建为考古文博学院，同时还成立了中国考古学研究中心。与中国社会科学院考古研究所等兄弟单位的合作与交流，以及国际的合作与交流正在稳步地开展。兄弟院校也多由考古专业升格为考古学系或某某学院，苏先生生前的宏愿正在逐步实现。薪火传递有后人。让我们以加倍的努力发展中国的考古事业，让中国考古学真正成为世界的中国考古学，以纪念我们大家的老师苏秉琦先生！

（原载《中国历史文物》2010 年 1 期）

深切怀念夏鼐先生

　　我们今天怀着十分崇敬的心情来纪念夏鼐先生诞辰一百周年。在我的心目中，夏先生一直是一位学识渊博又虚怀若谷的大学者，长期引领中国考古学健康发展的掌舵人，又是所有后学者的好导师。

　　夏先生学识的渊博和造诣之深，在中外学术界有口皆碑。他研究的范围十分广泛，不但涉及考古学的理论、方法和从史前到汉唐乃至更晚的各种具体问题的研究，举凡与考古学相关的古代天文、数学、冶金、纺织和放射性碳素断代等方面也都游刃有余，发表过很多重要的论文。对先生在学术上的成就做出恰如其分的评述并不容易，我这里只能用高山仰止的心情来加以形容。

　　夏先生长期担任中国考古工作的领导人，一生担负了许多要职，这是大家都知道的。但我要特别强调的是，他是中国考古学健康发展的引路人和掌舵人。中国考古学的底子本来很薄，1949 年以后，李济、董作宾、石璋如、高去寻等著名学者都去了台湾，留在大陆的考古学者屈指可数。但是在几十年的发展中，中国考古学却取得了举世瞩目的成就。这当然与全体考古人员的努力分不开，但若是没有像夏先生这样的中流砥柱和掌舵人，很难想象会是一个什么样的情景。

　　近代考古学是以田野考古为基础的，而中国的田野考古基础太差。1950 年中国科学院考古研究所成立的时候，做过田野考古的没有几个人。曾经是中国考古学掌门人的梁思永先生长期卧病，1954 年又过早地离开了人世。如何尽快地培养考古人才以发展中国考古学的重任，历史地落在了夏鼐先生的肩上。夏先生曾经师从英国伦敦大学的考古学泰斗惠勒先生，又在英国、埃及和巴勒斯坦做过田野考古调查和发掘工作，在国内也曾在安阳殷墟、四川彭县和甘肃的兰州附近、洮河流域和河西走廊的敦煌等地做过广泛的考古调查和发掘工作，既有严格的科班训练，又有丰富的实践经验。所以他在 1950 年担任中科院考古研究所的副所长后，上任不到一个月，就率领所里年轻的骨干力量到河南辉县进行考古发掘，又到河南中西部进行新石器时代遗址的调查发掘，手把手地从田野考古的 ABC 教起，边教边干，初步培养出一批中国考古学的中坚力量。接着又与裴文中、苏秉琦等人合作举办全国范围的考古人员训练班，在北京大学历史系设立考古专业，亲自讲授考古学通论、田野考古方法等课程，还参与讲授史前考古、中国历史考古和考古学史等课程的部分内容。在培养考古人才方面可谓殚精竭诚。有了一批又一批考古人员的成长，中国考古学的发展才有了基本的保证。不但如此，他还亲自参与全国许多最重要的考古工作的领导，例如 1955 年成立黄河水库考古队，夏先生亲自任考古队队长，在三门峡水库库区进行大规模的考古调查和发掘工作，开启了在基本建设工程中组织各方面人力进行考古工作的先例，取得了重要的成果。

夏先生是中国考古学发展的总体策划者，他主持制定和领导实施了新中国的考古学发展规划，一贯坚持考古学要通过实物资料的研究来复原古代社会历史的正确路线。但中国考古学的发展并不是一帆风顺的。在夏先生领导考古工作的那些年代，政治运动接连不断。作为考古界的最高领导，有时不能不做一些姿态。但在涉及考古学如何发展的关键问题上，总是稳操舵杆，把住正确的航向。举两个例子。第一个例子是在 1958 年及其以后的一个时期，在所谓"大跃进"的风潮中，有些人以批判资产阶级考古学为名，对考古学本身的科学性提出挑战。夏先生首当其冲，经常被不点名地批判。一要清除考古报告中表示器物类型的 I 式 II 式和 A 型 B 型之类的做法，说什么不就是喝了几口洋水吗，不要拿那些洋码子糊弄人！二要改变考古插图的画法，说看了那些阴阳脸就别扭，怎么就不能改？在有的省搞边发掘、边整理、边写报告的所谓流水作业，在发掘工地挑灯夜战等非科学的做法，上面还在那里开现场会加以推广。夏先生顶住了这股歪风，不让它影响到考古所的工地。当时还有人提出，什么仰韶文化、龙山文化，都是糊弄人的，老百姓看不懂。就叫原始文化不好吗？中原地区的叫中原原始文化，山东地区的叫山东原始文化。

你说仰韶文化人家不知道你说的是什么，还要说仰韶文化就是中原地区的原始文化，翻译起来多麻烦，直接叫原始文化多省事！对于这些无知妄说夏先生没有直接批驳，而是从正面对一些基本知识和基本原理加以阐述。这就是 1959 年在《考古》第 4 期上发表的《关于考古学上文化的定名问题》。在这篇文章中，他从什么是考古学文化和如何给考古学文化定名说起，进而讨论为什么要划分考古学文化和如何划分考古学文化的问题。条理清晰，高屋建瓴，不仅廓清了一些人的糊涂观念，更对中国考古学文化的研究起到了重要的指导作用。第二个例子是对西晋周处墓发现"铝片"和石家庄台西发现早商铁刃铜钺的问题的处置。有些人认为这些发现是中国科技发明史上的大事，应该大书特书，中国的铁器时代有可能提早到公元前一千四五百年等等。夏先生以他深厚的学识和实事求是的科学精神，提出要重新审查。结果证明那个铝片是盗墓者无意中带入的，而台西的铁刃乃是陨铁锤炼所制，与冶铁业的产生没有关系，从而避免了两项重大的失误。至于他对中国文明起源和夏文化研究的论述，也都有拨正航向的指导作用，兹不赘述。

我在学生时期就听夏先生讲授《考古学通论》，受到了考古学的启蒙教育。1954 年在梁思永先生的追悼会上，1956 年在北京饭店召开的全国考古工作会议期间，以及 1957 年以原田淑人为团长的日本考古代表团访华期间，我都有幸见到夏鼐先生。1958 年我留校当了助教，业务方向是以新石器时代考古为主。当时学校为了培养年轻教师，往往请一位老教授做业务指导，叫做"对号入座"。宿白先生跟我讲，请夏鼐先生做我的指导老师，并准备带我去拜见夏先生。后来此事虽没有正式确定，我却一直把夏先生看成是自己的导师。开始是想在学习中国新石器时代考古的同时兼学西亚的新石器时代考古。因为我在学生时期听过两位埃及专家阿·费克里和埃米尔讲授的埃及考古课程，也看过一些有关西亚考古的书，对西亚－北非一带的考古多少有一点了解。后来因为各种原因没有坚持下去，主要精力就是研究中国新石器时代考古了。1959 年上学期，在所谓"大跃进"精神的号召下，我和 57 级的同学一起编写《中国新石器时代考古》讲义，中间遇到了一些问题，就去请教夏先生。一个问题是，浙江良渚遗址一类遗存过去叫龙山文化的杭州湾区，虽然也是以黑陶为主，但跟龙山文化相比还是有很大的区别，分布范围又不相连续，可不可以分开来，就叫良渚文化？夏先生说："你讲得很对，我正好也有这个想法，准备把这个问题正式提出来"。这样我就放心大胆地把良渚文化写进了讲义。夏先生则在长江流域规划办公室文物考古队队长会议上首次提出，后在《考古》1960 年 2 期上以《长江流域考古问题》的文章中正式发表。第二个问题是讲义中要不要批判资产阶级考古学观点。夏先生说："这个问题尹达同志在编写《十年考古》的座谈会上已经讲清楚了，主要精力应该是整理这些年发现的考古资料，把它梳理成一个系统并不容易，如果能进一步说明一些历史问题就更好了。讲义似乎更应该正面地讲述，不要以为不批判什么就一定不好"。在当时讲这些话是需要有政治上的勇气的。1961 年下学期的一天，我本来是到考古研究所办点小事的。夏先生见了我，叫我到他的书房里坐坐。问我新石器时代考古学讲义修改得怎么样了，对王湾二期文化到底怎么看待和处理等等。我如实谈了自己的看法。夏先生说，王湾二期文化就是仰韶文化，可能是豫西仰韶文化晚期的一种遗存。他还谈到了仰韶文化发现和研究的历史，说他早年所说混合文化的提法并不妥当。叮嘱考古学文化的命名要慎重，不要叫什么"过渡文化"，也不要叫"王湾文化"，因为它跟过去发现的仰韶文化没有什么区别。后来我请苏秉琦先生专门就这个问题跟北大考古专业的师生讲课，也表达了大致相同的见解。

从 1963 年起，我陆续写了几篇讨论仰韶文化的文章，主要是想把一些重要的资料清理一下，以便进一步讨论有关问题。其中有些是针对考古研究所的工作的，如庙底沟与西安半坡等。要不要送到考古研究所的机关刊物上发表，开始是有些犹豫的。没有想到却得到了夏先生的鼓励，这使我更加敬仰先生。"文化大革命"期间，夏先生受到不公正的待遇。斗争会上极力羞辱他，我们看了都非常难过。可是他一点都没有消极，只要有机会，照样努力工作。记得 1975 年 9 月在承德避暑山庄召开"北方边疆各省区考古座谈会"期间，夏先生就作了很有启发意义的报告。休息时有些代表想到山庄东边的罄槌峰（老百姓叫棒槌山）上去看看。但那个山坡度很陡，还有很多碎石，不好行走，爬起来又有些滑，很多人上不去。夏先生是年岁最长的，竟然奋力爬上去了，而且参观时用他惯常书写的蝇头小楷密密麻麻地记了许多笔记。负责看护他的刘观民兄爬不上去，只好在山下望着。这一幕给大家的印象极深，都无不从内心感佩夏先生的毅力和对文物考古事业的执著，以及勤奋好学与一丝不苟的科学精神。先生在改革开放以来更是精神倍增，在担任了社会科学院副院长、国家文物委员会主任委员和新成立的中国考古学会理事长等重要职务的同时，还努力参加南越王墓发掘等重要的考古工作，关注并亲自考察偃师商城的考古工作，主编和完成了《中国大百科全书·考古学卷》，这是一部全面论述考古学各种问题，并且体现中国考古学与世界接轨的综合性大著作，对中国考古学的发展具有重要的指导意义。与此同时，先生还发表了许多重量级的论文。

1982 年北京大学酝酿在考古专业的基础上成立考古学系，1983 年正式成立，夏先生非常关心并大力支持。1985 年 3 月，在北京大学召开中国考古学会第五次年会，先生特别作了《考古工作者需要有献身精神》的充满感情的报告，旗帜鲜明地反对当时出现的所谓"下海"挣钱的歪风，引领考古工作者端正学风，坚持走正确的道路起了很好的作用。在会议休息的时刻我去看望先生，他非常关注北大考古教学的质量问题，说外面有不少反映。北大考古系一定要办好，要给后来各个学校开办的考古专业做出表率等等，叮嘱我们要认真研究。我问他的健康状况，他说："我身体好得很。前些日子我经过考古所月亮门那里，不小心踩上冰滑了一跤。旁边的同志吓坏了，赶忙过来搀扶。我自己不用扶就站起来了"。当时我听了真是高兴，衷心祝福先生健康长寿，那将是中国考古人的大福分。万万没有想到那竟是我同先生最后的一次谈话。不到三个月后，先生就因劳累过度而溘然长逝。但先生留下的宝贵遗产，必将得到很好的继承并发扬光大。

为纪念夏鼐先生百年诞辰而作

2010 年 2 月 1 日

肆／杂凑

足迹：不懈的探索
——与庄丽娜谈话录

研究心路

庄丽娜（以下简称庄）：我们看到您的学术研究是从仰韶文化开始的，然后到全国新石器文化，近十几年来您好像更多关注了农业发生和文明起源的问题，为此还出版了一本论文集《农业发生与文明起源》，那么能给我们谈谈您的研究心路历程吗？

严文明（以下简称严）：我的研究应该从 1958 年算起，那个时候大跃进，在学校内就是要打破旧框框，冲破所谓资产阶级的学术体系。给我们的任务有两个，一个是批判资产阶级的学术思想，二是编写马克思主义指导下的中国考古学。我不会批判，也不愿意写批判文章，在完成了《邯郸考古》的龟台寺发掘报告的编写后，就参加了编写《中国考古学》之二《新石器时代考古》的工作，同时讲授中国新石器时代考古的课程。为什么提这个，是想说明我开始走入研究的时候就是从全局去考虑问题，不是从哪一个方面入手的。但是在编写过程中发现我们很多考古的文章议论宽泛，不深入；考古报告比较粗糙，不时有矛盾和错误。材料本身有问题，基础研究不够，因此我下决心从最基础的工作做起。当时关于仰韶文化的争论很多，主要围绕两个问题：第一，仰韶文化有哪些类型，仰韶半坡类型和庙底沟类型哪个早，哪个晚，还是基本同时？第二，仰韶文化的社会性质是父系的还是母系？仰韶文化不只有两个类型，1957年我在邯郸实习的时候就接触到后来命名的后岗类型和大司空类型，后来我们在洛阳王湾遗址做工作时，可以把仰韶文化分为五、六期甚至更多。我觉得如果要把仰韶文化的来龙去脉弄清楚，不应该从类型出发而应该从单个遗址出发。我先梳理仰韶村和西阴村的材料，发现可以重新分期。

后来又梳理三里桥和庙底沟遗址的东西，接着研究半坡。我发现半坡报告的资料十分混乱，重新梳理以后至少可以分三期。早期是半坡类型的东西，中期是类似庙底沟的东西，还有半坡晚期的。仰韶文化分布的范围很大，不同区域有不同的特色，就是同期不同区域也不同，所以我就把仰韶文化分为四期，每期都有若干类型，其中第四期相当于庙底沟二期。我当时就犹豫把不把庙底沟二期放到仰韶文化，因为《庙底沟与三里桥》的报告把它划入龙山文化早期。我考虑到庙底沟二期还有少量彩陶，绝大多数陶器还都是手制的，轮制陶器刚刚开始，而龙山文化根本没有彩陶，轮制陶相当发达。在器物类型上，庙底沟二期还有仰韶文化特有的小口尖底瓶。再考虑到山东的大汶口文化晚期相当于庙底沟二期。如果把庙底沟二期作为龙山文化早期，势必要把大汶口文化晚期划归龙山文化早期。作为一个统一的考虑，就把庙底沟二期放入仰韶文化最末的一期。

对仰韶文化的研究不能停止在文化分期、类型、演变轨迹及与其他新石器文化的关系等方面，还必须对它的社会进行研究。但是如果没有前面的一系列研究做基础，或者这些研究不到位甚至出现较大差错，后面的研究就失去了依据。我正是在前面的一系列研究取得初步成果的基础上进而对仰韶文化的房屋建筑和聚落形态、埋葬习俗及其反映出的社会形态，彩陶演变及流传等方面进行初步的探索。除了生产工具和经济形态没有谈，关于仰韶文化的方方面面都谈到了。从对仰韶文化的研究我好像找到了一把钥匙，可以进一步对整个中国新石器文化有一个观察。

这需要做许多具体的工作。我花了许多时间分别对长城以北地区、甘肃地区、山东地区、长江中游、江浙地区乃至广东等地的新石器文化进行研究，最后把整个中国的新石器文化做一个综合性研究，写成了《中国史前文化的统一性和多样性》。那篇文章包括我很多思考，第一次把从旧石器以来的文化谱系通盘梳理了一下，年代分期、地方分区、文化关系，各个方面都谈到了，第一次提出整个中国史前文化的大框架谱系，在这个谱系里面主要体现几个思想：一是中国史前文化既是多样的又是有联系的；不是一般的联系，是有核心有主体的，有中心又有外围的，我形容它为重瓣花朵式的结构。当然花心是后来慢慢形成的，中原地区的核心地位是后来才慢慢体现出来，史前还不是很明显。但是重瓣花朵很清楚，主体为黄河、长江流域，外围就有不同的文化区系，与苏秉琦先生的"文化区系类型"思想基本上是一致的，但是我有总体的把握，就是这种"重瓣花朵"式的格局，不是简单的几个区系。这个格局对以后的文化有很大的影响。中国文明起源的格局，也是这时打下的基础。二是我注意到中国地形的特点，以及各个地方的自然环境的差别。中国整个地形的特点就是外围有屏障，比较核心的地区环境最好，容易产生文化上的向心作用。与外面的交流不是没有，只能保持有限的水平，所以中国文化"外来说"没法成立。我们说"多元化"，也是因为各个地方自然环境不一样。这是我把自然环境和文化发展联系起来观察的思路。考虑到自然环境对史前文化的影响，我把中国史前经济文化分了三块，就是稻作农业经济文化区、粟作农业经济文化区和狩猎采集经济文化区。这不是光说经济类型而是经济文化的问题，经济类型对文化有很大影响。比如说做水田，田里必须要平，要有田埂，能关得住水，能灌能排，这比旱地农业要复杂得多，所以水田农业的居民稳定性比较强，村落也不会很大；北方旱地就没有关系，早期耕作比较粗放，地力衰减到不行就抛荒，重新找地方，就会造成人群的移动。但比起狩猎游牧民族，旱地民族也是相对稳定的。如果遇到雪季，牲畜大量的死亡，狩猎游牧民族最方便的就是往南方农业民族抢劫，中国历史上就是这样，北方游牧民族南抢，后来就出来一条大长城，中原的人大量往南迁移，比如后来的东晋南渡，就没有那个南方的民族大规模地往北迁移，历史事实就是如此。

在研究仰韶文化社会的时候，就注意到聚落的问题。开始分析半坡聚落，觉得漫无头绪，无从下手。不如从墓地分析入手。正好在 1958 ~ 1959 年发掘了元君庙和横阵村两个以合葬墓为主的仰韶文化早期墓地，对它们所反映的社会组织社会性质展开了热烈讨论。刚挖出来，一些人以为一个墓葬就是一个家族，一排就是一个氏族，六排就是一个部落。当时苏先生就说："这些墓不能只从平面来看，因为不可能一次埋那么多墓，墓地的形成要有一个过程，难道没有早晚分别？"后来把器物和墓葬间打破关系一比，发现能分成三期。于是就把整个墓地分成了两个大群，只能有两个氏族。横阵有三个复式合葬墓，大合葬墓内还有几个小合葬墓，另外还有几个单独的合葬墓。当时有很多争论，有的说整个墓地是一个部落，一个复式合葬墓是一个氏族，一个小的合葬墓是一个家族。有的人认为整个墓地是一个氏族，一个复式合葬墓是一个母系大家族，小的是对偶家庭，这都是只从平面上来看关系。我把各墓的出土器物排了一下，发现也可以分三期，整个墓地可以排成一个序列。假如整个墓地是一个氏族，一个复式合葬墓还是一个氏族。普通的合葬墓也在这个序列中间，说明小的合葬墓可分也可以不分，死的人多就分，不多的就可以不分。氏族是不能不分的，家族是可分可不分的，可见当时还不到特别强调家族的时候，可以肯定整个墓地就是一个氏族在一定时期的死者的埋葬。

接着整理姜寨的东西。我提出当时有几级组织和几级所有制，不是只讲几级组织。一个村落肯定是有规划的，没有一个组织肯定不行，它下面有5组房子，每组是一个组织，每一组房屋代表的集体之间有差别，他们有自己的经济。外围有陶窑，可能是整个村落的。但是不是所有经济都能纳入观察，比如狩猎怎么进行，农田是怎么分的，就不清楚。只是从部分材料看出当时有不同的所有制，有的是以村落为单位，有的是以一组房屋为单位，没有单个房屋居住者的所有制，而只是一个半消费单位。我研究社会很少用"母系制"、"父系制"，学术界有关的研究都很牵强，何况整个社会的发展主要是所有制的发展，而不是什么父系、母系。我研究聚落借鉴了西方聚落考古的思维，但是我的实际操作特点和他们不完全一样，是根据中国考古学实际来做的。聚落和环境有关系，我比较注意环境的研究，环境又和经济形态有关系，和农业有关系，这又和后来的文明起源有关系。几个世界上最早发生的文明都是在农业起源中心发生的，所以文明和农业的研究我是同时进行的。

农业起源

庄：国外关于农业起源理论的讨论很多，其中L.Binford1968年提出过边缘地带说，后来K.Flannary又发展了边缘说，您在80年代的时候，提出长江中下游是稻作农业起源的中心，在论述稻作农业起源的机制和模式的时候，您认同了"边缘说"，那么这个理论在中国的史前农业中是怎样体现的呢？

严：我的"边缘论"思想早在1988～1989年就一再表达过，1997年在《稻作起源研究的新进展》中正式提出。当时关于稻作起源地最流行的是"山地起源说"，再以前就是前苏联的瓦维诺夫的"印度起源说"，我在1982年就说长江流域是一个重要的起源区，不是唯一的，但是最重要的。而"山地起源说"没有证据，这两点我非常明确。后面经过一系列的发现，城背溪、彭头山、八十垱，整个洞庭湖好多地区都出水稻，年代比河姆渡又早一些。再后来，贾湖、玉蟾岩、仙人洞与吊桶环遗址的发现，把年代一步步往前推。我最感兴趣的是玉蟾岩遗址，尽管就出了几粒稻子，关键是部分像野生稻部分又像栽培稻，我们就是要找这个东西，它共存的东西也显示出年代就应该那么早，后来测年到公元前12000年以前，都可以划到旧石器时代之末，这样我对长江流域是稻作农业的起源地就更有信心了。

为什么长江流域会是稻作农业的起源区？因为大量的野生稻不在长江流域，而在华南、东南亚和印度，长江流域位于一个边上，不是没有，只是很少。直到现在全世界水稻产量最大的地区还是长江流域。往南纬度低，不仅野生稻多，别的野生资源也很多，也没有一个很长的冬季，长江流域一定是有社会需要，食物资源缺乏。冬季1月份气温的等温线在长江是4℃，到了湖南往南移很多，呈舌状。为什么这样，因为湖北原来是云梦泽，后来是江汉平原，没有山，往南就是一个洞庭湖，是一个风口，温度低，冬季长，比较寒冷，食物比较匮乏，需要找到一种食物可以对冬季食物进行补充，最好的东西就是秋收后可以储藏到冬季食用，稻子就很适合这个要求。在华南或者再往南的地方，即使很多野生稻，人也不一定吃，野生稻是陆陆续续黄熟，容易脱粒，收获和加工都很难，不是万不得已不会去栽培。长江流域吃的东西不够，才需要去栽培。别人说我在边边上做文章，我说可以叫"边缘起源论"。我没有考虑宾福德的《边缘说》，我不同意他的说法，他研究的不是水稻的起源，是西亚小麦的起源。农学家哈兰发现最早的农业不在小麦、大麦祖本分布的地区，而是在边缘上，宾福德想从理论上加以说明，他认为野生资源丰富的地区是人口集中的地区，人多了会向周边移民，而边缘地区资源匮乏，没东西吃就开始栽培。这是他的分析方法，可能有些道理，但是说服力不强。你说我认同他的，我不认同他的，我是从中国实际情况出发。何况不是什么农业都是在野生祖本分布的边缘起源的，比如粟和黍可能就不是边缘论，是不是边缘起源要具体分析。

庄：在农业起源的研究中，您认为中国农业起源存在两个中心，即北方一个旱作农业中心和南方的稻作农业中心，那么这两种农业体系之间的关系是什么呢？她们之间有相互影响吗？如果有又是怎样影响的？

严：全世界只有三个农业起源地，我指的是谷物农业，对人类文明发生重大影响的是谷物农业，不是别的农业。谷物农业产生只有三个中心：西亚、中美和中国。中国实际上有两个中心，并且是挨着的。北方小米种植以后，南方的缺水地区也种植。在台湾和云南的史前遗址中均有发现。北方也种植水稻，只要水充足，黄河流域就发现很多相当于从仰韶到龙山阶段的水稻遗存，但毕竟不占主导。两种作物种植有交叉，人员往来和文化关系就很密切，北方的人受到更北方人的压力就往南方跑，就会种植水稻。如果没有南方水田农业区，那么北方就没有后方，整个历史的演变就会是另外一个样。在中国历史上经济最发达的不是黄河流域而是长江流域，长江流域是鱼米之乡，有比较发达的丝绸、漆器、瓷器。因为有经济支撑，文明不易垮台。古代中国文明是目前唯一没有中断的文明，与此有关系。这两个区域的基础很大，起源区和早期发展区也很大，那么基盘大，而且可以互补。西亚的农业，首先产生在两河流域，再传播到埃及和巴基斯坦，产生三个文明，但是这三个文明不能相互补充。中国文明有不同的起源，但是最后会融合成一个大文明，这与两个农业区的渗透有关，反过来讲，如果两个农业区距离远，就不会形成一个文明。

一个文明的范围内又有不同的地方特色，文明的内容就丰富，就会有活力。基盘大是中国文明的一个特点，能经受住外力的冲击，这也与农业的起源发展有关系。

庄：那么两者在起源上有没有什么关系呢？会不会是南方的稻作产生以后，北方的人受南方的农业思想的影响，才开始种植旱地作物的呢？

严：两种农业的起源有没有相互启发或影响我说不清楚，以前有的先生说南方的稻作农业可能是受中原旱地农业的影响才发生的，你现在反过来说会不会是南方影响了北方。因为南方栽培稻产生得很早。从玉蟾岩到彭头山文化还隔了很大一段。到彭头山时期，北方旱作已经很发达了，在此之前一定有相当长的时间有农业起源，只是我们还没有找到，不可能是磁山有稻作的人来了，受农业思想的影响才种植小米，如果是那样估计不会种植小米。小米开始是狗尾草，吃不到什么东西，那时艰苦的没法了，才去吃。刚才说冬季长江流域不好过，黄河流域更不好过，一定是国外人喜欢提的"人口压力"，人口多，就没得吃，然后就会找着吃。人们被逼着找到狗尾草，有没有可能一段时间觉得不好吃不种了，过了一段时间没吃的又种植了，这样反复，也就种下来了，栽培了一段时间，种植的质量也提高了，总会有这种过程。这种除了逻辑上的一种思维，还得找民族志的材料做参考，要把那么早起源的东西说的那么清楚很难。

庄：我们注意到您特别关心农业起源的问题，那么您认为我们对农业起源问题的研究比以前有哪些方面的进步？

严：进步太大了，安志敏先生在40年代就注意这事，写过文章。一些农学家三四十年代也注意。但是那个时候很少有考古材料，只能是一种推测。农学家的推测和我们推测的角度不同，他们是从现代植物种子的分布和转移来进行推测的。但是农业本身是一个文化现象，没有人的参与哪有农业，所以必须从人的行为、人的社会发展来考虑。最好的办法就是从考古发现比较早的农具和农作物来进行研究，这些有难处。最早的农业可能没有农具，所以完全靠农具讲起源是有困难的。现在水稻的研究进展很大，但是也存在很多问题，比如说水稻分两个亚种，一个粳稻，一个籼稻，那么分化是从什么时候开始的？有的农学家提出野生稻就分粳型和籼型，中国的农学家周拾禄就认为各有各的野生稻，粳稻有粳型野生稻，籼稻是从籼型野生稻驯化而来。王象坤和他的同事做了很多实验，发现后来的野生稻很多是栽培稻野性化，或者是野生稻吸收栽培稻的花粉，是受现代花粉影响而变型的，所以拿现在的野生稻推测起源阶段的水稻有问题。他把水稻分为纯合形、次生形，这也很难说是个定论。同样也是农业大学的张文绪提出"古稻"的概念，认为野生稻栽培后是籼粳不分的，他给这个"古稻"一个亚种。在这个问题上不很好的解决的话，起源的问题就没有完全解决。

以后考古上还得多发现，过去做新石器时代考古的学者，见到旧石器的东西不认识，做旧石器的对新石器的东西也不熟悉。起源阶段就是介于两者之间，需要两边学者的经验，最好有个考古队，两边都有人参加，还应该有农学家的参加，现在的玉蟾岩考古就是这样。

文明探源

庄：刚才谈了那么多关于农业起源的问题，关于文明起源的问题也是您一直关心的，我们知道最近"十一五"计划文明探源工程正在积极启动，您对这个工程有什么看法？您认为目前对文明起源的探索突破口在哪些地方？

严：你说中国文明探源工程要启动了，并不确切。探源不是什么工程，工程是要计日程功的，文明起源的研究不能计日程功。中央有些人觉得文明起源很重要，准备支持，这很好，但是，不宜搞大兵团作战，不宜搞工程。现在已经有很多单位和个人在研究了，也出了不少成果，再强调一下，无非是支持力度再加大些。如果实在要搞，可以设立一个基金会和专家组，然后大家来申请，以个人名义或者单位名义都可以，如果同意就给一定经费支持，可以起到一定的促进作用。

说到突破口，社科院出了本书《中国文明起源研究要览》，那里面可以看到，很多人在很多方面都进行了研究，现在说怎么突破，我看还是要靠田野考古，要找主要的遗址，找每一个阶段中心遗址，进行勘探和发掘。因为只有中心遗址或都城才能代表当时社会发展的最高水平。但这是要花很长时间，投入很多人力物力，甚至要不断提高考古水平才能奏效的。安阳殷墟是我们最早做工作的，也是最重要的，现在弄清楚了吗？再说郑州商城，墓地都没有找到，如果是都城的话，王墓在哪？文字在哪？宫殿区清楚吗？都不清楚。二里头遗址，现在很多人认为是夏都，是斟鄩，就算是吧，文献记载太康居斟鄩，后羿居之，夏桀又居之，中间那么多王在哪里住呢？现在二里头的碳-14年代忽然之间降了好多，二里头一期又不是夏的开始，太康是启的儿子，是夏代早期的。早期的不在二里头，就不像是斟鄩。那又是什么？现在又出现了偃师商城，偃师商城和郑州商城是什么关系，现在都还弄不清楚，那里也没有发现墓地、文字，铜器都没有几件。往前追到陶寺、石家河，这都是比较大的城址，还不止这两个城址，内容太多，不甚清楚。这个工作在考古学上要有规划，比较重点的遗址，首先要进行详细的勘探，在此基础上进行重点发掘，发掘要多学科参与，把发掘的东西弄细致一点，城不能只有一个城圈，城内要有内容，得有道路、宗教活动区、居民区等等。在这个基础上你才能对当时的社会有个基本的看法。这些弄清楚了还只是考古层面上的，怎么跟文献结合呢，怎么跟传说结合呢？当然还有很多事情要做。现在还有人提出搞"五帝工程"，这是不可能的。上面有人重视文明起源这是好事情，但是他们不知道这个问题有多难，我们也不能这样要求人家。但是作为学者要实事求是，要告诉人家，不要做什么工程，这是做不成的。但可以在各个方面加大支持，促进学术研究取得较好的成果。

庄：那么您作为课题组长的"聚落演变与早期文明"这个课题，是为这个文明起源的项目做的一项努力吗？

严：我在1987年就在对全国新石器时代聚落形态演变的考察中探讨了走向文明的具体过程。现在这个课题应该是那次研究的继续。我个人的力量有限，于是邀请了各个方面田野考古第一线的同仁，郭大顺、田广金、赵辉、张弛、韩建业、栾丰实等，他们都是很有造诣的学者，把现有的资料概括梳理一下，理出一个基本的思路。观点基本相同，同时尽量保持个人研究的特色，不是一个结论性的东西。如果能够基本上反映当前的研究水平，对大家多少有点参考价值就好了。

庄：那么对这个课题的研究是不是也说明了中国文明起源的多元化呢？

严：现在很多人开始有这个认识了，中国文明起源是多元性的，每个地方的起源都有它的特点，所以要做个案研究，不能笼统的一包。但是个案又不是孤立的，是相互联系的。比如良渚文化对文明起源研究很重要，那我们也不能只研究良渚文化，它之前之后都要研究。浙江地区这个文化的发展和外面的文化是有关系的，不能把它孤立起来。中国文明是多元的又是相互联系的，把这个问题弄清楚，对文明起源才能有个基本的把握，否则就是一锅粥。过去历史学界多认为夏商周一脉过来，我们现在从全中国的角度出发来考虑，显然就不能说夏商周一脉相承。夏，怎么划它的版图？夏在很小一块地方，东面有夷，南面有苗蛮，西面、北面还有很多其他文化，有的在历史上可以找到名字，有的连名也找不到，但是在考古学上可以发现有好多文化，那么这些文化是怎么互动的？有夏的时候就有商，夏、商是什么关系？有商就有周，商、周又是什么关系？不完全是个替代关系。而且夏商周时候周围还有很多文化，比如夏的时候东面有岳石文化，西面有四坝文化；东北有夏家店下层文化等。商的时候有四川三星堆，江西的大洋洲，这些文献记载都没有，它们的存在自然会对商文化发生影响。对这些文化不了解，对商文化本身也就很难了解得很清楚，到周的时候不也是这样吗？春秋战国时候的几个大国，每个都是新石器时代的文化中心，齐鲁：大汶口—龙山—岳石；楚：大溪—屈家岭—石家河；燕：红山—小河沿—夏家店；越：崧泽—良渚—马桥。文化区域性的形成在新石器时代就已经有了，在一个基本统一的国家中也有表现。一个现代的政治家要注意防止分裂，也要防止过分统一，如果过分统一这个社会就死了。从考古学延伸出来的这个结论，不是很重要吗？

理论与方法

庄：您个人觉得最近十几年中国史前考古在理论和方法方面发生的重大变化表现在哪些方面。您认为今后中国考古学发展的趋势是怎样的？

严：中国考古学的理论和方法起初是从西方传过来的，以前我们是金石学那套，它不是现代考古学发展的基础。梁思永是在哈佛大学学习的，夏鼐、吴金鼎是伦敦大学学习的。中国考古学的奠基人李济、梁思永他们因为都有中国传统文化的背景，所以还不是照搬西方的，而且回国后就发掘殷墟等遗址，一开始就碰到中国历史上最尖端的问题。他们的工作很有成绩，但是新石器文化的基本谱系没有搞清楚，商晚期做了些工作，商前期不清楚，夏更不清楚。当时能做到那样已经不错了，毕竟考古工作不是很容易的事情。50年代以后考古工作在全国铺开了，主要集中在黄河流域，研究上受教条主义影响比较严重，用简单的社会发展史的框架来套，商就是奴隶社会，前面就是原始社会，新石器时代就是母系父系。按家系来划分社会制度是不科学的，现在很多人不谈这个了，这是很大的进步。

现在大家的思想活跃，却又出现了洋教条，认为国外的都是好的，其实很多跟中国的实际情况对不上。还有就是标新立异，自己根本不成体系，又不尊重前人的研究，但愿这不会成为主流。

考古学还是研究历史的，要用考古学把中国历史一步步复原起来，把握这个方向，实事求是地进行探索，在探索中来建立自己的理论。我现在对考古学的发展是乐观的，不可能大家都是一个想法。不同的想法有个比较，在比较中就能看出哪条路能走得通，哪条路走不通。

方法上与国外比我们不差，我们有很多自己的创造和探索，如做遗迹找边的方法、认土的方法，是石璋如先生在安阳发展起来的。最高的水平就是做车，把完全腐烂只留痕迹的马车完整地揭示出来。

现在工程建设规模越来越大，田野工作做得很粗，这是一个普遍的现象，但是还有一些人在思考怎么改进田野工作。这在一定的历史时期不可避免，总有些工作做得很粗，也有些工作做得很细。有些学者在考古方法论上有较深入的研究，在地层学、类型学和考古学文化的研究等方面都有许多新的探索，如何通过考古遗存来研究史前社会的方法上也有明显进展。最近翻译出版的伦福儒的《考古学：理论、方法与实践》那本在西方考古学界有很大影响的书，书中收集了不少材料，尤其是科技考古上收集的很全，讲了许多具体的方法。但是究竟考古学是什么？他在前面提出作为人类学的考古学，作为历史学的考古学，作为科学的考古学，三个方面加以平列，用三驾马车来拉一个考古学，这个提法不是很好。考古学就是研究历史的，可以用一些人类学的理论、方法、概念，但不属于人类学。科学技术在考古学中应用非常广泛，以后还会越来越多，以便提取更多准确的信息。但是提取信息的目的不就是为了说明当时的历史吗？这个首要的目标不能模糊。我觉得他们在这方面把握得没有我们这么好。当然他们有很多地方值得我们参考，中国考古学一定要借鉴国外的好的东西，不好的我们就不要生吞活剥了。别的学科有什么好的方法，我们也可以借用。

薪火相传

庄：学术进步需要薪火相传，您认为我们年轻一代应当如何承前启后，继往开来。

严：你这个问题提的好，因为现在有些人认为用不着薪火相传，有些文章过去人家都已经写了他也不知道，就是现在有人写了，他也可以不管他，自己重来一遍还不一定有别人的好，这个很不好。什么事情都要有个传承，传承就要会学。我经常讲要学学考古学的历史，从历史里面可以得到很多启发，比如说仰韶文化和龙山文化的关系，梁思永写了《小屯龙山与仰韶》，他是当时的大权威。尹达也写了《龙山文化与仰韶文化之分析》，尹达是梁思永的学生，但是他写的比梁思永写的要好。为什么？梁思永太尊重安特生这个权威了，他是想给他圆场，结果写了半天也没有讲清楚。尹达就是根据在豫北发现的五个遗址都有仰韶在下龙山在上的地层关系，他说仰韶村也应该有两套东西，有仰韶也有龙山，而且那里的仰韶应该比龙山早。现在看来他说的是对的。我之所以经常举这个例子，就是想说作为年轻人不仅要尊重老先生、前辈的观点，更应该注意自己的方法对不对，资料实在不实在，什么事情都要从资料出发，也就是从事实出发。资料本身要有一个处理的方法，这个方法符合不符合考古学的方法，符合不符合地层学、类型学的方法。如果符合你就要有信心，不要怕突破哪个老先生的观点。老先生的观点也有分歧，你听哪个的？我经常跟学生说，不要因为我是你的老师就赞成我的意见，如果我错了你还是要反对。所以学习要会学。学术是一步步传下来的，对老先生的观点要有个起码的尊重。也不要机械地去学，承前还要启后，继往还要开来。自己要动脑子，要实践，要参加田野工作。考古的实践是无限的，考古工作方法的发展也会是无限的，但是基本的原则不会变，一些细部的发展也不是无限的，只要你亲身参加到实践中去自然会有所前进有所创造。除了对本国的长辈要学习，还有同辈的或者外国的也可以借鉴。总而言之，都要以自己的实践为基础。研究问题时要大处着眼细处着手。要有宏观的大框架的思维，不能见了芝麻丢了西瓜，把研究的目的和方向给模糊了。现在基础资料多起来了，电脑信息也比较方便，国外或国内同行的材料比较容易得到，这是非常好的条件，我相信在你们这一代会有更快更大的发展。

庄：好的，非常感谢严先生。

（原载《南方文物》2006 年 2 期）

潏哲诗稿

　　孔夫子曰："詩言志，歌永言"。我從小學詩，恨無天賦。偶爾爲之，自知甚少詩味，又不嚴守格律，但言志耳。搜羅歷年所作，僅得二十餘首。敝帚自珍，乃略加修改，輯錄如斯。小字潏哲，遂名《潏哲詩稿》。

秋日登高遠眺
1948 年秋習作

極目洞庭遠，波光似鏡函。

水天連接處，隱約一孤帆。

殷墟懷古　　水調歌頭
1962 年秋率領北京大學考古專業學生發掘安陽殷墟有感。

盤庚創基業，洹上立殷城。一統山河萬里，功烈維武丁。夷紂擁玉億萬，盡是衆人血汗，設炮烙酷刑。白骨若有知，固應鳴不平。乾坤改，追往事，久沉淪。昔日孔聖，已歎文獻不足徵。今有太學稚子，專攻大地天書，歷史要究明。帝王何足道，奴隸是主人！

鯉魚洲放歌
1972 年

1969 年 9 月至 1971 年 9 月，北京大學和清華大學的大部分教師下放到江西新建縣的鯉魚洲，名曰走五七道路。我去了一年，記憶猶新，因略記其事云。

洪水茫茫淹神州，愚民虐民無來由。

誇説五七道路好，學軍學農鯉魚洲。

鯉魚洲本是荒洲，　無房無樹無田疇。
自蓋茅棚遮風雨，　要在荒洲度春秋。
學軍不用一桿槍，　手握紅書照心亮，
政治掛帥作風硬，　上工就是上戰場，
幹活不忘戰備忙，　半夜三更軍號響。
緊急集合迎戰鬥，　電影三戰正開場[1]。
學農首須扛鐵鍬，　挖泥鏟土勤彎腰，
一身汗水一身泥，　不管烈日似火燒。
歷盡冬春與夏秋，　老九種田又使牛。
小蟲吸血惡蚊咬，　還須鬥私與批修。
戰天鬥地整兩年，　鯉魚荒洲變良田。
秋收過後屈指算，　一斤糧食五塊錢[2]。
忽傳大學還要辦，　五七戰士往回返。
撂下良田無人要[3]，　前途未卜路漫漫。

---

[1] 三戰指"地雷戰"、"地道戰"、"南征北戰"三部電影，時稱"老三戰"。

[2] 在鯉魚洲流行一句口頭禪，說"知識分子種稻田，一斤糧食五塊錢"！當時稻穀的實際價格大約 8 ~ 9 分錢一斤。

[3] 撤離鯉魚洲時，曾經辦理移交當地政府的手續，因是血吸蟲重災區，無人願意遷入。

感時

1976 年 10 月

慶父不死禍不休[1]，　國難家難無盡頭。
謊言惑眾掀紅浪，　正氣反誣成逆流。
平常百姓受軍管，　民族精英當鬼牛。
水可載舟亦可覆，　掃清孽障換春秋。

---

[1] 春秋時魯莊公大弟慶父長期干政，魯國大亂。時人謂"慶父不死，魯難未已"。

自由女神贊

1986 年 7 月 2 日，乘游艇在紐約哈得遜灣瞻仰自由女神像時有作。

自由女神到美洲[1]，高擎火炬照寰球。

專制魔王須斬盡，世界大同方自由！

----

[1] 此神像是法國雕塑家巴托爾迪爲慶祝美國獨立一百周年而創作，并作爲
法國人民的禮品贈送到紐約的。

内蒙考古行

1989 年 8 月 12 至 18 日在内蒙古涼城縣老虎山考古工作站参加"内
蒙古中南部原始文化研究暨園子溝遺址保護科學論證會"期間，在岱海
岸邊散步，有感而發。

天蒼蒼，野茫茫，内蒙古，好地方。

牛羊肥，駝馬壯。文物多，歷史長。

考古人，揮手鏟。釋天書，解迷茫。

民族文化大發揚，振興中華譜新章！

六十自勉

1992 年 10 月

泛舟學海，雨驟風狂。胸有南針，永不迷航。

有容乃大，無私自強。觀今鑒古，其樂洋洋。

扶桑歌

1993 年 10 月中旬應邀參加日本福岡市主辦的國際學術討論會，期間
於 8 日到博多灣東北的志賀島，參觀"漢倭奴國王"金印出土地點。之
後日方又贈送我該金印的複製品。據考證此印係東漢初年光武帝授予倭
地奴國國王的，至今已有一千九百多年了，説明中日友好關係源遠流長。
據説此印已列爲日本國寶，彌足珍貴。此情此景，感慨良深。夜不成寐，
作此《扶桑歌》。

旭日出扶桑，浮現海中央。徐福今何在？騙了秦始皇。

志賀見金印，漢授倭奴王[1]。從此結友好，至今不相忘。

大和平地起，厥有倭五王。飛鳥興邦業，改革圖興旺。

奈良國漸強，遣使到大唐。空海造假名，日文乃首創。

平安不平安，幕府有鐮倉。室町到戰國，國運久不昌。

江戶尚傳統，目標是小康。明治倡維新，脫亞入歐忙。

窮兵又黷武，揚威我北洋。奪我臺灣島，吞滅琉球王。

昭和崇軍國，氣焰更囂張。侵我大中華，轉戰太平洋。

勾結希特勒，東亞稱霸王。生靈遭荼毒，軍民齊抵抗。

終究乾坤轉，正義得伸張。戰犯下地獄，武運不久長。

今日話友誼，歷史不能忘。本是親兄弟，永做好鄰邦！

---

[1]《後漢書·東夷傳》載："建武中元二年（公元57年），倭奴國奉貢朝賀，使人自稱大夫……光武賜以印綬"。

自題小照

1995年10月

華容道上客[1]，青湖嚴家人[2]。雅號曰濬哲，俗名是文明[3]。

爲今學考古，鑒古以觀今。莫道能力小，常懷濟世情！

---

[1] 據考證我的出生地湖南省華容縣乃三國時期華容道之所在。
[2] 華容嚴姓均係青湖嚴家。
[3] 先父據《尚書·舜典》歌頌帝舜功德的"濬哲文明"爲我取此名號。

滑鐵盧祭

1998年5月1日參觀比利時布魯塞爾以南的滑鐵盧 (Waterloo)，在一座人工築成的小山頂上豎立一尊象徵拿破侖的雄獅雕像。蓋世英雄拿破侖最後就是慘敗在這個地方。

蓋世英雄拿破侖，橫掃千軍無比倫。

千秋功罪任評説，滑鐵一戰定乾坤！

七十感懷

年届古稀，門人祝壽，我則不知老之將至。想業師季庚，壽秩八十，學界尊爲泰斗。啓蒙師苑峰，大壽九十，早登學苑巔峰[1]。石翁璋如，爲我邦考古學先驅，期頤百歲，耳聰目明，筆耕不輟。嗟乎！人壽短長固不可期，要在有所作爲。諸師景行，世所仰慕。晚生不才，自當朝暮奮蹄。壬午孟冬 10 月 14 日夜書。

七十古稀今不稀，八十學嶺展大旗；

九十鶴髮心未老，百秩壽翁乃稱奇！

學海無涯生有期，師道不可須臾離。

晚生不知黃昏至，朝朝暮暮自奮蹄！

---

[1] 宿白先生號季庚，張政烺先生字苑峰。

歸故里 浪淘沙慢

2005 年 11 月

故園別經年，往事如煙。舊友難尋舊宅偃。

祠堂廟宇今何在？換了新顏！

圍湖造農田，栽稻種棉。汽車駛過君山前[1]。

無邊洞庭不復見，感慨萬千！

世事總難言，發展優先。弟妹相聚話纏綿。

兒孫濟濟時運轉，奮發向前！

---

[1] 君山原在洞庭湖中，李白詠洞庭和君山詩云：“白銀盤裏一青螺”。

拜謁啓蒙師

2005 年 11 月 11 日回湖南華容故鄉期間，特偕胞弟文思拜謁敬愛的小學老師黃劍萍。先生筆名黃花瘦，博學多才。曾任湖南《湘潭報》與《建設報》記者和編輯，1957 年因直言獲罪。闊別六十年矣，知先生長期遭受打擊迫害，然錚錚硬骨，從不低頭，猶如傲霜的黃菊，受到眾人的尊敬。

陶令東籬下，黃花何其瘦。

凜然傲霜雪，而今呼萬壽！

訪母校華容一中

2005 年 11 月

華容一中原爲沱江書院，位於沱江東岸的黃湖山麓，傳爲楚章華臺舊址。我於 1947 ~ 1949 年就讀於該校。時值校慶六十周年前夕，得重返母校，情不自禁，爰作嵌頭詩一首以志慶。

沱水黃湖伴章華，江帆萬里映朝霞。

書山學海等閒過，院育群芳是我家！

祝佟老 86 華誕

佟柱臣先生是我尊敬的前輩，一生奉獻考古學研究，著作等身，涉獵面極廣。2006 年是先生 86 華誕，特書小詩爲先生壽！

佟老不服老，病魔打不倒。著述如湧泉，筆耕似小跑。

東北情獨鍾，博物亦所好。遍覽新石器，復把邊疆考。

老驥不稍息，考古情未了。晚生祝先生，長壽永不老！

賀高明兄八十華誕

2006 年 12 月

高屋建瓴，明察秋毫。治文有術，

學領風騷。之人有德，道非常道[1]。

---

[1] 高明曾著《帛書老子校注》，長沙馬王堆帛書《老子》的《德經》在前，爲《德道經》。我則謂高明斯人有德有道。此賀詞以 "高明治學之道" 嵌頭。

陽關曲

2007 年 9 月，甘肅省文物考古研究所王輝接我和內人到該省參觀考察，先後到蘭州、臨夏、天水、武威、張掖、嘉峪關和敦煌等地。又由敦煌研究院接待參觀莫高窟、玉門關和陽關等地，再由新疆文物局和西北大學接待到哈密和巴里坤等地參觀訪問，一路接待都非常熱情周到，感覺到處都是親人。9 月 26 日到陽關，因聯想到王維《渭城曲》中"勸君更盡一杯酒，西出陽關無故人"句，反其意而用之。

三菱越野步輕盈，頃從敦煌到玉門。

葡萄美酒會須醉，西出陽關有親人。

三亞抒情

2009 年 12 月 5 至 15 日，由國家人力資源和社會保障部組織院士專家休假團赴海南度假旅游，我和夫人被邀參加。先後到海口、瓊海、博鰲、萬寧、興隆、陵水和保亭等地，最後在三亞盡興賞景抒情。時間雖短，卻令人難以忘懷。

三亞本屬崖州城，河分三丫乃諧音[1]。

昔日天涯海角地，可憐無數發配人[2]！

如今高樓平地起，商行賓館滿新城。

中外旅遊人如織，盡賞南國好風情。

三亞屢見唐人墓，所葬何人待究明。

郊外萬年落筆洞[3]，更增訪客探幽情。

三亞背後依保亭[4]，熱帶雨林滿山青。

黎女聲聲呀諾達[5]，遊人處處感真情。

三亞迤西有南山，山寺巍峨香火盛。

南海觀音三面望[6]，慈航普度惠蒼生。

三亞往南有三沙[7]，茫茫大海接天涯。

國人自古勤開拓，友鄰應知屬誰家！

---

[1] 三亞市內有東河、西河，合流後呈丫字形，因名三丫，取諧音爲三亞。

[2] 三亞西邊巨石上有往昔書刻的"天涯"、"海角"大字，歷來是發配犯

人或遭貶斥流放的官吏的處所。

[3] 三亞東北郊的落筆洞中發現了許多人牙、石器、骨器和用火痕跡，碳－14
測定爲距今 10890 年左右。

[4] 保亭曾經改名爲通什，爲海南黎族苗族自治州首府。現改爲保亭黎族
苗族自治縣，建有國家熱帶雨林保護區。

[5] 黎語 "呀諾達" 即一二三，表示歡迎之意。

[6] 南山寺南面海中立有一尊觀音菩薩像，高數十米，東北西三面都是正面
朝向。

[7] 三沙指西沙、中沙和南沙，但中沙未露出水面。另有東沙在三亞的東北
面，都是我國固有領土。

良渚頌

2010 年

太湖文明五千年，崧澤良渚踵相連。

開闢沃野千百里，首創石犁耕稻田。

莫角山上建殿宇，匯觀瑶山祭昊天。

防洪先建塘山壩，禦敵高築大城垣。

卞家山下架船塢，溝通錢塘到海邊。

陸上遠通高城墩，寺墩趙陵與福泉[1]。

農工巫史聚良渚，都城眾恕纍萬千。

工有玉石漆木陶，象牙絲綢與竹編。

攻玉技藝數第一，雕刻精細遠超前。

玉璧玉琮禮天地，玉鉞神徽掌軍權。

髹漆工藝獨一幟，嵌玉畫彩須鮮艷。

漆盤漆觚與漆杯，專供貴冑擺酒宴。

黑陶似漆品類全，針刻花紋蛇與燕。

壺盛美酒鼎烹肉，籩豆魚盤有海鮮。

不飲河水飲井水，衛生觀念亦領先。

象牙梳篦插髮際，白玉帶扣繫腰前。

華麗絲綢雖不存，佩飾斑斑猶耀眼。

權貴喜造大墳山，墓葬排列秩序嚴。

貴重物品多隨葬，死後還要握財權。

頭戴羽冠身披甲，南北征戰打天下。

威風八面震華宇，大厦將傾自此始。

好大喜功難長久，盛極必有衰落時。

留下文字今不識，防風古國未可知！

未可知，君須知——

鳳凰涅槃成金凰，良渚變身錢山漾。

馬橋接力往前闖，爾後吳越逞霸强。

經濟文化齊發展，人間蘇杭比天堂。

今日領跑長三角，良渚澤惠不能忘。

精神融入大華夏，世胄延綿萬年長！

---

［1］ 高城墩和寺墩在江蘇江陰縣，趙陵山在蘇州，福泉山在上海，均爲良渚
　　　文化的地區性中心遺址。

長島書懷

2010 年 6 月

我於 1980 年初次到長島考古，至今三十年矣。當年欲探索的問題已
獲豐碩成果，長島面貌亦已發生巨大變化。而今重登此島，撫今思昔，
不勝感慨，因賦七絶二首。

其一

長島考古三十年，北莊大口到山前[1]。

東夷功業開新宇，海洋文明著先鞭[2]。

---

［1］ 在長島縣的大黑山島北莊、南長山島樂盤、砣磯島大口、大欽島東村和
　　　北隍城島山前等處都發現了距今約六千年的聚落遺址。

［2］ 從長島史前文化遺存的分析可以清楚地看到東夷祖先從山東半島渡海
　　　到遼東等地，率先開拓海疆的過程。

其二

人道蓬萊有神僊，海市蜃樓不常見。

今朝瓊樓拔地起，人間僊境更勝前。

觀黑山巨型雕像

2010 年 9 月 18 至 19 日去美國南達科達州黑山森林公園參觀拉希莫爾（Rushmore）總統山和印第安人英雄名爲烈馬（Crazy horse）的巨型雕刻有感。

黑山森林多石峰，高低錯落各不同。

雕刻大師發奇想，要把山峰變總統。

歷盡艱辛十四載，拉希莫爾現尊容：

首席國父華盛頓，傑斐林肯與羅公[1]。

立國建國施新政，躍居世界第一雄。

白人總統誠可敬，殖民歷史不光榮。

印第安人要覺醒，再塑英雄顯威風。

特選近旁大山峰，體量遠超四總統[2]。

開山鑿石數十載，誓將頑石變英雄。

英雄躍馬指大地，此地原是我們的！

昔日馳騁無邊際，豈能安處特居地？

印第安人不忘祖，辛酸往事難回首。

過往歷史漸成灰，流水逝去不復回。

如今誰人能評說，世道多少是與非！

---

[1] 傑斐即傑斐遜，羅公爲羅斯福。華盛頓領導獨立戰爭，建立美利堅合眾國；傑斐遜領導起草美國獨立宣言，提倡保護人權；林肯領導美國南北戰爭，解放黑奴；羅斯福實行新政，領導美國參加二次世界大戰並取得勝利，使美國成爲世界上的頭等強國。

[2] 四總統胸像高約 49 米，寬約 56 米。印第安英雄躍馬像高約 172 米，寬約 195 米，至今尚未完工。

八十自壽

2011 年

從心所欲又十秋[1]，耄耋老身未白頭。

學海茫茫看北斗，大江滾滾向東流。

祝我健康亞健康，賀我長壽准長壽。

健康長壽爲什麼？不教歲月空悠悠！

---

[1] 孔夫子自稱"七十而從心所欲，不逾矩"。

附：严文明著作简目

一 著作、文集

1. 《新石器时代》，北京大学印刷厂，1964 年。

2. 《仰韶文化研究》，文物出版社，1989 年。

3. 《中国通史》第二卷：《远古时代》（合著），上海人民出版社，1994 年。

4. 《走向 21 世纪的考古学》，三秦出版社，1997 年。

5. 《史前考古论集》，科学出版社，1998 年。

6. 《长江文明の曙》（合著），日本角川书店，2000 年。

7. 《农业发生与文明起源》，科学出版社，2000 年。

8. 《长江文明的曙光》，湖北教育出版社，2004 年。

9. 《仰韶文化研究》增订本，文物出版社，2009 年。

10. 《中国远古时代》（合著），即《中国通史》第二卷《远古时代》的增订改版本，上海人民出版社，2010 年。

11. 《中华文明的始原》，文物出版社，2011 年。

12. 《足迹：考古随感录》，文物出版社，2011 年。

二 主编

1. 《燕园聚珍》（未署名），文物出版社，1992 年。

2. 《考古学文化论集》第二册，文物出版社，1993 年。

3. 《考古学研究》第二册，北京大学出版社，1994 年。

4. 《肖家屋脊》，文物出版社，1999 年。

5. 《胶东考古》，文物出版社，2000 年。

6. 《稻作 陶器和都市的起源》，文物出版社，2000 年。

7. 《邓家湾》，文物出版社，2003 年。

8. 《中华文明史》第一卷，北京大学出版社，2006 年。

9. 《中国考古学的世纪回顾·新石器时代卷》，科学出版社，2008 年。

10. 《聚落演变与早期文明》，文物出版社，待刊。